천룡팔부

9

天龍八部
Demi-Gods and Semi-Devils by Jin Yong

천룡팔부 9 – 영웅대전

1판 1쇄 인쇄 2020. 5. 13.
1판 1쇄 발행 2020. 5. 25.

지은이 김용
옮긴이 이정원
발행인 고세규
편집 봉정하 디자인 지은혜 마케팅 김용환 홍보 반재서
발행처 김영사
등록 1979년 5월 17일 (제406-2003-036호)
주소 경기도 파주시 문발로 197(문발동) 우편번호 10881
전화 마케팅부 031)955-3100, 편집부 031)955-3200 | 팩스 031)955-3111

값은 뒤표지에 있습니다.
ISBN 978-89-349-9123-6 04820
       978-89-349-9114-4 (세트)

홈페이지 www.gimmyoung.com 블로그 blog.naver.com/gybook
페이스북 facebook.com/gybooks 이메일 bestbook@gimmyoung.com

좋은 독자가 좋은 책을 만듭니다.
김영사는 독자 여러분의 의견에 항상 귀 기울이고 있습니다.

이 도서의 국립중앙도서관 출판시도서목록(CIP)은 서지정보유통지원시스템 홈페이지
(http://seoji.nl.go.kr)와 국가자료공동목록시스템(http://www.nl.go.kr/kolisnet)에서
이용하실 수 있습니다.(CIP제어번호 : CIP2020018344)

일러두기
본문의 미주는 옮긴이의 주이다. 작품의 이해를 돕기 위한 김용 선생님의 작가 주는 •로 표기하고 미주 뒤에 수록한다.
단, 전체 내용에 대한 주일 경우 • 없이 장만 표기한다. 원서 편집자 주도 장별로 작가 주 뒤에 수록한다.

김용 대하역사무협 ― 이정원 옮김

天　龍　　八　部

천룡팔부

영웅대전

9

天龍八部

송나라인이 그린 거란인 약탈도

원화는 본래 동한 말년 채문희蔡文姬(동한 시대 여성 문학가)가 흉노인들에게 잡혀가는 모습을 묘사한 것이지만, 화가는 송나라 시대 거란인들이 송나라인들을 죽이고 약탈하는 정경을 반영했다. 왼쪽 상단 모서리 부분의 송나라인이 바닥에 쓰러져 죽어 있고 약탈하는 관병들이 모두 거란인 복장을 하고 있으며 말에 갑옷을 씌워놓은 모습을 볼 수 있다.

송나라인이 그린 거란인 약탈도

앞에 그림과 동일한 두루마리에 있는 그림이다.

송나라인의 〈산점 풍렴도 山店風帘圖〉

무협 소설 속에는 길을 가는 도중 작은 객점에서 요기를 하는 장면을 자주
묘사하는데 이 그림이 바로 그런 정경을 담고 있다.

가죽 술 주머니를 들고 있는 호인胡人 (도기陶器)

당나라 시대 채도彩陶로 호인이 생동감 넘치는 표정으로 손에 가죽 술 주머니를 쥐고 있다. 소봉과 연운십팔기가 가죽 술 주머니에 술을 담아 말 위에 실어 놓았는데 이는 중앙아시아와 북방민족 사이에서 성행하는 풍습으로 지금까지도 남아 있다.

영주靈州 부근에 있는 봉화대

송나라 시대 서하국의 소재지로 후대에 '영하寧夏'라는 지명도 여기서 유래됐다.

**서하문자로 된
〈다라니경陀羅尼經〉**

서하의 육체문자六體文字〈다라니
경〉석각에 수록.

토번왕
기종농찬棄宗弄贊

서장의 사찰 내에 있는 조각상으로 오른쪽은 부인인 당나라 문성공주文成公主이며 왼쪽은 기종농찬의 또 다른 부인인 네팔 왕국 공주. 당시에 중국과 인도는 모두 토번 쟁취를 위한 외교적 수단으로 통혼을 했다.

서하의 동전인
대안보전大安寶錢과
천성원보天盛元寶

서하 대안大安 12년은 송나라 철종哲宗 원우元佑 원년으로 이 동전은 허죽, 몽고와 같은 시기에 존재했다. 천성天盛은 남송南宋 고종高宗 때로 그 시기의 서하는 한족 문화에 깊이 융화된 상태라 동전 위에 한자가 주조되어 있었다.

돈황 벽화 〈토번왕〉

당나라 시대 벽화. 그림 오른쪽 승려의 형상이 어쩌면 토번 국사인 구마지와 닮았을 수도 있다.

〈토번고승도〉

비단에 그린 그림인 견화絹畵. 그림 속의 고승은 반선 2세班禪二世(티베트 라마교 격로파格魯派 지도자)로 알려져 있다.

41

소봉과 연운십팔기

소봉이 뚜껑을 뽑은 가죽 주머니를 머리 위로 높이 들고 살짝 기울이자
백주 한 줄기가 콸콸 쏟아졌다.
그는 고개를 뒤로 젖히고 미친 듯이 백주를 마셨다.

정춘추는 현통과 현난 두 고승을 죽인 소림파의 대원수였다. 소림 군승은 그가 소실산에 올라왔다는 소리를 듣고 함성을 지르기 시작했다. 현생이 소리쳤다.

"우리 모두 분연히 일어나 정 노괴를 주멸하고 현난과 현통 두 사형의 복수를 합시다!"

현자가 큰 소리로 외쳤다.

"멀리서 온 객이니 우선 예로써 대하고 나서 상대해도 늦지 않을 것이오."

군승이 일제히 답했다.

"네!"

현자가 다시 외쳤다.

"사형 여러분, 형제 여러분! 다 함께 가서 성수파와 모용씨의 고초高招를 구경하는 것이 어떻겠소?"

군웅은 이미 몸이 근질근질해 있던 터라 그 말이 나오기만 기다리고 있었다. 항렬이 낮고 성격이 급한 젊은 제자들이 앞장서서 벌떼처럼 밖으로 내달려갔다. 이어서 사대악인과 각 로의 호한들, 대리단씨와 타 사찰에서 온 고승들까지 앞다투어 달려나갔다. 덜그럭, 챙 하는 어수선한 소리가 울려퍼지며 혜 자 항렬의 소림승들이 사부와 사백,

사숙의 무기들을 꺼내왔다.

현, 혜, 허, 공 4대에 걸친 소림승들은 각자 무기를 손에 쥐고 열에 맞춰 절문을 나섰다. 산문 입구에 이르자 산중턱에서 망을 보던 승려들이 달려와 고했다.

"성수파 제자들 1천여 명이 산중턱에 있는 정자에서 모용 공자 일행을 에워싸고 혈투를 벌이고 있습니다."

현자가 고개를 끄덕이며 석판이 깔린 길을 걸어가다 산 아래쪽을 내려다봤다. 시꺼멓게 보이는 것은 모두 다 사람 머리로 1천여 명은 족히 돼 보였다.

호통을 치는 소리가 바람을 타고 산 위로 전해져왔다.

"성수노선께서 오늘 친히 독전督戰을 하시니 백전백승은 당연한 것이다!"

"너희 같은 요마귀괴들이 감히 노선께 대항을 하다니 정말 대담하기 짝이 없구나!"

"어서 무기를 버리고 성수노선께 목숨만 살려달라고 빌어라!"

"성수노선께서 소실산에 왕림하셨으니 소지 끝을 살짝만 찍어도 소림사는 당장 붕괴되고 말 것이다!"

성수파에 새로 들어온 제자들은 실력을 쌓기도 전에 사부에게 아첨하는 기술부터 배웠는지 1천 명이 넘는 사람들의 칭송 소리가 귓전에 울려퍼졌다. 심지어 소실산 위에까지 정춘추의 공덕을 찬양하는 소리로 뒤덮였다. 소림사는 600년 전에 세워졌다. 역대 군승이 600년 동안 소림사에서 읊었던 '아불여래세존我佛如来世尊' 소리를 합친다 해도 이때 성수파 제자들이 사부에 대해 칭송하는 소리에는 미치지 못할 것이다. '성수노선'이란 이름이 '아미타불'을 한참 능가하는 셈이었다. 정춘추는 흰 수염을 쓰다듬으며 실눈을 뜨고 그 소리를 즐기는 듯 의기양양한 모습으로 바라보고 있었는데 술이 거나하게 취한 모습이었다.

현생이 단전에 진기를 돋우더니 큰 소리로 외쳤다.

"나한대진羅漢大陣을 펼쳐라!"

500명에 이르는 승려들이 복창했다.

"나한대진을 펼쳐라!"

순간 붉은 옷자락이 번뜩이며 잿빛 그림자가 출렁이는가 싶더니 500명에 이르는 승려들이 동에서 번쩍, 서에서 번쩍하다 온 천지에 가득 뒤덮여 흩어지기 시작했다.

군웅은 소림파의 나한대진이란 이름을 익히 들어 알고 있었지만 지난 100여 년 동안 외부인들 앞에서 시전한 적이 없기 때문에 소림사 승려들 외에는 그 모습을 본 사람이 아무도 없었다. 이때 승려들의 옷과 모자는 붉은색, 회색, 노란색, 검은색 등 각양각색이었고 도刀, 검劍, 장杖, 산鏟 등 서로 다른 무기들을 지니고 있었다. 이들은 모두 나는 듯이 내달려가 순식간에 성수파 제자들을 가운데 두고 포위했다.

성수파 제자들은 숫자에 있어 소림 승려들보다 비교적 많았지만 대다수가 새로 거둔 오합지졸이다 보니 단독으로 접전이 벌어질 경우 각자 어느 정도 기예를 발휘할 수는 있을지 몰라도 이렇게 진을 이루어 펼치는 싸움은 한 번도 훈련한 적이 없고 경험해본 적도 없기 때문에 모두들 허둥지둥대지 않을 수 없었다. 성수노선을 칭송하는 목소리 역시 점점 줄어들기 시작했는데 대부분이 아무 소리도 내지 못하고 상황이 변하면 '소림 성승聖僧'을 칭송하는 노래로 바꿔 불러야 하나 머리만 굴릴 뿐이었다.

현자 방장이 큰 소리로 외쳤다.

"성수파 정 선생이 소실산에 왕림하신 것은 우리 소림파와 대적하기 위해서요. 각 로의 영웅들께서는 부디 지켜만 보시기 바라겠소. 소림사가 서쪽에서 온 고인에 어찌 대항하는지 말이오."

하삭, 강남, 천섬, 호광 각 로의 영웅들이 앞다투어 소리쳤다.

"성수노괴는 무림을 해치는 자요! 다 같이 공동의 적으로 적시해 저 추악한 자를 없애버려야 하오!"

사람들은 각자 무기를 뽑아 들고 소림파와 어깨를 나란히 한 채 성수노괴와 맞서려 했다.

이때 모용복과 등백천 등은 이미 성수파 제자 20여 명을 살상한 뒤였다. 그들은 원군이 당도한 것을 보고 곧바로 수 장 밖으로 몸을 날려 잠시 싸움을 멈추었다. 성수파 제자들은 하나같이 머뭇거리기만 할 뿐 감히 앞으로 나아가지 못했다.

단예는 동에 번쩍, 서에 번쩍 사람 숲을 뚫고 왕어언 옆으로 다가가 말했다.

"왕 낭자, 상황이 흉흉해지면 내가 낭자를 업고 나가겠소."

왕어언이 얼굴을 붉히며 말했다.

"제가 부상당한 것도 아니고 혈도를 찍힌 것도 아니잖아요? 전… 혼자 걸어갈 수 있어요."

그녀는 모용복을 힐끗 바라보고 말했다.

"저희 사촌 오라버니가 고강한 무공을 지니고 계시니 절 보호해주실 수 있을 거예요. 단 공자는 그냥 가보세요.”

단예는 마음속으로 무척이나 괴로웠다.

‘그렇지, 내가 무슨 능력이 있겠소? 무공 실력으로 따지자면 당신 사촌 오라버니에 미칠 바가 아니지.’

하지만 그렇게 말할 수도 없으니 안타까울 따름이었다. 그는 무안한 표정으로 말했다.

“그게… 아! 왕 낭자, 우리 아버지도 오셨소. 지금 바깥쪽에 계시오.”

단예는 왕어언과 수차에 걸쳐 고난을 거치고 먼 길을 동행해오면서 서로 함께한 시간이 적지 않았지만 그녀에게 자신의 신분 내력에 관해 거론한 적이 없었다. 마음 깊은 곳에서 왕어언은 선녀였고 자신은 속세의 범인에 불과했기 때문에 스스로 왕자란 신분을 명예롭게 여기지 않았던 것이다. 선녀 눈에 왕자나 평민이나 무슨 구별이 있을 수 있겠는가?

왕어언은 목숨을 돌보지 않고 몇 번씩이나 자신을 구하려 한 단예에 대해 그 성의를 염두에 두고 내심 감동스러워하고 있었지만 단예라는 사람 자체를 마음에 두고 있지는 않았다. 그는 그저 어쩌다 교묘한 보법을 배운 책벌레이며 되다 안 되다 하는 몇 가지 기공 검법을 펼쳐내는 사람에 불과할 뿐, 치근덕대는 그의 모습을 사촌 오라버니가 보고 왕왕 불쾌해한 적이 있었기에 사촌 오라버니를 신경 쓰게 만들지 않기 위해서라도 어디론가 멀리 갔으면 좋겠다고 생각하고 있었다. 그때 갑자기 그의 아버지가 왔다는 말을 듣자 호기심이 일어 말했다.

“부자 두 분이서 오랜만에 만나는 거 아닌가요?”

단예가 기뻐하며 말했다.

"그렇소! 왕 낭자, 우리 아버지께 가서 인사를 시켜주겠소. 어떻소? 우리 아버지께서 낭자를 보면 무척 기뻐하실 거요."

왕어언은 얼굴을 또 한번 붉히며 고개를 가로저었다.

"뵙지 않을래요."

단예가 말했다.

"어찌 안 뵌다는 것이오?"

그는 왕어언이 대답을 안 하자 그녀의 환심을 살 생각에 말했다.

"왕 낭자, 우리 의형인 허죽도 여기 계시는데 다시 화상이 되셨소. 우리 제자도 와 있고 말이오. 한바탕 떠들썩할 것 같소."

왕어언은 그의 제자가 남해악신이란 사실을 알고 있었지만 그가 왜 그런 천하의 세 번째 악인인 흉신악살을 제자로 거두었는지 물어본 적이 없었다. 그녀는 남해악신의 괴상망측한 외모를 떠올리자 실소를 금할 수 없었다. 단예는 그의 미소를 끌어내자 속으로 매우 기뻤다. 지금은 비록 성수파에 겹겹이 포위된 몸이지만 왕어언의 부드러운 말을 들으며 담소를 나눌 수 있다면 그 어떤 큰일도 도외시할 수 있다는 생각뿐이었다.

소림 군승이 펼친 나한대진은 좌익과 우익이 진을 보호하고 전후방에서 서로 협력을 하는 형태였다. 성수파 제자 몇 명이 서쪽을 공격해 들어와 잠시 교전이 벌어졌지만 잇달아 부상만 입고 끝나버리자 정춘추가 명했다.

"모두 멈추어라!"

그러고는 큰 소리로 외쳤다.

"현자 방장, 소림사가 중원 무림의 태산북두를 자처한다지만 내가 볼 때는 실로 우습기 짝이 없소."

성수파 제자들이 너도나도 이 말에 호응을 했다.

"옳습니다. 성수노선께서 왕림하셨으니 소림사 화상들은 모조리 지옥문을 넘게 될 것입니다."

"천하 무림은 우리 성수파에서 기원한 것이다! 성수파 무공만이 진정한 정통성을 지니고 있고 규범에 부합된 것이며 나머지 것들은 모조리 사마외도일 뿐이다!"

"너희는 성수파 무공을 배우지 않았기에 결국 잡귀가 되어 자멸하고 말 것이다."

돌연 누군가 목청을 높여 큰 소리로 노래하기 시작했다.

"성수노선의 은덕이 천지를 뒤덮어 그 위세가 천하에 떨치니 고금을 통틀어 비할 자가 없도다!"

1천여 명에 이르는 제자들이 소리 높여 노래를 부르고 한편에서는 징과 북, 퉁소, 피리 등을 꺼내 치고 불어 떠들썩하기 이를 데 없었다.

갖가지 악기 소리가 울려퍼지는 가운데 홀연히 산허리 쪽에서 말떼가 질주하는 소리가 들려왔다. 말발굽 소리가 점점 커지더니 얼마 지나지 않아 누런 천으로 된 깃발 네 폭이 절벽 쪽에서 떠오르기 시작하면서 말 네 필이 산 위로 내달려왔다. 말 위에 탄 사람 손에 하나씩 들려 있는 깃발이 바람에 펄럭였다. 그 황포 깃발 네 폭에는 검은색 글씨로 이런 글이 적혀 있었다.

'개방 방주 장丐幫幫主 莊'

말 네 필이 절벽 쪽에 우뚝 서자 말에 타고 있던 사람들은 몸을 훌쩍 날려 말에서 내렸다. 그러고는 황기 네 폭을 절벽 끝의 가장 높은 곳에 꽂았다. 개방 차림새를 한 네 사람은 포대 자루를 메고 깃대를 부여잡은 채 아무 말도 하지 않았다.

이를 본 군웅이 입을 모아 말했다.

"개방 방주 장취현이 왔구나."

그 네 폭의 황기는 마치 강호를 멸시하는 듯한 기세로 느껴졌다. 깃발을 잡고 있는 자들은 매우 민첩하고 날랜 솜씨를 지니고 있어 자화자찬으로 일관하는 성수파 제자들에 비해 훨씬 더 사람을 숙연하게 만들었다.

황기가 절벽 위에 세워지기 무섭게 백수십 필에 달하는 말이 산 위로 내달려왔다. 선두에 타고 있는 자들은 100여 명의 육대 제자들이었고 그 뒤로 30여 명의 칠대 제자, 10여 명의 팔대 제자들이 줄을 이었다.

잠시 후 아홉 개의 포대 자루를 등에 진 장로 다섯 명이 다들 침묵을 지킨 채 말에서 내려 양옆으로 갈라섰다. 개방에서는 제자들이 급보를 전하는 전령이나 긴한 임무를 부여받은 사람 외에는 말이나 수레에 타는 일이 없었지만 이런 웅장한 모습은 관군이나 일반 강호의 호걸들에 비해 다를 바가 전혀 없었다. 이는 개방의 관례에 반하는 일이었기에 수많은 무림 기숙이 이를 보고 속으로 고개를 가로저었다.

"다그닥 다그닥!"

말발굽 소리가 크게 울려퍼지며 두 필의 청총건마靑驄健馬가 어깨를 나란히 한 채 달려왔다. 좌측 말 위에는 자줏빛 옷을 입은 소녀가 한 명 타고 있었는데 눈부시게 아름다운 외모에 비해 두 눈동자는 빛을 잃은 모습이었다. 완성죽이 그녀를 보고 소리쳤다.

"아자!"

그녀는 자신이 남장을 하고 있다는 사실조차 잊은 채 여자 목소리를 드러내며 소리를 질렀다.

우측 말에 탄 사람은 100군데를 기운 금포를 입고 있었는데 마치 강시처럼 굳은 표정을 짓고 있었다. 군웅 중 식견이 탁월한 사람은 그가 자신의 진면목을 드러내려 하지 않기 위해 인피면구를 쓰고 있다는 걸 알아차렸다.

'보아하니 저자가 바로 개방 방주 장취현이로구나. 한데 소림파와 무림 맹주를 다투겠다고 나섰으면서, 저자는 어찌 진면목을 드러내지 않는 거지?'

이런 추측을 하는 이들도 있었다.

'이제 보니 저자는 무림에서 명성을 떨친 인물이로구나. 장취현은 가명일 뿐이야. 개방 방주에 올랐다면 필시 지명도가 없는 평범한 자는 아닐 것이다.'

'이번 일전에 자신이 없는 게 분명하다. 소림승 손에 패하면 얼굴을 숨긴 채 도주해도 체면을 구기는 상황은 면할 수 있을 테니 말이다.'

심지어 이런 추측을 하는 이도 있었다.

'혹시 개방의 전임 방주인 교봉이 아닐까? 그가 다시 개방의 대권을 잡으면서 소림파와 중원 군웅에게 위력을 행사하러 온 것일지도 모르겠구나.'

그들 중에는 '장취현'이라는 이름 석 자를 보고 '취현장'을 연상한 사람도 있었지만 취현장을 생각하면 교봉을 떠올릴 수밖에 없었다. 취현장 유씨 형제는 이미 교봉 손에 목숨을 잃었고 그 후 취현장마저 불에 타 폐허가 됐기 때문에 그 누구도 개방의 신임 방주가 과거 취현장의 소장주인 유탄지일 것이라는 생각은 도저히 할 수 없었다.

아자는 모친이 부르짖는 소리를 듣긴 했지만 당장 그녀에게는 더욱 긴한 일이 있었기에 모친과 상봉해 시시콜콜하게 재회의 정을 나눌 겨를이 없었다. 그녀는 이를 못 들은 척하며 말했다.

"현 오라버니, 사람이 많은가 봐요. 좀 전에 누군가 '성수노선의 은덕이 천지를 뒤덮어 그 위세가 천하에 떨치니 고금을 통틀어 비할 자가 없도다~!' 하고 노래하는 소리를 들은 것 같은데 정춘추 그 늙은이하고 오합지졸들도 여기 모두 와 있나 보죠?"

유탄지가 말했다.

"그렇소, 그자의 제자들 수가 적지 않소."

아자가 박장대소를 하며 말했다.

"그거 잘됐네요. 수고를 덜 수 있겠어요. 그 늙은이와 결판을 내기 위해 천 리 먼 길 성수해까지 갈 필요 없잖아요?"

그때 말을 타지 않고 걸어서 온 개방 제자들 일행이 끊이지 않고 산 위로 올라왔다. 대부분 오대와 사대, 삼대 제자들인 이들은 올라오자마자 유탄지와 아자 뒤로 열을 맞춰 섰다.

유탄지가 나지막이 말했다.

"거의 다 도착한 것 같군."

아자가 뒤쪽을 향해 손을 휘두르자 개방 제자 둘이 품 안에서 자줏빛 물건 꾸러미를 꺼내 나무막대기에 묶더니 바람결을 따라 높이 흔들었다. 그건 자줏빛 비단으로 만든 두 폭의 커다란 깃발이었다. 공중에서 넓게 펼쳐진 각 깃발 위에는 핏빛과도 같은 암홍색의 글자들이 수놓아져 있었다.

'성수파 장문 단星宿派掌門 段'. 두 폭의 자줏빛 깃발이 펼쳐지자 어수선해진 성수파 제자 진영에서 누군가 큰 소리로 호통을 쳤다.

"성수파 장문이 정 노선이라는 사실은 천하가 다 아는데 어찌 장문인이 단가라는 것이냐?"

"감히 성수파 장문을 사칭하다니 뻔뻔스럽기 짝이 없구나!"

"장문인 자리를 스스로 봉할 수도 있단 말이냐?"

"도대체 어떤 놈이 본 파의 장문을 자처한단 말이냐? 냉큼 나오지 못할까? 이 어르신이 육장을 만들어줄 테다!"

이 말을 하는 사람들은 하나같이 성수파에 새로 들어온 제자들이었다. 마운자나 추풍자 등 기존 제자들은 아자의 내력에 대해 알고 있어 그녀 배후에 소봉이 버티고 있다는 사실을 상기하며 두려움을 감추지 못하고 잠자코 바라보고만 있었다.

군승과 속가의 영웅들은 돌연 성수파 장문인이 하나 더 나타나자 아연실색하면서도 속으로 쾌재를 불렀다. 저 사마외도 무리 안에서 내분이 일어났으니 그보다 더 좋을 수가 없다고 생각한 것이다.

아자가 손뼉을 세 번 치며 큰 소리로 말했다.

"성수파 문하 제자들은 들어라! 본 파 규율에 따르면 장문인 자리는 힘이 있는 자가 차지하도록 되어 있다. 누구든 가장 강한 무공을 지닌 사람이 본 파의 장문인 자리에 오르게 되는 것이다. 정춘추는 이미 반년 전에 나와 일전을 벌여 일패도지하고 고두 18배를 하며 날 사부로 모셨다. 그때 나한테 본 파의 장문인 자리마저 공손하게 바쳤거늘 지금까지 너희한테 고지하지 않았단 말이냐? 정춘추, 정말 대담하기 짝이 없구나! 넌 본 파의 대제자로서 응당 사제들의 본보기가 돼야 함에도 어찌 사부를 욕되게 하는 행동을 보이며 사제들을 기만하는 것이냐?"

낭랑한 목소리로 또박또박 얘기하는 그녀의 말이 온 산을 뒤덮어 누구나 똑똑히 알아들을 수 있었다.

그녀의 말에 모두가 깜짝 놀랐다. 기껏해야 열예닐곱 살밖에 안 돼 보이는 앞을 보지 못하는 어린 소녀가 어찌 성수파의 장문인이 될 수 있단 말인가? 단정순과 완성죽은 서로를 쳐다보며 더더욱 놀라워했다. 자신들의 딸이 정춘추 문하에 있었으며 성격이 괴팍하고 고집스럽다는 건 알지만 무공 실력은 극히 평범하지 않은가? 그녀가 감히 사부에 반하는 행동으로 정춘추라는 호랑이의 수염을 뽑는 행위를 하다니 말로가 어찌 될지 짐작이 가는 일이었다. 더구나 지금 소실산 위에는 대리국 수하들이 소수에 불과하기에 성수파와 맞서 그녀를 구해내기가 실로 쉽지 않을 것으로 보였다.

정춘추는 군웅이 운집해 모든 시선이 집중된 상황에서 아자가 놀랍게도 성수파 장문 깃발을 내걸고 나타났으니 참으려야 참을 수가 없었다. 그는 미친 듯이 화가 치밀어올랐지만 겉으로는 싱글싱글 웃으며 온화하고 인자한 모습을 내비쳤다.

"아자, 힘이 있는 자가 본 파의 장문인 자리를 차지한다는 네 말은 틀림이 없다. 네가 장문인 자리를 노리는 걸 보니 정말 실력이 있는 것 같구나. 그럼 내 삼초만 받아보는 게 어떠하겠느냐?"

돌연 눈앞이 번쩍하며 3척 앞에 누군가 나타났는데 다름 아닌 유탄지였다. 전혀 예기치 못한 상황이라 예리한 눈을 지닌 정춘추도 그가 어찌 나타났는지 제대로 보지 못했다. 그는 너무 놀란 나머지 뒤로 한 걸음 물러설 수밖에 없었다.

그의 한 걸음은 몸을 훌쩍 날린 것이라 5척가량이나 뒤로 갔지만 어찌 된 일인지 유탄지가 여전히 자신의 3척 앞에 서 있는 것이 아닌가? 자신이 뒤로 한 걸음 물러설 때 상대 역시 동시에 한 걸음 앞으로 내딛은 것이었다. 물론 그는 자신이 뒤로 후퇴하는 것을 보고 그제야 발걸음을 뗀 것이었으니 후발제지後發齊至 즉, 뒤에 출발했지만 동시에 도착했음에도 행동이 보이지 않았다는 건 무공의 고강한 정도가 실로 경이로울 수준이라는 말이 아닌가? 정춘추는 그의 무표정하면서도 누런 얼굴 가죽이 손만 뻗으면 닿을 곳에 있었지만 이런 질문조차 할 겨를이 없었다.

'난 아자와 대결을 벌이려 하는데 네놈이 어찌 중간에 끼어드는 것이냐?'

그는 곧바로 펄쩍 솟구쳐오르며 손을 뒤로 젖혀 제자 한 명을 움켜쥔 다음 그를 향해 내던져버렸다.

유탄지의 순간 대응 능력은 기이할 정도로 빨랐다. 그는 즉시 뒤로 1장 가까이 훌쩍 뛰어 그와 똑같이 손을 뻗어 개방의 삼대 제자 한 명을 움켜잡고 경력을 돋우어 밀어던졌다. 그 삼대 제자는 마치 거대한 암기처럼 변해 정춘추를 향해 덮쳐나가다 허공에서 성수파 제자와 평 소리를 내며 정면충돌했다. 그 자리에 있던 사람들 모두 두 사람이 부딪치는 강도를 보고 생각했다.

'저대로 부딪치면 제자 두 사람은 근골이 박살나 죽어버리겠구나.'

두 사람이 부딪치는 순간 파팟 하는 소리가 울려퍼지자 사람들은 코에 매캐한 탄내를 맡고 구역질을 느꼈다. 군웅 중에는 숨을 참으며 뒤로 물러서거나 손을 뻗어 코를 막고 당장 해약을 먹는 사람도 있었다. 정춘추와 장취현이 제자들을 상대로 음독한 내경을 펼쳤다는 사실을 알았기 때문이다. 두 제자는 서로 부딪친 후 맥이 풀린 채 바닥에 고꾸라져 꼼짝도 하지 못했다. 이미 목숨을 잃은 것이었다.

정춘추와 유탄지는 일초씩 교환했지만 승부를 가리지 못하자 서로 두려운 나머지 동시에 수 척 뒤로 물러섰다. 곧이어 각자 손을 뻗어 다시 제자 한 명씩을 움켜쥐고 앞을 향해 집어던졌다. 그 두 제자는 다시 허공에서 부딪쳐 탄내를 발산하며 똑같은 죽음을 맞이했다.

두 사람이 펼친 것은 모두 성수파의 음독한 무공인 부시독腐屍毒이었다. 살아 있는 사람을 움켜쥐고 적에게 던지는 것이지만 사실은 손으로 움켜쥘 때 먼저 그 사람을 죽이고 손톱에 묻혀둔 극독을 혈액 속에 침투시켜 온몸에 시독屍毒이 퍼지도록 만든 다음 적이 손을 내뻗으며 시신과 스칠 때 시독에 감염시키는 수법이었다. 설사 무기를 써서 내친다 해도 시독이 무기를 따라 손으로 감염되고 심지어 몸을 날려 피하거나 벽공장 같은 무공으로 후려친다 해도 독기의 감염을 면할 수는 없었다.

유탄지는 전관청과 손을 잡고 행동을 함께하게 됐지만 워낙 속이 없고 경험이 일천해 이틀이 채 되지 않아 전관청에게 자신의 진면목이 탄로 나버렸다. 이런 그를 두고 전관청은 생각했다.

'이 녀석이 내력은 강력한데 무공은 평범하기 짝이 없으니 그다지

쓸모가 없겠다.'

그 후 아자가 성수노괴 정춘추의 제자라는 사실을 알아낸 그는 묘안이 떠올라 유탄지가 아자로부터 성수파 무공을 배우도록 압박을 가했다. 또한 아자 앞에서는 유탄지의 무공 실력이 세상에 보기 드문 천하무쌍이라 과장을 해가며 아자로 하여금 그녀가 배운 무공을 일일이 시연해 유탄지에게 가르치도록 했다.

유탄지와 아자 둘 다 나이가 젊은 데다 한 명은 정에 빠져 있고, 한 명은 앞이 보이지 않았던 터라 그의 계략에 쉽게 빠져들고 말았다. 아자는 유탄지에게 성수파 무공을 속속들이 시연해내면서 연마 방법까지 아주 상세하게 가르쳐줬다. 유탄지의 부시독 무공 역시 그때 배우게 된 것이다. 부시독 무공의 요결은 극독을 동반한 심후한 내력을 연성해서 사람을 움켜쥐는 동시에 죽일 수 있어야 하고 곧바로 시신에 독을 묻히는 데 있었기 때문에 무공 자체는 그리 교묘하다고 할 순 없었다. 이런 도리를 성수파 제자들은 누구나 알고 있었지만 그런 내력에 이르기까지 연마하지 못했을 뿐이었다.

아자는 매우 영리했지만 앞이 보이지 않아 유탄지의 얼굴을 보지 못했고 장 공자란 사람이 자신의 목숨을 정춘추 손에서 구해낸 것이 확실했기 때문에 유탄지를 과대 포장하는 전관청의 뛰어난 말재주에 영리하기로 둘째가라면 서러워할 그녀였지만 절세 무공을 지닌 장 공자가 자신이 연마한 무예를 몰래 훔쳐 배울 것이라고는 전혀 눈치채지 못했다.

아자가 일초를 얘기할 때마다 유탄지는 그에 따라 연마를 했다. 그의 몸에는 이미 빙잠의 한독이 있었고 또한 《신족경》의 상승내공을 지니고 있어 정사正邪 양가의 장점을 겸비했기 때문에 그 내력이 비범하기 이를 데 없었다. 이로 인해 똑같은 일초라 해도 그의 수중에서 펼쳐낼 때는 나무를 절단하고 바위를 부수는 등 그 위력이 무궁무진했다. 아자는 이를 귀로만 듣고 탄복해 마지않았다. 유탄지 역시 그녀에게 《신족경》에 있는 일부 내공 연마법을 전수해주었다. 아자는 그 방법에 따라 연마한 후에도 커다란 진전이 없긴 했지만 몸이 가벼워지고 튼튼해져 근골까지 기민해지는 느낌이 들었다. 이즈음 유탄지는 자신이 그런 신공을 지니게 된 것이 그 경서 속의 괴승 그림과 크나큰 연관이 있음을 이미 알고 있었다. 그는 아자 앞에서 자신의 기량을 과시하기 위해서라도 매일같이 아무도 없는 곳에서 부지런히 연마해야만 했다.

그 후 전관청은 유탄지가 쓰고 있던 철가면을 제거할 방법을 강구하다 뜨거운 철가면에 데어 문드러진 유탄지의 얼굴에 인피면구를 씌워 가리도록 했고 그와 함께 동정호洞庭湖의 군산에서 열린 개방 대회에 참석하게 된 것이다. 유탄지는 그가 지닌 심후한 공력과 괴이한 무공 덕분에 개방 내에서 그와 대적할 사람이 없어 아주 손쉽게 방주 자리를 차지할 수 있었다. 동시에 전관청 역시 정식으로 개방에 복귀해 구대 장로에 오르게 되었다. 유탄지가 방주 자리에 오르긴 했지만 방내의 사무는 모두 전관청의 지시에 따라 처리하도록 했다. 전관청은 방내에서 유탄지에 불복하는 장로들과 제자들이 여전히 적지 않은 것을 보고 무척이나 염려했지만 그렇다고 이들을 모조리 죽여버릴 수도 없는 노릇이었다.

그 때문에 그는 소림파와 중원 무림 맹주 자리를 놓고 겨루자는 제의를 해서 개방 방주 장취현으로 하여금 천하 무림의 일인자가 되도록 만든 다음 이를 빌미로 공적과 위세를 드높여 개방에서 불평불만을 품고 있는 자들을 제압할 생각이었다.

아자는 일을 벌이기 좋아하고 승부욕도 매우 강한 성격이라 앞이 보이지는 않았지만 전관청의 그 제안에 적극 동조했다. 무림 맹주 따위에 관심이 전혀 없던 유탄지도 아자가 적극적으로 찬성하자 그 역시 그에 따르기로 했다. 전관청은 철저한 계략에 따라 주도면밀하게 조치를 하기 시작했다. 각 로의 영웅호한들을 11월 초열흘날 소림사에 동시에 모이도록 만든 것도 바로 그의 작품이었다. 아자는 속으로 천하제일 무공을 지닌 장취현이 버티고 있으니 하찮은 성수노괴 따위는 두려워할 필요가 없다고 생각했다. 그녀는 당장 성수파 장문인을 자처하는 자줏빛 깃발을 만들어 소실산에 당도하면 위엄을 과시하라는 명을 내렸다.

개방 일행이 소실산 위에 당도하자 산꼭대기에는 이미 성수파 제자들이 운집해 있었다. 이 점은 전관청조차 짐작하지 못했던 터라 유탄지에게 진언해 정춘추가 입을 열자마자 당장 그 앞에 나서도록 해서 아자가 난감한 상황에 빠지지 않도록 했다.

정춘추는 상대가 보통 실력이 아닌 것을 보고 가장 악독한 수단인 부시독 무공을 펼쳐냈다. 이 무공은 일초를 펼칠 때마다 자기 문하 제자도 한 명씩 희생시켜야만 했지만 상대가 이를 피하거나 막아내더라도 독으로 인한 피해를 벗어날 수는 없었다. 아무리 고명한 무공을 지닌 사람이라 해도 절정의 경공을 펼쳐 10장 밖으로 도주하지 않는 이상 독상을 입지 않을 수 없었으니 말이다. 손을 쓰자마자 멀리 도망을

친다면 이 싸움은 당연히 이루어지지 않을 것이다. 그러나 유탄지가 아자로부터 이 무공을 배워 개방 제자들까지 희생해가며 정춘추의 기습을 막아내리라고는 생각지도 못했다. 두 사람은 제자 한 명을 던지고 다시 또 한 명의 제자를 던졌다.

시신들이 서로 부딪치는 소리가 끊임없이 울려퍼지며 삽시간에 양쪽에서 각자 일곱 명씩의 제자들을 집어던져 모두 열네 구의 시신이 바닥에 널브러졌다. 시신들 얼굴은 하나같이 시퍼렇게 변해 끔찍한 표정을 짓고 있어 차마 눈뜨고 볼 수 없을 정도로 참혹했다.

성수파 제자들은 모두 경악을 금치 못해 필사적으로 뒤로 숨으며 사부에게 잡히지 않으려 애썼다. 입으로는 여전히 칭송의 노래를 끊임없이 불러댔지만 모두 떨리는 목소리였다. 이 상황에서 어찌 기쁨에 찬 의미를 담아 노래할 수 있겠는가?

개방 제자들은 방주가 갑자기 그런 음독한 무공을 펼치는 것을 보자 어쩔 수 없다 여기면서도 모두 의아해했다.

'본방에서는 평소 일을 행함에 있어 인의를 우선시해왔는데 방주가 어찌 천하 영웅들 앞에서 저런 후안무치한 무공을 펼치는 거지? 이리 되면 성수파와 똑같은 무리로 취급받게 되는 것이 아닌가?'

이런 생각을 하는 사람도 있었다.

'교 방주가 여전히 우리 방주였다면 아마 정도에 의해 성수노괴의 사술에 대항했을 것이다.'

정춘추는 손을 뻗어 여덟 번째 제자를 움켜잡으려 했지만 손을 움켜쥘 때마다 허공이 잡히자 고개를 돌려 바라봤다. 제자들이 모두 멀찌감치 피해 있는 것이 아닌가! 바로 그때 획 하는 소리와 함께 유탄지의 여덟 번째 제자가 날아오자 정춘추는 놀라면서도 노한 나머지 황급히 몸을 날려 제자들 무리 속으로 냉큼 뛰어들어갔다. 개방 제자의 시신이 쏜살같이 날아오는 걸 본 성수파 제자들이 이를 피해 도망치려 했지만 이미 때는 늦은 뒤였다. 일고여덟 명의 제자들이 '아이고, 어머니!'를 외치며 시신에 부딪혀버리고 말았다. 시신에 묻어 있는 극독이 얼마나 강력한지 예닐곱 명의 제자들이 순식간에 시꺼먼 기운으로 뒤덮인 얼굴로 바닥에 나동그라져버리고는 경련을 몇 번 일으키다 그 자리에서 죽어버렸다.

아자는 옆에서 전관청이 하는 상황 설명을 듣고 좋아서 깔깔대고 웃으며 외쳤다.

"정춘추, 장 방주는 우리 성수파 장문인의 수호자다. 우선 장 방주를 물리친 다음 이 장문인과 대결해도 늦지 않을 것이다. 어찌 됐느냐? 졌느냐? 이겼느냐?"

정춘추는 극도로 낙심해하고 있었다. 조금 전에는 결코 무공 대결에서 진 것이 아니었다. 장취현이 시신을 던진 위치나 힘으로 볼 때 그가 내력은 강하나 사용하는 수법이 매번 똑같다는 건 아자로부터 배운 성수파의 얄팍한 무공에 불과하다 볼 수 있었지만 그 안의 갖가지 오묘한 변화들에 대해서는 전혀 알 수가 없었기 때문이다. 이번 대결은 성수파 제자들이 개방 제자들보다 죽음을 두려워해 멀리 피했기 때문에 진 것이다. 죽음을 두려워하지 않고 당당하게 맞서는 개방 제자들과의 차이에서 나온 결과였다. 그는 순간 스치고 지나가는 계책이 떠올라 앙천대소했다.

아자가 눈살을 찌푸렸다.

"웃어? 그래도 웃음이 나온단 말이지? 뭐가 우스워 그러는 것이냐?"

정춘추는 그 말에 아랑곳하지 않고 계속 큰 소리로 웃어댔다.

"휙! 휙! 휙!"

그는 갑자기 엄청난 바람 소리를 내며 여덟아홉 명의 성수파 제자들을 움켜쥐고 연이어 던지기 시작했다. 한 명을 던지자마자 곧바로 이어 던지는데 마치 구슬에 꿴 화살이 날아가듯 그야말로 쾌속무비하게 유탄지를 향해 날아갔다.

유탄지는 이 연주부시독連珠腐屍毒 무공에 대해서는 전혀 모르고 있던 터라 그저 개방 제자 세 명을 움켜쥐고 집어던질 뿐이었다. 그러나 네 번째 제자를 던지려 할 때는 미처 손쓸 겨를이 없어 다급한 나머지 하늘을 향해 솟구쳐올랐다. 다만 이렇게 날아오는 독시신을 피하기만 했을 뿐 뒤로 도망가지는 않았기에 대결에서 패했다고 말할 수는 없었다.

정춘추는 그가 피하기만 기다리고 있다가 왼손으로 일초를 펼쳐냈다. 그러자 곧 아자가 비명을 지르며 정춘추 앞으로 훌쩍 날아가버렸다.

옆에서 지켜보던 사람들이 이를 보고 아연실색하지 않을 수 없었다. 원래 금룡공擒龍功이나 공학공控鶴功 같은 무공을 상승의 경지까지 연마하면 허공을 격해 사물을 움직일 수는 있었지만 아무리 멀어야 4~5척 거리에 있는 적을 잡아오거나 무기를 빼앗아오는 정도에 불과할 뿐이었다. 무술에서 흔히 얘기하는 이른바 격산타우隔山打牛[1]는 원래 고수의 벽공장이나 무형신권无形神拳처럼 허경虛勁으로 상대를 가격하는 것이었지만 내력을 결코 2장 밖에까지 펼쳐낼 수는 없었다. 화염도나 육맥신검 같은 무공들도 공경내력空勁內力[2]으로 상대를 가격하는 것이지만 이는 무림 내에서도 보기 드문 신공이었다. 이때 아자와 6~7장에 달하는 거리에 있던 정춘추가 놀랍게도 단 일초 만에 말을 끌어당기듯 잡아갔다는 것은 그 무공의 깊이가 상식적으로 이해가 되지 않는 정도였던 것이다.

그러나 정춘추가 아자를 잡아가면서 펼친 것은 진정한 무공이 아니라 그의 성수삼보星宿三寶 중 하나인 유사색柔絲索에 의존한 것이었다. 이 유사색은 성수해 주변에서 자라는 설잠雪蠶 실로 만든 것으로 설잠은 눈 속에서 자라는 뽕나무인 설상雪桑에서 야생하는 누에였다. 외형이 빙잠보다 작고 여기서 추출되는 누에 실은 기이할 정도로 질겨서 단 한 가닥도 끊어버리기가 쉽지 않다. 다만 설잠 실은 생산량이 극히 적어 구하기가 매우 어려웠다. 얼마 전 아자가 저만리를 잡아 그가 수치를 못 이겨 자결하게 만들 때 사용한 투명 어망 안에도 소량의 설잠사가 섞여 있었다. 정춘추의 이 유사색은 온전히 설잠사로만 꼬아 만든 것으로 극히 가늘고 투명해서 육안으로 식별하기가 거의 힘들었다. 사실 그는 아홉 명의 제자들을 던질 때 동시에 이 유사색을 함께 내던졌다. 그가 아홉 구의 독시신을 던진 이유는 첫째, 유탄지를 피하기 위해서였고 둘째, 장안술障眼术 즉, 눈속임을 위한 술수를 펼치기 위해서였다. 사람들 시선을 그의 연주부시독에 쏠리도록 만든 다음 유사색을 휘둘러내면 그 누구도 알아채기 힘들기 때문이었다.

아자가 유사색이 몸을 휘감는다는 걸 알아차렸을 때는 이미 정춘추에게 잡혀 끌려간 뒤였다. 도구의 힘을 빌린 셈이지만 이 미세하고 형체가 거의 없는 유사색을 6~7장 밖으로 던지고 고수들이 전혀 눈치채지 못한 틈에 손을 잡아당겨 사람을 잡아오는 이런 공력은 당연히 평범한 수법이라 할 수 없었다. 그가 왼손으로 아자의 등짝을 움켜쥐고 오른손으로 그의 혈도를 찍는 동안 유사색은 이미 그의 소맷자락 속에 들어가 있었다. 그는 시신을 던지고 유사색을 내뻗어 손을 잡아당기며 사람을 잡아오면서도 줄곧 껄껄대고 웃고 있었지만 아자를 수중에 넣은 이후에도 그 웃음소리는 끊이질 않고 계속되었다. 사실 이 크나큰 웃음소리 역시 사람의 시선을 분산시키기 위한 장안술이었던 것이다.

유탄지는 몸이 공중에 떠 있는 동안 아자가 잡힌 것을 목격하고 다급한 나머지 앞을 향해 덮쳐갔지만 순간 여섯 구의 시신이 발밑에서 날아왔다. 그는 왼발로 착지를 하자마자 오른손으로 정춘추를 향해 강력하게 가격해 들어갔다.

정춘추는 왼손을 앞으로 쭉 내뻗어 비석마저 박살낼 수 있는 장력을 지닌 그의 일초에 아자의 몸을 가져다 대려 했다. 유탄지는 고강한 무공 실력에 비해 순간 대처 능력이 거의 없던 터라 자신의 일장이 아자 몸에 맞닿으려는 것을 보고 장력을 황급히 거두어들이려 했다. 원래 중급 정도의 무공 실력이었다 해도 장력을 한쪽으로 몰면 아자에게 해가 가지 않는다는 사실 정도는 알고 있었다. 하지만 유탄지는 아자에 대한 경애심이 지나쳤고 상황이 심상치 않은 것을 보고 장력을 거두기만 했을 뿐 다른 생각을 할 겨를이 없었다. 하지만 이 엄청난 장력을 모두 거두려면 오히려 자기 가슴을 맹렬하게 가격하는 것이나 다름없었다. 그는 순간 휘청하면서 억 하고 비명을 내지르며 입에서 선혈을 내뿜었다.

그가 신족경을 연성했다고는 해도 이 일장을 받아내기는 쉽지 않았다. 잠시 숨을 돌리려 했지만 정춘추가 그에게 숨 돌릴 여유를 줄 리가 있겠는가? 그는 연이어 사장을 후려쳐나갔다. 유탄지는 단전에서 내식을 끌어올릴 시간이 없어 그에 맞서 일장으로 받아칠 수밖에 없었다. 그의 사장을 받아내면서 일장을 받아낼 때마다 피를 한 모금씩 토하게 되니 연속 사장을 모두 받아내자 검붉은 피를 네 모금이나 토해내야만 했다. 정춘추는 승기를 잡자 이를 놓치려 하지 않았다. 다섯 번째 장을 연이어 후려치며 이 틈에 그의 목숨을 노렸다.

옆에서 구경하던 몇 명이 일제히 호통을 쳤다.

"정 노괴! 죽일 생각은 마라!"

"멈춰라!"

"내 일초를 받아라!"

현자와 관심, 도청 등 고승과 각 로의 영웅 등 의협심 넘치는 인사들이 이 개방 방주가 이대로 정춘추의 손에 죽임을 당하게 놔둘 수 없다는 듯 호통을 치며 앞다투어 유탄지를 구하러 나섰다.

정춘추가 다섯 번째 장을 후려칠 때 뜻밖에도 유탄지는 이를 일초로 맞받아쳤다. 정춘추는 신형을 흔들 하며 뒤로 한 걸음 물러섰다. 이를 지켜보던 고수들은 이 일초로 인해 정춘추가 약간의 충격을 입었다는 걸 알고 걸음을 멈춘 채 더 이상 앞에 나서서 도우려 하지 않았다. 알고 보니 유탄지가 어혈 네 모금을 토해낸 후 내식이 소통되기 시작했고 다섯 번째 장을 맞받아칠 때는 체내의 빙잠 기독과 신족경 내력이 동시에 분출되었던 것이다. 정춘추가 장력으로 이를 강하게 맞받아쳤지만 그의 적수가 되지 못했다. 정춘추가 승기를 잡아 유탄지에게 부상을 입히고 그의 내력을 약화시켜 놓지 않았다면 조금 전 쌍장이 맞부딪치는 순간 정춘추는 다섯 걸음 이상 물러서지 않으면 안 됐을 것이다.

정춘추는 기식이 역류하는 느낌이 들어 속으로 몹시 불쾌했지만 다시 10성 공력을 운기해 휙 하고 일장을 펼쳐 앞으로 밀고 들어갔다. 유탄지가 한 걸음 앞으로 내딛어 그의 일장을 맞받아치며 소리쳤다.

"어서 단 낭자를 내려놔라!"

"휙휙휙휙!"

그는 연이어 사장을 펼쳐내며 매 일장을 내밀 때마다 한 걸음씩 앞으로 내딛었다. 다섯 걸음을 내딛자 이미 정춘추와 얼굴을 마주하는 상황에 놓이게 됐고 다시 손을 한번 뻗기만 하면 아자를 빼앗아올 수 있었다.

정춘추는 장력에서 그의 적수가 되지 않는 데다 강시처럼 무표정한 유탄지의 얼굴을 보고 두려움이 느껴졌다. 그러나 순간 방긋이 웃으며 말했다.

"부시공 무공을 또 펼칠 테니 조심해라!"

이 말을 하며 왼손으로 아자를 치켜들고 몇 번 흔들었다.

정춘추가 부시독 무공을 펼친다면 아자는 독시신으로 변해버릴 것이 아닌가? 유탄지가 황급히 외쳤다.

"아니, 안 돼! 저… 절대 안 된다!"

두려움이 극한에 달한 듯 떨리는 목소리였다.

정춘추는 당황해하는 그의 목소리를 듣고 알아차렸다.

'이제 보니 이 녀석이 이 추잡한 화냥년한테 홀렸구나. 하하. 아주

좋아! 이보다 더 좋을 순 없지.'

그는 본래 아자를 사로잡아 사람들 앞에서 죽여버리고 성수파 장문인 자리를 넘보는 제자에 대한 응징을 하고자 했지만 유탄지가 하는 행동을 보자 아자를 인질 삼아 이 출중한 무공을 지닌 개방 방주 장취현을 협박할 수 있을 것 같다는 생각이 들었다.

"이 계집애를 죽이기 싫으냐?"

유탄지가 부르짖었다.

"어… 어서 여자를 내려놔라! 너무 위험하다….'

정춘추가 껄껄대고 웃었다.

"이 계집을 죽이려면 얼마든지 죽일 수 있는데 내가 왜 내려놔야 하느냐? 이년은 본 파를 배반한 오만방자하기 그지없는 역도다! 이런 계집을 죽이지 않으면 누굴 죽인단 말이냐?"

유탄지가 말했다.

"그… 그녀는 아자 낭자야, 어찌 됐건 그녀를 죽일 수는 없다. 이미 두 눈을 못쓰게 만들어놓고… 제발 부탁이오! 어서 내려놓으시오! 내… 내가 후한 사례를 하겠소."

그는 두서없이 말을 늘어놓았다. 아자에 대한 지나친 관심 때문에 그런 것으로 보였지만 개방 방주로서의 위엄이라고는 전혀 찾아볼 수 없었다.

정춘추는 그의 내력이 음한하면서도 강력한 데다 목소리를 들어보니 예전에 자신을 따르던 철두인과 비슷한 것 같았다. 하지만 머리에 철가면이 없는 게 분명하고 철두인이 개방 방주가 됐으리라고는 상상조차 할 수 없었기에 더 생각할 여지가 없었다.

"이 하찮은 목숨이야 얼마든지 살려줄 수 있다. 다만 날 위해 몇 가지 일을 해줘야겠다."

유탄지가 다급하게 답했다.

"알았소, 그 말에 따르겠소! 백 가지 아니라 천 가지라도 할 것이오!"

그가 이렇게 나오자 정춘추는 기쁜 나머지 고개를 끄덕였다.

"아주 좋다! 첫째, 당장 날 사부로 모시고 지금부터 성수파 제자가 되도록 해라!"

유탄지는 잠시의 지체도 없이 당장 무릎을 꿇고 바닥에 엎드렸다.

"하늘 같은 사부님께 제자… 제자 장취현이 절을 올리겠습니다!"

이 말을 하면서 속으로 생각했다.

'원래 당신 제자로 이미 절을 한 적 있는데 한 번 더 한다고 무슨 문제 있겠어?'

그가 무릎을 꿇자 군웅이 웅성대기 시작했다. 개방의 여러 장로를 비롯한 수많은 제자는 하나같이 분노에 휩싸여 생각했다.

'우리 개방은 천하제일 대방으로서 평소 의협심 넘치는 무리임을 자부해온 터인데 방주가 어찌 악명 높은 성수노괴를 사부로 섬긴단 말인가? 저런 자를 방주로 섬길 수는 없다.'

돌연 징과 북, 피리 소리가 들리기 시작하면서 성수파 제자들의 환호성과 함께 성수노선을 칭송하는 소리가 하늘까지 울려퍼졌다. 갖가지 공덕을 칭송하는 노랫소리와 오글거리는 언사는 보통 사람이 상상조차 할 수 없는 것들이었다. 대부분이 일월도 성수노선의 밝기를 따라가지 못하고, 천지도 성수노선만큼 크지 않으며, 반고盤古[3]가 천지를 개벽한 이래 성수노선만큼 위엄과 덕행을 지닌 사람은 없다는 등의 내용이었다. 심지어 주공周公, 공자, 부처님, 태상노군太上老君⁴ 및 옥황대제玉皇大帝, 십전염왕十殿閻王⁵ 등도 성수노선 한 분만은 인정한다는 그야말로 말도 안 되는 얘기들도 있었다.

아자가 정춘추에게 사로잡힐 때 단정순과 완성죽은 새파랗게 질린 얼굴로 서로를 바라봤지만 성수노선에게 적수가 되지 않는 실력임을 알기에 그의 수중에 있는 딸을 구해내기란 쉽지 않았다. 그러다 장취현이 자신들의 딸을 위해 적에게 무릎을 꿇으며 굴복하는 것을 보고 의외라고 생각하고 있었다. 완성죽은 놀라면서도 기쁜 마음에 나지막이 말했다.

"저 사람 정이 얼마나 깊은지 좀 보세요! 다⋯ 당⋯ 당신은 저 사람의 만분의 일도 못 따라가요!"

단예는 힐끔 눈을 돌려 왕어언을 쳐다보며 생각했다.

'왕 낭자에 대한 내 깊은 정을 스스로 더할 나위 없이 극진하다 여겼건만 저 장 방주에 비하니 크게 부족한 것 같구나. 저 사람이야말로 사랑에 빠진 성현이다! 만일 왕 낭자가 성수노괴에게 사로잡혀 있다면 내가 사람들 앞에서 저자에게 무릎을 꿇을 수 있을까?'

여기까지 생각하다 갑자기 혈맥이 불끈 솟아오르며 왕어언을 위해서라면 골백번 죽는다 해도 기꺼이 할 수 있겠다는 생각이 들었다. 사람들 앞에서 굴욕을 당하는 하찮은 일쯤 따위야 무슨 문제가 될 수 있단 말인가?

"그럼! 할 수 있고말고!"

단예는 자기도 모르게 입에서 이런 말이 튀어나왔다.

왕어언이 물었다.

"뭘 할 수 있다는 거죠?"

단예가 우물쭈물하며 말했다.

"음, 그게 나도 사부로 모시며 무릎을 꿇을 수 있다는···."

왕어언은 무슨 말인지 알아차리고 이내 얼굴을 붉혔다.

유탄지는 몇 번의 절을 하고 곧바로 일어났다. 하지만 정춘추가 여전히 아자를 내려놓지 않고 있는 데다 일그러진 얼굴로 고통스러운 표정을 짓고 있는 아자를 보자 다급하게 말했다.

"사부님, 이제 아자를 내려놓아주십시오!"

정춘추가 냉소를 머금었다.

"대담하기 짝이 없는 행동을 한 이 계집애를 어찌 그리 쉽게 용서해주겠느냐? 네가 공을 세워 속죄를 하기 전에는 안 된다. 나 대신 몇 가지 일을 처리토록 해라!"

"네! 사부님, 제가 어떤 공을 세우면 되겠습니까?"

"가서 소림사 방장인 현자에게 도전해 놈을 없애버려라!"

유탄지는 순간 머뭇거리며 말했다.

"이 제자는 소림 방장과 아무 원한도 없습니다. 개방이 비록 소림사와 쟁투를 벌이고는 있지만 사람을 죽여 유혈 사태를 일으킬 필요는 없다고 생각합니다."

정춘추는 안색이 굳어져 벌컥 화를 냈다.

"사부의 명을 거역한다면 날 사부로 모신 것이 모두 거짓이라 볼 수 있다."

유탄지는 아자를 무사히 구하기만 바랄 뿐 강호의 도의나 시시비비를 가리는 공론 따위는 안중에도 없었던 터라 재빨리 대답했다.

"알겠습니다! 허나 소림파 무공이 매우 고강해서 제자가 전력을 다한다 해도… 사부님, 부… 부디 한번 한 말에 대한 책임을 지십시오. 아자 낭자를 해쳐서는 안 됩니다."

정춘추가 담담한 어조로 말했다.

"현자의 생사는 온전히 너에게 달려 있고 아자의 생사는 모두 내 손에 달려 있다."

유탄지는 몸을 돌려 큰 소리로 말했다.

"소림사 현자 방장은 들으시오! 소림파는 무림 내 각 문파의 우두머리이며 개방은 강호의 제일대방으로서 여태껏 중원을 두고 서로 대립해왔을 뿐 서로 예속된 적이 없소. 그 때문에 오늘 우리가 승부를 가려 승자는 무림의 맹주가 되고 패자는 무림 맹주의 호령에 복종해야 하며 이를 어겨서는 안 될 것이오!"

그는 군호의 얼굴을 훑고 지나가다 다시 말했다.

"천하의 영웅호한들께서 오늘 소실산 밑에 모두 모이셨으니 누구든 이에 불복한다면 무림 맹주에게 도전할 수가 있소."

그는 자신이 이미 무림 맹주라도 된 것처럼 이 말을 내뱉었다.

정춘추와 유탄지가 대화하는 목소리는 그리 크지 않았지만 내공이 심후한 사람들은 말 하나하나를 모두 귀에 담아두고 있었다. 소림사 고승들은 정춘추가 공공연히 장취현에게 현자 방장을 죽이라는 명을 내리자 대로하지 않을 수 없었다. 그러나 조금 전 두 사람이 보여준 무공을 이미 봤기 때문에 장취현이란 자가 공력이 강하고도 사악해 현자의 무공으로 그를 상대할 수 있을지에 대해서는 함부로 단언하기 어려웠다. 더구나 그가 지닌 각종 독공과 사술은 더욱더 막아내기 어려워 보였다.

현자는 그와의 대결을 원치 않았지만 그가 공공연히 군웅 앞에서 자신에게 도전하는 데다 굳이 피할 이유가 없다는 생각이 들어 두 손으로 합장을 한 채 말했다.

"개방은 수백 년 동안 중원 무림에서 의협한 문파로 명성이 나 있어 천하 영웅들 중 우러러보지 않는 이가 없었소. 귀 방의 전임 방주인 왕검통 방주는 폐파와 교분이 매우 두터운 분이셨소. 폐파의 승속僧俗 제자들은 줄곧 귀 방에 대해 존경심을 표해왔으며 개방과 소림파가 수백 년 동안 교분을 쌓아오면서 서로 해치지 않고 화목하게 지내왔소. 한데 장 방주께서는 어찌 오늘 갑자기 제자들을 몰고 와 공격을 하는 것인지 묻고자 하오. 천하 영웅들이 모두 여기 있으니 시비곡직에 대해 공론을 내려줄 것이라 믿소."

유탄지는 젊고 식견이 부족한 데다 배운 것도 재주도 없는데 어찌 현자의 말에 변론을 할 수 있겠는가? 그러나 그는 소림사에 오기 전에 전관청으로부터 가르침을 받은 말이 있었던 터라 즉각 대답했다.

"우리 대송 남쪽에는 요나라가 있고 서쪽에는 서하와 토번, 북쪽에는 대리가 있어 네 오랑캐가 호시탐탐 노리고 있으니 이는… 이는…."

그가 '북쪽에는 요국, 남쪽에는 대리'란 부분에서 방위를 틀리게 말하자 군호는 말을 잘못했다는 걸 알고 헛기침을 하거나 웃음을 터뜨리고 말았다.

유탄지는 뭔가 잘못되었다는 걸 알았지만 수습할 방법이 없자 자기도 모르게 난처한 기색을 드러내고 말았다. 다행히 그는 인피면구를 쓰고 있어 남들에게 안색을 들키지는 않았다.

"음…."

그는 몇 번 말을 더듬다 다시 계속했다.

"우리 대송은 병력이 부족하고 국력이 약화돼 전적으로 우리 무림 지사들과 강호 동도들에 의지해야만 하는 상황이오. 그 때문에 우리 모두가 이를 보좌해야만 외세 강적들의 침입에 대항하고 내부의 간인들을 제거할 수 있소."

군웅은 그의 몇 마디 말을 듣고 일리가 있다는 듯 동조했다.

"그렇지, 옳은 말이오!"

유탄지가 정신을 가다듬고 말을 이었다.

"최근 몇 년 동안 외환이 심각한 상황이라 모두가 합심해 나라의 위기를 공동 대처해야 하지만 각 문파와 방회는 서로 쟁투를 벌이느라 제대로 협력을 하지 못하고 있소. 거란인인 교봉이 단창필마로 소란을 피우는데도 중원의 호걸들은 번번이 패배했고, 또한 서역의 성수파 성수노… 성수노… 성수노… 성수노… 음, 과거에 소림파의 두 고승을 연이어 죽였는데… 그…."

전관청은 본래 그에게 '서역의 성수노괴가 소림파의 두 고승을 죽인 적이 있지만 소림파에서는 속수무책이었다'라고 말하라고 가르쳐주었다. 유탄지는 이 말을 아주 정확히 외우고 있었지만 갑자기 입에 담으려 하니 뭔가 잘못된 것 같아 몇 번의 '성수노'란 말을 내뱉었다 더 이상 말을 잇지 못했던 것이다.

군웅 중에 이렇게 외치는 자가 있었다.

"놈은 성수노괴고 넌 성수소괴다!"

사람 숲속에서 웃음소리가 터져 나왔다.

성수파 제자들이 일제히 노래를 부르기 시작했다.

"성수노선의 은덕이 천지를 뒤덮어 그 위세가 천하에 떨치니 고금을 통틀어 비할 자가 없도다!"

1천여 명에 이르는 제자들이 일제히 소리 높여 노래를 부르자 군호의 웃음소리는 그대로 묻혀버리고 말았다.

노랫소리가 그치자 사람 숲속에서 돌연 듣기 거북한 쉰 목소리가 큰 소리로 노래를 불렀다.

"성수노선의 은덕이 천지를 뒤덮어 그 위세가 천하에 떨치니⋯."

그 곡조는 성수파 노래와 똑같았다. 성수파 제자들은 다른 문파 안에서 누군가 노선을 칭송하는 성수파 노래를 듣자 매우 보기 드문 일이라 생각했다. 성수파 제자들이 자화자찬을 하는 것보다는 훨씬 나았으니 말이다. 성수파 제자들은 너무 기뻐서 징과 북, 피리를 힘껏 두들기고 불어가며 연주를 해댔다. 그러나 마지막 네 번째 구절에서 반전이 펼쳐질 줄은 생각지도 못했다.

"그건 다 헛소리로다~."

성수파 제자들은 서로의 얼굴을 쳐다보며 아연실색했다. 그렇다고 징과 북, 피리 소리를 도중에 멈출 수 없어 끝까지 반주를 하자 '다 헛소리로다~'란 한 구절이 간드러지게 어우러지며 들리는 것이 아닌가?

군웅이 이를 듣고 박장대소를 하자 성수파 제자들은 큰 소리로 욕을 해댔다. 왕어언이 활짝 웃었다.

"포 셋째 오라버니, 목청이 아주 좋으신데요?"

포부동이 말했다.

"부끄럽소이다, 부끄럽소이다!"

네 마디 노래는 바로 포부동이 부른 것이었다.

유탄지는 어수선한 틈을 타서 전관청과 나지막이 상의를 하다 다시 큰 소리로 외쳤다.

"우리 대송은 국운이 위태로운 상황이라 강호 동도들이 합심하지 않는다면 다른 나라로부터 억압을 받는 지경에 이를 것이오. 그 때문에 우리 개방에서는 앞으로 단 한 명의 무림 맹주를 세워 모두가 맹주의 명을 받들고, 대사가 발생했을 때 일사불란하게 움직여야 한다고 주장하는 바요. 현자 방장, 이에 찬성하시오?"

현자가 천천히 답했다.

"장 방주의 말씀에도 일리가 있소. 다만 노납이 이해할 수 없는 부분이 있으니 가르침을 내려주시오."

"뭡니까?"

"장 방주는 이미 정 선생을 사부로 모셨으니 성수파 제자인 셈이오. 안 그렇소?"

"그… 그건 내 개인적인 일일 뿐 당신과는 무관하오."

"서역의 오랑캐 문파인 성수파가 우리 대송의 무림 동도는 아니니 우리 대송이 무림 맹주를 세우건 안 세우건 성수파와는 무관하다 할 수 있소. 설사 중원 무림 동도들이 한 명의 맹주를 추대해 통솔권을 맡긴다 해도 귀하는 성수파 제자이니 참여하기가 어려울 것이오."

군웅이 앞다투어 입을 열었다.

"옳소!"

"소림 방장 말씀이 지당하시오."

"당신은 서역 문파의 앞잡이이자 노예인데 어찌 중원 무림의 맹주를 꿈꾼다는 말이오?"

유탄지는 할 말이 없어 정춘추를 바라본 다음 다시 전관청을 쳐다보며 대신 무슨 말이라도 해서 위기를 빠져나오게 만들어주기만 바라고 있었다.

정춘추가 헛기침을 한번 하더니 말했다.

"소림 방장 말씀에 어패가 있소. 노부는 산동 곡부曲阜 사람으로 성인의 고장에서 태어났고 성수파는 노부가 창건한 것인데 어찌 서역의 오랑캐 문파로 치부한단 말이오? 성수파가 비록 서역에 거처를 두고 있긴 하지만 그건 노부가 잠시 은거한 곳일 뿐인데 성수파가 서역 문파라고 말한다면 그럼 공부자孔夫子[6] 역시 서역 사람이라는 말씀이 아니오? 가소롭군, 가소로워! 서역의 오랑캐를 말하자면 소림 무공은 원래 천축의 달마조사로부터 기원한 것이고 불교 역시 서역 오랑캐의 유물이라 할 수 있으니 소림파야말로 서역 문파로 볼 수 있소!"

이 말을 내뱉자 현자와 군웅 모두 항변하기가 쉽지 않다고 느꼈다.

전관청이 큰 소리로 외쳤다.

"천하의 무공은 원류를 고찰해내기가 어렵소. 서역 무공을 중원에 전한 사람도 있고 중원 무공을 서역에 전한 사람 역시 존재하오. 우리 개방의 장 방주는 중원 사람이고 개방은 평소 중원 문파에 속해 있었으니 당연히 중원 무림의 우두머리라 할 수 있는 것이오. 현자 방장, 오늘 문제는 무공의 강약으로 승부를 가리는 것이지 언변으로 승패를 가리는 것이 아니오. 개방과 소림파 중 누가 강하고 누가 약한지는 장 방주와 당신 두 우두머리가 실력을 겨루기만 하면 고하를 판단할 수 있는 것이오. 그러지 않고 종일 말로만 떠들어봐야 무슨 득이 있겠소?

만일 당신 스스로 폐방 장 방주의 적수가 되지 않는다는 걸 인정한다면 그건 진심으로 승복하는 셈이 되는 것이니 그때는 우리 장 방주를 무림의 맹주로 추대하고 서로 대결을 펼치지 않아도 될 것이오."

그의 이 몇 마디 말에는 현자가 그의 적수가 되지 않는다는 걸 버젓이 알면서 두려움 때문에 회피하는 것이라는 뜻을 내포하고 있었다.

현자는 앞으로 몇 걸음 나아가 말했다.

"장 방주, 당신이 꼭 노납과 대결을 하고자 하니 노납이 아무리 귀방과 폐파의 수백 년 된 교분을 들어 원치 않는다 해도 귀 방에 실례를 하는 셈이 될 것 같소이다."

그는 군웅을 스쳐 지나듯 천천히 둘러보다 큰 소리로 외쳤다.

"천하 영웅들께서는 들으시오. 오늘 이렇게 직접 보고 계시는 바와 같이 우리 소림파는 절대 개방과 쟁투를 벌일 의도가 없으나 개방 방주가 이토록 핍박을 가하니 노납도 더 이상 물러설 수가 없겠소."

군웅이 앞다투어 말했다.

"그렇소. 소림파는 결코 도리에 어긋나는 행동을 하지 않았소."

유탄지는 아자의 안위가 염려됐을 뿐이라 속히 현자를 죽이고 정춘추에게 결과를 보여 그가 아자를 풀어주게 만들고자 하는 마음뿐이었다. 그는 큰 소리로 호통을 쳤다.

"무예를 겨루다 보면 약육강식은 당연한 것이며 도리에 어긋나고 안 나고는 말할 가치도 없는 것이오. 어서 덤비시오!"

그는 어릴 때 놀기만 좋아했지 배움에 대해 관심이 없었던 터라 본질이 어질다 할 수는 없었지만 어찌 됐건 꾸밈없는 젊은이에 속했다. 그는 부친이 죽고 난 후 강호를 유랑하며 갖은 굴욕을 당해왔을 뿐 단

한 명이라도 영민하고 정직한 사람으로부터 가르침을 받은 적이 없었다. 더구나 근자에 아자와 밤낮을 함께하며 배운 지식이라고는 성수파에 관한 것들뿐이었다. 성수파 무공은 음험하고도 악랄하게 이기는 데만 주력하는 것이었다. 거기에 전관청은 그를 도와 개방 방주 자리를 쟁취하기 위해 심혈을 기울이다 보니 그에게 가르친 것 역시 상대를 해칠 때 여지를 남겨두지 않는 수법들뿐이었다. 그 때문에 이런 것들이 나날이 쌓이고 응집되면서 중원의 협사 집안 출신의 자제가 선악을 구분하지 못하고 오로지 힘만 가지고 목적을 달성하려 드는 폭한暴漢으로 변해버린 것이다.

현자가 큰 소리로 말했다.

"장 방주 말씀은 개방이 수백 년간 지켜온 인의와 협의에 부합되지 않는 듯하외다."

유탄지의 신형이 흔들 하자 순간 현자가 서 있는 곳 앞으로 1장 가까이 다가와 있었다.

"싸울 마음이 있으면 싸우고 그렇지 않다면 뒤로 물러서시오!"

이 말을 하면서도 정춘추와 아자를 힐끗 쳐다보는 그의 모습은 지극히 초조해 보였다.

현자가 말했다.

"좋소이다. 노납이 오늘 장 방주의 항룡이십팔장과 타구봉법 절기가 어떠한지 가르침을 받아보겠소. 천하 영웅호한들에게도 수백 년간 이어져온 개방 방주의 적전 무공이 어떤 건지 보여주고 말이오."

유탄지는 어리둥절해하며 자기도 모르게 뒤로 두 걸음 물러섰다. 그가 개방 방주 자리를 이어받긴 했지만 항룡이십팔장과 타구봉법 두 절기는 일초도 할 줄 몰랐다. 방내의 장로들이 빈정대면서 그 두 절기가 개방의 '진방신공鎭幇神功'이라고 하는 말을 들은 적이 있을 뿐이었다. 항룡이십팔장은 이따금씩 방주 자리에 앉지 않은 사람에게도 전수되고는 했지만 타구봉법은 반드시 개방 방주에게만 전수해야 했다. 수백 년 동안 개방 방주 중에 이 두 가지 진방신공을 할 줄 모르는 사람은 단 한 명도 없었다.

현자가 말했다.

"노납이 본 파의 대금강권으로 방주의 항룡이십팔장을 받아내고 항마선장降魔禪杖으로 방주의 타구봉을 받아내도록 하겠소. 에이, 소림파와 귀 방은 대대로 두터운 교분을 지니고 있어 이 무공들을 줄곧 절차탁마해왔을 뿐 적대적인 대결에 사용해본 적이 없었소. 모든 것이 노납이 부덕한 탓이니 개방의 역대 방주들과 소림파의 역대 장문들께 부끄러울 따름이오."

이 말을 마치고 이내 쌍장을 모았다. 이는 바로 대금강권의 기수식인 예경여래禮敬如來였다. 얼굴 표정은 매우 온화하고 편안해 보였지만 순간 승복 허리띠가 좌우를 향해 곧게 뻗어나갔다. 이 일초 안에는 극히 심후한 내력이 잠재돼 있는 것으로 보였다.

유탄지는 더 이상 아무 말 없이 왼손으로 허공을 격하며 후려쳐나가고 오른손으로는 신속하기 이를 데 없이 연이어 일장을 후려쳐나갔다. 그러자 왼손 장력은 선발후지先發後至, 오른손 장력은 후발선지後發先至로 두 줄기 힘이 서로 교차하기도 전에 기괴하기 짝이 없게도 두 사람의 일권과 일장이 중도에서 마주치면서 펑 소리와 함께 서로 상쇄되었다. 그러나 곧이어 찌익 찌익 소리와 함께 현자의 허리를 두르고 있던 띠 양쪽 끝이 동시에 끊어져 좌우로 1장 밖까지 날아가버렸다. 유탄지가 펼친 양장의 장력이 극히 넓은 범위에 이르다 보니 현자의 몸을 공격한 경력은 예경여래의 수세에 의해 상쇄됐지만 현자의 몸 측면에 하늘거리던 허리띠가 그의 장력에 의해 잘려버리고 만 것이다.

소림파 승려와 군웅이 보고 너도나도 호통을 쳤다.

"저건 성수파의 사파 무공이잖아?"

"저건 항룡이십팔장이 아니야!"

"개방의 무공이 아니다!"

개방 제자 중에서도 이렇게 외치는 사람이 있었다.

"개방이 소림파와 비무를 벌이면서 사파의 무공을 펼칠 수는 없소."

"방주, 항룡이십팔장을 펼쳐야 합니다!"

"사파 무공을 펼치는 건 개방 얼굴에 먹칠을 하는 행위입니다."

유탄지는 사람들의 호통 소리가 난무하는 것을 듣고 자기도 모르게 머뭇거리느라 두 번째 초식을 펼쳐내지 못했다.

성수파 제자들이 앞다투어 소리쳤다.

"성수파 신공은 개방의 항룡이십팔장보다 고강한데 어찌 더 강한 무공을 펼치지 않고 약한 무공을 펼친단 말이오?"

"장 사형, 다시 공격하시오! 은사이신 성수노선께서 전수해주신 신공을 쓰는 게 당연한 것이오. 어서 저 노화상을 없애버리시오!"

"우리 천하제일 성수 신공은 백전백승이오. 빌어먹을 항룡 무슨 장 따위는 가치도 없는 무공일 뿐이오!"

소란스럽게 떠드는 소리 속에 홀연히 산 밑에서 한 웅장한 목소리가 들려왔다.

"성수파 무공이 개방의 항룡이십팔장을 능가한다는 게 누구 말이더냐?"

목소리가 그리 우렁찬 것도 아니었지만 사람들 귀에 아주 똑똑히 들리자 모두 깜짝 놀라 입을 다물지 않을 수 없었다.

우레와 같은 말발굽 소리가 울려퍼지며 10여 필의 말이 질풍처럼 내달려 산 위로 올라왔다. 말 위에 탄 사람은 모두 다 검은색의 얇은 모직 외투를 걸치고 안에 검은색 무명옷을 입고 있어 마치 사람은 호랑이처럼, 말은 용처럼 보였다. 사람들은 무척이나 날렵해 보였고 하나같이 긴 목과 다리를 지닌 말들은 온몸이 검은색 털로 뒤덮인 힘 좋은 준마들이었다. 말들이 가까이 달려오자 군웅은 눈앞이 금빛 찬란하게 환히 빛나는 느낌이었다. 놀랍게도 각 말의 편자 가장자리에는 모두 황금이 박혀 있었다. 산 위로 올라온 건 모두 19기였는데 사람 수는 그리 많지 않았지만 그 웅장한 기세는 천군만마와도 같았다. 전면의 18기가 근처까지 달려와 말을 양옆으로 나누자 마지막 1기가 가운데를 뚫고 내달려왔다.

개방 제자들 중 상당수가 갑자기 큰 소리로 외쳤다.

"교 방주, 교 방주다!"

수백 명의 개방 제자가 숲속에서 뛰어와 지금 막 달려온 말 앞에 허리를 굽히며 인사했다.

그는 다름 아닌 소봉이었다. 소봉은 개방에서 축출된 이후 개방 내 제자들이 모두 그를 철천지원수로만 여기는 줄 알고 있었다. 그러나 뜻밖에도 이미 피아가 갈린 상황이건만 여전히 그 많은 옛 형제들이 이토록 열렬히 자신에게 다가와 예를 올리리라고는 꿈에도 생각하지 못했다. 그는 순간 뜨거운 피가 솟아올라 눈물을 글썽거리며 몸을 날려 말에서 내려왔다. 그리고 답례를 하며 말했다.

"거란인 소봉은 이미 개방에서 축출당해 개방과 아무 연고도 없건만 여러분께선 어찌 옛 칭호를 그대로 사용하는 것이오? 형제들, 그간 별고 없으셨소?"

마지막 그 말 속에는 옛정이 간절하게 담겨 있어 감정을 억제할 수 없었다.

그에게 다가와 예를 올린 대다수는 방내의 삼대, 사대 제자들로 일대, 이대 제자들은 항렬이 낮고 새로 입문한 사람들이라 평소 소봉과 마주칠 기회가 극히 적었다. 또한 오대, 육대 이상의 제자들은 중원과 오랑캐 사이가 방어적 관계에 놓여 있다는 관념인 이하지방夷夏之防이 엄한 시기였던 데다 나이가 많고 존귀한 위치에 있어 만사에 신중하다 보니 젊고 혈기 넘치는 제자들처럼 쉽게 나서지 못했다. 그 수백 명의 제자는 그의 말을 듣고 나서야 자신들의 행동이 지나치게 충동적이었음을 깨닫게 되었다. 이 '교 방주'가 대적수인 거란인이라는 사실을 방내의 모든 이가 알고 있는 터였건만 그런 그가 돌연 모습을 드러냈음에도 어찌 그에 대한 존경심을 내비치며 또 어찌 그런 큰일마저 잊는단 말인가? 그중 일부는 곧바로 고개를 숙이고 뒤로 돌아갔지만 여전히 적지 않은 제자들이 교봉을 향해 말했다.

"교… 교… 어르신, 무탈하셨습니까? 어르신이 떠나신 이후 저희는 단 하루도… 어르신을 잊은 적이 없습니다."

얼마 전 아자가 느닷없이 외출을 했다 돌아오지 않고 수일이 지나도 소식이 없자 소봉은 초조한 마음에 대규모 척후를 파견해 수소문하기 시작했다. 몇 달이 지난 후에야 마침내 아자가 현재 개방에 몸담고 있으며 철두인과 함께 있다는 소식을 전해듣게 되었다.

소봉은 그 말을 듣고 깜짝 놀랐다. 개방은 자신에 대한 증오심으로 이를 갈고 있는데 그들이 아자를 납치해갔다는 건 필시 그녀를 인질로 자신에게 협박하려는 것이 틀림없었기에 당장 가서 구해와야겠다고 마음먹었다. 그는 곧 요국 황제에게 두 달만 쉬겠다고 고하고 남원의 군정 사무를 남원추밀사인 야율막가에게 대신 처리토록 한 다음 그길로 남쪽으로 내려왔다.

소봉은 이번에 중원으로 다시 오면서 아주 단단히 준비를 했다. 개개인 모두 거란족 최고의 고수들인 '연운십팔기燕雲十八騎'를 선발해 데려온 것이다. 지난번 취현장에서 군웅을 상대로 고군분투할 때 무명의 대영웅이 나타나 구해주지 않았다면 자신은 온몸이 난도질당해 죽어버렸을 것이다. 이는 무공이 아무리 고강하다 해도 일당백의 싸움은 어찌 됐건 불가능하다는 방증이었기에 이번에는 연운십팔기를 대동하고 온 것이다. 이들은 하나같이 일당십이 가능했고 이들이 타고 있는 말은 천 리를 달릴 수 있는 준마들이라 위기의 순간에 빠져나오는 건 그리 어려운 일이 아니었다.

하남에 당도한 소봉은 개방의 하급 제자 하나를 잡아 심문해보고 나서야 아자가 두 눈을 멀게 됐으며 매일 신임 방주와 그림자처럼 붙어다니다 현재 신임 방주와 같이 소림사로 건너갔다는 사실을 알게 되었다.

소실산 위에 이르러 저 멀리에서 성수파 제자들의 환호성 소리와 함께 성수파 무공이 항룡이십팔장을 능가한다는 말소리가 들려오자 소봉은 노기를 참을 수가 없었다. 더 이상 개방 방주가 아니라 해도 항룡이십팔장은 은사인 왕검통이 친히 전수해준 것이건만 남들이 이를 함부로 모멸하는 것을 보고 어찌 용납할 수 있겠는가? 말을 달려 산 위에 올라 개방의 삼대, 사대 제자들과 인사를 나눈 후 옆을 힐끗 보니 자줏빛 옷을 입은 소녀가 정춘추한테 잡혀 있는데 가냘픈 몸에 설백의 계란형 얼굴이 영락없는 아자였다. 그러나 빛이 없는 그녀의 두 눈을 보니 동공이 훼손돼 눈이 보이지 않는 것 같았다.

소봉은 안타까운 마음과 함께 분노가 치밀어오른 나머지 큰 걸음으로 성큼성큼 앞으로 나아가 오른손으로 휙 하고 정춘추를 향해 일장을 후려쳐나갔다. 그건 바로 항룡이십팔장 중 일초인 현룡재전 초식이었다. 그가 일장을 펼치기 시작할 때 정춘추와의 거리는 15~16장가량 됐지만 힘이 손바닥에서 나올 때 두 사람의 거리는 7~8장에 불과했다.

천하 무술 중 제아무리 고강한 장력이라 해도 일장을 날려 5장 밖에 있는 무언가를 타격할 수 있는 것은 없었다. 정춘추는 '북교봉, 남모용'이란 명성을 익히 들어 알고 있었기에 그에 대해 극히 경계하기는 했지만 갑자기 15~16장 밖에서 펼쳐낸 그의 일장이 자신을 향해 날아오리라고는 전혀 생각지 못했다. 더구나 장력을 펼쳐내자마자 그의 몸은 이미 3~4장 앞에까지 다가와 있지 않은가? 더구나 그가 펼친 현룡재전 일초는 뒤의 일장이 앞의 일장을 밀어 쌍장의 힘이 동시에 밀려와 마치 산을 밀어치우고 바다를 뒤집어엎는 듯 엄청난 기세로 압박해 들어왔다.

찰나의 순간에 정춘추는 숨이 막혀버리는 느낌이 들었다. 해일이 밀려오는 듯한 기세의 장력을 감당할 수 없었던 것이다. 마치 무형의 담장이 자신을 향해 질풍같이 달려들어와 앞을 가로막는 것처럼 느껴졌다. 그는 너무 놀란 나머지 대책을 세울 겨를조차 없었다. 순간 일장을 날려 맞받아친다면 자기 팔이 부러지거나 온몸의 근골들까지 박살날지도 모른다는 생각이 들 뿐이었다. 급한 김에 아자를 위쪽으로 재빨리 던져버리고 쌍장을 들어 연이어 세 번 반원을 그어 전면을 보호하는 동시에 발끝에 힘을 모아 몸을 뒤로 훌쩍 날렸다.

소봉은 현룡재전 일초를 다시 한번 펼쳐냈다. 앞에 펼친 장력이 소멸되기도 전에 후속 장력을 펼쳐낸 것이다. 정춘추는 감히 그의 예봉을 정면으로 맞닥뜨릴 수 없어 오른손으로 비스듬히 후려치며 소봉이 펼친 장력의 일부만 슬쩍 건드릴 따름이었다. 그럼에도 불구하고 오른팔이 시큰거리고 가슴에서 숨이 탁 막히는 느낌이 들어 당장 빈틈을 타서 3장 밖으로 뛰쳐나갔다. 그러고는 상대가 다시 추적해올까 두려워 손날을 세워 가슴을 막은 채 암암리에 손바닥에 독기를 응집시켰다. 소봉은 긴 팔을 가볍게 뻗어 하늘 높이 올라갔다 떨어지는 아자를 받아 즉시 그녀의 막힌 혈도를 풀어주었다.

아자는 앞을 볼 수 없는 데다 정춘추에게 제압당한 이후 말도 할 수 없었지만 주변에서 일어난 상황만은 똑똑히 들을 수 있었다. 그녀는 혈도가 풀리자 너무도 기뻤다.

"형부, 구해주셔서 고마워요!"

그녀는 두 팔을 펼쳐 그를 꽉 껴안았다.

소봉은 미어지는 가슴을 부여잡고 부드러운 목소리로 위안을 했다.

"아자, 그간 고생이 많았구나. 이게 다 형부 탓이다."

그는 그를 극히 증오하는 개방 수뇌부들이 달리 방법이 없자 그의 유일한 친척이 아자임을 알고 그녀를 남경에서 잡아와 힘들게 한 것이라 여기고 있었다. 이 모든 것이 아자 스스로 자초한 일이란 것은 전혀 짐작하지 못했던 것이다.

소봉이 산 위에 올라왔을 때 군웅은 깜짝 놀랐다. 과거 취현장 대전에서 혼자 수십 명의 고수들을 연이어 죽여 천하에 그 위세를 떨쳤던 장본인이 아니던가? 중원의 군웅은 증오심에 이를 갈았지만 실은 그의 이름만 들어도 간이 덜컹 내려앉았다. 그런 그가 지금 다시 불쑥 소실산 위에 나타났으니 이제 치열한 싸움을 피할 수 없게 된 것이다. 그날 취현장 영웅연에 참석했던 사람들은 피와 살이 날아다니는 취현장 대청 안의 참혹한 현장을 회상하자 아직까지 가슴이 두근거렸다. 더구나 그가 현룡재전 일초를 펼쳐내자마자 그 전까지 기세등등하던 성수노괴가 꽁무니를 빼고 도망치게 만드는 모습을 목격하니 두려움은 증폭될 수밖에 없었다. 순간 산 위의 군웅은 서로의 얼굴을 쳐다보며 할 말을 잃고 말았다.

다만 성수파 제자들 10여 명만이 그 자리에 서서 뻔뻔스럽게 큰소리치고 있을 뿐이었다.

"교가야! 넌 이미 우리 성수노선의 선술仙術에 당했다. 넌 열흘을 넘기지 못하고 전신이 피고름으로 뒤덮여 죽어버리고 말 것이야."

"성수노선께서는 아직 어린 널 보고 삼초 양보한 것이다."

"성수노선께서 어떤 분이신데 너같이 하찮은 놈한테 손을 쓰시겠느냐? 잘못을 뉘우치고 당장 성수노선 앞에 무릎 꿇어 용서를 빌지 않는다면 훗날 뼈도 추리지 못하게 될 것이다!"

그러나 그 소리는 드문드문 들려올 뿐 조금 전처럼 기고만장하던 위세는 전혀 보이지 않았다.

유탄지는 소봉을 보자 두려움이 몰려왔다. 그러나 소봉의 품에 안긴 아자가 그의 목을 끌어안은 채 희색이 가득한 얼굴로 친밀한 표정을 짓고 있는 모습을 보자 더 이상 참지 못해 몸을 날려 다가갔다.

"어서… 아자 낭자를 내려놓으시오!"

소봉이 아자를 내려놓고 물었다.

"귀하는 뉘시오?"

유탄지는 위엄이 넘치는 그의 눈빛에 겁을 집어먹어 더듬거렸다.

"재… 재하는 개방 방주인 장… 그, 장 방주요."

개방 내 누군가가 나서서 외쳤다.

"이미 성수파 문하에 들어가놓고 어찌 개방 방주라 말할 수 있느냐?"

소봉이 노해서 호통을 쳤다.

"어찌하여 아자 낭자 눈을 못쓰게 만든 것이냐?"

유탄지는 그의 위세에 두려움을 느껴 뒤로 두 걸음 물러섰다.

"아니… 난 아니오… 정말 아니오."

아자가 말했다.

"형부, 내 눈은 정춘추 저 노적이 멀게 만든 거예요. 어서 저 정 노적의 눈을 뽑아 제 원수를 갚아주세요."

소봉은 순간 진상을 알 수 없어 사방을 한 바퀴 둘러봤다. 사람 숲속에 단정순과 완성죽이 섞여 있는 것을 보고 가슴 한편이 쓰라려 오면서도 기쁜 마음에 큰 소리로 외쳤다.

"대리 단왕야, 영애가 여기 있으니 잘 지켜주시기 바라겠소!"

그는 아자의 손을 잡고 단정순 앞으로 걸어가 그녀를 가볍게 밀었다.

완성죽은 소맷자락이 흠뻑 젖을 정도로 울고 있다가 이제는 눈물을 비 오듯 쏟아부어내며 앞으로 달려가 아자를 끌어안았다.

"아가야, 네… 네 눈이 어찌 된 것이냐?"

단예는 느닷없이 나타난 소봉을 보고 너무도 기쁜 마음에 앞으로 달려가 인사를 나누려 했지만 소봉이 정춘추와 대결을 펼쳐 아자를 구해내고 또 유탄지와 얘기를 하느라 겨를이 전혀 없었다. 그때 완성 죽이 아자를 끌어안고 대성통곡하는 모습을 보자 단예는 의아함을 감출 수 없었다.

'교 대형이 어찌 저 눈먼 소녀를 우리 아버지께 영애라고 말하는 거지?'

하지만 그는 평소 도처에 정을 남기고 다니는 부친의 행태를 알고 있었기에 이런저런 생각을 하다 그 안에 얽힌 사연을 대충 짐작할 수 있었다. 그는 빠른 걸음으로 걸어나가 소봉을 향해 소리쳤다.

"형님, 그간 무고하셨습니까? 무척이나 보고 싶었습니다."

소봉은 그와 무석의 한 주루에서 술 내기를 하며 결의형제를 맺은 이후, 비록 함께한 시간은 적었지만 오랜 정을 나눈 듯 서로 속을 터놓는 사이였다.

소봉은 당장 앞으로 달려나가 단예의 두 손을 부여잡고 말했다.

"현제, 너무나 많은 일이 있어 한 마디로 다 할 수 없네. 우리 둘 다 무탈하니 정말 다행이네."

갑자기 사람 숲 안에서 누군가 소리쳤다.

"교가야, 우리 형을 죽인 네놈에 대한 피맺힌 원한을 아직 갚지 못했으니 오늘 너와 끝장을 볼 것이다."

곧이어 다른 누군가가 또 호통을 쳤다.

"교봉은 거란 오랑캐이니 모두가 나서서 없애버려야 한다! 놈이 살아서 소실산을 걸어나가게 내버려둘 수는 없다!"

순간 호통 소리가 곳곳에서 떠들썩하게 울려퍼졌다. 소봉의 아들까지 잡아 죽여야 한다거나 그의 아버지마저 죽여야 한다고 욕하는 사람들도 있었다.

소봉은 취현장 일전에서 적지 않은 사람들을 살상했다. 지금 소실산 위에 모여 있는 각 로의 영웅들 중 많은 사람이 당시 사망자들의 친척이나 친구였던 터라 소봉에 대해 두려움을 느끼고 있으면서도 지인의 피맺힌 원한을 떠올리며 참을 수 없다는 듯 욕을 퍼부어대는 것이었다. 호통 소리는 점점 더 거세게 울려퍼지기 시작했다. 사람들은 소봉이 18기의 인마밖에 수행해오지 않은 데다 그가 개방 및 소림파와 원한을 맺고 있고 조금 전 수 장을 펼쳐 정춘추를 물리쳐 성수파까지 적으로 만들었으니 여기 모인 수천 명이 소봉을 비롯한 19기의 거란 인마를 에워싼다면 아무리 대단한 실력을 지니고 있다 해도 두터운 포위망을 뚫기 힘들 것이라 여겼다. 기세가 오르자 사람들은 더욱더 대담해지기 시작했다.

소봉이 18기를 이끌고 밤낮으로 말을 내달려 중원까지 온 것은 갑작스러운 기습으로 아자를 구해 남경으로 돌아가고자 함이었을 뿐 이곳에 중원의 수많은 군호가 모여 있으리라고는 생각지도 못했다. 그는 어려서부터 중원의 강호를 떠돌았지만 각 로의 영웅들과는 안면이 별로 없었다. 서로 명성만 듣고 대부분이 협의지사侠義之士라는 정도만 알

뿐이었다. 그 때문에 자신과 원한을 맺은 사람들은 첫째, 자신이 거란인이기 때문이고 둘째, 누군가 중간에서 충동질해 오해를 샀기 때문이었다. 취현장 일전은 그가 원해서 벌인 것이 아니었는데 오늘 또다시 큰 싸움이 벌어진다면 많은 살상으로 양심의 가책만 늘어날 터였다. 더구나 자신은 온전히 돌아갈 수 있어도 함께 온 연운십팔기가 참혹한 죽음을 피할 수 없을 것 같았다. 그는 곰곰이 생각해봤다.

'다행히 아자를 구출해 부모에게 넘겼으니 아주의 당부는 지킨 셈이 아닌가? 난 속히 빠져나갈 방법을 모색해야만 한다. 이들과 쓸데없는 분쟁을 일으킬 필요가 없지.'

그는 고개를 돌려 단예에게 말했다.

"현제, 지금은 상황이 좋지 않으니 우리 형제간의 얘기는 잠시 덮어둬야겠네. 자넨 잠시 물러서게. 우리 두 사람의 우의가 영원한 이상 훗날 또 만날 것이네."

그는 단예를 한쪽에 피해 있도록 만들고 자신이 활로를 찾아 하산할 때 그에게 해를 입히지 못하게 할 생각이었다.

단예는 수천이 넘는 각 로의 영웅들이 자기 의형을 죽이려 하자 의협심이 발동하지 않을 수 없었다.

"형님, 이 아우가 형님과 결의형제를 맺을 때 뭐라 했습니까? 우리 두 사람은 복을 함께 누리고 고난도 함께 이겨내며 동년 동월 동일에 태어나진 못했지만 동년 동월 동일 죽자고 했습니다. 오늘 형님께 고난이 닥쳤는데 이 아우가 어찌 구차한 삶을 이어갈 수 있겠습니까?"

그는 전에도 고난이 닥쳤을 때마다 능파미보라는 교묘한 보법을 펼쳐 사람 숲을 뚫고 위기에서 벗어난 적이 있었다. 이제 눈앞에 심상치 않은 상황이 펼쳐지자 가슴속에서 뜨거운 피가 용솟음쳐올라 소봉과 생사를 함께하기로 한 결의형제로서 이번만은 절대 도망가지 않겠다고 결심한 것이다.

군웅 호걸 대다수는 단예가 어떤 사람인지 잘 몰랐지만 그가 소봉의 결의형제를 자처하며 소봉과 손을 잡고 군호에 대적하겠다고 결심하자 일개 문약한 모습의 어린 서생으로 치부하며 아무도 안중에 두지 않고 더욱 흉악하게 호통을 쳤다.

소봉이 말했다.

"현제, 자네 호의는 이 형이 고맙게 생각하네. 저들이 날 죽이려 해도 그리 만만하지는 않을 것이네. 어서 물러나게. 안 그러면 내가 자네까지 보호해야 하니 오히려 적에 맞서기가 편치 않네."

단예가 말했다.

"보호할 필요 없습니다. 저와는 아무 원한도 없는 자들인데 절 죽일 리야 있겠습니까?"

소봉은 쓸쓸한 미소를 지으면서도 속으로는 처량한 마음이 솟구쳐 올랐다.

'아무 원한이 없다고 해치지 않는다면 세상의 모든 원한이 어찌 생겨나겠는가?'

단정순이 화혁간, 범화, 파천석 등 수하들에게 나지막이 말했다.

"저 소 대협은 내 목숨을 구해준 은인이네. 잠시 후 위험에 처하면 우리가 뛰어들어 구해내야 할 것이야."

범화가 답했다.

"네!"

그는 무기를 뽑아 든 채 수천 호걸들을 노려봤다.

"상대는 숫자가 많은데 혹시 주공께 무슨 묘책이라도 있으신지요?"

단정순이 고개를 가로저었다.

"대장부는 은원을 분명히 해야 하는 법. 최선을 다하고 죽음으로 보답해야 하는 것이네."

대리국 신하들이 일제히 답했다.

"명심하겠습니다!"

한쪽에 서 있던 고소 연자오 일행 역시 소리를 낮춰 은밀히 상의했다. 무석에서 장력 대결을 펼치다 대작을 하고 난 이후 소봉에 매료된 공야건은 출수를 해서 도와야 한다고 힘써 주장했고 평소 소봉을 감복해하고 있던 포부동과 풍파악 역시 당장이라도 달려나가 돕고 싶어 안달이 났다. 그러나 모용복은 이 말을 던졌다.

"형제들, 우리는 나라 재건이 급선무요. 어찌 소봉 한 사람을 위해 천하 영웅들을 적대시할 수 있겠소?"

등백천이 거들었다.

"지당하신 말씀입니다. 어찌해야 합니까?"

모용복이 말했다.

"군심을 끌어들여 우리를 돕게 만들어야 하오."

이 말을 하고는 소봉을 향해 대뜸 길고도 큰 소리로 외쳤다.

"이보시오, 소 형! 당신이 거란의 영웅이라고 우리 중원 호걸들을 무시하는 것 같은데 이 보잘것없는 고소 모용복이 오늘 귀하께 가르침을 청하도록 하겠소. 재하가 소 형 손에 죽는다면 중원 호걸들을 위해 미력하나마 힘이 되는 셈이니 죽어도 가치 있는 일이 될 것이오."

그의 이 말은 사실 중원 호걸들이 들으라고 한 소리였다. 이리하면 승패를 막론하고 중원의 호걸들이 고소모용씨를 생사지교로 인정하리라 여긴 것이다.

군호도 필사의 각오는 돼 있었지만 감히 그 누구도 앞에 나서서 도전하지는 못했다. 끝까지 싸우다 보면 결국에는 죽일 수 있을 테지만 앞장을 선 수십 명은 죽음을 면치 못할 것임을 알고 있었던 것이다. 그때 갑자기 모용복이 앞에 나서자 모두들 안도의 한숨을 내쉬면서도 정신이 번쩍 들었다. '북교봉, 남모용' 이 두 사람 모두 당대에 크나큰 명성을 떨치고 있는 인물들이 아니던가? 모용복이 먼저 나서서 대결을 펼친다면 설사 끝까지 버티지는 못하더라도 상대의 예봉을 위축시키고 적지 않은 내력을 소모시킬 수 있을 것이다. 이런 생각에 순식간에 갈채가 터져 나와 사방에 울려퍼졌다.

모용복이 느닷없이 나서서 도전을 하겠다고 외치는 소리에 깜짝 놀란 소봉은 두 손을 모아 포권하며 예를 올렸다.

"공자의 영명英名은 익히 들었소. 오늘 이렇게 고현高賢을 만나게 됐으니 실로 영광이오."

단예가 다급하게 말렸다.

"모용 형, 이건 옳지 않소. 우리 형님은 당신과 초면이고 아무 악감정도 없는데 어찌 이런 위기를 틈타 해치려 하시는 것이오? 하물며 당신이 억울한 누명을 썼을 때 우리 형님께서 해명해준 적이 있지 않소?"

모용복이 냉랭한 웃음을 지었다.

"단 형이 불의에 맞서는 영웅호한으로 보이고 싶다면 함께 나서서 가르침을 내려도 좋소."

그는 단예가 왕어언에게 치근덕대는 꼴을 오래전부터 못마땅해하다 이 기회에 폭발해버린 것이다. 단예가 답했다.

"내가 무슨 능력으로 당신한테 가르침을 내린단 말이오? 난 바른말을 했을 뿐이오."

그때 소림사의 현 자 항렬 노승 네 명이 소봉 앞으로 걸어와 합장하며 말했다.

"소 대협, 폐사 방장께서 내전으로 자리를 옮겨 소 대협과 말씀을 나누시고자 합니다."

노승 하나가 몸을 돌려 군웅을 바라보고 큰 소리로 외쳤다.

"여러 호걸께서는 들으시오. 우리 소림사 방장이신 현자대사께서 소봉 소 대협을 청해 긴히 논의할 일이 있으니 얘기가 끝나고 나오면 그때 소 대협과 인사를 나누도록 하시오."

이 말을 들은 군웅이 웅성웅성하다 이내 소리가 줄어들었다. 그중 일부는 그 자리에 앉아버렸다.

단예는 소림사에서 소봉을 해치려는 음모가 있을까 두려웠다.

"형님, 전 형님 곁에 있겠습니다."

소봉이 고개를 끄덕였다.

"그러게."

두 사람은 곧바로 노승 네 명을 따라 내전으로 들어갔다. 내전에 당도하자 길을 안내하던 노승이 대전 안에 있는 노승 몇 명을 손짓해 부르더니 또 다시 10여 명의 노승들이 그 뒤를 따라왔다. 소봉은 그 노승들의 견고한 걸음걸이와 번뜩이는 눈빛을 보고 필시 소림사 내 현 자 항렬의 고수들인 것 같아 놀라지 않을 수 없었다. 그들이 한꺼번에 덤벼든다면 목숨을 부지하지 못할 것이란 생각이 든 것이다. 그는 옆에 있던 단예에게 다가가 나직이 말했다.

"현제, 자네는 밖에 나가서 내 수하들을 살피고 자네 아버지를 보호하게."

단예가 미소를 지으며 고개를 가로저었다.

"소림파는 우리 아버지를 해치지 못합니다. 결의형제라면 생사를 함께해야지요!"

소봉은 심히 감격스러운 마음에 그의 손을 가볍게 쥐었다.

일행은 순식간에 선방 안으로 들어섰다. 현자 방장이 문 앞에 서서 이들을 맞이하며 공손하게 자리에 앉도록 청했다. 지객승이 차를 내오자 현자는 단예와 몇 마디 인사를 주고받다가 소봉에게 외부에서 온 고승들을 소개하며 신산과 신음, 관심, 도청, 각현, 융지 등 각자의 신분을 설명한 다음 다시 현 자 항렬 여러 승려들의 명호를 말해주었다. 현자대사는 품 안에서 털모자를 꺼내 머리에 쓴 다음 소봉에게 합장을 하고 빙긋 웃었다.

"소 대협, 노승을 알아볼 수 있으시겠소?"

소봉은 단번에 그 모습을 알아보고 즉시 몸을 굽혔다.

"현자대사이자 지 노선생이시지요."

그는 현인을 향해 예를 올렸다.

"현인대사, 금 노선생."

다시 현지를 향해 예를 올렸다.

"현지대사, 저 노선생."

또 현생을 향해 예를 올렸다.

"현생대사, 손 노선생."

부상을 입은 몸인 현도가 여전히 제자들의 부축을 받은 채 애처로운 목소리로 말했다.

"아주 낭자는 정말 쾌활하고 사랑스러운 시주였는데 노승에게 몸조심을 하란 말을 남기고 애석하게 먼저 떠났구려."

소봉은 가슴이 쓰리고 아팠지만 눈물을 억지로 참았다.

현자가 말했다.

"사형들, 여기 이 소 군은 과거 우리 소림사의 현고 사제 밑에서 무예를 배운 적이 있소. 현고 사제는 2년여 전 누군가에게 살해당했는데 당시 사내 대다수가 현고 사제를 죽인 흉수를 소 군으로 짐작했었소. 노납이 현적 사제와 함께 현고 사제의 부러진 근골 부위를 상세히 조사한바, 흉수의 장력은 이상하리만치 잔인하고 강해 결코 소림과 무공에 의해 당한 것이 아니라는 결과를 도출해내게 됐소. 우리는 소 군이 구사하는 개방의 항룡이십팔장이 매우 강맹한 장력이라는 생각을 떠올리게 됐고 그 즉시 노납을 비롯해 현도, 현인, 현지, 현생 등 다섯 명이 속가의 의복과 모자를 착용한 채 소 군을 찾아 길을 나서게 됐소. 어느 날 절동의 천태산 길 정자 안에서 소 군과 마주하게 됐을 때 우리는 소 군이 전력을 다해 자신의 장기를 펼쳐내도록 유도해냈고 소 군이 뻗어낸 오장과 일일이 맞대결을 펼친 결과 우리 사형제는 서로를 쳐다보며 마음속으로 똑같은 생각을 하게 됐소. '교봉이 죽인 것이 아니로구나.' 본사의 현 자 항렬 승려들 중 현난과 현적, 현통 세 사제는 당시 일이 있어 외출을 한 상태였고 나머지 군승 중에서는 우리 다섯 사람이 그나마 손가락에 꼽을 수 있는 고수들이라 할 수 있었소. 우리 사형제가 펼쳐낸 장력은 강하고도 부드러우며 웅후하면서도 유연해 소 군이 전력을 다하지 않고 요령을 부릴 수는 없는 상황이었소. 그렇지 않으면 그 자리에서 목숨을 부지하지 못할 테니 말이오. 따라서 그가 우리 중 한 명은 속일 수 있을지 몰라도 다섯 명 모두를 속일 순 없었소. 후에 소 군은 노납과 장력 대결을 하면서 노납이 반야장의 '일공도저'를 펼쳐내며 장력을 모두 비우는 순간 뜻밖에도 소 군 역시 장력을 거두었소. 노납이 만일 이를 의도적인 유인책으로 삼아 그 순간 기회를 틈타 힘을 쏟아냈다면 그는 근골이 모두 부러지고 말았을 것이오. 하지만 소 군은 우리 다섯 사람과 산길에서 우연히 만난 사이였음에도 노납을 해치고 싶지 않아 기꺼이 위험을 감수하면서까지 장력을 거두었던 것이오. 일면식도 없는 일개 노인들조차 함부로 해치려 들지 않는 그가 어찌 자신에게 무예를 전수한 은사를 해칠 수 있겠소? 장법만 놓고 보더라도 사제는 소 군이 죽인 것이 아니오. 마음 씀씀이를 놓고 보면 더더욱 소 군이 죽인 것이 아닌 것이오!"

현도와 현인, 현지, 현생 등 네 승려가 일제히 동조를 했다.

"방장 사형께서는 당시에 그렇게 추정하셨습니다. 그 후, 우리 네 사람이 사후에 상세히 조사를 하고 그의 장법과 장력이 가진 갖가지 미세한 곡절에 관해 논의를 해봤지만 역시 아무런 혐의점을 찾지 못했습니다."

현도가 단호한 목소리로 말했다.

"당시 천태산 길에서 우리 다섯 사람은 사전에 이미 결심을 했었소. 소봉이 흉수라는 확증이 있다면 우리 다섯 명은 힘을 합쳐 제거하겠다고 말이오. 현고 사제의 피맺힌 원한은 물론 무림을 위해 화근을 제거해야만 했소.”

그는 고개를 돌려 소봉을 향해 다시 말했다.

“소 시주, 오늘 우리가 하는 이 말들은 소 시주에게 환심을 사려는 의도가 아니오. 여기 계신 신산 사형 등 여러 고승들께 우리 소림 제자들이 함부로 무고한 살인을 하거나 우리 소림파가 계율을 무시하고 있지 않다는 점을 해명하려는 것이오.”

소봉이 몸을 굽혀 말했다.

“네, 제 억울한 누명을 벗겨주신 방장 대사께 감사드립니다.”

현자는 자비롭고 온화한 표정으로 천천히 말했다.

“소 시주, 내가 솔직히 고백하겠소. 시주가 줄곧 찾아헤매던 선봉장 대형은 바로… 노납인 현자요!”

사람들은 그 말을 듣고 모두 깜짝 놀라 온몸을 부들부들 떨었다.

현자가 말을 이었다.

“그날 천태산 길에서 현고 사제를 죽인 흉수는 시주가 아니었음을 알게 된 후 시주와 장력 대결을 펼칠 때 내가 돌연 장력을 거둔 것은 시주의 일장에 맞아 죽어 시주 부모의 원수를 갚을 수 있도록 하기 위함이었소.”

소봉은 별안간 진상을 알게 되어 마음의 평정을 찾을 수 없었지만 마침내 갖가지 의구심이 풀리기 시작했다.

‘당시 누군가 우리 아버지께서 소림사 장경각에 있는 무공 비급을 뺏으러 간다며 거짓 소식을 전하는 바람에 중원 무림에서 이를 저지하려고 한 것이니 이치에 따르자면 소림사 방장이 앞장서서 사람들을 끌고 가는 게 당연한 것이 아닌가? 또한 전임 왕 방주와는 막역한 사이에 있는 무림 선배이니 현자 방장이 선두에 서는 것은 자연스러운 일이다. 나 역시 소림 출신이기에 평소 현자 방장의 자비롭고 온화한 인품을 봐선 절대 아무 이유 없이 사람들을 끌고 가 우리 부모님을 죽일 리는 없다고 생각하고 있었다. 나의 이런 편견으로 인해 눈앞에서 선봉장 대형을 똑똑히 보고 있었음에도 이를 묵과하고 더 이상 생각조차 하지 않고 있었던 것이다. 그런데 현자 방장이 바로 선봉장 대형이라니! 선봉장 대형은 내 가슴속의 극악무도한 악인일 뿐 방장 대사와는 그 어떤 연결 고리도 찾을 수 없었다. 나 소봉이 분별력이 없고 아둔한 나머지 아주의 목숨을 헛되이 희생시키고 말았구나.'

생각이 아주한테 이르자 그의 가슴은 더욱더 쓰라렸다.

현자가 담담한 어조로 말했다.

"노납은 그해 그런 큰 과오를 범하고 일찌감치 생을 마치고자 했소. 소 시주, 어서 일장을 펼쳐 날 죽여주시오. 시주 부모님의 복수를 위해서라면 자식 된 도리로 응당 해야 할 행동이오. 노납이 사실을 명확히 밝히지 않은 탓에 적지 않은 사람이 목숨을 잃게 됐소. 사형제 여러분, 소봉이 날 죽이면 모든 인과는 완결될 것이오. 원인이 있으니 이런 결과도 있는 법이니 누구든 그의 손가락 하나 건드릴 생각 마시오!"

그는 두 손을 늘어뜨리고 눈썹을 내린 채 가슴을 앞으로 내밀어 소봉이 출수하기만 기다렸다.

소봉은 뒷짐을 지고 천천히 몇 걸음 걸어나갔다.

"방장 대사, 그해 누군가 거짓 소식을 전하는 바람에 대사께서 그 말을 오신誤信한 나머지 안문관의 불행한 사태가 벌어지게 됐습니다. 저 소봉이 대사 위치에 있었다 해도 당연히 그리했을 것입니다. 방장 대사의 행동이나 의도는 불지를 위배한 바가 전혀 없습니다. 그렇다면 현고 은사는 당연히 대사께서 죽인 것은 아닐 테고 제 의부모와 조전 손 등은 도대체 누구 손에 죽은 겁니까?"

"부끄러울 따름이오. 그들은 내가 죽인 것이 아니지만 나 때문에 죽은 것은 틀림없소. 노납도 흉수가 누구인지는 아직까지 모르겠소."

"흉수가 아직 밝혀지지 않았다면 저 소봉도 방장 대사를 손가락 하나 건드릴 수 없습니다. 우둔하기 짝이 없어 저 소봉이 과거의 원한 속에 휘말려 스스로 빠져나오지 못한 탓에 수많은 인명을 살상하기에 이르렀습니다. 이 일의 진상이 명확하게 밝혀지는 그날이 오면 당연히 방장 대사께 가르침을 청할 것입니다."

현자가 합장을 하고 말했다.

"원수를 갚고자 한다면 언제든 내 목숨을 취해도 좋소. 다만 오늘은 산 밑에 수천 명의 호걸이 시주를 죽이려 하니 시주가 아무리 용감무쌍하다 해도 중과부적일 뿐이오. 잠시 예봉을 피해 뒷산으로 나가는 것이 어떠하겠소? 군웅은 우리 소림사에서 감당하도록 하겠소."

소봉이 고개를 가로저었다.

"저 소 모는 취현장에서 많은 사람을 살상했습니다. 비록 어쩔 수 없는 상황에서 스스로 목숨을 지키려 그런 것이지만 잔인하게 출수를 한 건 사실입니다. 지금 밖에 이 소봉에게 원수를 갚으려 하는 사람들이 진을 치고 있는데 이 소 모가 어찌 몸을 피해 달아날 수 있겠습니까? 다만 방어를 위해 또다시 많은 인명을 살상해야만 할 테니 이를 어찌해야 할지 대사께서 가르침을 내려주시기 바랍니다."

"시주에게 자비심이 있다는 건 잘 알고 있소. 그 일념에 의지한다면 많은 공덕을 쌓을 수 있을 것이오."

"이 제자는 감히 공덕을 많이 쌓고자 하지 않습니다. 오직 죄업을 줄이기만 바랄 따름입니다."

"우리같이 무예를 배운 사람들은 가슴속에 죄업을 줄이겠다는 일념이 늘 존재하면 그게 바로 공덕인 것이오."

"대사의 가르침에 감사드립니다. 이만 물러가겠습니다."

그는 여러 고승에게 허리를 굽혀 돌아가며 예를 올리고 다시 몸을 돌려 밖으로 나갔다. 단예 역시 그를 따라나갔다.

두 사람이 산문 밖으로 돌아오자 군웅은 쿵 소리를 내며 동시에 자리에서 일어섰다.

모용복이 앞으로 몇 걸음 나아가 큰 소리로 외쳤다.

"소봉, 오늘 중원의 군웅이 널 죽여 원수를 갚고자 하니 내가 먼저 나서서 손을 쓰겠다."

소봉이 말했다.

"그대가 나에게 원수를 갚고자 하는 것은 내가 고소모용가의 누구를 죽였기 때문이란 말이오?"

모용복은 뭐라고 대답할 말이 없자 이 말만 할 뿐이었다.

"너와 나 두 사람이 함께 거명된 지가 오래이니 오늘 승부를 가리도록 하자."

정춘추는 소봉이 펼친 수 장에 격퇴당해 체면이 떨어질 대로 떨어져 있었다. 그러나 자신의 갖가지 절기들을 제대로 펼쳐내지 못했다는 생각에 당장 몸을 날려 그 앞으로 다가가 껄껄대고 웃었다.

"소가야, 노부는 네가 아직 젊은 것 같아 조금 전 삼초를 양보했다만 네 번째 초식만은 양보할 수가 없다."

유탄지 역시 앞으로 나서서 외쳤다.

"아자 낭자를 구해준 데 대해서는 나 장가가 고맙게 생각하고 있다. 그러나 부친을 죽인 원수와는 같은 하늘 아래 살 수 없는 법. 소가야! 오늘 나와 끝장을 봐야겠다."

소봉은 3대 고수들이 정족지세鼎足之勢로 자신을 에워싸고 있고, 소림 군승은 동쪽과 서쪽에 한 무리씩 모여 무질서하고 어수선하게 보이지만 그 안에서 극히 무서운 진법을 펼치고 있는 모습을 보고 과거 취현장 일전보다 더욱더 험악하게 느껴졌다. 조금 전 현 자 항렬 고승들과는 이미 원한을 풀긴 했지만 밖에서 나한대진을 펼치고 있는 소림승들이 그 사실을 알 리 없었다. 돌연 몇 번의 말 울음소리가 울려퍼지더니 열아홉 필의 거란 준마가 한 필씩 몸이 뒤집히고 쓰러져 허연 거품을 토해내며 그 자리에서 죽어버렸다.

거란 무사 열여덟 명이 잇따라 호통을 치며 칼과 손을 내뻗어 일고여덟 명의 성수파 제자들을 순식간에 베어 죽이자 남은 성수파 제자 몇 명이 부리나케 도망쳤다. 알고 보니 정춘추가 결전에 나선 것을 본 그의 제자들이 각자 흩어져 몰래 거란인들의 말마다 독을 뿌렸던 것이다. 이는 소봉이 준마에 올라 포위를 뚫고 나가지 못하게 하려던 술수였다.

소봉이 힐끗 쳐다보니 자신의 애마가 죽음을 앞두고 처량한 기색으로 자신을 쳐다보고 있었다. 그는 오랜 시간 그 말을 타고 아침저녁으로 붙어다니며 천 리 남쪽으로 내려오던 생각이 떠올랐다. 그런 자신의 애마가 이런 곳에서 간인들 손에 죽임을 당하리라고는 생각지도 못했기에 순간 가슴에서 뜨거운 피가 용솟음쳐올라 영웅의 혈기가 폭발했다. 그는 목소리를 길게 뻗어 소리쳤다.

"모용 공자, 장 방주, 정 노괴! 셋이 한꺼번에 덤비시오. 이 소 모는 두렵지 않소!"

그는 성수파의 악랄하기 짝이 없는 수단이 원망스러웠던 나머지 획하고 일장을 펼쳐 정춘추부터 맹렬하게 공격해 들어갔다.

정춘추는 그의 장력이 얼마나 대단한지 이미 맛을 봤던 터라 쌍장을 일제히 펼쳐 전력으로 방어했다. 소봉이 여세를 몰아 자신과 상대의 두 장력을 끌어들여 비스듬히 모용복을 향해 베어갔다. 모용복은 그의 장기인 두전성이 수법으로 상대가 펼쳐낸 초식의 방향을 바꿔 상대에게 펼치도록 만들었다.

그러나 소봉의 일초는 두 사람의 장력을 합친 것이라 그 힘이 웅후하기 이를 데 없었다. 더구나 그 장력은 급속도로 회전을 하고 있었고 그가 어디를 공격했는지 알 수 없어 그 기세를 끌어낼 방법이 없었다. 그는 곧 내력을 응집시켜 쌍장을 뻗어내는 동시에 홀연히 뒤로 3장가량 물러섰다.

소봉이 몸을 살짝 기울여 모용복의 장력을 피하며 대갈일성을 내지르자 마치 허공에서 벼락이 치는 듯했다. 그는 갑작스레 방향을 바꿔 왼손 주먹으로 유탄지를 향해 공격해 들어갔다. 그는 건장한 체구를 지니고 있어 유탄지에 비해 머리 하나는 더 컸던 터라 일권을 날리자 그의 얼굴 정면을 향해 날아갔다. 안 그래도 그에 대한 두려움을 지니고 있던 유탄지는 그의 벼락같은 대갈일성에 경악을 금할 수 없었다. 소봉의 이 일권은 어찌나 빨랐던지 정춘추에게 일장을 내뻗고 모용복을 비스듬히 베었다가 다시 유탄지에게 일권을 날리는 일련의 동작들이 눈 깜짝할 사이에 이루어졌다. 비록 선후의 구분은 있었지만 이 삼초를 연달아 펼쳐내는 그 속도는 그야말로 번개처럼 빨랐다. 유탄지가 이를 막으려 했지만 그의 일권은 이미 그의 얼굴에 이르렀다. 그러나 어쨌든 그는 신족경을 열심히 연마한 뒤였기에 체내의 자연스러운 반응으로 머리를 뒤쪽으로 재빨리 젖히고 두 번 공중제비를 돈 덕에 그나마 극히 긴박한 상황에서도 가공할 그의 일격을 피할 수 있었다.

유탄지는 별안간 얼굴이 서늘해지는 느낌이 들었다. 그때 군웅의 비명 소리가 들려오며 천 조각들이 마치 나비가 사방에 흩어져 날듯 우수수 떨어졌다. 유탄지가 얼굴에 쓰고 있던 면막이 뜻밖에도 소봉의 일권에 맞아 산산조각 나버린 것이다. 이를 지켜보던 사람들은 불그스름하고 거무튀튀한 흉터들이 울퉁불퉁하게 나 있는 데다 오관이 짓물러 추악하고 무시무시하기 짝이 없는 개방 방주의 얼굴을 보자 깜짝 놀라지 않을 수 없었다.

소봉은 단 삼초 만에 당대의 3대 고수들을 물러서게 만들자 호기가 생겨 큰 소리로 외쳤다.

"술을 가져와라!"

거란 무사 하나가 죽은 말 등 위에서 커다란 가죽 주머니 하나를 풀더니 소봉에게 빠른 걸음으로 다가와 두 손으로 바쳤다. 가죽 주머니를 받아 든 소봉이 뚜껑을 뽑아 머리 위로 높이 들고 살짝 기울이자 한 줄기 백주가 세차게 콸콸 쏟아져 내렸다. 그는 고개를 뒤로 젖히고 미친 듯이 꿀꺽꿀꺽 마셔댔다. 가죽 주머니에 가득 들어 있던 술이 족히 스무 근은 되어 보였지만 소봉은 이 백주 한 주머니를 단숨에 한

방울도 남김없이 마셔버렸다. 배가 살짝 부풀어올랐지만 얼굴색은 평소와 다름없이 거무칙칙한 그대로여서 취기라고는 전혀 없어 보였다. 군웅이 서로를 쳐다보며 아연실색하고 있을 때 소봉이 다시 오른손을 휘둘렀다. 그러자 나머지 17명의 거란 병사들이 각자 가죽 주머니를 가지고 그 앞으로 달려왔다.

소봉은 18명의 무사들을 향해 말했다.

"형제들은 들어라. 여기 대리의 단 공자는 내 결의형제다. 오늘 우리는 겹겹이 싸인 포위망에 빠진 데다 중과부적인지라 이곳을 벗어나기 힘들 것이다."

조금 전 모용복 등과 각기 일초씩 겨루면서 우세를 점하긴 했지만 이 3대 고수들은 각자 자신들이 지니고 있는 절기를 시험 삼아 펼쳤을 뿐이었다. 따라서 세 사람이 손을 잡고 협공해온다면 자신은 적수가 되지 않는다는 사실을 잘 알고 있었다. 더구나 이들 외에도 주변에서 호시탐탐 기회만 엿보고 있는 수많은 호걸이 있지 않은가? 그는 단예의 손을 잡아당겼다.

"현제, 우리 두 사람이 생사를 함께한다면 우리의 결의가 헛되지 않을 것이네. 지금 당장 죽든 살든 우리 통쾌하게 한잔 마셔보세."

단예는 그의 호기에 자극받아 가죽 주머니를 받아들고 소리쳤다.

"좋습니다! 형님과 한바탕 마시고 싶습니다!"

소림 군승 중에서 갑자기 한 회색 옷을 입은 승려가 걸어나와 큰 소리로 외쳤다.

"큰형님, 아우! 둘이 마시면서 어찌 전 부르지 않으시는 겁니까?"

그는 다름 아닌 허죽이었다. 그는 사람 숲속에서 소봉이 산 위로 올라오는 모습을 지켜보다 사람들을 압도하는 그의 호기에 군웅이 안절부절못하는 모습을 보고 자기도 모르게 탄복해하고 있었다. 더구나 단예가 결의의 정을 떠올리며 기꺼이 함께 죽겠다고 나서는 것을 보고 과거 자신이 표묘봉 위에서 단예와 결의형제를 맺을 때 소봉 역시 결의형제에 포함시켰던 일이 생각났다. 대장부가 한번 내뱉은 말은 지켜야 하지 않는가? 단예와 영취궁에서 대작을 하며 만취했던 호방한 감정과 아름다운 정경이 떠오르자 자신의 안위와 생사는 물론 청규계율 따위는 전혀 머리에 들어오지 않았다.

소봉은 허죽을 처음 보는 터라 그가 자신을 '큰형님'이라 칭하는 소리에 당혹감을 감출 수 없었다.

단예는 앞으로 달려가 허죽의 손을 끌어당기고 몸을 돌려 소봉에게 말했다.

"형님, 이분은 저와 결의형제를 맺은 형님입니다. 출가 당시 법명은 허죽이었고 환속한 후에는 허죽자입니다. 우리 두 사람이 결의형제를 맺을 때 형님도 포함해서 결의를 맺었습니다. 둘째 형님, 어서 큰형님께 인사드리세요."

허죽은 당장 앞으로 나아가 무릎 꿇고 절을 했다.

"형님 앞에서 소제가 인사 올립니다."

소봉이 빙긋 웃으며 생각했다.

'현제는 일을 행함에 있어 좀 엉뚱한 데가 있군. 남과 결의형제를 맺으면서 나까지 포함해 결의를 하다니 말이야. 내가 죽음을 눈앞에 두고 위험하기 짝이 없는 상황인데 이 친구는 위기를 두려워하지 않고 용감무쌍하게 나서다니 의리를 중시해 목숨을 아끼지 않는 대장부이

자 호한이로구나. 나 소봉이 이런 사람과 결의형제를 맺는 건 헛되지 않을 것이다.'

이런 생각을 마치고 그 역시 당장 무릎을 꿇었다.

"현제, 이 소 모가 그대 같은 영웅호한과 결의를 맺을 수 있어 기쁘기 한량이 없네."

두 사람은 서로 여덟 번 맞절을 하며 뜻밖에도 천하 영웅들이 보는 앞에서 결의형제를 맺게 되었다.

소봉은 허죽이 절정의 무공을 지닌 몸이란 사실을 알지 못해 그를 소림사의 한 저급 항렬 승려로만 보고 무공 실력에 한계가 있으리라 여겼다. 다만 그가 의협심을 발휘해 기꺼이 나섰는데 한쪽에 피해 있으라고 하면 오히려 무시하는 처사가 될 것 같아 술 주머니 하나를 들고 말했다.

"두 현제, 여기 이 형에게 충심으로 가득한 18명의 거란 무사들은 평소 함께 지내는 수족 같은 수하들이네. 모두 통쾌하게 한바탕 마시고 제대로 싸워보세!"

그는 술 주머니 뚜껑을 열어 크게 한 모금 마시고 술 주머니를 허죽에게 넘겼다. 허죽은 가슴에서 뜨거운 피가 용솟음쳤다. 불가의 오계, 육계, 칠계, 팔계 따위가 이 마당에 무슨 상관 있으랴? 술 주머니를 들어 한 모금 마시고 단예에게 넘기자 단예 역시 한 모금 마시고 한 거란 무사에게 넘겨줬다. 모든 무사가 차례에 따라 주머니를 들어 독주를 양껏 마셨다.

허죽이 소봉을 향해 외쳤다.

"형님, 저 성수노괴는 제가 전에 속해 있던 소림파의 사백조이신 현

82

난대사와 현통대사를 죽였습니다. 또한 제가 그다음 속한 일파의 사부와 사형마저 죽였습니다. 이 아우가 필히 복수해야 합니다!"

소봉은 의아한 마음이 들었다.

"자네가…."

다음 말을 채 하기도 전에 허죽은 쌍장을 휘날리며 이미 정춘추를 향해 공격해 들어가고 있었다.

소봉은 그가 출수해낸 장법이 정교하고 기이한 데다 내력마저 웅후한 것을 보고 놀라워하면서도 기쁘지 않을 수 없었다.

'이제 보니 둘째 아우의 무공이 저토록 뛰어났군. 정말 생각지도 못했구나.'

그는 대뜸 호통을 쳤다.

"내 주먹을 받아라!"

그는 휙휙 하고 두 주먹을 휘둘러 각기 모용복과 유탄지를 향해 공격해 들어갔다. 유탄지와 모용복은 각자 초식을 펼쳐 이를 막았다. 18명의 거란 무사들은 주공의 속뜻을 이해하고 단에 주변을 둘러싸고 보호했다.

허죽은 천산육양장을 펼쳐내 춤을 추듯 빙글빙글 돌며 압박해 들어갔다. 정춘추는 과거 한 통나무집에 잠입해 들어가 삼소소요산으로 소성하와 허죽에게 몰래 독수를 쓴 적이 있었다. 그때 소성하는 중독이 돼서 죽었지만 허죽은 아무 탈 없이 무사한 것을 보고 그에 대해 심히 두려움을 느끼고 있었기에 이번에는 감히 독공을 펼칠 수 없었다. 허죽의 독공이 자신보다 높은 수준에 있어 오히려 자신이 당할까 심히 겁이 났던 것이다. 이에 성수파 장법으로 대적해야겠다고 생각했다.

'저 땡추중이 진롱 기국을 풀고 뜻밖에도 무애자 그 영감태기한테 내력을 전수받아 소요파 장문인이 되지 않았던가? 그 영감태기는 간계가 많은 자라 암암리에 날 대처하는 독계를 마련해놨을지도 모른다. 절대 방심할 수 없어.'

소요파 무공은 민첩함과 우아함 그리고 차분함을 중시했다. 이에 정춘추와 허죽이 대결을 펼치자 동안학발인 한 사람은 신선 같았고, 승포 자락을 휘날리는 한 사람은 마치 바람 위를 나는 듯이 보였다. 둘이 서로 붙었다 떨어지는 모습은 마치 한 쌍의 나비가 꽃밭 사이를 춤을 추듯 날아다니는 것 같아서 '소요逍遙'라는 이 글자의 의미가 그대로 드러나는 듯했다. 옆에서 지켜보던 군웅은 소요파 무공을 대부분 처음 보는 터라 이를 보고 하나같이 후련하고 상쾌한 기분을 느꼈다.

'저 두 사람이 펼쳐내는 초식은 흉악하기 짝이 없을 정도로 적의 급소만 공격하는데 그 자세는 오히려 춤을 추듯 우아하고 아름답지 않은가? 저렇듯 사뿐사뿐 마음먹은 대로 품위 있게 펼쳐내는 장법은 여태껏 본 적이 없다. 도대체 어느 문파의 무공인지 모르겠구나. 저 초식은 명칭이 뭐지?'

한쪽 편에서는 소봉 혼자 모용복, 유탄지 두 사람을 상대하고 있었다. 처음 십초는 우세를 점했지만 십여 초가 지나자 유탄지가 내지르는 일권과 후려치는 일장에 음한한 기운이 가득 실려 있다는 느낌을 받았다. 소봉은 모용복과 전력을 다해 대결을 벌이는 와중에 자신을 향해 펼쳐내는 유탄지의 초식으로 인해 몸에 한기가 엄습해오자 도저히 견딜 수가 없었다. 그때 유탄지 체내에 있는 빙잠 한독은 신족경 내공에 의해 배양이 된 상태였다. 정正과 사邪가 서로를 보조하고 물과 불이 조화를 이루면서 천하제일의 무시무시한 내공으로 변해버린 것이다. 더구나 모용복의 두전성이 수법 역시 상상을 불허할 정도로 오묘해 소봉은 두 고수를 맞아 필사적인 혈투를 벌이지 않을 수 없었다. 과거 취현장에서 수백 명의 무림 호한들과 대치할 때보다 더더욱 위험한 상황에 놓인 것이다. 그러나 그는 선천적으로 뛰어난 무용을 지니고 있어 불리한 위치에 처하면 처할수록 체내에 잠재되어 있는 용기와 힘은 더욱 용솟음쳤다. 그는 항룡이십팔장을 연이어 펼쳐내 모용복과 유탄지가 접근하지 못하게 만들고 유탄지의 빙잠 한독 역시 그의 몸에 침습하지 못하도록 했다. 그러나 소봉이 계속해서 장력을 펼쳐내면서 내력 소모도 적지 않아 가면 갈수록 장력의 기세가 감소될 수밖에 없었다.

유탄지는 이런 상황을 간파하지 못했지만 모용복은 이런 사실을 정확히 파악하고 있었다. 이대로 싸움을 지속해 자신과 장 방주가 반 시진만 더 버틸 수 있다면 우세를 점할 수 있을 거라 생각했던 것이다. 그러나 평소 '북교봉, 남모용'이란 이름으로 함께 거론되었던 두 사람이 아니던가? 오늘 두 사람은 처음 대결을 펼치는 것인데 개방 방주의 도움을 받게 된다면 설사 소봉을 물리친다 해도 '남모용'은 '북교봉'에 미치지 못하게 보일 것이다. 모용복은 속으로 몇 번을 따져봤다.

'나라의 재건이 중요할 뿐 개인의 명망 따위는 하찮은 일에 불과하다. 내가 천하 영웅들 앞에서 이 중원 무림의 골칫거리를 제거한다면 대송의 영웅호걸들은 자연히 내가 베푼 은덕을 감사히 여길 것이니 무림의 맹주 자리는 내 차지가 될 것이다. 그 순간 사람들을 향해 기치를 높이 든다면 대연의 재건도 기대할 만하다. 그때가 되면 교봉은 이

미 죽고 없을 테니 설사 남모용이 북교봉에 미치지 못한다 말해도 이미 지난 과거에 불과할 뿐이다.'

그는 이런 생각도 했다.

'교봉을 죽이고 난 후에는 장취현이 나의 가장 큰 적이 될 것이다. 만일 무림 맹주 자리를 놈에게 뺏긴다면 난 오히려 놈의 호령을 받아야 할 테니 더욱 타당치 않은 일이 아닌가?'

그는 초식을 펼쳐내면서 암암리에 약간의 내력을 남겨놓은 채 겉으로는 몸을 돌보지 않고 전력을 다하는 것처럼 행동했다. 소봉이 펼치는 항룡이십팔장의 위력을 대부분 유탄지가 받도록 만든 것이다. 모용복의 신법은 워낙 정교하고 뛰어났기 때문에 남들은 이를 알아차리지 못했다.

순식간에 세 사람은 이리저리 치고받으며 100여 초를 주고받았다. 소봉이 교묘한 수법을 펼쳐 유탄지를 유인하자 경험이 일천한 유탄지는 몇 번이나 넘어갈 뻔했지만 옆에 있던 모용복의 도움 덕에 적시에 빠져나올 수 있었다. 그러자 소봉이 펼쳐내는 매섭기 이를 데 없는 장력을 유탄지는 심후한 내력으로 힘껏 받아낼 수 있었다.

단예가 18명의 거란 무사가 에워싼 원 안에서 지켜보니 둘째 형님은 한 걸음씩 압박해 들어가는 모습이 수세에 몰릴 일은 없을 것 같았다. 그러나 큰형님은 1대 2로 싸우면서 그 신비한 위력이 매섭기는 했지만 일장마다 광풍이 휘몰아치며 모래와 돌이 날아다니는 것으로 보아 오래 버티지 못할 것 같았다.

'난 하는 말마다 저 두 형들과 고난을 함께하겠노라고 말해놓고 당장 그런 일이 눈앞에 닥쳤는데 사람 숲속에 숨어 보호를 받고 있으니 이 어찌 의리라 할 수 있으며, 이 어찌 생사를 함께한다 할 수 있는가? 이래저래 죽는 건 마찬가지인데 우리 결의 삼형제 중 막내인 내가 말도 안 되는 행동을 보일 수는 없다. 내가 비록 무공은 모르지만 능파미보로 모용복한테 접근해 피곤하게 만들고 큰형님이 저 추한 얼굴의 장 방주를 먼저 물리치게 만드는 것도 괜찮을 것이다.'

이런 결심을 하고 몸을 훌쩍 날려 열여덟 명의 거란 무사들 포위를 뚫고 걸어나와 큰 소리로 외쳤다.

"모용 공자, 우리 큰형님과 함께 명성이 거론된 몸이라면 응당 우리 큰형님과 일대일로 대결하는 게 옳은 것 아니오? 한데 어찌 남의 도움을 받으면서 그리 어렵게 버티고 있는 것이오? 그리하면 가까스로 비긴다 해도 어찌 천하가 비웃지 않겠소? 자자, 자신 있으면 나한테 일권을 날려 맞혀보시오."

그는 이 말을 하고 몸을 흔들 하면서 모용복 뒤로 달려가 그의 뒷덜미를 움켜쥐려 했다.

모용복은 그가 믿을 수 없을 정도로 빨리 다가오는 것을 보고 손을 들어 일장을 날려 그의 얼굴을 내리쳤다. 순간 단예의 오른뺨에서 살갗이 터져 피가 흘러내렸다. 그는 너무 아픈 나머지 눈물을 쏟아냈다. 능파미보는 본래 무척이나 신묘해서 시전을 할 때 남이 그의 몸을 때리는 건 극히 어려운 일이었다. 그러나 이번에는 손을 써서 상대를 공격할 생각에 건성으로 모용복을 움켜쥐려 했다. 절정의 무공 실력을 지닌 모용복이 어찌 그런 얄팍한 몸놀림에 잡힐 수 있겠는가? 그가 날린 일장을 피하지 못한 단예는 살갗이 찢어지고 살이 터져 말할 수 없는 고통을 겪게 됐다.

그러나 모용복의 손바닥이 단예의 뺨과 매우 빠른 속도로 부딪치는 찰나의 순간, 모용복은 자신의 내력이 외부로 급속도로 쏟아져 나가 사라져버린다는 느낌이 들었다. 더구나 팔과 손바닥까지 마비되자 깜짝 놀라 입에서 욕이 쏟아져 나왔다.

"단가 이 녀석! 넌 또 언제 성수파 문하에 들어간 것이냐?"

단예가 말했다.

"무슨 말이…."

말이 채 끝나기도 전에 느닷없이 모용복의 일각이 날아들었고 단예는 그의 발길질에 차여 그대로 곤두박질치고 말았다. 모용복은 자신의 기습이 그렇게 쉽게 성공하리라고는 생각지도 못했다. 그는 기쁜 마음에 몸을 날려 오른발로 그의 가슴팍을 밟으며 호통을 쳤다.

"살고 싶으냐? 죽고 싶으냐?"

단예가 고개를 돌려보니 소봉은 아직 장취현과 힘든 싸움을 계속하고 있었다. 자신이 그에게 꼿꼿하게 대항하는 말을 내뱉는다면 당장 목숨을 잃을 것이고 여유가 생긴 그가 다시 장취현을 도우러 갈 테니 큰형님이 또다시 위기에 빠지게 될 것 같아 아무래도 시간을 끄는 게 좋겠다고 생각했다.

"어찌 죽고 싶겠소? 당연히 세상에 살아남는 맛이 더 좋지 않겠소?"

모용복은 그가 지금처럼 목숨이 경각에 놓인 순간에도 감히 우스갯소리를 하는 걸 보고 굳은 표정으로 호통을 쳤다.

"살고 싶다면 당장…."

그는 단예가 자신에게 절을 100번 하도록 만들어 사람들 앞에서 모욕을 줄 생각이었지만 그의 보법이 워낙 교묘해 이번에 풀어주면 다시 또 제압하기가 쉽지 않으리란 생각이 들자 곧바로 말을 바꿨다.

"… 당장 나한테 '할아버지' 하고 100번 불러라!"

단예가 웃으며 말했다.

"나보다 몇 살 많지도 않은데 어찌 할아버지라 부르라는 말이오? 부끄럽지도 않으시오?"

모용복이 휙 하고 일장을 후려치며 단예의 머리 오른쪽을 비껴서 가격했다. 그러자 흙먼지가 피어오르며 땅바닥 밑으로 구덩이가 파였다. 그 일장이 수 촌만 치우쳤다면 단예의 머리통은 박살나버렸을 것이다. 모용복이 다시 호통을 쳤다.

"부르겠느냐? 부르지 않겠느냐?"

단예가 고개를 비스듬히 돌려 땅바닥에서 튄 흙먼지를 피하며 힐끗 쳐다보니 저 멀리에서 왕어언이 포부동과 풍파악 옆에 선 채 눈 한번 깜빡거리지 않고 자신을 주시하고 있었다. 그러나 얼굴에는 자신에 대한 관심이나 근심스러운 빛이라고는 전혀 보이지 않았다. 그녀가 마음속으로 생각하는 건 그저 이것뿐으로 보였다.

'사촌 오라버니가 단 공자를 죽일 수 있을까?'

사촌 오라버니가 자신을 죽인다면 왕 낭자는 당연히 상심을 하거나 난감해하지 않을 것이며 사촌 오라버니가 자신을 죽이지 못한다면 그녀는 마음속으로 매우 유감으로 생각할 것처럼 보인 것이다. 그는 왕어언의 표정을 보자 모든 의욕을 상실하지 않을 수 없었다. 차라리 당장이라도 모용복 손에 죽으면 그리움으로 인한 무궁무진한 고통에서 벗어날 수 있을 것 같아 처량하게 말했다.

"당신은 어찌 나한테 할아버지라고 100번 부르지 않는 것이오?"

모용복은 대로해서 오른손을 치켜들어 단예의 얼굴을 겨냥해 내려 찍으려 했다. 별안간 두 개의 인영이 쏜살같이 내달려왔다. 그중 한 명이 소리쳤다.

"내 아들을 해치지 마라!"

또 한 사람이 외쳤다.

"우리 사부를 해치지 마라!"

두 사람의 신형이 빠르긴 했지만 단예를 내리치는 그의 일장을 저지할 수는 없었다. 그러나 단정순과 남해악신의 무공은 극히 고강해서 두 줄기 장력이 하나는 앞, 하나는 뒤에서 모용복의 급소를 공격했다.

모용복이 적시에 이를 방어하지 않는다면 단예를 죽일 수는 있어도 자기 자신이 중상에 빠지게 될 상황이었다. 그는 당장 오른손을 거두어 단정순이 후려치는 쌍권을 막고 왼손으로는 등 뒤로 원을 그리며 남해악신으로부터 날아오는 기세를 무마시켰다. 세 사람의 장력이 서로 충돌하자 모두들 깜짝 놀랐다. 서로 상대의 무공이 보통이 아니라고 느꼈던 것이다. 단정순은 아들을 구하기 위해 황급히 오른손 식지로 일양지 일초를 찍어냈는데 그의 초식은 매우 정확하고 웅후한 내력을 지니고 있었다.

왕어언이 부르짖었다.

"사촌 오라버니, 조심하세요. 그건 대리단씨의 일양지예요. 만만히 봐선 안 돼요!"

남해악신이 큰 소리로 호통을 쳤다.

"젠장맞을! 우리 빌어먹을 사부가 별거 아니긴 해도 어쨌든 나 악노이의 사부다. 네놈이 내 사부를 때린다면 나 악노이를 때리는 것이나 같은 것이야. 내 사부가 목숨을 탐하고 죽음이 두려워 너한테 할아버지라고 한 마디 했다면 나 악노이가 앞으로 어찌 사람 노릇을 하며 너한테는 또 뭐라고 불러야 한단 말이냐? 이 악노이보다 세 항렬이나 높아질 것이 아니냐? 내가 네 회손자灰孫子[7]가 되는 셈이 아니냐는 말이다. 네가 날 우습게 봐도 한참 우습게 봤다."

그는 욕을 내뱉으면서 한편으로는 악취전을 꺼내 들어 왼쪽으로 한번 자르고 오른쪽으로 한번 자르며 끊임없이 모용복을 향해 가위질을 해댔다. 그가 평생 가장 두려워하는 것이 항렬이나 서열에서 남보다 낮은 것이다. 사대악인 내에서도 노이, 노삼이란 이름과 서열 문제로 섭이랑과 끊임없이 다투어야 했으니 말이다. 오늘 단예가 모용복에게 할아버지라고 불렀다면 남해악신은 그의 회손자가 됐을 것이다. 그의 입장에서는 차라리 머리를 바닥에 박고 죽을지언정 절대 회손자가 될 수는 없었던 것이다.

모용복은 그가 무슨 말을 해대건 아랑곳하지 않고 오른발로 단예를 단단히 밟은 채 각각 한 손으로 두 명의 적에 맞섰다. 10여 초를 주고받다 보니 남해악신은 무시무시한 무기를 가지고 있어도 대적하기 쉬웠지만 단정순의 일양지는 만만히 볼 수 없었다. 그는 단정순과 정면으로 맞서서 정신을 집중해 대적하면서도 남해악신의 악취전에 대해서는 여력으로 무마시키며 다급한 와중에 한두 초 반격을 가해 남해악신을 수장 밖으로 물러서게 만들 수 있었다. 단예는 그에게 밟힌 상태에서 힘껏 발버둥치며 몸을 일으키려 했지만 도저히 일어날 수가 없었다.

단정순은 모용복에게 제압당한 아들이 그의 발에 밟혀 그가 조금만 힘을 가해도 피를 토하며 죽을 것처럼 보이자 현 상황에서는 속전속결로 우선 위기에 처한 아들부터 구해내야겠다는 생각에 일양지를 아주 강하고 날렵하게 펼쳐 조금씩 압박해 들어갔다.

갑자기 괴상야릇한 목소리가 들려왔다.

"대리단씨의 일양지는 위엄 있는 기상을 바탕으로 조화롭고 엄숙한 면을 중시하기에 강맹함 속에도 제왕의 품격이 느껴져야 하는 것이 기본이다. 한데 그렇게 죽기 살기로 덤벼들어 개방의 무대無袋 제자나 다름없는 모습을 보이고 있으니 그걸 어찌 일양지라 할 수 있겠느냐? 흐흐, 흐흐… 우리 대리단씨의 체면을 제대로 구기는구나."

단정순은 그 말을 하는 사람이 대적수인 단연경이라는 것을 알았다. 그의 말이 틀린 건 아니지만 지금은 위기에 처해 있는 아들 때문에 정신없는 상황인데 한가롭게 기상이니 품격이니 하는 것들을 돌볼 겨를이 어디 있겠는가? 그는 일양지를 점점 더 강력하게 펼쳐냈다. 이번에는 아주 독하게 찍어내야겠다는 마음이 앞선 나머지 침착성을 잃고 별안간 내뻗은 일지가 방향이 바뀌면서 모용복이 아닌 남해악신의 견와肩窩를 찍어버리고 말았다.

남해악신은 꾸엑 하고 괴상한 비명을 지르며 욕을 해댔다.

"이런 네미…."

철커덕 하고 악취전이 바닥에 떨어지면서 그 반쪽이 자신의 다리뼈를 내리쳤다. 그는 고통스럽고도 노한 마음에 다시 욕이 튀어나오려 했지만 곧바로 생각을 바꿨다.

'저자는 우리 사부의 아버지니까 내가 욕을 하면 항렬이 뒤죽박죽 돼버린다. 저자를 죽여버리는 한이 있어도 욕은 해선 안 된다. 나중에

기회가 닿으면 몰래 놈의 모가지를 베어버리면 그뿐이지….'

바로 그때, 단정순이 실수로 남해악신을 찍어 심신이 분산된 틈에 모용복은 왼손 중지를 내뻗어 번개같이 단정순 가슴의 중정혈을 찍었다. 그 중정혈은 단중혈의 1촌 6분 아래 있는 혈도였다. 단중혈은 인체의 기해로서 모든 기식이 모이는 가장 중요한 급소라 적의 일지에 찍히면 곧바로 기식이 봉쇄돼버리고 만다.

모용복은 상대가 뛰어나다는 걸 알고 급박한 와중에 일지를 찍어내긴 했지만 단중혈을 정확히 찍었는지에 대해선 돌볼 겨를이 없었다. 그럼에도 불구하고 단정순은 이미 가슴에 극심한 통증을 느끼며 내식을 운행할 수 없었다.

왕어언은 사촌 오라버니가 일지를 내뻗어 적중시키는 것을 보고 박수갈채를 보냈다.

"사촌 오라버니, 그 야차탐해夜叉探海 일초는 정말 대단했어요!"

사실 상대의 단중기해를 제대로 찍어야만 야차탐해라 할 수 있었지만 그녀는 의중지인에 대해 어느 정도 관대하게 말할 수밖에 없었다. 그의 일지는 1촌 6푼 정도 빗나가긴 했지만 그럭저럭 야차탐해라 말할 수는 있을 정도였다.

모용복은 그의 일지가 상대의 급소에 제대로 적중되지 않았다는 걸 알고 일초를 보태기 위해 오른손을 뻗어 단정순의 가슴팍을 향해 내질렀다. 아직 숨도 돌리지 못한 단정순은 이를 저지할 힘이 없어 모용복의 일장에 강하게 맞고 한 모금 선혈을 뿜어냈다. 사랑하는 아들에 대한 절박함 때문에 물러서려 하지 않고 재빨리 기를 돋우었지만 그때 모용복의 두 번째 초식이 또다시 뻗어온 것이다.

단예는 모용복 발밑에 깔린 채 부친이 입에서 선혈을 내뿜고 있고 모용복이 또다시 세 번째 초식을 후려쳐가자 다급한 마음에 오른손 식지를 들어 그를 향해 겨냥하며 소리쳤다.

"네가 감히 우리 아버지를 해쳐?"

너무 다급한 나머지 그의 내력은 자연스럽게 식지를 통해 분출돼 나왔는데 그건 바로 육맥신검 중 상양검 일초였다. 남들은 '관심이 지나치면 정신이 없다'고 하나 그는 오히려 '관심이 지나치면 내력이 분출'되었다. 반드시 상황이 다급하고 관심이 깊어야만 내력이 손가락을 타고 뻗어나올 수 있었던 것이다. 그때 피육 하는 한 번의 소리와 함께 모용복의 옷소매가 무형의 검에 베어졌고 이어서 그 검기는 모용복의 장력과 충돌했다. 모용복은 팔이 저리는 느낌이 들자 깜짝 놀라 재빨리 뒤로 훌쩍 몸을 날려 물러섰다.

단예는 자유로운 몸이 되자 후다닥 몸을 뒤집어 일으켰다. 그러나 모용복이 완전히 물러나지 않아 부친은 여전히 위기에서 빠져나오지 못하고 있었다. 그는 왼손 소지로 소택검 일초를 펼쳐냈다. 모용복은 재빨리 왼쪽 소매를 펼치며 응수했지만 피육 피육 하고 양검이 뻗어나가며 모용복의 왼쪽 소맷자락이 또다시 그의 검기에 베어져 나갔다. 등백천이 부르짖었다.

"공자, 조심하십시오! 무형의 검기이니 무기를 쓰셔야 합니다!"

이 말과 함께 검집에서 검을 뽑아 검자루를 뒤로 돌려 모용복에게 던졌다.

단예는 모용복이 부친의 혈도를 찍었을 때 큰 소리로 갈채를 보내는 왕어언의 목소리를 듣고 부친의 안위에 대한 염려와 함께 왕어언의 무정함에 화가 치밀어올랐다. 이런 다급한 상황에서 가슴까지 쓰려오자 내력이 끊임없이 용솟음쳤던 것이다. 순간 소상, 상양, 중충, 관충, 소충, 소택 육맥검법을 종횡으로 춤추듯 휘날리며 마치 신이 돕는 듯 마음먹은 대로 펼쳐낼 수 있게 되었다.

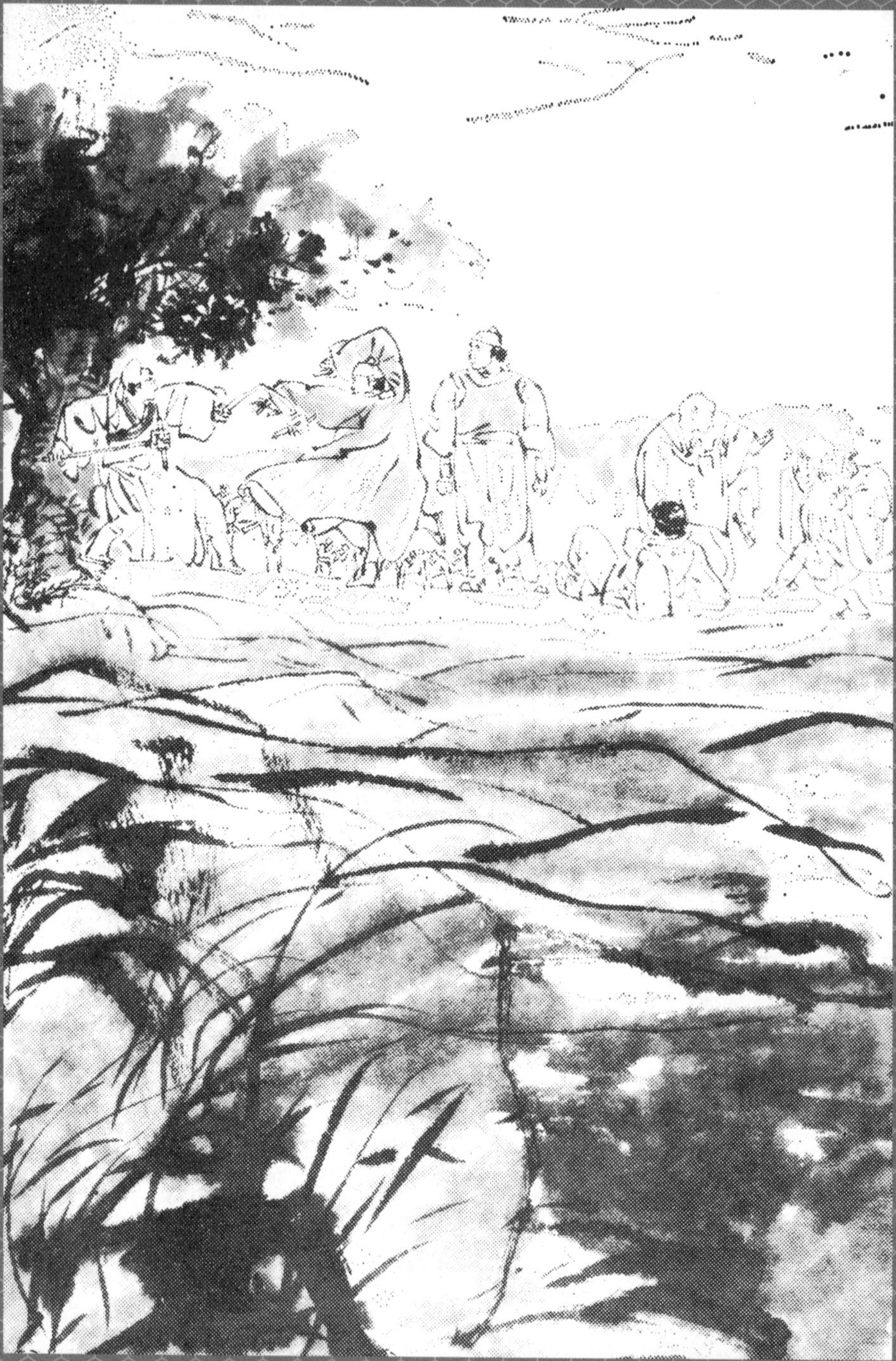

성수노선과 철두인의 최후

단예의 검법은 자유분방하며 웅대한 기상을 지니고 있어 일검을 찔러 낼 때마다 풍우가 몰아치는 듯한 경천동지의 기세를 동반했다. 모용복이 한 손으로는 필법, 한 손으로는 구법을 펼쳐봤지만 시간이 갈수록 점점 막아내기가 힘들게 느껴졌다.

모용복은 긴박한 상황에서 등백천이 던진 장검을 받아들자 정신이 번쩍 들어 모용씨의 가전 검법을 펼쳐내기 시작했다. 일초 일초를 끊임없이 내뻗는 그의 검법은 마치 행운유수와도 같아 순간 전신이 한 줄기 광막光幕에 둘러싸인 것처럼 보였다. 무림 인사들은 여태껏 고소 모용씨가 무공에 박학다식해 각 문파의 무공에 대해 모르는 것이 없다고만 들었을 뿐 검법마저 이토록 정묘하리라고는 생각지 못했다.

그러나 모용복의 매 일초가 아무리 매섭고 악랄하다 해도 단예 주변 1장 안까지는 닿지 않았다. 단예가 두 손으로 찍고 찌르고를 반복하면 모용복은 아래위로 몸을 날려 이쪽저쪽으로 피해다니는 모습만 보일 따름이었다. 돌연 땡강 하는 소리와 함께 모용복 수중의 장검이 단예의 무형 검기와 정면으로 부딪치며 두 동강이 나버렸다. 토막 난 검신은 공중으로 날아올라 햇빛에 비스듬히 비쳐 백광을 점점이 발산해냈다.

모용복은 심히 놀랐지만 당황하지 않고 재빨리 토막 난 검을 암기로 사용해 단예에게 집어던졌다.

단예가 부르짖었다.

"아이쿠!"

그는 당황한 나머지 어찌할 바를 몰라 재빨리 몸을 웅크려 바닥에 엎드렸다. 토막 난 검은 곧 그의 머리 위를 스쳐 지나갔다. 고수들 간의 비무에서 뜻밖에도 마치 '개가 똥을 먹는 듯' 앞으로 얼굴을 처박는 망신스러운 자세가 나오자 실로 흉하기 짝이 없는 모습을 연출하게 됐다. 모용복은 장검이 두 동강 나버리긴 했지만 패배 속 승리를 거두는 셈이 되었다. 더구나 그의 침착하고 품위 있는 모습은 단예보다 더 빛이 났다.

풍파악이 소리쳤다.

"공자, 칼을 받으십시오!"

그는 손에 들고 있던 단도를 던졌다. 모용복이 칼을 받아들고 보니 단예는 이미 몸을 일으킨 뒤였다. 그는 씩 웃으며 조롱 섞인 말투로 말했다.

"단 형의 그 악구흘시惡狗吃屎 초식은 대리단씨의 가전 절기라도 되는 모양이오."

단예가 어리둥절해하다 답했다.

"아니오!"

그는 오른손 소지를 휘둘러 소충검 일초를 찔러 들어갔다.

모용복이 칼을 휘둘러 이를 막아내고는 난데없이 오호단문도를 펼치고 팔괘도법八卦刀法을 펼쳤다가 몇 초 만에 다시 육합도六合刀를 펼치며 순식간에 연달아 8, 9로의 도법을 펼쳐냈다. 각 일로 모두 그 정교한 의미를 알고 있는 듯 핵심을 찌르고 있어 이를 지켜보던 칼잡이 명가의 인사들도 하나같이 탄복해 마지않았다. 그러나 그의 도법이 무척 정교하긴 했지만 시종 단예가 있는 곳에는 근처에도 이르지 못해 단예가 소충검 일초를 왼쪽으로부터 돌아 펼쳐내자 모용복이 칼을 들어 막다가 땡 소리와 함께 그의 예리한 칼날은 또다시 두 동강이 나버렸다.

공야건이 두 손을 휘둘러내자 판관필 두 자루가 모용복을 향해 날아갔다. 모용복은 두 동강이 난 칼을 던져버리고 판관필을 받아들어 출수하기 시작했는데 이때 그가 펼쳐내는 모든 초식이 점혈 초식이었다. 판관필 끝에서 팟팟 소리가 들리며 희미하게 한 줄기 내력이 쏟아져 나갔다.

이미 100여 초를 펼쳐낸 단예는 두려움이 사라지고 내식의 맥락을 서서히 깨닫게 되면서 백부와 천룡사 고영대사가 전수해준 내공 심법이 또렷이 기억나기 시작했다. 그러자 점차 육맥신검을 조화롭게 돌려가며 펼쳐낼 수 있게 되었다. 그때 소봉의 목소리가 들려왔다.

"셋째 아우, 자넨 아직 육맥신검에 익숙하지 않아 6종 검법을 동시에 펼쳐낼 경우 검법 전환 시 빈틈이 보이게 되네. 그럼 상대가 그 틈을 타서 피할 수 있지. 차라리 한 가지 검법만 펼치는 게 좋을 거야!"

단예가 말했다.

"네, 큰형님의 가르침에 감사드립니다."

이 말을 하면서 슬쩍 곁눈질을 해서 보니 뒷짐을 지고 한쪽에 서 있는 소봉이 매우 여유로운 모습을 하고 있고 바닥에 쓰러진 장취현은 두 다리가 부러진 채 끙끙대며 신음 소리를 내고 있었다.

그때 소봉은 강적인 모용복이 단예와 상대하면서 여유가 생기게 됐고 유탄지와 단타독투를 벌여 순식간에 우세를 점할 수 있었다. 다만 그와 수 장의 정면 대결을 펼치면서 쌍장이 맞부딪칠 때마다 추위로 인해 몸서리를 치지 않을 수 없었다. 한기가 엄습해 들어와 말할 수 없는 고통이 느껴졌기 때문이다. 그는 곧바로 수 장을 펼쳐 맹공을 가하다 유탄지가 장력을 펼치며 전력으로 응수를 할 때 느닷없이 오른쪽 다리를 횡으로 쓸어 걷어찼다. 유탄지가 장기로 삼는 무공은 빙잠 한 독과 신족경 내공이었지만 권각을 이용한 기술은 모두 아자에게 배웠던 터라 극히 평범하기 이를 데 없다는 걸 간파한 것이다. 그는 다리에 극심한 통증을 느끼며 우두둑하고 두 다리의 정강이뼈가 동시에 부러져 그 자리에 쓰러져버렸다. 소봉이 큰 소리로 외쳤다.

"개방은 늘 인의와 협의를 우선해왔다. 넌 일개 방파의 방주인 몸으로 어찌 성수파 요마들과 어울려 못된 짓을 일삼는단 말이냐? 그건 수백 년을 쌓아온 개방의 의협심 넘치는 미명을 욕되게 하는 짓이다!"

유탄지가 개방 방주 자리에 앉게 된 것은 온전히 뛰어난 무공 덕분이었다. 견식과 풍모, 지휘 능력이나 일처리에 있어서는 개방 제자들을 설득하는 데 부족함이 있었다. 더구나 면막을 뒤집어쓰고 있어 신비스럽긴 했지만 뭔가 정정당당하게 보이지 않았던 터라 일체의 사무는 아자와 전관청 두 사람이 대신 처리해왔고 이는 개방 제자들의 불만을 사는 이유가 됐다. 더구나 이날은 그가 개방 제자들을 연이어 집어던져 죽인 데다 군웅 앞에서 정춘추를 향해 고두를 하며 성수파 문하로 들어가는 모습을 보였기에 모든 개방 제자는 더 이상 그를 방주로 인정하지 않았다. 소봉이 그의 다리를 부러뜨려버렸을 때에도 개방 제자들은 속으로 기뻐했을 뿐 그 누구도 나서서 도우려 하지 않았다. 전관청 등 소수 측근들만이 앞으로 달려나가 구하려 했지만 소봉의 위풍당당한 표정에 주눅이 들어 목숨 걸고 나서려 하지는 않았다.

소봉은 유탄지를 물리치고 난 후, 정춘추와의 맞대결에서 우세를 점하고 있는 허죽과는 달리 모용복과의 대결에서 육맥신검을 펼쳐내며 정교한 듯했지만 때로는 서투른 모습을 보여 승리할 수 있는 기회를 몇 번씩이나 놓쳐버리는 단예를 보고 참다못해 큰 소리로 지적을 했던 것이다.

단예는 소봉과 유탄지 두 사람을 힐끔 쳐다보느라 신경이 분산되는 바람에 육맥신검의 허점이 노출되고 말았다. 모용복은 기민하기 이를 데 없는 자였다. 그가 왼손을 휘두르자 판관필 한 자루가 강풍을 동반한 채 단예의 가슴팍을 향해 날아가는데 금방이라도 가슴을 관통할 것처럼 보였다. 단예는 판관필이 날아오는 기세에 깜짝 놀라 자기도 모르게 손발을 허둥대며 다급하게 외쳤다.

"큰형님, 큰일 났습니다."

순간 소봉이 이섭대천利涉大川 일초를 펼쳐 옆으로부터 후려쳐나가자 장풍에 튕겨나간 판관필은 허리 부분이 구부러지면서 단예의 뒷머리를 한 바퀴 돌아 다시 모용복을 향해 날아갔다.

모용복은 오른손으로 다른 판관필을 들어 되돌아 날아오던 판관필을 후려쳤다. 깡 소리와 함께 판관필 두 자루가 부딪치며 오른팔이 저릴 정도의 진동이 느껴졌다. 그는 되돌아오던 판관필이 땅에 떨어지기에 앞서 재빨리 왼손으로 낚아채 움켜쥐고 구부러진 판관필을 강구鋼鉤로 삼아 공동파의 단구구법單鉤鉤法을 펼쳐냈다.

군웅은 소봉의 강력한 장력에 전율을 느끼고 있다가 다시 무궁한 임기응변으로 펼쳐내는 모용복의 정교한 구법을 보자 더 이상 참지 못하고 큰 소리로 갈채를 보냈다. 당대의 기재들이 필사적으로 대결하는 모습을 보면서 견문이 넓어지는 계기가 되자 소실산까지 달려온 보람이 있다고 느꼈던 것이다.

판관필이 가슴을 관통하는 위기에서 벗어난 단예는 정신을 가다듬고 무지를 눌러내며 소상검법을 펼쳤다. 이 검법은 자유분방하고 웅대한 기상을 지니고 있어 일검을 찔러낼 때마다 풍우가 몰아치는 듯 경천동지의 기세를 동반했다. 모용복이 한 손으로는 필법, 한 손으로는 구법을 펼치며 저항해봤지만 시간이 갈수록 점점 막아내기가 힘들게 느껴졌다. 본래 육맥신검의 육로검법이 회전을 하면서 펼쳐지면 그 위력은 일검 하나만 펼칠 때보다 훨씬 강력했다. 그런 요결을 알지 못하는 단예가 일검만 펼쳐내자 오히려 더욱 능숙하게 운용할 수 있게 됐다. 그가 10여 검을 펼쳐내자 모용복은 이마에 땀을 흘리며 끊임없이 뒤로 물러났고, 마침내 한 커다란 회화나무가 있는 곳까지 물러나 그 나무에 기대 방어하기에 이르렀다.

단예는 소상검법 일로를 모두 펼쳐내자 무지를 굽히고 식지를 찍어내며 상양검법으로 변화시켰다.

상양검의 검세는 소상검의 웅대함에는 미치지 못하지만 날렵한 속도에 있어서는 훨씬 뛰어나 식지를 연이어 움직이며 일검 또 일검 연이어 찔러내는 그 속도는 쾌속하기 이를 데 없었다. 검을 사용할 때는 전적으로 원활한 손목에 의지해야 하기에 검을 내뻗고 거둘 때 아무리 신속하다 해도 어찌 됐건 수 척의 간격이 존재할 수밖에 없지만 식지로 무형의 검기를 뻗어내는 그의 초식은 손가락이 수 촌 범위 내에서 돌려가며 찍고 찌르는 데 불과해 지극히 수월했다. 더구나 모용복은 그에게 1장가량 밖으로 몰려 있어 반격의 여지가 전무했다. 단예가 만일 그와 똑같은 일초일식—招—式으로 대결을 펼쳤다면 두 번째 초식을 펼치기도 전에 목숨을 잃고 말았을 테지만 지금은 방어할 필요 없이 공격만 가하는 상황인지라 마음대로 상양검법을 펼쳐내며 손쉽게 우세를 점할 수 있게 된 것이다.

왕어언은 사촌 오라버니가 위급한 상황에 처한 것을 보고 초조한 마음이 들기 시작했다. 천하 각 문파의 무공 초식에 대해 훤히 꿰뚫고 있는 그녀였지만 육맥신검에 대해서는 문외한이었던 터라 옆에서 지시를 해가며 가르쳐줄 방법이 없어 부질없이 애만 태울 뿐이었다.

소봉은 단예가 펼치는 무형의 검기가 갈수록 신묘해지는 걸 보고 안심이 되면서도 감탄을 금치 못했다. 문득 아주 생각에 가슴이 쓰라려왔다.

'아주가 그날 부친 대신 죽기를 감수한 이유는 내가 그녀의 부친을 죽이고 나면 대리단가에서 날 찾아와 복수를 할까 두려워서였다. 내가 그들의 육맥신검을 당해내지 못할까 봐 말이야. 셋째 아우가 이제 갓 연마한 검법이 저 정도로 신묘하다면 내가 모용복 입장이었다 해도 당해내기가 쉽지 않았을 것이다. 아주는 내 생명을 구하기 위해 죽은 거야. 나… 난 거란의 일개 무부武夫일 뿐인데 그녀의 그런 깊은 정과 은덕을 누릴 자격이 어디 있단 말인가?'

단연경과 구마지 두 사람은 단예가 펼쳐내는 신묘하기 이를 데 없는 육맥신검을 보고 지금은 완벽하지 않지만 고인의 가르침을 받고 약간의 수련을 더한다면 천하제일 고수가 될 수 있을 것이라 여겨 긴 한숨을 내쉴 수밖에 없었다. 구마지의 탄식 소리는 부러움이 전부였지만 단연경의 배 속에서 터져 나오는 가벼운 탄식 속에는 애처롭고도 낙심한 느낌이 가득했다.

등백천 등은 모용복이 단예의 기세에 밀려 곤궁에 빠지자 앞으로 달려나가 도우려 했다. 그때 느닷없이 서남쪽에서 수많은 여자의 고함 소리가 들려왔다.

"성수노괴, 네가 어찌 감히 우리 표묘봉 영취궁 주인님을 건드린단 말이냐? 어서 무릎 꿇고 절이나 해라!"

사람들이 고개를 돌려 바라보니 산기슭에 수백 명의 여인이 여덟 무리로 나뉘어 서 있었다. 각 무리마다 홍, 황, 청, 자색 등 각자 다른 색 옷을 입고 있었는데 그 색이 무척이나 화려해서 눈길을 끌었다. 여덟 무리의 여자들 옆에는 행색이 보통 사람과는 많이 다른 수백 명의 강호 호협들이 서서 너도나도 큰 소리로 호통을 쳤다.

"주인님, 저놈한테 생사부 몇 조각만 심어주십시오!"

"성수노괴를 대적하는 데는 생사부가 특효약입니다!"

허죽의 무공 내력은 정춘추보다 우위에 있어 일찌감치 승부를 볼 수 있었지만 그러지 못한 이유는 첫째, 상대와 대결을 펼쳐본 경험이 일천했던 터라 몸에 지닌 공력을 6, 7성도 발휘할 수 없었고 둘째, 자비심을 품고 있어 목숨을 취할 수 있는 무서운 살수를 몇 번이나 펼쳐 놓고도 반만 펼치다 다시 거두어들이기 일쑤였으며 셋째, 정춘추 몸에 있는 극독을 꺼리다 보니 감히 함부로 그의 몸에 손을 대지 않았지만 사실은 자신의 몸에 심후한 공력이 있어 정춘추의 극독 따위가 해를 미치지 못한다는 사실을 모른 채 격투를 지속하며 대치했기 때문이었다. 바로 그때 갑자기 수많은 남녀가 일제히 호통을 내지르며 자신을 위해 기세를 북돋는 소리가 들려왔다. 그는 소리가 들려오는 곳을 바라보고 놀라면서도 기쁨을 주체할 수 없었다. 영취궁의 구천구부 여인들 중 영취궁을 지키는 난천부 1부를 제외한 8부가 모두 달려온 것이다. 옆에 있는 남자들은 삼십육동 동주와 칠십이도 도주 그리고 그 수하들이었는데 숫자가 적지 않은 것으로 보아 동주와 도주 전원은 아니었어도 8, 9할 정도는 되는 것 같았다.

허죽이 소리쳤다.

"여 파파, 오 선생. 그대들이 여기까지 어찌 온 겁니까?"

여 파파가 말했다.

"주인님께 아룁니다. 속하들은 소림사 땡추중들이 주인님을 힘들게 한다는 매란죽국 사검의 비합전서를 받고 각 동과 각 도 수하들에게 알려 밤을 달려온 것입니다. 다행히 주인님께서 무탈하시니 속하는 기쁘기 이를 데 없습니다."

허죽이 말했다.

"소림파는 우리 사문이니 무례하게 말해서는 안 됩니다. 어서 소림사 방장께 사죄드리십시오."

그는 이 말을 하면서도 천산절매수와 천산육양장 등 묘수들을 끊임없이 펼쳐냈다.

여 파파가 당황한 기색을 보이다 허리를 굽혀 소리쳤다.

"네, 제가 큰 죄를 지었습니다."

그녀는 현자 방장 앞으로 걸어가 두 무릎을 꿇고 공손하게 네 번 절하며 말했다.

"영취궁 주인님 속하 호천부의 여 파파가 무례한 언사를 하여 소림사 여러 고승께 불쾌감을 드렸으니 방장께 절을 드려 사죄드립니다. 부디 방장 대사께서 벌을 내려주십시오."

그녀의 이 말은 심히 성의가 있고 간절했던 데다 발음이 또렷한 것으로 보아 내력이 충만한 일류고수의 경지에 있는 사람인 것 같았다.

현자는 승포 자락을 떨치며 말했다.

"천만의 말씀이시오. 여 시주, 어서 일어나시오."

그는 소맷자락을 흔들어 5푼의 내공을 펼쳐냈다. 그 정도면 여 파파를 부축해 일으킬 수 있을 것이라 생각한 것이다. 그런데 여 파파의 몸은 미미하게 흔들리기만 할 뿐 놀랍게도 도저히 일으킬 수 없었다. 그녀는 다시 절을 했다.

"이 노파가 주인님과 사문을 모독했으니 백번 죽어 마땅합니다."

그녀는 그제야 천천히 몸을 일으켜 무리로 돌아갔다.

현 자 항렬의 노승들은 허죽이 영취궁의 주인이 된 경과를 이미 들었던 터라 어찌 된 연고인지 알고 있었지만 나머지 소림 승려들은 물론 옆에서 지켜보던 군웅이 다들 의아하게 생각했다.

'저 노파는 내력이 매우 뛰어나고 다른 남녀들도 그리 약한 것 같지 않은데 어찌 다들 저 소림파 소화상의 부하가 된 거지? 정말 알다가도 모를 일이로구나.'

개중에는 허죽이 소봉을 돕고 있는 마당에 난데없이 허죽의 대규모 남녀 수하들까지 합세해 소봉에게 원군이 늘어난 셈이 되자 그를 없애는 게 쉽지 않겠다고 염려하는 이들도 있었다.

성수파 제자들은 영취궁의 8부 여인들 안에 미모의 부인과 소녀가 적지 않은 것을 보고 말조차 똑바로 하지 못했다. 하지만 거친 사내들뿐인 동주와 도주 무리에 대해서는 당장 비난의 말을 퍼부어대기 시작했다. 순간 산 위에는 호된 질책 소리가 난무했다. 동주들과 도주들이 앞다투어 칼을 뽑아 들고 싸움할 채비를 갖추자 성수파 제자들은 감히 응수를 하지 못하고 입으로만 더욱더 거칠게 욕을 해댔다. 그들 중에는 사부가 오랜 싸움에서 수세에 몰리자 상황이 여의치 않다 여겨 이곳저곳을 두리번거리며 산에서 도망칠 길을 살펴보는 이들도 있었다.

단예는 정신을 한곳에만 집중하느라 영취궁 일행이 오든 말든 신경도 쓰지 못했다. 오로지 상양검법을 펼치는 데만 몰두하며 모용복을 차근차근 압박해 들어갔다. 왕어언이 말을 하고 행동하는 데 있어 오로지 모용복만을 비호하고 있다는 생각이 들자 화가 치밀어오르면서도 씁쓸하기 짝이 없었다. 일단 한번 펼쳐낸 육맥신검은 내력이 지속적으로 쏟아져 나오며 검세가 쇠약해질 줄 몰랐다. 모용복은 무형의 검기가 오는 길을 정확히 볼 수 없자 오로지 판관필 한 자루와 판관필이 변신한 강구 한 자루를 비바람조차 통과 못할 정도로 펼쳐내며 전신을 보호했다. 또한 수시로 회화나무 뒤로 숨어 검기를 피했다.

별안간 피육, 퍽 하는 소리와 함께 단예의 검기가 보호막을 뚫고 들어가더니 모용복이 쓰고 있던 모자를 벗겨내며 떨어뜨렸다. 순간 그는 산발이 된 머리를 한 채 볼썽사나운 모습을 연출하게 되었다. 왕어언이 깜짝 놀라 소리쳤다.

"단 공자, 부디 인정을 베풀어주세요."

단예는 속으로 흠칫 놀라 길게 한숨을 내쉬고 이어지는 두 번째 검을 뻗어내지 않았다. 그는 손을 거두어 가슴을 쓰다듬으며 생각했다.

'그대가 염두에 두고 있는 사람은 사촌 오라버니 하나뿐이라는 건 알고 있소. 실수로 내가 그를 죽이기라도 한다면 그대는 슬픔에 젖어 더 이상 웃는 얼굴을 내보이지 않겠지. 이 단 모가 당신을 경애하기에

당신이 슬픔에 젖어 힘들어하도록 만들기는 원치 않소.'

모용복은 사색이 된 얼굴로 생각했다.

'오늘 소실산 위에서 펼쳐진 검법 대결에서 패한 것만 해도 이미 굴욕적이거늘 사촌 누이까지 나서서 목숨만 살려달라고 사정하며 애걸복걸하니 앞으로 이 강호에 어찌 발을 들여놓고 산단 말인가?'

이런 생각을 하다 큰 소리로 호통을 쳤다.

"대장부는 싸우다 죽으면 그뿐이다. 누가 그런 값싼 양보를 하라 했더냐?"

그는 판관필을 휘두르며 단예를 향해 덮쳐 들어갔다.

단예가 두 손으로 연신 손사래를 쳤다.

"우리는 서로 아무 원한도 없는데 어찌 더 싸우자는 말이오? 그만두시오, 그만둡시다!"

모용복은 워낙 자만심이 강한 성격이라 천하의 그 누구도 안중에 둔 적이 없었다. 오늘 당대의 호걸들 앞에서 단예를 상대로 제대로 반격조차 못하고 당한 데다 왕어언이 사정사정해가며 양보를 받게 됐으니 치밀어오르는 화를 어찌 참을 수 있단 말인가? 그는 강구를 들어 단예의 얼굴을 향해 휘두르고 판관필로는 단예의 가슴팍을 찔러가며 생각했다.

'무형의 검기를 펼쳐 날 죽여 둘이 같이 끝장을 보자! 그게 세상에 남아 구차한 삶을 영위하는 것보다 나을 것이다.'

이런 생각을 하며 거침없이 달려드는데 이미 그의 가슴은 수치심과 분노로 가득해 생사를 도외시하고 있었다.

모용복이 흉악하기 짝이 없는 기세로 달려드는 모습을 본 단예는 육맥신검으로 그의 급소를 찌르지 않는다면 목숨을 부지하지 못할까 두려웠지만 당장 어찌해야 좋을지 모르고 그저 멍하니 지켜보며 능파미보로 피한다는 생각조차 못했다. 필사적으로 덮쳐오는 모용복은 쾌속하기 그지없었다. 인영이 한번 흔들 하자 그의 오른손에 든 판관필이 단예 몸에 그대로 꽂혀버리고 말았다. 그나마 단예가 위기의 순간에 왼쪽으로 몸을 비튼 덕에 가슴팍 급소만은 피했지만 판관필은 이미 그의 오른쪽 어깨에 깊숙이 박혀버렸다.

"으악!"

단예가 큰 소리로 비명을 내지르고는 너무 놀라 꼼짝도 하지 못했다. 모용복은 왼손에 있던 강구로 대해로침大海撈針 초식을 펼쳐 재빨리 그의 뒤통수를 낚아채려 했다.

단정순과 남해악신은 정세가 심상치 않자 또다시 동시에 덮쳐갔다. 여기에 파천석과 최백천까지 가세했다. 그러나 이번에는 모용복이 단예를 기필코 죽여버려야겠다고 결심한 듯 자신이 중상을 입을지언정 남의 도움을 절대 용납하지 않겠다는 각오로 덤벼들어 단정순 등 네 명의 공격은 전혀 아랑곳하지 않았다. 강구의 갈고리 끝이 단예의 뒤통수에 이르려는 순간 갑자기 등 뒤의 신도혈이 마비되면서 몸이 누군가에게 잡혀 허공으로 들렸다. 요혈인 신도혈을 붙잡히자 두 손이 저리면서 더 이상 판관필과 강구를 잡고 있을 수조차 없었다. 그때 소봉의 매서운 호통 소리가 들렸다.

"상대가 목숨을 살려줬건만 도리어 독수를 쓰다니! 그러고도 네가 어찌 영웅호한이라 할 수 있느냐?"

소봉은 모용복이 단예를 덮치려 할 때 문호가 열려 있어 허점이 노출된 것을 보고 단예가 무형 검기를 펼쳐낸다면 단 일초에 목숨을 취할 수 있을 것이라 생각했다. 그런데 단예가 뜻밖에도 손을 멈추는 것이 아닌가? 모용복이 단예를 덮쳐가는 기세는 신속하기 그지없어 소봉이 아무리 빨리 손을 쓴다 해도 순간 벌어질 재앙을 막기에는 이미 늦은 상황이었다. 그러나 모용복이 다시 대해로침 일초를 펼쳐내는 순간 소봉은 번개같이 출수해 그의 등에 있는 신도혈을 움켜잡았다. 모용복의 무공 실력이 소봉에 미치지 못하긴 해도 단 일초 만에 당할 정도는 아니었다. 그러나 이 순간 그는 가슴 가득한 분노로 오로지 단예를 죽여야 한다는 일념 때문에 자신을 돌볼 겨를이 없었다. 더구나 소봉은 이 순간 정묘하기 이를 데 없는 금나수법을 펼쳐 그의 요혈을 움켜잡았던 터라 모용복이 꼼짝도 할 수 없었다.

우람한 체구에 매우 긴 팔을 지닌 소봉이 모용복을 공중으로 들어 올리자 그 기세는 마치 독수리가 병아리를 낚아채는 듯한 모습을 연상케 했다. 등백천과 공야건, 포부동, 풍파악 네 사람이 일제히 소리쳤다.

"우리 공자를 해칠 생각 마라!"

그러면서 일제히 달려왔다. 왕어언 역시 사람 숲속에서 뛰쳐나와 부르짖었다.

"사촌 오라버니, 오라버니!"

모용복은 당장이라도 목숨을 끊어 이 견디기 힘든 치욕을 벗어나지 못하는 게 한스러울 뿐이었다.

소봉이 냉랭한 미소를 지었다.

"나 소 모 이름이 너 같은 놈과 함께 거명됐다니 정말 어처구니가 없구나!"

그는 팔에 기운을 돋우어 그를 멀리 내던져버렸다.

모용복은 그대로 7~8장 밖으로 날아가다 허리를 쭉 펴서 일어서려 했지만 소봉이 자신의 신도혈을 움켜잡으면서 그의 체내 곳곳의 경맥에 내력을 침투시켰다는 건 생각도 하지 못하고 있었기에 그 짧은 순간에 마비된 수족을 풀 수는 없었다. 쾅 소리와 함께 등짝이 땅바닥에 곤두박질치며 큰대자로 볼썽사납게 곤두박질치고 말았다. 이를 지켜보며 나지막이 수군대는 군웅 목소리가 끊이지 않았다.

등백천을 비롯한 모용가 가신들이 황급히 몸을 돌려 모용복을 향해 달려갔다. 모용복은 내식을 운행시켜 등백천 등 수하들이 도착하기 전에 몸을 일으켰다. 그는 사색이 된 얼굴로 당장 포부동의 허리춤에 있는 검집에서 장검을 뽑아 들고 왼손으로 원을 그리며 등백천 등 수하들을 수 척 밖에서 더 이상 다가오지 못하게 막았다. 그러고는 오른손 손목을 엎어 검을 비껴들고 자신의 목을 베려 했다. 왕어언이 다급하게 외쳤다.

"사촌 오라버니, 안 돼요….."

바로 그때, 별안간 커다란 파공성과 함께 암기 하나가 10여 장 밖에서 날아오더니 광장을 가로질러 모용복이 들고 있던 장검에 부딪쳤다. 모용복의 장검은 손에서 떠나 날아가버리고 그의 손바닥은 피범벅이 되었다. 손아귀가 찢어져버린 것이다.

순간 간담이 서늘해진 모용복은 고개를 들어 암기가 날아온 방향을 쳐다봤다. 산비탈 위에 회색 승복을 입은 승려 하나가 얼굴에 회색 면막을 쓰고 서 있었다.

그 승려가 큰 걸음으로 성큼성큼 모용복 옆으로 걸어가 물었다.

"넌 아들이 있더냐?"

나이가 꽤 들어 보이는 목소리였다.

모용복이 말했다.

"아직 혼인도 하지 않았는데 어찌 자식이 있겠소?"

그 회의승灰衣僧이 매서운 목소리로 말했다.

"조상도 없단 말이냐?"

모용복이 화가 치밀어올라 큰 소리로 말했다.

"당연히 있소! 내가 죽겠다는데 당신이 무슨 상관이오? 선비는 죽으면 죽었지 모욕을 당할 수는 없는 법이오. 나 모용복은 당당한 사내대장부요. 그런 무례한 언사에 대해서는 대꾸하고 싶지 않소."

회의승이 말했다.

"네 고조부에게 아들이 있고 증조부, 조부, 부친 모두 아들이 있었지만 너만 아들이 없구나! 허허, 대연국의 과거 모용황慕容皝, 모용각慕容恪, 모용수慕容垂, 모용덕慕容德, 모용룡성 같은 분들이 얼마나 뛰어난 영웅들이더냐? 한데 그런 분들의 후대가 끊기리라고는 생각지도 못했구나."

모용황과 모용각, 모용수, 모용덕 등은 모두 과거 연나라의 영명한 군주들이었으며 모용룡성은 바로 두전성이 절기의 창시자였다. 이들은 각각 천하에 이름을 떨쳐 위대한 업적을 이룬 사람들로 다름 아닌 모용복의 선조들이었다. 그는 머리가 혼란스럽고 미친 듯이 노기가 충천한 상태에 있다가 갑자기 그 5인의 선조 이름을 듣자 마치 머리에 냉수 한 대야를 뒤집어쓴 듯 정신이 번쩍 들었다.

'아버지께서는 늘 나한테 대연 재건을 평생 목표로 삼으라고 간곡하게 타이르지 않으셨던가? 오늘 내가 순간의 노기를 참지 못해 자결한다면 우리 선비 모용씨는 이대로 대가 끊겨버릴 것이다. 아들도 없는 내가 어찌 조종의 광명과 나라의 재건을 논할 수 있단 말인가?'

순간 자기도 모르게 등줄기와 이마에서 식은땀이 흘러내렸다. 그는 곧바로 바닥에 엎드려 절을 했다.

"식견이 짧은 저 모용복을 고승께서 올바른 길로 인도해주셨으니 그 크나큰 은덕은 죽어도 잊지 않겠습니다."

회의승은 태연하게 그의 절을 받으며 말했다.

"예로부터 대업을 이룬 사람 중 천신만고를 겪지 않은 사람이 누가 있더냐? 한漢고조高祖에게는 백등지위白登之圍[8], 후한後漢 광무제光武帝에게는 곤양대전昆陽大戰[9]의 일화가 있었다. 만일 이들이 너처럼 검으로 자해를 했다면 옹졸하기 짝이 없는 자료한自了漢[10]에 불과했을 텐데 무슨 나라의 재건을 거론할 수 있었겠느냐? 넌 구천勾踐[11]이나 한신보다 못한 무지하고도 식견이 좁은 놈일 뿐이다!"

모용복은 무릎을 꿇고 가르침을 받으며 모골이 송연해졌다.

'이 신승은 내 가슴속의 포부를 아는 것 같다. 놀랍게도 한고조와 후한 광무제 같은 개국 군주들을 들어 비교를 하다니….'

그는 곧바로 회의승을 향해 말했다.

"저 모용복이 잘못을 인정합니다!"

회의승이 말했다.

"일어나라!"

모용복은 공손하게 세 번 절하고 몸을 일으켰다.

회의승이 말했다.

"너희 고소모용씨의 가전 무공은 그 신묘함과 정교함에 있어 당대에 보기 드문 것이지만 네가 완벽하게 배우지 못해 그런 것일 뿐이다. 설마 대리단씨의 육맥신검에 미치지 못할 것이라 여기는 것이냐? 자세히 봐라!"

그는 대뜸 식지를 뻗어 허공에 대고 세 번 찍었다.

그때 단정순과 파천석 두 사람은 단예 옆에 서 있었다. 단정순은 이미 일양지를 사용해 단예의 상처 부위 사방에 있는 혈도를 봉쇄했고, 파천석은 그의 어깨에 박힌 판관필을 뽑아내고 있었다. 그런데 놀랍게도 회의승의 지풍指風이 이르자 두 사람은 가슴이 마비되면서 곧바로 뒤로 나동그라졌다. 이어서 단예의 어깨에 박힌 판관필이 튀어나오며 푹 소리와 함께 땅바닥에 박혀버리는 것이 아닌가? 단정순과 파천석은 뒤로 쓰러지자마자 곧바로 몸을 일으켰지만 놀라움을 금할 수 없었다. 그 회의승이 출수에 인정을 베풀었기에 망정이지 그렇지 않았다면 두 번의 허점虛點은 두 사람의 목숨마저 취할 수 있었다.

회의승이 큰 소리로 말을 이었다.

"이게 바로 모용가의 참합지參合指다! 과거 노납이 네 선인先人으로부터 배운 것으로 아주 얕은 수법만 배웠을 뿐이다. 모용씨 가문에는 이 외에도 신묘한 무공이 얼마나 많은지 알 수 없을 정도다. 흐흐… 설마 아직 어린 네 알량한 재간을 가지고 고소모용씨의 '상대가 쓴 방법을 상대에게 펼친다'는 대명을 이을 수 있으리라 생각했더냐?"

군웅은 본래 고소모용이란 명성을 두려워하고 있었지만 모용복이 단예한테 패하고 다시 또 소봉에게도 패하는 것을 보고 이런 생각을 하고 있었다.

'백문이 불여일견이라 하지 않았나? 거저 얻은 명성이라고 할 수는 없지만 세상을 깜짝 놀라게 만들 정도로 뛰어나지는 않은 것 같다.'

그러나 그 회의승이 신공 한 수를 펼쳐내는 걸 보고, 또한 그가 모용 씨에게 참합지의 얕은 수법을 배운 것에 불과하다는 말을 듣고 고소 모용이란 명성에 대해 다시 한번 경외심을 느낄 수밖에 없었다. 다만 모두들 속으로 이 상황을 기이하게 여겼다.

'저 회의승은 누구지? 그리고 모용씨와는 어떤 관계지?'

회의승은 몸을 돌려 소봉을 향해 합장하며 말했다.

"교 대협의 탁월한 무공은 과연 명불허전이오. 노납이 몇 초만 가르침을 받고 싶소!"

소봉은 사전에 경계를 하다가 그가 합장을 하고 예를 차리자 곧바로 포권으로 답례를 하며 말했다.

"과찬이십니다."

곧이어 두 줄기 내력이 충돌하자 두 사람은 동시에 몸이 살짝 흔들렸다.

바로 그때, 허공에서 갑자기 흑의를 입은 인영이 비치는데 마치 커다란 독수리가 덮쳐오는 듯 회의승과 소봉 한가운데에 뚝 떨어졌다. 정체불명의 인물이 느닷없이 하늘에서 떨어지는 급작스러운 일에 사람들은 너무 놀란 나머지 일제히 함성을 지르다 그의 두 발이 바닥에 닿고 나서야 상황을 파악할 수 있었다. 그의 손에 들려 있는 밧줄 한쪽 끝이 10여장 밖에 있는 커다란 나무꼭대기 위에 묶여 있었던 것이다. 그는 검은 천으로 얼굴을 가린 채 냉혹한 빛을 발산하는 두 눈만 드러내놓고 있었다.

흑의인과 회의승은 서로 마주보고 선 채 한참 동안 시종 아무 말도 하지 않았다. 군웅은 그 두 사람을 보고 둘 다 키가 매우 크다고 느꼈다. 다만 흑의인은 비교적 건장한 체구인 반면 회의승은 깡말라 보였다.

소봉은 그의 등장이 기쁘고도 감격스러웠다. 그 흑의인이 긴 밧줄을 멀리서부터 타고 내려오는 신법을 보고 과거 취현장에서 자신의 목숨을 구한 흑의 대한이라는 걸 알아챈 것이다. 이때 소실산 위에 모여 있는 군웅 중 적지 않은 사람들이 취현장 연회에 참석했던 사람들이었다. 다만 당시 흑의 대한은 순식간에 사라져 그 누구도 그의 신법을 제대로 아는 사람이 없었기 때문에 잠시 그를 알아보지 못했을 뿐이었다.

한참 후에 흑의인과 회의승 두 사람이 동시에 입을 열었다.

"당…."

하지만 '당'이란 첫마디를 내뱉자마자 두 사람 모두 동시에 입을 다물었다. 다시 한참 지난 후에 회의승이 말했다.

"당신은 누구요?"

흑의인이 말했다.

"당신은 또 누구요?"

소봉은 그 목소리가 바로 그날 깊은 산속에서 자신에게 훈계하던 대한의 말투인 것을 알고 심장이 강하게 요동쳤다. 당장이라도 아는 척을 하고 목숨을 구해준 은혜에 깊이 감사드리고 싶을 뿐이었다.

회의승이 말했다.

"소림사 주변에서 수십 년을 숨어 지내면서 소림파 무공 비급은 충분히 훔치셨소?"

흑의인이 말했다.

"나 역시 묻고 싶었소. 소림사 주변에서 수십 년을 숨어 지내면서 소림사 장경각 안의 초본抄本은 충분히 베껴 쓰셨소?"

두 사람이 이런 말을 나누자 현자 방장을 비롯한 소림 군승은 이를 의아하게 생각하지 않는 이가 없었다.

'저 두 사람이 어찌 서로 상대가 본사의 무공 비급을 훔쳤다고 지적하는 거지? 그게 사실이란 말인가?'

회의승 목소리가 들렸다.

"내가 소림사 옆에 몸을 숨기고 있었던 건 빌려볼 것들이 좀 있어서였소."

"내가 소림사 옆에 몸을 숨기고 있었던 것도 빌려볼 것들이 좀 있어서였소. 우린 이미 세 번의 대결을 펼쳤으니 우열을 가린 셈이 아니오?"

"그렇소. 귀하의 뛰어난 무공에 많은 가르침을 받았으니 깊이 감사드리겠소."

"귀하께선 자만하지 않고 꾸준히 정진을 하니 깊이 탄복하는 바요."

"그렇다면 더 이상 겨룰 필요는 없을 것 같소."

"좋소."

두 사람은 고개를 끄덕이고 함께 커다란 나무 밑으로 걸어가 어깨를 나란히 하고 앉더니 눈을 지그시 감았다. 그러고는 마치 승려들이 입정하는 자세를 취한 채 더 이상 아무 말도 하지 않았다.

회의승이 나무 밑에서 눈을 감고 앉아 좌선하며 지난 수십 년 동안의 과거사를 한 장면씩 연이어 떠올리자… 어렴풋이 과거가 보였다.

　그 회의승은 바로 모용복의 부친인 모용박이었다. 지난 몇 년 동안
그는 이름을 숨기고 죽은 척하며 잠복해 있었지만 사실은 중원에서
암암리에 활동을 계속해오고 있었다.

　어느 해, 모용박은 혼비백산한 채로 안문관 관외에서 소주의 연자
오 참합장으로 도망쳐온 후 문을 굳게 잠근 채 지하 땅굴에 이레 동안
숨어 있었다. 그 이레 동안 그는 온몸을 부들부들 떨며 깊은 두려움에
휩싸여 있었다. 부인이 그 어떤 부드러운 말로 위안하고 따뜻한 말로
달래도 가슴속에 남은 공포감은 시종 줄어들 생각을 하지 않았다. 안
문관 관외에서의 피와 살이 난무하던 광경은 그를 잠 못 이루게 만들
어 꿈속에서조차 수염으로 가득 덮인 대한의 부릅뜬 두 눈이 보였다.
금방이라도 불을 뿜을 것처럼 피눈물로 가득한 눈을 한 그가 왼손을
휘두르며 오른손에 쥔 칼로 내리치자 누군가의 근골이 박살나고 머리
가 바닥에 떨어지는 그런 꿈이었다. 모용박은 저 멀리 산속 바위 뒤에
숨어 그 거란인이 순식간에 십수 명의 자기편 한인 호걸들을 죽이는
모습을 지켜보고 있었다. 그가 선봉장 대형과 개방 방주 왕검통을 발
로 차는 모습, 또한 그가 단도로 석벽 위에 글자를 새기는 모습, 그가
깊은 벼랑 밑으로 몸을 날리다 다시 계곡 밑에서 한 어린아이를 던지
는 모습…. 모용박은 바위 뒤에 한참을 숨어 날이 어두워질 때만 기
다렸다. 한 한인 무인이 그 아이를 안고 선봉장 대형, 왕검통과 함께
떠났지만 그의 몸은 여전히 뻣뻣하게 굳은 채 한 발자국도 걷기 어려
웠다….

모용박은 어려서부터 조부와 부친의 가르침을 받아 '연국 재건'이라는 필생의 사명을 지니고 있었지만 그 당시 송과 요가 우호적인 관계에 있어 전란이 발발하지 않았고 그로 인해 그럴 기회가 전혀 없었다. 모용박은 재물을 챙겨 들고 멀리 요나라로 건너가 거란 귀인들과 교분을 맺어 요나라의 궁정 내막을 상세히 알고자 했다. 마침내 그는 요나라의 권력을 장악하고 있는 사람은 태후이며, 태후에게 가장 신임을 받고 있던 귀족이 속산군 총교두인 소원산이라는 사실을 알게 되었다. 뛰어난 무공의 소유자였던 그는 평생 요송遼宋의 우호를 주장해왔으며 요나라 조정의 장수와 관리들이 송나라 침략을 발의할 때마다 태후에게 진언해 양국이 휴전해야 하는 이유에 대해 역설했다. 요나라가 송나라 조정으로부터 은과 비단을 조공받고 있어 조정과 백성들이 풍족하지만 일단 전란이 일어나면 민생은 도탄에 빠질 뿐만 아니라 간신들의 권력 남용으로 나라가 혼란에 빠질 것이라는 주장이었다.

태후는 소원산을 깊이 신임하고 있었던 터라 송나라에 대한 침략 의견은 시종 관철되지 않았다. 모용박은 '연국 재건'의 기회를 잡으려면 필히 그자를 제거해야 한다고 여기고 암암리에 대책을 강구해 소원산이 평소에 좋아하는 것이 무엇인지 수소문하고 그 약점을 노려 손을 써야겠다는 계책을 세웠다. 어느 날 소원산의 한 친척으로부터 소원산이 장인 생일인 9월 초여드렛날에 처자와 함께 생일을 축하하기 위해 무주武州로 간다는 정보를 입수할 수 있었다. 요나라에서 무주로 가려면 보통 안문관에서 만리장성 이남에 이르는 길을 가다가 다시 서쪽으로 가는 길을 택해야 했다. 그 길은 새북의 험한 산길보다 멀긴해도 지세가 매우 평탄해 길을 가기에는 더없이 좋았기 때문이다.

모용박이 그 소식을 접한 시기는 무더운 여름인 8월이었다. 그는 당장 소림사로 달려가 요나라에서 요국 군사들에게 상승무공을 전수할 목적으로 중양절 전후에 고수를 파견해 소림사를 대거 습격하고 소림사 내에 소장된 무학 비급을 탈취할 것이라는 거짓 정보를 흘렸다. 이후 수년 내에 요나라 대군이 남하해 전쟁을 벌인다면 송나라군은 요나라군의 적수가 되지 못해 한인 강산은 곧 생사존망의 위기에 놓이게 되는 것이다.

이 문제는 천하 백성들과 중원 무림의 명맥에도 관계된 일이기에 소림 군승은 이 소식을 전해듣고 각 로의 영웅들을 소집해 대책을 논의했다. 모용박은 이때 막 요나라 상경에서 남쪽으로 돌아온 시점이라 요나라 조정의 동정과 군정에 대해 아주 정확히 알고 있었다. 군웅은 무리를 나누어 무주, 대주, 삭주, 웅주應州로 가서 이를 저지하기로 결정했다. 안문관은 요나라가 남하를 하는 요도였던 터라 중원 무인들은 고수들을 더욱 집중시켜 안문관 관외의 외진 곳을 지키도록 했고 마침내 소원산 일행을 저지하게 된 것이다. 비록 그의 처자식을 죽이긴 했지만 소원산의 고강한 무공은 상상을 불허할 정도로 두렵기 짝이 없었다….

군웅이 사태에 문제가 있음을 발견하고 이에 대해 탐문하고자 했지만 모용박은 이런 상황을 이미 짐작하고 있었기에 무림 친구들의 질문에 답하기를 원치도 않았고 할 수도 없었다. 자신이 유언비어를 퍼뜨려 사람들을 속인 게 명확했기 때문이다. 그의 목적은 송요 간의 분쟁을 일으켜 '연국 재건'의 계기를 만들기 위한 것이었으니 어찌 그 사실을 그대로 인정할 수 있겠는가? 스스로 무공 실력이 약하지 않다고 여기긴 했지만 한인 호걸들은 그 숫자가 많고 세력도 막강해 혼자 당해내기는 쉽지 않았다. 안문관에서 돌아온 후, 그는 즉시 남쪽으로 내려가 자기 집 지하 땅굴에 은거하며 절대 밖으로 나오지 않았다. 그 기간 동안 소림사에서 사람들을 파견해 조사토록 했지만 그는 부인과 함께 이미 구실을 만들어놓은 후였다. 그가 반년 전에 외유를 한다며 집을 떠나 아직 귀가 전이며 가족들 역시 무척이나 염려하고 있으니 오히려 소림 고승들에게 찾아달라는 부탁만 할 뿐이었다.

　모용씨의 선조인 룡성공龍城公이 만들어낸 절기인 두전성이는 상대의 공세를 전이시킬 수 있는 정묘한 무학으로 모용씨가 '상대가 쓴 방법을 상대에게 펼친다'는 위대한 명성을 떨치게 만든 계기가 됐지만 사실은 '남에게 의지한다'는 의미가 담겨 있다고 보는 것이 옳다고 할 수 있다. 모용박은 소림 무공이 중원 무학의 최고봉이라 여겨 만일 소림 72절기의 무공 요결을 구해서 암암리에 거사를 위해 모인 조력자들에게 전수할 수만 있다면 나라 재건을 위한 모용씨의 세력은 호랑이에 날개를 단 듯 엄청나게 강대해질 것이라 생각했다.

　모용씨는 수 대에 걸쳐 나라의 재건을 도모했기 때문에 가내에 재물이 가득 쌓여 있었다. 모용박은 처와 상의 후 역용술을 펼쳐 장사꾼으로 변장한 다음 적지 않은 재물을 들고 하남부에 있는 등봉登封으로 갔다. 그는 우선 현성 안에서 토산품 장사를 하며 현지 상인들과 교분을 맺다가 소림사 주변 농가에 가서 토산품을 매입했고, 곧이어 가옥과 농지까지 구매해 현지에 정착하기에 이르렀다. 그는 멀리 내다보고 주도면밀한 계획을 세웠다. 평소에는 삿갓을 쓰고 곡괭이를 짊어진 채 장경각 뒷산에 채소와 과일 등을 심으며 장경각의 몇몇 집사 승려들과 친분을 맺어놓고 복숭아와 살구, 배, 대추 등 자신이 재배한 신선한 과일들을 수시로 보냈다. 그렇게 반년도 채 되지 않아 장경각 내부에서 방화防火나 쇄서曬書[12], 당직 교대는 어찌하며 비급은 어찌 보관하는 등의 상황들을 속속들이 알아낼 수 있었다. 혼자 은밀히 꾀한 일들이다 보니 주변에서는 이를 알 리가 없었고 관사 승려들 역시 그런 사실을 전혀 알 수 없었다. 소림사는 줄곧 남에게 우호적이어서 누구든 불경을 빌려 열람하겠다고 하면 언제든 환영했다. 모용박은 처음에《아미타경阿彌陀經》이나《지장보살본원경地藏菩薩本願經》,《관음보살보문품觀音菩薩普門品》같은 불경들을 빌리다가 점점 깊이를 더해《금강반야바라밀경金剛般若波羅蜜經》같은 경서들을 빌려다 봤다.

그는 어느 정도 익숙해져 관사 승려들이 그에 대해 전혀 의심하지 않는 것을 보고 어느 날 밤 삼경이 지난 뒤 몰래 장경각으로 숨어들어 갔다. 그는 장경각 내 서가에서《염화지법》한 권을 찾아내자 미친 듯이 기뻐하며 그걸 가지고 거처로 돌아가 자세히 탐독하기 시작했다. 필사본에 상세히 서술된 연마 요결을 점점 깊이 읽어 들어가자 그 내용이 오묘하기 이를 데 없었다. 서책 속에는 이 무공을 연성하고 나면 나무와 벽돌마저 뚫어낼 정도로 엄청난 위력을 지닌 지력을 가질 수 있다고 적혀 있었다. 모용박은 당장 등불을 밝히고 지필묵을 꺼내《염화지법》서책을 자세히 베껴 적었다. 이틀 후 밤이 되자 모용박은 다시 장경각에 잠입해《염화지법》을 원위치에 돌려놓고《대금강권법》네 권을 가져왔다. 그는 무척이나 예민해서 장경각 내에 조그만 이상이라도 보이면 며칠 동안 잠복하고 나타나지 않았다. 고강한 무공을 지니고 있다 보니 비급을 빌리거나 돌려놓을 때 자연히 관사 승려들에게 발각되는 일은 없었다.

그렇게 넉 달 남짓한 시간 동안 열심히 베껴 적다 보니 28문門에 이르는 30여 권의 비급 부본을 얻을 수 있었다. 때는 이미 입동이라 한 해가 끝나가는 시점이었고 부인에 대한 염려와 그리움 때문에 그는 30여 권의 비급 초본을 들고 소주로 돌아갔다. 그야말로 큰 성과를 거두고 돌아가는 셈이었다. 그는 초본을 지하 땅굴에 숨겨두고 절기 몇 개를 골라 매일 그 요결에 따라 쉬지 않고 연마해나갔다. 그해 겨울, 모용박의 아내가 회임을 하자 모용박은 소주에 장기간 머물면서 아내가 출산할 때를 기다렸다. 그는 아들에게 모용복이란 이름을 지어주고 아들이 선대의 가업을 계승하기를 고대했다.

모용박은 선조들의 유훈을 펼쳐 읽다가 나라 재건의 사명이 가슴속에서 거세게 용솟음쳤다. 그는 난생처음 수염을 기르고 얼굴에 옅은 먹을 칠해 가무잡잡한 살갗으로 만드는 동시에 수가 놓인 비단옷을 입었다. 그의 아내는 그의 기다란 두 눈썹을 비스듬히 아래로 내려 그려주고 입 주변의 팔자 주름도 더욱 진하게 그려 고심이 많은 표정으로 보이도록 만들었다. 그때 강호의 옛 동료를 만났다면 그 누구도 알아차리지 못했을 것이다. 그는 역용술로 변장을 한 후 밖에 나가 폭넓게 친구를 사귀었다. 자신의 성은 연燕, 이름은 룡연龍淵이며 조상 대대로 물려받은 보석 장사를 한다고 말하고 다니며 소주 억양의 말투도 하남부 등봉 일대 북방어로 바꾸었다. 모용씨는 수대에 걸쳐 재물을 축적해온 부호 집안이었다. 모용박은 가산 일부를 강호에 가져와 호탕하게 쓰면서 비범한 기백으로 어려운 사람들을 두루두루 돕다 보니 적지 않은 지기들과 교분을 맺을 수 있었다.

입추가 되자 그는 다시 장사꾼으로 분장하고 등봉으로 건너가 옛 거처에 거주하면서 밤이면 장경각에 잠입해 무학 비급을 훔쳐왔다. 몇 달이 지난 후 다시 10여 권의 무공 요결을 베껴 썼다. 어느 날 저녁, 그는 장경각 안의 서책을 열람하던 도중 왼편에 있는 서가 위에 겹겹이 쌓인 초본들을 발견했다. 가장 위에 있는 서책 겉면에 '반야장정요般若掌精要'라는 제첨題簽이 있어 그 책을 꺼내 품속에 집어넣었다. 몸을 돌려 장경각 문을 막 나서려는 순간, 돌연 등 뒤에서 쏴 하는 바람 소리와 함께 누군가 그의 왼쪽 어깨를 후려치고는 나지막이 말했다.

"따라오시오!"

모용박은 깜짝 놀랐다. 주변에 사람이 있었건만 어찌 전혀 눈치를 채지 못했단 말인가? 고개를 돌려보니 한 건장한 체구의 인영 하나가 몸을 돌려 장경각을 나가고 있었다. 그는 곧장 그의 뒤를 쫓아갔다. 수마장을 달려 산골짜기 안의 한 벌판에 이르자 그자가 별안간 걸음을 멈추더니 몸을 돌려 말했다.

"소림 무공을 훔쳐 배웠으니 성과는 좀 있었겠지? 어디 한번 시험해봅시다."

이 말과 동시에 장력을 내뻗는 것이 아닌가! 모용박은 감히 방심할 수가 없어 손을 들어 맞받아쳤다. 상대가 손을 내려놓자 그는 상대 장력의 기세가 무척이나 매섭고 내경이 웅후하다는 느낌이 들어 곧바로 뒤로 한 걸음 물러서서 말했다.

"외람되지만 재하가 소림사 장경각에서 무학 전적을 잠시 빌려 베껴 적었소. 허나 베끼고 난 후 원본은 제자리에 가져다 놓았으며 조금도 훼손하지 않았소. 초본은 재하가 독학을 하기 위해 베낀 것일 뿐 남에게 전수하진 않을 것이오. 귀하께서 소림 제자인지 아닌지 모르지만 부디 자비를 베풀어 추궁은 말아주시오."

그자가 껄껄대고 웃었다.

"재하도 소림 제자는 아니오. 오히려 소림파와 해묵은 감정이 약간 있소. 머지않아 소림사 고수와 필사의 결투를 벌일 것이오. 나 역시 소림파 무학 비급을 빌려보려 하고 있소. 소림파가 천하에 명성을 떨치고 있으니 도대체 진정한 학문이 있는 것인지, 또 소림 절기가 정말 그리도 뛰어난 것인지 확실히 알고 싶어 그런 것이오. 훗날 우리 두 사람은 장경각 안에서 만나더라도 서로 꺼리지 말고 각자 하던 대로 하면 될 것이오."

모용박이 말했다.

"그보다 더 좋을 수는 없소. 재하는 연룡연이오. 오늘 고현을 알게되어 영광이오."

그 대한이 공수를 하며 말했다.

"연 형, 겸손이 지나치시오. 그럼 이만 실례하겠소!"

그는 몸을 돌려 오른쪽 산비탈 길 위를 향해 재빨리 내달려갔다.

그날 밤 그자를 만나 장력 대결을 펼친 이후 모용박의 행동은 더더욱 신중해졌다. 그는 다시 10여 권의 서책을 베껴 적은 후 아내와 아들이 염려된 나머지 즉각 강남으로 돌아갔다. 다음 해에도 모용박은 다시 등봉으로 와서 매일 밤 비급을 베껴 적었다. 두 달 후 또다시 그 대한과 장경각 안에서 마주치게 됐는데 그 대한은 악의 없이 장력 대결을 펼쳐보자는 제안을 했다. 두 사람이 재차 대결을 펼쳐 100여 초를 주고받았다. 그때 다시 모용박이 뒤로 훌쩍 몸을 날려 몸을 굽히며 말했다.

"가르침에 감사드리겠소. 재하는 귀하의 적수가 되지 않소!"

그 대한이 말했다.

"연 형께선 그리 겸손해할 필요 없소. 자만을 하지 않는 자가 곧 호한이오. 재하가 탄복해 마지않소. 내년에 또 봅시다."

이 같은 약속은 모용박의 무공을 시험해보는 것이나 마찬가지였다. 그는 곧 소주로 돌아가 무공 연마에 힘썼다. 가을이 지나고 겨울이 오자 모용박은 부인과 작별하고 다시 등봉으로 가서 장사꾼 노릇을 하며 밤이면 장경각에 잠입해 비급을 베껴 적자 몇 달 사이에 다시 또 30여 권을 베낄 수 있었다. 그날 밤 장경각에 들어가 서가 위를 살펴보니 이미 베껴 적은 비급 외에는 《화엄경華嚴經》,《마하반야경摩訶般若經》, 《대지도론大智度論》,《중부아함경中部阿含經》,《장부아함경長部阿含經》 등 경서들뿐 내공 비법에 관한 서책은 한 권도 보이지 않았다. 그는 한숨을 내쉬었다. 자신이 베껴 적은 소림 절기는 이미 56가지가 넘고 각 절기를 연마할 때마다 수년의 시간이 소요된다고 보면 지금 수중에 있는 무공 요결만으로 여생을 다 바친다 해도 모두 연마하지 못할 것이라 여겨지자 소림사 고수들에게 발각되는 상황을 피하기 위해서라도 더 이상 올 필요가 없겠다는 생각이 들었다. 장경각을 나와 고개를 들어 보니 하늘에는 휘영청 밝은 달이 떠 있었다. 순간 마음이 가벼워지면서 마치 큰 바위를 내려놓은 듯 정신이 맑아지는 느낌이 들었다.

별안간 누군가 오른쪽에서 가까이 다가왔다.

"연 형, 다시 한번 장력 대결을 펼쳐봅시다!"

바로 건장한 체구의 그 대한이었다. 두 사람은 산골짜기 벌판으로 달려갔다. 그 대한이 아무 말 없이 모용박 얼굴을 향해 일장을 날리자 그는 손을 휘둘러 막아냈다. 두 사람은 장법과 권법을 주고받으면서 그 어떤 소리도 내지 않았다. 변화무쌍한 대한의 장법에 맞서 모용박은 소림 절기 중 반야장과 무상겁지, 염화지 등을 하나씩 시전하면서 요마장법妖魔杖法과 구천구지방편산법九天九地方便算法 등과 같이 무기를 이용한 무공도 권법과 장법 안에 포함시켜 펼쳐냈다. 두 사람은 근접 거리에서 대결을 벌이며 한 식경 만에 300여 초를 주고받았다. 긴박한 싸움이 지속되는 와중에 모용박이 불쑥 테두리 밖으로 몸을 날려나가 포권을 했다.

"가르침에 감사드리겠소. 부디 출수에 인정을 베풀어주신다면 재하가 크나큰 은덕으로 여길 것이오."

그 대한이 말했다.

"연 형의 무예는 정묘하기 이를 데 없으니 승부를 가릴 수 없겠소. 연 형께서는 이미 소림사의 비급을 훔쳐 소림파의 적이 됐고, 재하는 소림파와 뼈에 사무친 원한이 있으니 우리 둘은 공동의 적을 상대하는 동도라 할 수 있소."

모용박이 미처 대답을 하기도 전에 그 대한은 몸을 휘리릭 돌려 멀찌감치 가버렸다.

갑자기 등 뒤에서 한 겸손하고도 온화한 목소리가 들려왔다.

"시주, 안녕하시오? 소승이 인사드리겠소."

모용박이 몸을 돌리자 뒤쪽으로 5척 밖에서 한 황의를 입은 젊은 승려 하나가 미소 띤 얼굴로 두 손으로 합장하며 예를 올리고 있었다. 모용박이 포권으로 답례를 했다.

"대사께서 재하를 부르시니 무슨 가르침이 있으신지 모르겠소?"

그 승려가 말했다.

"소승은 토번국의 밀교승이오. 조금 전 시주께서 누군가와 장력 대결을 펼치는 것을 보고 시주의 정묘하기 이를 데 없는 무공 실력에 탄복한 나머지 주제넘지만 말씀이나 좀 나누고 싶소."

모용박이 말했다.

"멀리서 어렵게 오셨으니 세 기처로 건너가 차를 올리도록 하겠소. 부디 가르침을 내려주시오."

두 사람은 곧바로 통성명을 했다. 구마지는 조금 전 모용박의 권장拳掌 기술을 보고 속으로 탄복하고 있던 터라 그의 제의에 흔쾌히 응해 따라갔다.

둘이 무공에 대해 논하다 구마지는 그에게 초식을 배우고 싶었지만 그와는 아무 연원도 없고 성급하게 비기와 절초를 전수해달라고 하면 당연히 상대가 허락지 않을 것이라 생각했다. 유일한 방법은 서로 우호적인 교분을 쌓고 서로 이득을 주고받는 수밖에 없다 여겼다.

"모용 선생, 소승이 토번국 밀교 영마파에 출가를 한 것은 토번국 흑교 사도들과의 격렬한 싸움에 대비해 상사로부터 화염도 절기를 배우기 위해서였소. 화염도는 내력을 손바닥 날에 응집시키고 운기를 통해 뻗어내는 것으로 그 위력이 만만치가 않지요. 오늘 선생과 의기투합하는 말을 하는 건 결코 소승의 능력을 과시하고자 하는 것이 아니라 무예를 분석해보자는 것이니 선생께선 나무라지 마시기 바라겠소."

그는 이 말을 하면서 손바닥을 들어 내력을 응집시켰다. 곧이어 피육 소리와 함께 창호지 위에 무형의 검기가 틈을 만들어내자 차가운 바람이 작은 틈을 타고 휭 소리를 내며 안으로 들이닥쳤다.

모용박이 말했다.

"대사의 신공은 고묘하기 이를 데 없소. 심히 존경해 마지않는 바요!"

구마지가 말했다.

"소승의 이 화염도 절기는 배운 지가 얼마 되지 않아 요령만 알 뿐이지만 장차 연성할 것이라 믿고 있소. 오늘 밤 선생과 만나게 된 것은 실로 인연이오. 불가에서는 인연을 중시하지요. 인연을 얻게 되면 득도에 이를 수도 있소. 외람된 말씀이지만 이 화염도 절기를 선생께 전수해주고 싶은데 혹시 선생께서 주제넘은 짓이라 여기실지 모르겠소."

모용박이 곰곰이 생각했다.

'일면식도 없는 사이에 먼저 나서서 나에게 무공을 전수해주겠다하니 필시 다른 의도가 있을 것이다. 무슨 속셈인지 어디 봐야겠구나.'

모용박은 재빨리 몸을 일으켜 예를 올렸다. 구마지가 합장을 하며 답례했다.

"사도 간의 전수 방법을 따르자는 것이 아니라 친구 간에 상호 절차탁마하며 절기를 교환해 전수하자는 뜻이오. 지나친 예는 필요 없소."

그는 화염도의 수련 방법을 상세히 설명하면서 모용박에게 머릿속으로 기억만 하도록 하고 기록하지는 못하게 했다. 밀교에서 불법이나 무공을 전수할 때는 반드시 입과 귀로만 오가도록 되어 있었다. 현교顯敎[13]인 불교에서처럼 경전이 있어 염불을 욀 수 있는 것과는 전혀 달랐다.

모용박은 정신을 집중해 기억하느라 날이 밝은 것조차 알아차리지 못했다. 모용박이 말했다.

"대사의 화염도는 과연 기묘하기 이를 데 없는 신공이오. 재하가 보기에 대리단씨의 일양지만이 그에 필적할 수 있을 것 같소. 다만 일양지는 운경을 완만히 해야 한다고 하니 '생각과 동시에 이르는' 화염도에 미치지 못할 것으로 보이는구려."

구마지가 말했다.

"그건 운공을 하는 사람의 공력에 따라 다를 수 있지요."

모용박이 말했다.

"맞는 말이오. 듣기로는 대리단씨한테 육맥신검이라는 절기가 있어 손가락에서 여섯 종류의 내력을 쏟아내고 교차해서 펼쳐낼 수 있다고 하던데 그보다 신묘할 수는 없을 것이오. 더구나 그 요결을 구하는 건 더더욱 어려울 것이라 생각되오."

구마지가 말했다.

"대리단씨 무공의 최고수들은 모두 천룡사에 모여 있소. 《육맥신검검보》를 얻으려면 천룡사에 가지 않으면 안 되는 것이오. 소승은 천룡사 고승들과 똑같은 석가모니의 제자이니 구할 수 있는 방법을 강구해볼 것이오. 만일 요행히 얻게 된다면 응당 선생과 공유를 할 테고 말이오."

모용박이 생각했다.

'《육맥신검검보》처럼 구하기 힘든 비급을 어찌 나와 공유하겠다는 말인가? 입에서 나오는 대로 내뱉는구나. 정말 애써 구하려 할 리가 없다. 더구나 무예를 배우는 사람이 천신만고 끝에 얻은 신공 요결을 은혜라고는 베푼 적 없는 나한테 어찌 그리 쉽사리 내줄 수 있겠는가? 십중팔구 조금 전 '절기를 교환해 전수하자'고 한 말에 요지가 있을 것

이다.'

이런 생각을 하고 말했다.

"옛말에도 '공이 없으면 봉록을 받아서는 안 된다'라는 말이 있지요. 대사께서 오늘 저에게 화염도 무공 요결을 전수해주신 데 대해 재하가 감사해 마지않습니다. 지난 몇 년 동안 재하는 소림사 장경각에 잠입해 소림사 72절기의 무공 연마법을 베껴 적어 수중에 현재 서른여 권의 초본이 있소. 오늘 오후부터 우리 두 사람이 함께 다시 부본을 베껴 적은 다음 대사께 그 부본을 모두 드리도록 하겠소. 또한 소주의 자택에 50여 권의 무공 요결이 더 있으니 재하가 당장 집으로 돌아가 부본을 베껴 적도록 할 것이오. 후에 대사께서 《육맥신검검보》를 구하시어 소주 연자오 참합장에 왕림하신다면 재하가 그 50여 권의 절기 부본을 《육맥신검검보》와 교환토록 하겠소. 대사께서는 어떠신지 모르겠소?"

구마지가 크게 기뻐하며 당장 모용박과 손바닥을 세 번 마주쳐 약조하고 헤어진 후에도 각자 최선의 노력을 다해 훗날 무학 전적을 교환하기로 다짐했다. 구마지는 천룡사 고승들의 무공이 심오한 데다 자신은 화염도를 연마한 지 오래되지 않아 당장은 《육맥신검검보》를 구하러 갈 수 없으며 필히 시일을 두고 수련에 정진해 공력이 어느 정도 완성되면 오늘 한 약조를 실천하겠다고 확언했다. 모용박은 가지고 있던 서른여 권의 초본을 꺼내 당장 구마지와 함께 부본을 베껴 적고, 며칠 후 부본이 완성되자 구마지에게 건넸다. 구마지는 몇 번이고 고맙다는 말을 하고 토번으로 돌아가 소림 절기를 연마하기 시작했다. 또한 스스로 화염도 공력이 아직 일천하다는 사실을 인지하고 더욱 공들여 화염도 연마에 힘썼다.

세월은 쏜살같이 지나갔다. 몇 년 동안 모용박과 모용복 부자 두 사람은 모든 전적을 두루 독파해 무공 실력이 하루가 다르게 고강해졌다. 하루는 모용복이 후당으로 달려와 고하길 현비라는 한 소림사 노승이 문 앞에 찾아와 보자는 것이었다. 부친의 명을 받은 모용복은 대청에 나가 현비에게 부친은 집에 없다고 말하면서 그 어떤 의구심이나 흔적을 드러내지 않았다. 모용박은 지하 땅굴에 수일간 은거하면서 현비가 멀리 떠났을 것이라 짐작하고 아내와 암암리에 상의한 후 자신이 죽은 척을 해서 후환을 없애야겠다고 결심했다. 모용박이 몇 달 집을 떠나 있는 동안 모용박의 아내는 아들과 모든 가신에게 어르신께서 이미 외부에서 작고하셨다 공고하고 곧바로 장례 절차에 들어갔다. 납관納棺을 하고, 부고訃告를 하고, 제단을 설치하고, 조문을 받고, 제를 올리고, 입장入葬을 하는 등의 절차를 일일이 치렀던 것이다.

수년간 은닉 생활을 하던 모용박은 아주 조용히 모습을 드러내기 시작했다. 그는 연룡연이란 이름을 사용하면서 양회兩淮 일대에서 장사꾼으로 나타나 고소모용씨의 수하를 자처했다. 또한 과거 연나라 추종자들을 모집하는 '흑자연기령黑字燕旗令'을 퍼뜨린 다음 고강한 무공을 이용해 강호의 호걸들을 귀순시켜가며 소리 소문 없이 세력을 확장해나갔다. 이즈음 점차 나이가 들면서 준수한 외모와 함께 무공 연마에도 성과를 거두어 강호에서 명성을 떨치게 된 모용복은 결국 '남모용'이란 이름이 '북교봉'과 함께 중원 무림의 양대 고수로 일컬어지게 되었던 것이다.

다시 몇 년이 흐른 뒤, 모용박은 현비대사가 대리에 왔다는 소식을 접하고 암암리에 그를 미행해 육량주 신계사를 급습했다. 현비대사가 예기치 못한 상황에서 소림 절기인 대위타저로 반격을 가하자 모용박은 가전 절기로 저항했지만 뜻밖에도 현비의 무공 실력은 심후하기 이를 데 없었다. 더구나 대위타저는 그 위력이 모용박도 예상치 못할 정도로 강했다. 그는 불현듯 적을 얕잡아봤다가 더 이상 버티지 못하겠다고 느껴 두전성이 절기를 사용할 수밖에 없었다. 결국 현비가 펼쳐낸 대위타저를 현비 자신에게 전가해 현비의 목숨을 끊어버렸다.

그 후 구마지는 대리 천룡사에서 단예를 사로잡아 모용가의 시녀인 아벽이 거주하는 금운소축으로 데려왔다. 살아 있는 《육맥신검검보》를 모용박 묘소 앞에서 불태워 과거에 약조했던 무학 비급과 바꾸겠다고 천명한 것이다. 아주와 아벽은 이 사실을 모용 부인에게 고하고 부인의 명에 따라 구마지에게 형식적으로 대하는 동시에 단예를 위기에서 구출해냈다. 그런데 개방 방주인 교봉의 출신 내력에 대한 수수께끼가 사람들에게 알려질 줄 누가 알았겠는가? 모용박은 수십 년 전에 진 빚이 다시 수면 위로 떠오르자 이를 염려한 나머지 그의 아내를 시켜 아들이 그 일에 절대 관여하지 못하도록 했다. 아들이 화를 입을까 두려워서였다. 그러나 소림 대회에서 모용복이 소봉과 대결을 펼치게 될 줄은 예상치 못한 일이었다.

모용복은 회의승의 도움으로 목숨을 건지자 부끄럽고도 감격스러웠다. 그러나 그는 부친이 이미 죽었다고만 알고 있었지 그 회의승이 바로 자기 아버지란 것을 모르고 곰곰이 생각했다.

'저 고승이 내 선인을 알고 있다고 했는데 그럼 우리 조부와 아는 사이란 말인가? 아니면 부친과? 앞으로 대연 재건의 대업은 저 고승에게 상세히 가르침을 받아야겠구나. 오늘의 이 좋은 기회를 절대 놓칠 수 없다.'

그는 감히 그를 방해할 수 없어 한쪽으로 물러섰다. 회의승이 몸을 일으키면 그때 다시 앞으로 나아가 절을 하고 가르침을 받을 생각이었다.

왕어언은 모용복이 조금 전 하마터면 자결할 뻔했던 순간을 떠올리며 놀란 가슴이 진정되지 않아 그의 소맷자락을 부여잡고 하염없이 눈물을 쏟아냈다. 모용복은 그런 그녀가 귀찮게 느껴졌지만 어쨌든 호의에서 하는 행동인지라 소매를 뿌리쳐 내동댕이칠 수는 없는 노릇이었다.

회의승과 흑의인이 연이어 모습을 드러내고 함께 나무 밑으로 걸어가 자리를 잡고 앉을 때까지 허죽과 정춘추는 격렬한 싸움을 그치지 않고 있었다. 이때 군웅의 시선은 다시 그 두 사람을 향하게 되었다.

영취궁의 네 자매 중 국검이 갑자기 뭔가 생각난 듯 거란 무사 열여덟 명 앞으로 걸어가 말했다.

"우리 주인님께서 저자와 싸움을 벌이고 있는데 필히 술을 드셔야 기운이 날 겁니다."

거란 무사 하나가 말했다.

"술은 얼마든지 있으니 필요한 만큼 가져가시오."

이 말을 하면서 술 주머니 두 개를 건넸다. 국검이 빙그레 웃었다.

"고맙습니다! 우리 주인님께서는 주량이 세지 않아 하나면 충분합니다."

그는 술 주머니를 들어 마개를 열고 허죽과 정춘추가 싸움을 벌이는 곳으로 천천히 걸어가 소리쳤다.

"주인님, 성수노괴한테 생사부를 심으려면 술을 좀 드셔야 합니다!"

그녀는 주머니를 횡으로 돌려 앞을 향해 힘껏 내보냈다. 그러자 주머니 안의 독주가 마치 화살처럼 일직선으로 뻗어 허죽을 향해 날아갔다. 매란죽 세 자매가 손뼉을 치며 소리쳤다.

"국검, 최고야!"

갑자기 산비탈 뒤에서 간드러지게 노래를 부르는 여자 목소리가 들렸다.

"그대는 이슬을 머금은 짙은 향기가 나는 붉은 모란꽃과도 같네.[14] 초왕의 애간장을 녹인 무산巫山 신녀를 어찌 그대에 비할까? 난 양귀비로다. 좋은 술이로구나, 좋은 술이야. 술에 취해 침향정沉香亭[15] 옆에 쓰러지노라!"

허죽은 정춘추와 한참 동안을 격렬하게 싸우다 그를 제지할 방법이 없어 힘들어하고 있었다. 그때 영취궁 수하 남녀들이 생사부로 대적하라고 외치는 소리가 들렸다. 그는 국검이 자신에게 술을 쏘아내자 손을 뻗어 한 움큼을 낚아챘다. 갑자기 산 뒤쪽에서 사람들이 우르르 쏟아져 나오는데 모두 여덟 명이었다. 다름 아닌 금전琴癲 강광릉, 기마棋魔 범백령, 서태書呆 구독, 화광畵狂 오영군, 신의 설모화, 교장巧匠 풍아삼, 화치花痴 석청풍, 희미戱迷 이괴뢰 등 함곡팔우였다. 이 여덟 명은 허죽이 정춘추와 권각을 교환하는 모습을 보고 통쾌한 기분이 들어 큰 소리로 힘을 실어줬다.

"장문 사숙, 오늘 한번 제대로 신통력을 발휘해 정춘추를 죽이고 우리 조사와 사부님의 복수를 해주십시오!"

그때 국검 수중에 있던 독주는 끊임없이 허죽을 향해 쏟아져 나가고 있었다. 그녀는 무공 실력이 극히 평범한 수준이었던 터라 일부분은 정춘추를 향해 뿜어지고 있었다. 성수노괴는 허죽과 거의 반 시진 동안 엎치락뒤치락하며 힘든 싸움을 펼쳤지만 상대의 묘수가 백출하다 보니 손발의 여유가 전혀 없어 갖가지 사술조차 펼쳐낼 방법이 없었다. 그는 갑자기 술이 쏟아져 오는 것을 보고 순간 묘안이 떠올라 왼손 소맷자락을 떨치며 술을 사방으로 튀게 만들었다. 마치 빗물이 내리듯 허죽을 향해 뿌려댔던 것이다. 그때 허죽은 전신에 공력을 운행시키고 있어 수많은 술 방울이 날아왔지만 그의 옷에 닿기도 전에 그의 내경에 부딪혀 튕겨져 나갔다. 그때 으악 하는 비명 소리와 함께 국검이 뒤로 벌러덩 쓰러져버렸다. 정춘추가 술을 빗방울로 만들어 소맷자락을 떨치면서 이미 빗방울 하나하나를 모두 독질로 물들여놓았고 비교적 가까이 있던 국검이 몸에 독비를 맞아 그대로 쓰러져버린 것이다.

단예는 한쪽에 서 있다가 왕어언이 모용복의 소맷자락을 끌어당기며 슬퍼하고 있는 모습을 보고 미어지는 가슴을 주체하지 못했다. 그런데 별안간 국검이 독비를 맞고 쓰러지자 그녀가 둘째 형의 수하임을 알고 다급하게 달려가 국검을 가로로 안은 채 뒤로 물러났다.

국검을 염려한 허죽이 당황해서 어찌 구해야 할 줄 모르던 중 설모화가 깜짝 놀라 소리쳤다.

"사숙, 저건 보통 독이 아닙니다. 어서 저 노적을 제압해 해약을 받아내야 합니다."

허죽이 소리쳤다.

"알았소!"

그는 오른손을 휘둘러 끊임없이 정춘추를 향해 공격해 들어가면서 왼 손바닥에는 암암리에 내공을 돋우어 북명진기를 끌어올렸다. 머지 않아 손바닥에 있던 술은 일고여덟 조각의 얼음으로 변했다. 그는 오른손을 연이어 세 번 후려쳤다.

정춘추는 차가운 바람이 몸에 엄습하자 깜짝 놀랐다.

'저 땡추중의 양강한 내력이 어찌 갑자기 변한 거지?'

그는 재빨리 전력을 쏟아부어 막아냈지만 별안간 어깨의 결분혈이 마치 눈송이에 부딪힌 듯 미미하게 차가워지기 시작했다. 이어서 아랫 배의 천추혈, 대퇴부의 복토혈, 상박부의 천천혈天泉穴 세 곳에도 한기가 느껴졌다. 정춘추는 장력에 박차를 가해 막아냈지만 갑자기 뒷덜미의 천주혈과 등짝의 신도혈, 뒤쪽 허리의 지실혈 세 곳 역시 미미하게 차가워졌다. 정춘추는 깜짝 놀랐다.

'놈의 장력이 아무리 음한하다고 해도 내 등 뒤를 돌아와 기습을 가할 수는 없지 않은가? 하물며 차가워진 곳은 모두 혈도인데 도대체 저 땡추중이 무슨 기괴한 사술을 펼친 거지? 조심해야겠다.'

그는 양쪽 소맷자락을 떨쳐 소맷자락 사이에 다리를 숨기고 허죽을 향해 맹렬하게 발길질을 해나갔다.

그러나 발길질을 하는 순간 뜻밖에도 복토혈과 지실혈 두 곳이 동시에 도저히 참을 수 없을 정도로 간지러워져 자기도 모르게 아이쿠 하고 비명을 지르고 말았다. 발길질을 하던 오른발 끝이 분명히 허죽의 승복에 닿았지만 두 요혈이 간지러워 오른발도 자연스럽게 밑으로 축 처지고 말았다. 어이쿠 하는 비명 소리가 끝나기 무섭게 다시 또 어이쿠, 어이쿠 하고 두 번의 비명 소리가 연이어 들려왔다.

성수파 제자들은 옆에서 소리 높여 칭송했다.

"과연 우리 성수노선의 신통력은 굉장하구나. 소맷자락을 살짝 흔들었을 뿐인데 저 계집이 선술仙術에 적중돼 쓰러지고 말았으니 말이야!"

"어르신의 발길질 한 번에 천지가 붕괴되고 손놀림 한 번에 일월마저 빛을 잃는구나!"

"성수노선께서 소맷자락을 휘날리고 진실을 설파하시기만 하면 너희 방문좌도 잡귀들은 모두 죽어서 누울 곳조차 없는 신세가 될 것이다."

공적을 칭송하는 노랫소리 속에서 아이쿠, 아이쿠 하는 성수노선의 비명 소리가 섞여 들리자 전혀 어울리지 않는 상황이 연출되고 말았다. 제자들 중 눈치가 빠른 이들은 이미 깜짝 놀라 입을 다물었지만 대다수가 여전히 목이 터져라 하고 소리 높여 노래를 불러댔다.

정춘추는 삽시간에 결분, 천추, 복토, 천천, 천주, 신도, 지실 일곱 군데 혈도가 동시에 참을 수 없을 정도로 마비되고 미칠 듯이 간지럽게 느껴졌다. 마치 수를 헤아릴 수 없는 이가 동시에 물어뜯는 기분이었다. 허죽의 내력이 더해진 술로 만든 얼음 조각은 몸에 한기를 주입하고 사라져버렸지만 내력은 그의 혈도와 경맥 속에 남게 되었다. 정춘추는 손발을 마구 휘젓다 품속을 뒤져 일고여덟 가지 해약을 입에다 탈탈 털어넣고 대여섯 차례 내식을 돌려봤지만 혈도가 마비되고 간지러운 증상은 점점 더 심해져만 갔다. 다른 사람 같았으면 이미 바닥을 뒹굴고 있었을 테지만 놀라운 신공을 지닌 정춘추였기에 가까스로 버틸 수 있었다. 다만 술에 취한 사람처럼 몸을 비틀거리며 얼굴이 시뻘 겋게 변했다가 다시 하얗게 변하는 등 두 손을 마구 휘둘러대는데 그 상황은 공포 그 자체였다. 생사부 일곱 조각은 독주가 변해서 만들어 진 것이라 일반 얼음과는 전혀 달랐다.

성수파 제자들은 사부가 낭패에 빠진 것을 보고 하나둘 입을 다물 기 시작했다. 고지식한 제자 몇 명만이 여전히 떠들어대고 있었다.

"성수노선께서는 대라금선의 무도공舞蹈功을 펼치고 계신 것이다. 잠 시 후면 저 소화상은 뜨거운 맛을 보게 될 것이야!"

"성수노선께서 아이쿠 하고 소리를 내실 때마다 소화상의 삼혼육 백三魂六魄[16]은 하나씩 떨어져 나가게 될 것이다."

그러나 그런 체면치레를 위한 칭송은 점점 줄어들어만 갔다.

이괴뢰가 소리 높여 노래를 불렀다.

아무리 귀한 명마도	五花馬
천금 같은 모피 옷도	千金裘
아이를 시켜 미주美酒와 바꿔오라 하여라	呼兒將出換美酒
끝도 없는 만고의 시름을 해소하자꾸나!	與爾同銷萬古愁

"하하하, 난 이태백이로다. 음중팔선飮中八仙[17] 중 최고는 바로 시선詩仙 이태백이며 두 번째가 바로 성수노선 정춘추로다!"

군웅은 정춘추가 술에 잔뜩 취한 듯 곤궁에 빠진 모습을 보고 있다 가 이괴뢰의 말을 듣자 일제히 폭소를 터뜨렸다.

얼마 지나지 않아 정춘추는 결국 더 이상 버티지 못하고 손을 뻗어 자기 수염을 마구 잡아 뜯었다. 은빛으로 출렁이던 아름답기 이를 데 없던 수염은 바람에 따라 가닥가닥 흩날렸고 곧이어 옷마저 갈기갈기 쥐어뜯어 설백의 살갗이 고스란히 드러났다. 나이가 들긴 했지만 여전히 젊은이처럼 건강한 그의 몸은 손가락이 이르는 곳마다 선혈로 범벅이 됐다. 그는 온몸을 손톱으로 힘껏 할퀴며 끊임없이 비명을 질렀다.

"가려워죽겠어! 가려워죽겠다고!"

잠시 후 그는 왼쪽 무릎을 꿇고 더욱 참혹한 비명을 내질렀다.

허죽은 문득 후회가 밀려왔다.

'저 사람이 죄를 짓긴 했지만 저토록 고통을 받을 줄은 몰랐다. 이럴 줄 알았다면 생사부를 한두 조각만 심었어도 충분했을 텐데.'

군웅은 동안학발의 신선처럼 생긴 무림의 고인이 삽시간에 귀신처럼 변해 야수같이 울부짖는 것을 보고 아연실색하지 않을 수 없었다. 노래를 흥얼대던 이괴뢰마저 놀라서 입을 다물고 아무 말도 하지 못했다. 커다란 나무 밑에 있던 흑의인과 회의승만 여전히 눈을 감은 채 정좌하고 있었다. 그들은 이런 상황을 듣지도 보지도 못하는 듯했다.

현자 방장이 말했다.

"선재로다, 선재로다! 허죽, 어서 정 시주 몸에 있는 고난을 풀어주도록 해라!"

허죽이 답했다.

"네! 방장의 법지에 따르겠습니다!"

현적이 대뜸 나서서 말렸다.

"잠깐! 방장 사형, 정춘추는 수많은 악행을 저지른 자입니다. 우리 현난과 현통 두 사형도 저자 손에 유명을 달리했는데 어찌 이대로 용서한단 말입니까?"

강광릉이 말했다.

"장문 사숙, 사숙께서는 본 파의 장문인인데 어찌 남의 말을 듣습니까? 우리 사조와 사부의 원수를 갚지 않으시겠다는 말씀입니까?"

허죽은 순간 아무 생각도 나지 않아 어찌할 바를 몰랐다. 설모화가 말했다.

"사숙, 우선 해약부터 받아내야 합니다."

허죽이 고개를 끄덕였다.

"맞습니다. 매검 낭자, 진양환鎭痒丸 반 알만 먹이세요."

매검이 대답했다.

"네!"

그녀는 품 안에서 조그만 녹색 병을 꺼내 콩알만 한 알약 한 알을 덜었지만 미친 듯이 광분하는 정춘추의 모습을 보고 감히 그에게 다가가지 못했다.

허죽이 알약을 받아들어 반으로 쪼갠 후 소리쳤다.

"정 선생, 입을 벌리시오! 내가 진양환을 먹여주겠소!"

정춘추가 헥헥거리며 헐떡이다 입을 크게 벌리자 허죽이 손가락으로 알약 반 알을 튕겨 그의 목구멍 안으로 집어넣었다. 그러나 약효가 순식간에 나타날 수 있는 것이 아닌지라 정춘추는 여전히 가려움을 못 이기고 온 바닥을 뒹굴었다. 한 식경이 지나 가려움증이 약간 멈추자 그제야 몸을 일으켰다.

그는 시종 정신을 잃지 않았던 터라 더 이상 반항할 수 없다는 걸 알고 허죽이 입을 열기도 전에 스스로 해약을 꺼내 순순히 설모화에게 넘겨주었다.

"붉은색은 상처에 바르고 흰색은 먹여라!"

그는 반나절 내내 비명을 지르느라 목이 쉬어 있어 목소리조차 제대로 나오지 않았다. 설모화는 그가 감히 장난을 치지는 못할 것이라 생각해 그가 알려준 대로 국검의 상처 부위에 바르고 약을 먹였다.

매검이 큰 소리로 외쳤다.

"성수노괴! 이 진양환 반 알은 가려움증을 사흘만 멈추게 할 수 있다. 사흘이 지나면 가려움증이 또 재발할 것이다. 그때 가서 다시 영약을 내릴지 안 내릴지 여부는 네가 고분고분 나오는지를 보고 우리 주인님께서 결정할 것이다."

정춘추는 전신을 부르르 떨기만 할 뿐 아무 말도 하지 못했다.

순간 성수파 제자 수백 명이 앞다투어 달려나오더니 허죽 앞에 무릎을 꿇고 자신들을 제자로 거둬달라고 간청했다. 그중 누군가 이렇게 말했다.

"천하 무림의 맹주 자리는 주인님이 아니고서는 안 됩니다. 주인님께서 하명만 하신다면 소인은 물불을 가리지 않고 나설 것이며 죽음마저도 불사할 것입니다."

또 더 많은 성수파 제자들은 충성을 맹세하자마자 정춘추를 가리키며 호되게 꾸짖기 시작했다. 어떤 제자는 '촛불 따위의 불로 감히 일월을 상대로 불빛을 견주려 한다'고 욕을 퍼부어댔고 또 '다른 꿍꿍이가 있는 사악하기 짝이 없는 놈'이라고 하거나 허죽에게 속히 정춘추를 없애버리라고 요청하면서 세상을 위해 저런 악인은 제거해야 한다고 말하는 제자도 있었다. 그때 징과 북 소리가 울려퍼지면서 성수파 제자들이 큰 소리로 노래를 부르기 시작했다.

"영취궁 주인님의 은덕이 천지를 뒤덮어 그 위세가 천하에 떨치니 고금을 통틀어 비할 자가 없도다."

성수노선이란 네 글자를 '영취궁 주인님'이란 말로 바꿨을 뿐 나머지 가사와 곡조는 '성수노선 칭송가'와 똑같았다.

허죽은 소박하기 이를 데 없는 사람이었지만 성수파 제자들이 노래를 불러가며 칭송을 하자 득의양양해하지 않을 수 없었다.

난검이 호통을 쳤다.

"정말 비열한 소인배들이로구나! 성수노괴한테 아첨할 때 쓰던 진부하고 공허하며 뻔뻔스러운 말로 어찌 우리 주인님을 칭송한다는 말이냐? 무례하기 짝이 없도다!"

성수파 제자들은 부끄럽고 황송한 나머지 너도나도 한마디씩 던졌다.

"네, 네! 소인이 당장 독창적인 내용으로 새로운 노래를 만들어 선녀님을 만족시켜드리도록 하겠습니다."

큰 소리로 이런 노래를 하는 자도 있었다.

"선녀님 네 분께서는 미려한 얼굴이 서시를 능가하고 양귀비를 초월하네."

성수파 제자들은 허죽을 향해 절을 올린 후 스스로 동주와 도주 무리 뒤쪽에 서서 이제야 체면이 선다는 듯 하나같이 득의양양해하며 중원의 군호와 개방 무리, 소림파 승려들은 안중에도 두지 않았다.

현자가 나섰다.

"허죽, 네가 문호를 설립했다 해도 훗날 협의를 바탕으로 정도를 걷

되 제자들을 단속해 그들이 악행을 저지르거나 강호를 와해시키지 못하게 해야만 한다. 그럼 복덕자량福德資糧[18]을 폭넓게 축적하고 많은 선인善因을 심는 결과를 가져올 수 있을 것이다. 모름지기 재가출가라 했으니 세속에 있으면서도 똑같이 속세를 해탈할 수 있는 것이다."

허죽은 현자 앞에서 목메어 울었다.

"네. 허죽이 방장의 가르침을 받들도록 하겠습니다."

현자가 다시 말했다.

"파문을 피할 수는 없으나 곤장을 맞는 벌은 면하게 해줄 것이다."

어디선가 껄껄대고 큰 소리로 웃는 소리가 들려왔다.

"소림사는 계율을 중시하고 엄격하게 법을 집행한다고 알고 있었건만 권력에 빌붙어 아첨을 하는 소인배들 무리일 줄은 몰랐구나! 하하, '영취궁 주인님의 은덕이 천지를 뒤덮어 그 위세가 천하에 떨치니 고금을 통틀어 비할 자가 없도다.'"

그 말을 한 사람을 바라보니 다름 아닌 토번국 국사 구마지였다.

현자는 순간 안색이 굳어졌다.

"국사께서 대의로써 하신 질책을 노납이 겸허히 받아들이겠소. 현적 사제, 곤장을 준비하게."

현적이 말했다.

"네!"

그는 몸을 돌려 명했다.

"곤장을 대령하라!"

그러고는 허죽을 향해 말했다.

"허죽, 넌 아직까지 소림 제자이니 순순히 곤장을 받아들여라!"

허죽이 몸을 굽혀 답했다.

"네!"

그는 무릎을 꿇고 현자와 현적에게 예를 올렸다.

"제자 허죽이 본사의 대계를 위배했으니 방장과 계율원 수좌께서 내리신 벌을 공손히 받들겠습니다."

성수파 제자들이 갑자기 큰 소리로 떠들어댔다.

"너희는 소림승들인데 어찌 감히 우리 어르신의 옥체를 건드린다는 말이냐?"

"어르신의 털끝 하나라도 건드린다면 목숨 걸고 싸울 것이다. 어르신을 위해 분골쇄신할 수 있다면 죽어서도 영광스러운 일이 될 것이다."

"충성을 맹세한 마당에 우리 주인님을 위해 이 한 몸쯤 바치지 못할 게 뭐 있단 말이냐!"

여 파파가 호통을 쳤다.

"'우리 주인님'이라는 호칭을 어찌 너희 같은 요마귀괴들 입에 올린단 말이냐? 당장 그 더러운 입을 닫지 못할까?"

성수파 제자들은 그녀의 호통 소리에 놀라 쥐 죽은 듯 잠잠해져서 감히 숨소리조차 내지 못했다.

"형을 집행하라!"

형을 집행하라는 현적의 호통 소리에 소림사 계율원의 집법 승려가 허죽의 승복을 걷어올려 등짝 부위 살갗이 훤하게 드러나자 또 다른 승려 하나가 수계곤守戒棍을 들었다. 허죽은 속으로 생각했다.

'내가 곤장을 맞게 된 것은 갖가지 계율을 지키지 않은 데 대한 벌이니 곤장 한 대를 맞을 때마다 내 죄업도 하나씩 지워지게 될 것이다.

내가 기운을 돋우어 이에 저항한다면 스스로 고통을 느끼지 못할 것이니 헛된 매질이 될 것이다.'

별안간 극히 날카로운 여자 목소리가 들려왔다.

"잠깐! 잠깐! 네… 네 등에 있는 그건 뭐냐?"

사람들은 일제히 허죽의 등을 바라봤다. 그의 등과 허리 사이에 아홉 점의 향파香疤[19]가 가지런히 새겨져 있었다. 허죽의 등에 있는 흉터는 동전만 한 크기로 그가 어렸을 때 지진 것인데 몸이 자라면서 향파 역시 점점 커진 것으로 보였다. 그 때문에 이 당시에는 아주 동그랗게 보이지는 않았다.

사람들 숲에서 갑자기 담청색 장포를 입고 양쪽 뺨에 각각 세 줄의 혈흔이 있는 한 중년 여자가 튀어나왔다. 그는 바로 사대악인 중 하나인 무악부작 섭이랑이었다. 그녀는 앞으로 질풍같이 달려나와 두 손으로 소림사 계율원의 두 집법승을 밀어붙이고 다시 손을 뻗어 허죽의 바지를 잡아당겨 그의 바지를 벗기려고 했다.

허죽이 깜짝 놀라 몸을 일으키면서 뒤쪽으로 수 척 물러섰다.

"무… 무슨 짓입니까?"

섭이랑이 온몸을 부들부들 떨며 소리쳤다.

"아… 아들아!"

그는 두 팔을 벌려 허죽을 끌어안으려 했다. 허죽이 재빨리 몸을 피하자 섭이랑은 허공을 끌어안을 뿐이었다. 사람들 모두 생각했다.

'저 여자가 미쳤나?'

섭이랑이 연이어 허죽을 안으려 했지만 그는 이를 가볍게 피했다.

섭이랑은 미친 듯이 부르짖었다.

"아들아, 어찌 네 어미를 못 알아보는 게냐?"

허죽은 속으로 깜짝 놀라 벼락이라도 맞은 사람처럼 떨리는 목소리로 말했다.

"다… 당신이 제 어머니라고요?"

섭이랑이 소리쳤다.

"아들아, 널 낳고 얼마 있지 않아 내가 네 등과 두 엉덩이에 각각 아홉 개의 향파를 새겼다. 네 양쪽 엉덩이에 아홉 개씩의 향파가 있지 않더냐?"

허죽은 깜짝 놀랐다. 그의 두 엉덩이에 각각 아홉 개의 향파가 있는 게 확실했기 때문이다. 그는 어려서부터 그랬기 때문에 그 내력을 알 수 없어 동료들에게 말하는 것조차 부끄러워했었다. 목욕을 할 때 보면 자신이 불문과 인연이 있어 선천적으로 난 것이라 여겨 불법을 경모하는 마음을 더욱 굳건히 하곤 했었다. 그런데 별안간 섭이랑의 말을 듣자 마른하늘에 날벼락이라도 떨어진 듯한 기분이었다. 그는 떨리는 목소리로 말했다.

"네, 네! 제 양쪽 엉덩이에 향파가 아홉 개씩 있습니다. 당신… 어… 어머니가 제 몸에 새겨놓으신 건가요?"

섭이랑은 대성통곡을 하며 부르짖었다.

"그래, 그래! 내가 새겨놓지 않았다면 그걸 어찌 알겠느냐? 내… 내가 아들을 찾았다. 내 친아들을 찾았어!"

그녀는 울면서 손을 뻗어 허죽의 뺨을 어루만졌다.

허죽은 더 이상 피하지 않고 그녀가 품에 안도록 내버려뒀다. 그는 어려서부터 부모 없이 자라 소림사 승려들이 입양한 고아인 줄로

만 알고 있었다. 그의 등과 두 엉덩이에 새겨진 향파에 관한 비밀은 자신과 가장 친한 동료들 몇 명만 알 뿐인데 섭이랑이 그걸 알고 있으니 어찌 거짓일 수가 있겠는가? 갑자기 평생 겪어본 적이 없는 자애로운 어머니의 사랑이 느껴지자 눈에서 눈물이 주르륵 흘러내렸다.

"어… 어머니! 당신이 제 어머니로군요!"

느닷없이 이런 일이 일어나자 이를 지켜보던 사람들 모두 의아하게 생각하지 않을 수 없었다. 두 사람이 꼭 껴안고 눈물을 하염없이 흘리자 슬프기도 했지만 흐뭇한 느낌이 들기도 했다. 한 명은 자식에 대한 지극한 사랑을 표현하고 또 한 명은 생모에 대한 그리운 정이 보였기 때문이다. 군웅 중 적지 않은 사람이 이를 보고 코끝이 찡해지지 않을 수 없었다.

섭이랑이 말했다.

"아들아, 넌 올해 스물네 살이다. 지난 24년 동안 나는 낮이나 밤이나 온종일 네 생각만 했다. 누구든 아들이 있는 사람들만 보면 울화가 치밀어올랐어. 내 아들을 벼락 맞을 도적놈한테 빼앗겼으니 말이다. 나… 난 하는 수 없이 남의 아들을 훔쳐와 안고는 했다. 하지만… 하지만… 남의 아들이 어찌 내 친아들보다 좋을 수 있겠느냐?"

남해악신이 껄껄대고 웃으며 끼어들었다.

"셋째 누이! 누이가 허옇고 통통한 남의 아이들을 훔쳐와 데리고 놀다 다 놀고 나면 아무한테나 막 줘버려 친부모가 찾기 힘들게 만들었던 게 이제 보니 자기 아들을 도둑맞아서 그런 거였구먼? 이 악노이가 무슨 연고냐고 물어봐도 끝끝내 대답을 안 하더니 말이야. 좋아, 아주 좋은 생각이었어! 이봐, 허죽! 네 어머니는 나랑 의남매야. 어서 '악이 백부님!' 하고 불러봐라!"

그는 자기 항렬이 그 기막힌 무공을 지닌 영취궁 주인보다 위에 있다고 생각하자 말할 수 없이 기분이 좋았다. 운중학이 고개를 가로저었다.

"아니오, 옳지 않소! 허죽자는 형님 사부의 의형이니 오히려 형님이 허죽자한테 사백이라 불러야 맞소. 난 허죽자 모친의 의제라 항렬이 형님보다 두 단계 높은 셈이니 나한테 '사숙조'라고 불러야 맞는 것이오!"

남해악신이 어리둥절해하다 가래침을 칵 뱉으며 욕을 퍼부었다.

"이런 빌어먹을! 그렇게는 못한다!"

섭이랑은 허죽의 목을 놔주고 그의 어깨를 움켜잡은 채 이리 보고 저리 보며 기쁨을 감추지 못했다. 그는 고개를 돌려 현적을 바라보며 말했다.

"이 아이는 내 아들이니 절대 못 때린다!"

그녀는 곧바로 허죽을 향해 큰 소리로 외쳤다.

"도대체 어느 천벌을 받을 개 도적놈이 감히 내 아들을 훔쳐가 우리 모자를 24년이나 헤어져 살게 만든 것인지 모르겠구나. 아들아, 아들아! 하늘 끝까지 가는 한이 있어도 그 개 도적놈을 찾아내 갈기갈기 찢어 육장으로 만들어버리자! 이 어미가 당해내지 못하면 고강한 무공을 지닌 네가 이 어미의 피맺힌 원한을 풀어다오!"

커다란 나무 밑에서 줄곧 아무 말 없이 꼼짝도 하지 않고 앉아 있던 흑의인이 대뜸 몸을 일으키더니 천천히 입을 열었다.

"아들을 도둑맞은 것이오? 아니면 빼앗긴 것이오? 당신 얼굴의 혈흔 여섯 줄은 어쩌다 그런 것이오?"

섭이랑은 안색이 돌변하더니 날카로운 목소리로 말했다.

"너… 넌 누구냐? 네… 네가 어찌 아는 거지?"

흑의인이 말했다.

"설마 날 모른다는 것이오?"

섭이랑이 날카롭게 소리쳤다.

"아! 당신이었군, 당신이었어!"

그녀는 훌쩍 몸을 날려 그를 향해 돌진해가다가 1장쯤 앞에서 제자리에 멈추더니 손을 뻗어 삿대질을 하며 이를 부득부득 갈았다. 그녀는 분노가 극에 달한 것으로 보였지만 감히 더 이상 접근하지는 못했다.

흑의인이 말했다.

"그렇소, 당신 아들은 내가 뺏어갔소. 당신 얼굴에 난 여섯 줄의 혈흔도 내가 할퀴어서 난 것이지."

섭이랑이 소리쳤다.

"왜지? 내 아들을 왜 뺏어간 거야? 당신과는 일면식도 없고 원한이라고는 없는데…. 당… 당신이 날 힘들게 만들었어. 지난 24년 동안 밤낮으로 날 고통에 시달리게 만들었어. 도대체 왜지? 어… 어째서?"

흑의인이 허죽을 가리키며 물었다.

"이 아이의 아버지가 누구요?"

섭이랑은 온몸을 부르르 떨더니 말했다.

"그… 그건 말할 수 없다."

허죽은 요동치는 가슴을 주체하지 못하고 섭이랑 곁으로 달려가 부르짖었다.

"어머니, 말씀해주세요. 제 아버지는 누구죠?"

섭이랑은 연신 고개를 가로저었다.

"말할 수 없다."

흑의인이 천천히 입을 열었다.

"섭이랑, 당신은 아주 괜찮은 낭자였소. 부드럽고 뛰어난 미모를 지닌 정숙한 여인이었지. 허나 당신이 열여덟 살이 되던 그해, 고강한 무공을 지닌 높은 신분의 한 사내한테 유혹당해 몸을 빼앗기고 이 아이를 낳은 것이오. 안 그렇소?"

섭이랑은 넋이 빠진 모습으로 꼼짝도 하지 않았다. 그러다 한참 후에 고개를 끄덕였다.

"그렇다. 하지만 그 사람이 날 유혹한 게 아니라 내가 유혹한 거야."

흑의인이 말했다.

"그 사내는 자신의 공명에만 눈이 어두워 한 젊은 낭자가 미혼모가 됐지만 얼마나 처참한 처지에 놓였는지는 전혀 돌보지 않았소."

섭이랑이 말했다.

"아니야! 충분히 배려했다. 적지 않은 은자를 챙겨주면서 여생을 잘 보낼 수 있도록 조치까지 해줬으니까."

흑의인이 말했다.

"그럼 왜 당신이 고독하게 강호를 유랑하게 놔둔 것이오?"

섭이랑이 말했다.

"혼인할 수 없었으니까. 그 사람이 어찌 날 처로 받아들일 수 있겠어? 그는 좋은 사람이야. 늘 나한테 잘해줬지. 하지만 그 사람을 끌어들이고 싶지 않았어. 그… 그는 좋은 사람이었으니까."

그녀의 말속에는 자신을 내팽개친 정랑에 대해 여전히 따뜻한 정과 그리움으로 가득했다. 지난날의 깊은 정이 극심한 고초를 겪고 세월이 흘러갔어도 전혀 줄어들지 않았던 것이다.

사람들 모두 생각했다.

'저토록 악명 높은 섭이랑도 과거의 정랑에 대해서만은 깊은 정을 지니고 있구나. 그 남자가 도대체 누구일까?'

단예와 완성죽, 화혁간, 범화, 파천석 등 대리단씨 일행은 두 사람이 과거 풍류로 인한 죄과에 대해 얘기하는 걸 듣고 너 나 할 것 없이 곁눈질로 단정순을 힐끗 쳐다봤다. 다들 섭이랑의 그 정랑이 신분이나 성격, 처사, 나이 등으로 보아 그가 틀림없다고 여긴 것이다. 이런 생각을 하는 사람도 있었다.

'언젠가 사대악인이 대리로 함께 간 적이 있는데 그건 진남왕을 찾아가 그 빚을 갚으려 한 게 확실하다.'

단정순조차 이에 대해 의구심이 들었다.

'내가 아는 여인들이 실로 적지 않은데 혹시 저 여인도 그중 하나였던가? 한데 어찌 기억에 없는 거지? 내가 정말 저 여인을 그토록 힘들게 만들었다면 천하 영웅들 앞에서 체면을 구기는 한이 있어도 나 단모는 절대 그녀를 박대하지 않을 것이다. 다만… 다만… 어찌 기억이 전혀 나질 않지?'

흑의인이 큰 소리로 말했다.

"이 아이의 부친이 지금 이곳에 있는데 어찌 지목하지 않는 것이오?"

섭이랑이 깜짝 놀라 말했다.

"아니, 안 돼! 말할 수 없어!"

흑의인이 물었다.

"당신 아들의 등과 양쪽 엉덩이에 27개의 향파를 새겨놓은 건 또 어찌 그런 것이오?"

섭이랑이 얼굴을 가리며 말했다.

"난 모른다, 난 몰라! 부탁이에요, 제발 묻지 말아요."

흑의인은 조금도 동요하지 않고 말을 이었다.

"아들을 낳을 때부터 중으로 만들 생각이었소?"

섭이랑이 말했다.

"아니, 아니야!"

흑의인이 물었다.

"그럼, 아들의 몸에 어째서 불문의 향파를 새겨놓은 것이오?"•

섭이랑이 말했다.

"나도 모른다, 몰라!"

흑의인이 큰 소리로 외쳤다.

"말하지 않아도 나는 알고 있소. 이 아이의 부친이 바로 불문의 제자 인 이름난 고승이기 때문이지."

섭이랑은 신음 소리를 내며 더 이상 버티지 못하고 그 자리에 혼절해버렸다.

순간 사방이 소란스러워졌다. 섭이랑의 태도로 봐서는 그 흑의인의 말이 거짓이 아님을 알 수 있었기 때문이다. 그녀와 사통한 사람이 놀 랍게도 일개 화상이며 그것도 이름난 고승이라는 것이 아닌가? 사람 들은 머리를 맞댄 채 귀에다 대고 쑥덕거리기 시작했다.

허죽이 섭이랑을 부축하며 소리쳤다.

"어머니, 어머니! 정신 차리세요!"

한참 후에 섭이랑이 서서히 정신을 차린 후 나지막이 말했다.

"아들아, 어서 날 업고 산을 내려가라. 저… 저 사람은 요괴야. 모… 모르는 게 없으니 말이다. 다시는 저 사람을 보고 싶지 않아. 내… 내 원수도 갚을 필요가 없다."

허죽이 말했다.

"네, 어머니! 그냥 가요."

흑의인이 말했다.

"잠깐, 말이 아직 끝나지 않았소. 당신은 원수를 갚지 않아도 된다지만 난 갚아야겠소. 섭이랑, 내가 왜 당신 아들을 뺏어왔는지 아시오? 그건 누군가 내 아들을 뺏어가고 우리 집안을 몰락시켰기 때문이오. 내 아내를 죽이고 부자지간의 정마저 끊어놓았으니 그 복수를 위해서였소."

섭이랑이 말했다.

"당신 아들을 뺏어갔다고? 복수를 위해 그랬다고?"

흑의인이 말했다.

"그렇소, 난 당신 아들을 소림사 채소밭에 데려다 놓고 소림승에게 맡겨 무예를 전수받도록 했소. 내 친아들 역시 그에게 뺏겨 그들 손에 자라며 소림승에게 무예를 전수받았기 때문이오. 내 진면목을 보고 싶소?"

섭이랑이 의사표시를 하기도 전에 흑의인은 손을 뻗어 자신의 면막을 잡아당겼다.

군웅은 그의 모습을 보고 깜짝 놀랐다. 그는 각진 얼굴에 큰 귀, 덥

수룩한 구레나룻이 있는 매우 위풍당당한 모습의 약 60세 전후의 노인이었다.

소봉은 순간 놀라움과 기쁨이 교차된 나머지 앞으로 달려나가 바닥에 엎드리며 떨리는 목소리로 말했다.

"다… 당신께서 제 아버지시군요."

흑의인이 껄껄대고 큰 소리로 웃었다.

"그래, 아들아! 내가 바로 네 아비다. 우리 부자 두 사람은 비슷한 체격과 외모만으로도 내가 네 아비라는 걸 누구든 알 수 있을 게다."

그러고는 손을 뻗어 가슴팍의 옷섶을 열어젖혔다. 가슴팍에는 놀랍게도 이리 머리 문신이 새겨져 있었다. 그는 왼손을 뻗어 소봉을 잡아 일으켰다.

소봉 역시 자신의 옷섶을 열어젖혀 입을 벌린 채 이빨을 드러낸 짙푸른 색의 이리 머리를 보여주었다. 두 사람은 어깨를 나란히 하고 걸어가다 동시에 하늘을 바라보며 길게 포효했다. 마치 광풍이 몰아치는 듯한 그 소리가 저 멀리 퍼져나가 산골짜기에 메아리가 울려퍼졌다. 수천 명의 호걸은 그 소리를 듣고 온몸에 소름이 돋았다. 순간 연운십팔기가 긴 칼을 뽑아 들고 이에 호응이라도 하듯 큰 소리로 함성을 질렀다. 고작 스무 명이었지만 그 소리로 느껴지는 기세는 마치 천군만마로 착각할 정도로 강력했다.

소봉은 품 안에서 기름천으로 된 보자기 하나를 꺼내 풀어헤쳤다. 그리고 기워서 만든 커다란 백포 하나를 꺼내 넓게 펼쳤는데 다름 아닌 지광 화상에게 받은 석벽 유문의 탁본이었다. 탁본 위에는 속이 비어 있는 거란문자로 가득했다.

구레나룻 노인이 마지막 몇 글자를 가리키며 웃었다.

"'소원산 절필, 소원산 절필!' 하하, 아들아. 그날 난 너무도 상심한 나머지 벼랑 아래로 뛰어내려 자결을 하려 했다. 한데 내 명이 다하지 않아 그랬는지 골짜기 바닥에 있는 커다란 나뭇가지 위에 떨어져 목숨을 부지할 수 있었다. 순간 이 아비는 죽어야겠다는 의지가 사라져버리고 복수의 일념이 불타오르기 시작했지. 그날 안문관 관외에 모인 중원 호걸들은 앞뒤 가리지 않고 무공조차 모르는 네 어미를 처참하게 죽여버렸다. 아들아, 그러니 이 원수를 갚아야 했느냐? 말아야 했느냐?"

소봉이 말했다.

"부모의 원수와는 같은 하늘 아래 살 수 없습니다!"

소원산이 말했다.

"그날 네 모친을 해친 사람 대부분은 그 자리에서 내가 해치웠다. 개방의 전임 방주인 왕검통은 병들어 죽는 바람에 그나마 운이 좋았다 할 수 있지. 하지만 그날 앞장을 섰던 '대악인'은 지금까지도 건재하다. 아들아, 그자를 어찌 처리해야겠느냐?"

소봉이 천천히 말했다.

"그 사람은 누군가 흘린 유언비어에 속았을 뿐 본의로 그런 것이 아닐 테니 지금은 참회했을 겁니다. 더구나 지금 아버지께서 무탈하시니 그자에 대한 원한은 없던 일로 하는 것이 좋을 듯합니다."

소원산은 길게 포효를 하며 호통을 쳤다.

"어찌 없던 일로 할 수 있단 말이냐?!"

그는 벼락같은 눈빛으로 군호 얼굴을 일일이 쩨려보며 지나갔다.

그들은 그와 눈빛이 마주치자 두려움을 느끼지 않을 수 없었다. 대부분 당시 안문관 관외에서 벌어진 사건과 무관하긴 했지만 소원산의 성난 표정을 보고 화가 자신에게 미칠까 두려워 그 누구도 감히 움직이거나 소리를 낼 수 없었던 것이다.

소원산이 말했다.

"아들아, 그날 나와 네 모친은 널 안고 네 외할머니 댁에 가던 중이었다. 한데 우리가 안문관 관외를 지나던 중 뜻밖에도 수십 명의 중원 무사들이 달려나와 네 모친과 시종들을 모조리 죽여버린 것이다. 송나라와 거란은 적대 관계에 있어 서로 죽고 죽이는 일이 다반사였기에 이상할 게 없다고 볼 수도 있지만 그 중원 무사들이 산 뒤에 매복한 것은 또 다른 음모가 있어서였다. 아들아, 그 이유가 무엇인지 아느냐?"

소봉이 말했다.

"누군가 흘린 정보를 오신해서 벌어진 일입니다. 거란 무사들이 소림사의 무학 전적을 탈취해가면 그것을 요나라가 송나라 침략을 위한 기반으로 삼을 것이라 여긴 겁니다. 그 때문에 산 뒤에 매복해 기습을 감행했고 우리 어머니 목숨마저 해쳤던 겁니다."

소원산이 씁쓸한 미소를 지었다.

"허허, 허허. 그 당시 네 아비는 소림사의 무학 전적 따위를 탈취할 생각은 추호도 없었다. 그들이 나에게 억울한 누명을 씌웠던 거지. 그래, 좋아! 나 소원산은 기왕 내친 일에 대해선 끝장을 보는 성격인지라 누군가 나에게 억울한 누명을 씌웠으니 나 역시 똑같이 해주겠다고 다짐했다. 그렇게 지난 30년 동안 소림사 옆에 숨어 지내면서 소림 무학 전적을 원 없이 봐왔다. 소림사 고승들은 들으시오! 자신 있으면 이 소원산을 죽여버리시오. 그러지 않으면 소림 무공은 대요국으로 흘러 들어가게 될 테니 말이오. 더 이상 안문관 관외에 매복해 있어봐야 소용이 없소."

소림 군승은 이 말을 듣고 아연실색하지 않을 수 없었다. 그가 거짓을 말할 리가 없었기 때문이다. 소림파 무공이 요나라로 흘러들어가게 된다면 거란인들한테 날개를 달아주는 격이 될 것이니 이제 어찌하면 좋단 말인가? 이 말을 듣던 무림 동도들조차 하나같이 이런 생각을 했다.

'무슨 일이 있어도 저자를 산 채로 돌려보내선 안 된다.'

소봉이 말했다.

"아버지. 그 선봉장 대형이 어머니를 죽인 건 오해에서 비롯된 것입니다. 경솔하기 짝이 없는 짓이었긴 해도 악의를 가지고 행한 건 아니지요. 허나 또 다른 대악인은 제 의부모인 교씨 부부를 죽여 소자에게 악인의 명성을 뒤집어씌웠습니다. 그자가 도대체 누군지 아버지께서는 알고 계십니까?"

소원산이 껄껄대고 큰 소리로 웃었다.

"아들아, 그 교씨 부부는 내가 죽였다."

소봉은 깜짝 놀라 할 말을 잃고 어리둥절해했다.

"아버지께서 죽여요? 어… 어째서요?"

소원산이 말했다.

"넌 내 친아들이다. 원래 우리 가족이 얼마나 행복한 나날을 보냈는지 아느냐? 허나 남조의 무인들은 우리 거란인을 개돼지보다 못하게 보고 걸핏하면 살육을 자행해왔다. 더구나 내 아들마저 뺏어가 아무한 테나 맡겨놓고 아들로 삼게 만들지 않았더냐? 교씨 부부는 네 부모를 가장해 내 천륜지락天倫之樂을 뺏어가고 너에게 진상을 설명해주지 않았으니 죽어 마땅했다."

소봉은 가슴이 미어지는 아픔을 느꼈다.

"제 의부모님은 소자에게 깊은 은혜를 베푸셨으며 두 분 모두 매우 좋은 분이셨습니다. 그럼 선가장에 불을 지르고 담파와 조전손 등을 죽인 것도 모두…."

소원산이 말했다.

"그렇다! 다 이 아비가 한 짓이다. 지광대사는 먼저 죽어버렸지만 그래도 그의 태양혈에 일지를 펼쳐 분풀이를 하긴 했다. 그 당시 안문관 관외에서 네 모친을 죽이는 데 앞장선 사람이 누구인지 뻔히 알면서 입을 다물고 놈을 보호했으니 죽어 마땅하지 않느냐?"

소봉은 묵묵히 생각에 잠겼다.

'어렵사리 찾아낸 대악인이 이제 보니 내 아버지였다니. 이… 이제 어디서부터 말을 꺼내야 한단 말인가?'

그는 천천히 입을 열었다.

"소림사 현고대사께서는 10년이란 시간 동안 비가 오나 눈이 오나 소자에게 친히 무공을 전수해주셨습니다. 소자의 오늘이 있게 된 건 모두 은사께서 돌봐주신 덕…."

그는 여기까지 얘기를 하다 고개를 숙였다. 그의 눈에는 이미 눈물이 가득 고여 있었다.

소원산이 말했다.

"남조의 무인들은 음험하고 간교하기 이를 데 없는데 좋은 놈이 어디 있다는 게냐? 현고 역시 내 일장에 죽은 것이다."

소림 군승이 일제히 염불을 외었다.

"아미타불, 아미타불!"

군승 목소리는 비분강개했다. 당장 앞으로 달려나와 소원산에게 도전하는 사람은 없었지만 군승의 이 염불 소리에 담긴 침통한 감정 속에는 절대 가만두지 않겠다는 단호한 결심이 내포돼 있는 것으로 보였다.

소원산이 다시 말했다.

"내 사랑하는 아내를 죽이고 내 독자를 뺏어간 대원수 중에는 개방 방주와 소림파 고수들도 있었다. 흐흐, 그들은 그 피비린내가 진동하는 죄과를 영원히 은폐할 생각에 내 아들을 한인으로 만들어 대원수를 사부로 모시도록 하고 원수의 대를 이어 개방 방주가 되도록 만든 것이다. 허허, 아들아! 현고에게 일장을 펼쳤던 그날 밤 난 옆에 숨어 있었다. 한데 얼마 지나지 않아 네가 다시 그 중놈을 만나러 왔더구나. 현고는 우리 부자의 용모가 비슷한 것을 보고 네가 손을 쓴 것으로 알고 있었다. 소사미조차 우리 부자를 구별 못했으니 말이다. 아들아, 우리 거란인들이 저들에게 억울한 누명을 쓴 일이 어디 그뿐인 줄 아느냐?"

소봉은 그제야 현고대사가 그날 밤 자신을 보고 어찌 그토록 경악했으며 소사미는 또 왜 자신이 현고대사를 죽인 흉수라고 증언했는지 문득 깨닫게 되었다. 진정한 흉수가 자신의 용모와 흡사한 혈육일 것이라고 어찌 상상했겠는가?

소봉이 말했다.

"그들을 아버지께서 죽였다면 소자가 죽인 것이나 다름없습니다. 소자가 여태껏 흉수의 누명을 쓰고 있었지만 이제 보니 억울할 일이 없군요."

소원산이 말했다.

"중원 무인들을 통솔해 안문관 관외에서 매복하고 있던 우두머리가 우리 집안을 몰락시켰으니 철저하게 조사하는 게 당연했다. 놈을 일장에 쳐죽인다면 너무 편히 죽는 셈 아니냐? 섭이랑, 멈추시오!"

그는 섭이랑이 허죽의 부축을 받은 채 한 걸음씩 멀어지는 것을 보고 호통을 쳤다.

"그 아이의 아비가 누구인지 말하지 않겠다면 내가 직접 말할 것이오. 소림사 옆에서 수년을 잠복해 매일 밤 절에 들어갔는데 내 눈을 피할 수 있는 일이 어디 있었겠소? 두 사람이 자운동紫雲洞에서 만났고 그자가 교喬 파파를 시켜 아이를 받게 했다는 등의 그 모든 일을 내가 이 모든 사람 앞에서 털어놔야 성이 차겠소?"

섭이랑은 몸을 돌려 소원산을 향해 달려갔다. 그리고 바닥에 무릎을 꿇고 말했다.

"소 어르신, 부디 인의를 베푸시어 그분을 관대하게 용서해주십시오. 우리 아들과 영식은 결의형제입니다. 그… 그 사람은 무림에서 명망이 있고 높은 위치에 있으며… 이미 나이도 들 만큼 들었습니다. 굳이 죽이려거든 나 한 사람만 죽이고 제발… 그 사람만은 힘들게 하지 마십시오."

군웅은 앞서 소원산이 허죽의 부친을 '이름난 고승'이라고 말한 데다 지금 또 섭이랑이 그를 무림에서 명망이 높고 높은 위치에 있는 사람이라고 하는 말에 그 내용들을 끼워 맞춰 생각하게 되었다. 그렇다면 그 사람은 소림사에서 항렬이 높은 승려 중 하나란 말이 아닌가? 사람들 시선은 자연스럽게 소림사 내에서 흰 수염을 휘날리고 있는 노승들을 향했다.

갑자기 현자 방장이 입을 열었다.

"선재로다, 선재로다! 업인業因[20]을 만들어내면 필히 업과를 받는 법. 허죽, 이리 오너라."

허죽은 방장 앞으로 걸어가 무릎을 꿇고 앉았다. 현자는 그를 한참 동안 살펴보다가 손을 뻗어 그의 머리를 가볍게 어루만졌다. 그의 얼굴은 온화하고 자애로운 모습으로 가득했다.

"네가 소림사에서 24년을 머물렀지만 시종 내 아들이란 걸 몰랐구나."

이 말이 떨어지자 모든 승려는 물론 이를 지켜보던 영웅호걸들이 깜짝 놀라 웅성대기 시작했다. 사람들은 각자 의아해하면서도 경악을 금치 못했고 얼굴에 멸시와 분노, 두려움, 연민 등의 빛이 혼재해 실로 형용할 수 없는 표정들이었다. 현자 방장은 덕망이 높아 무림에서 우러러보지 않는 이가 없건만 그런 일을 저질렀다고 누가 생각할 수 있겠는가? 한참 뒤에야 여기저기서 떠들썩하던 소리가 점차 멈추기 시작했다.

현자가 천천히 입을 열었다. 그 음성은 여전히 냉정하고 차분해서 평소와 다를 바가 없었다.

"소 노시주, 노시주께서는 영랑과 헤어져 30여 년이나 볼 수 없었지만 아들이 무공 연마에 정진해 명성을 떨치고 최고의 영웅호한이 됐기에 속으로 위안을 받았을 것이오. 난 우리 아들을 매일같이 보면서도 과거에 누군가에게 빼앗겨 생사조차 몰랐던 터라 오히려 밤낮으로 근심만 하고 있었소."

섭이랑이 눈물을 쏟아내며 말했다.

"아… 아무 말 하지 말아요. 그… 그래서 좋을 게 뭐 있다고? 어쩌려고 그래요?"

현자가 온화한 목소리로 말했다.

"이랑, 이미 악업을 저질렀으니 후회를 해도, 숨기려 해도 소용이 없소. 지난 몇 년 동안 고생이 많았소."

섭이랑은 하염없이 눈물을 쏟아냈다.

"고생 안 했어요! 당신처럼 입 밖에 낼 수 없는 고통이야말로 진정한 고통이었겠죠."

현자가 천천히 고개를 가로저으며 소원산을 향해 말했다.

"소 노시주, 안문관 관외 일전은 노납의 과오였소. 모든 형제가 노납 때문에 그 일을 감싸려다 하나하나 목숨을 잃었던 것이오. 노납 역시 스스로 목숨을 끊어야겠다 생각했고 영랑이 날 죽여 모친의 복수를 하기 바랐소. 하지만 영랑이 워낙 어질고 선해 노납을 지금까지 살려두었던 것이오. 노납은 오늘 죽는다 해도 이미 너무 늦은 것 같소."

그는 돌연 소리를 높여 외쳤다.

"모용박 모용 노시주. 그날 거란 무사들이 소림사에 와서 무학 전적을 강탈해갈 것이라는 당신의 거짓 전갈로 인해 숱한 과오가 야기된 것이오. 그에 대해 당신은 양심의 가책이 추호도 없단 말이오?"

그가 '모용박'의 이름을 거론하자 모든 사람이 깜짝 놀랐다. 군웅 모두 모용 공자의 부친 이름이 외자인 박_博 자를 쓰며 그 사람은 이미 세상을 떠난 지 오래되었다는 사실을 알고 있었다. 그런데 어찌 현자가 갑자기 그 이름을 거명하는 것인가? 그렇다면 거짓 전갈을 전한 사람이 바로 모용박이었단 말인가? 사람들이 각자 그의 눈빛을 따라가 바라보니 놀랍게도 그의 두 눈은 커다란 나무 밑에 앉아 있던 회의승을 주시하고 있었다.

그 회의승은 긴 웃음을 지으며 몸을 일으켰다.

"방장 대사, 역시 예리하시오. 날 알아보다니 말이오."

그가 손을 뻗어 면막을 거두자 준수한 얼굴에 흰 눈썹이 길게 드리워진 그의 진면목이 드러났다.

모용복은 놀랍고도 기쁜 마음에 큰 소리로 부르짖었다.

"아니… 아버지, 아버지께서… 살아 계셨습니까?"

그의 마음속에는 수많은 의구심이 솟구쳐올랐다.

'아버지께서 어찌 죽은 척을 하셨던 거지? 왜 친자식한테까지 숨기셨던 걸까?'

현자가 말했다.

"모용 노시주, 노납은 당신과 오랜 기간 교분을 맺어오며 평소 존경해 마지않고 있었소. 그날도 당신이 노납에게 그 전갈을 고지했을 때 당신을 깊이 신뢰했기에 전혀 의심하지 않았소. 허나 멀쩡한 사람을 오인해 해쳤다는 사실을 안 뒤로 더 이상 당신을 볼 수가 없었지. 후에 당신이 병으로 세상을 떠났다는 말을 듣고 몹시 애석해했소. 그 당시 당신 역시 노납과 마찬가지로 남의 말을 오신한 나머지 무의식중 저지른 죄과에 양심의 가책을 느끼고 젊은 나이에 생을 마감했다고 여

42. 성수노선과 철두인의 최후

겼으니 말이오. 한데 뜻밖에도… 에이!"

그의 기나긴 탄식에는 무궁무진한 회한과 자책감이 서려 있었다.

소원산과 소봉은 서로의 얼굴을 쳐다봤다. 이 순간이 돼서야 이들 부자는 거짓 전갈을 전해 크나큰 재앙을 만들어낸 사람이 바로 모용박이란 사실을 알게 된 것이다. 소봉이 속으로 생각했다.

'그해 안문관 관외의 참사는 현자 방장이 앞장서서 행하긴 했지만 그는 소림사 방장이었고 송나라 강산과 소림사 무학 전적에 대한 지대한 관심 때문에 전력을 다해 앞장설 수밖에 없었던 것이다. 훗날 그게 잘못됐음을 알고 최선을 다해 과오를 씻으려 했다. 오히려 진정한 대악인은 모용박이지 현자 방장은 아니었던 거야.'

모용복은 현자의 그 말을 듣고 즉시 알아차렸다.

'아버지께서 거짓 전갈을 고한 목적은 송나라와 요나라 무인들 간에 싸움을 일으켜 송요 양국이 대전을 일으키도록 조장하고 그 안에서 연나라의 이득을 취하기 위해서였다. 그러니 그 사건이 벌어진 이후 현자가 아버지께 질의를 할 수밖에 없었겠지. 아버지께서도 이를 설명할 방법이 없었고 대영웅이자 대호걸의 신분으로 그런 사실을 자인해 영웅의 명성을 잃을 수는 없었을 것이다. 아버지께서는 현자 방장의 성격을 알고 스스로 자결을 하면 현자가 진상을 밝히진 않을 것이며 사후의 명성도 훼손하지 않으리라 짐작했던 것이다.'

그는 다시 이런 생각도 하게 되었다.

'아버지께서 죽음을 가장하시는 순간 모용씨의 명성은 아무 영향도 받지 않고 난 여전히 대업을 추진할 수 있게 된 것이다. 그렇지 않았다면 중원의 영웅호걸들이 모용씨를 적대시해 매우 난감한 처지에 빠졌을 테니 어찌 연국 재건을 노릴 수 있었겠는가? 따라서 아버지께서는 죽은 척하지 않을 수 없으셨던 것이다. 생각해보니 아버지께서는 젊고 혈기왕성한 내가 마각을 노출시킬까 두려워 나한테까지 숨기신 것이로구나. 어머니 외에는 등 대형을 비롯한 호위들조차 몰랐을 거야.'

현자가 천천히 말했다.

"모용 노시주, 노납은 오늘 당신이 영랑에게 타이르면서 하는 말을 듣고 그제야 당신네 고소모용씨가 제왕의 후예로서 대업을 도모한다는 사실을 알게 됐소. 당신이 거짓 전갈을 전하게 된 의도 역시 명백하게 알게 됐고 말이오. 허나 당신이 도모하고 있는 대사는 이루기가 쉽지 않을 터인데 공연히 수많은 무고한 목숨만 억울하게 희생된 셈이 아니오?"

모용박이 냉랭한 목소리로 말했다.

"대업의 도모는 사람에 달려 있으나 대업의 성패는 하늘에 달려 있소!"

현자가 얼굴에 연민의 빛을 띠었다.

"우리 현비 사제가 내 명을 받고 고소에 가서 당신한테 그 문제에 관해 물어본 적이 있소. 지금 생각해보니 그 질문이 당신 심기를 건드리지 않았나 생각되오. 더구나 사제가 귀 부에서 단서를 찾아내 당신이 반역을 도모한다는 의도를 눈치채자 입을 막기 위해 죽였던 것이오."

모용박은 음침한 미소를 지을 뿐 아무 대답도 하지 않았다.

현자가 말을 이었다.

"한데 가백세 가 시주는 어찌 죽였는지 모르겠소?"

모용박은 측은한 미소를 지었다.

"노방장께서는 정말 뛰어난 통찰력을 지니셨구려. 산문 밖에 나서지도 않고 강호의 제반 사항들을 손바닥 뒤집듯 다 알고 계시니 말이오. 정말 감탄스러울 따름이오. 그 문제는 방장께서 알아맞혀보시…."

그의 말이 채 끝나기도 전에 대뜸 사내 두 명이 일제히 호통을 치며 그를 향해 덮쳐갔다. 다름 아닌 금산반 최백천과 그의 사질인 과언지였다. 모용박이 소맷자락을 떨치자 최백천과 과언지 두 사람은 수 장 밖으로 내동댕이쳐져 바닥에서 꼼짝도 하지 못했다. 그 짧은 순간에 이미 모용박의 수중지袖中指 초식에 적중되었던 것이다.

현자가 말했다.

"가 시주는 이름난 부호로서 일을 행함에 있어 늘 조심스럽고 신중했던 사람이오. 음, 당신은 인재를 끌어들이고 말을 사기 위해 재물과 양식을 비축하려다 보니 가 시주의 가산이 눈에 들어오게 됐고, 그를 자기편으로 끌어들일 생각에 모용가의 '연' 자 영기를 받들도록 요구했겠지. 가 시주는 그 제안을 받아들이지 않고 관부에 고하려 했을 테고 말이오."

모용박이 껄껄대고 웃으며 무지를 추켜세웠다.

"노방장께서는 역시 대단하시오, 대단해! 안타깝게도 노방장의 판단은 한 치의 오차도 없지만 하나는 알고 둘은 모르셨소. 재하가 저 소 형과 귀 사 근처에 수년 동안 머물렀지만 전혀 알아채지 못하지 않았소?"

현자가 천천히 고개를 가로저으며 탄식을 했다.

"남을 아는 건 쉬워도 자기 자신을 아는 것은 어렵소. 적을 누르는 게 쉽지 않지만 자기 마음속의 3독인 '탐진치'라는 대적을 극복하는 건 더더욱 어려운 일이오."

모용박이 말했다.

"노방장, 재하는 왕년에 우리 두 사람이 다년간 교분을 맺은 지기의 정을 감안해 모든 사실을 있는 그대로 다 실토했소. 또 물어볼 것이 있으시오?"

현자가 말했다.

"개방의 마대원 부방주와 마 부인, 서충소 장로, 백세경 장로 네 사람은 모용 노시주가 죽인 것이오? 아니면 소 노시주가 손을 쓴 것이오?"

소봉이 말했다.

"마대원은 그의 처와 백세경이 공모해 죽인 것이고 서 장로 역시 두 사람에 의해 죽었습니다. 또한 백세경과 마 부인은 개방에서 문호를 정리하는 과정 중 죽었습니다. 그 안에 얽힌 사연은 대리 단왕야와 개방의 모든 장로가 친히 목격하고 들었으니 방장께서 상세한 정황을 알고자 하시면 나중에 단왕야와 개방 장로들에게 물어보시면 될 것입니다."

소원산이 앞으로 두 걸음 나와 모용박을 가리키며 호통을 쳤다.

"모용 노적, 모든 재앙의 주범이 바로 너였구나. 과거 너와 세 번에 걸친 대결을 펼치면서도 네 진면목을 알지 못해 살수를 펴지 못했으나 이제는 목숨을 내놓거라!"

모용박은 긴 웃음을 짓더니 몸을 훌쩍 날려 산 위로 내달려갔다. 소원산과 소봉이 일제히 호통을 쳤다.

"멈춰라!"

두 사람은 좌우로 나누어 그를 쫓아 산 위로 올라갔다. 세 사람 모두 무공 실력이 절정에 이른 고수들이다 보니 눈 깜짝할 사이에 시야에서 사라져버렸다. 모용복이 큰 소리로 외치며 그 뒤를 쫓아 산 위로 올라갔다.

"아버지, 아버지!"

그의 경공은 무척이나 뛰어나긴 했지만 앞서간 세 사람에 비해서는 현저히 떨어지는 실력이었다. 모용박이 앞에 가고 소원산과 소봉 두 사람이 뒤쫓아가는 형세가 지속되며 세 사람은 소림사 안으로 달려들어갔다. 잿빛 인영 하나와 검은 인영 두 개가 삽시간에 소림사의 누런 담장과 퍼런 기와 사이로 모습을 감추었다.

군웅 모두 의아하게 생각했다.

'모용박과 소원산의 무공 실력은 우열을 가리기 어려운 것으로 보이지만 각자 아들이 가세한다면 모용씨는 적수가 되지 못할 것이다. 한데 모용박은 어찌 산 밑으로 도주하지 않고 오히려 소림사 안으로 들어가는 거지?'

등백천과 공야건, 포부동, 풍파악 등과 열여덟 명의 거란 무사들이 각각 자신의 주인을 돕기 위해 발걸음을 옮기려는 순간 현적의 호통 소리가 들렸다.

"진을 펼쳐 막아라!"

100여 명의 소림승이 일제히 대답하며 일렬로 늘어서 길을 막았다. 일부는 선장을 횡으로 들거나 계도를 치켜든 채 앞으로 나아가지 못하게 만들었다. 현적이 매섭게 소리쳤다.

"우리 소림사는 불문의 성지이기에 사사로운 다툼의 장이 될 수 없으니 시주들께서는 들어가실 수 없소!"

등백천 등은 소림승들의 기세를 보고 함부로 들어갈 수 없다 느껴

각자 주인이 염려되긴 했지만 발걸음을 멈출 수밖에 없었다. 포부동이 소리쳤다.

"옳소이다, 옳소이다! 소림사는 불문의 성지가 맞지…."

늘 '아니로소이다, 아니로소이다!'란 말을 달고 살아왔던 그가 이번 에는 뜻밖에도 '옳소이다, 옳소이다!'란 말로 바꿔 말했다. 그를 아는 사람들이 모두 의아하게 여겼지만 그의 이어지는 말이 들려왔다.

"사생아를 전문적으로 키우는 성지."

그 말이 떨어지자 분노에 찬 수백 개의 시선이 그를 향해 쏟아졌다. 이는 대담하기 짝이 없는 발언이었다. 그는 소림 군승 안에 고수가 적 지 않아 현 자 항렬의 고승 중 그 누가 나선다 해도 자신이 적수가 되 지 못한다는 사실을 잘 알고 있었다. 그러나 그는 할 말은 하고야 마는 거리낌 없는 성격이었다. 수백 명의 소림승이 그를 분노의 눈초리로 주시했지만 그 역시 노기를 띤 눈으로 응시를 하며 절대 눈 하나 깜빡 거리지 않았다.

현자가 큰 소리로 말했다.

"노납이 불문의 대계를 범한 탓에 소림의 청백한 명예를 실추시켰 소. 현적 사제, 본사의 계율에 따르면 어떤 벌을 받아야 마땅하겠나?"

현적이 당황해하며 말했다.

"그게… 사형…."

현자가 말했다.

"나라에 국법이 있듯이 집안에는 가규가 있는 법. 예로부터 그 어떤 문파와 방회, 종족과 사찰에도 불초한 제자는 늘 있기 마련이오. 청백 한 명예를 보전하려면 규칙 위반자가 영원히 없기만을 바라서는 아니 되고 매사에 율법에 따라 한 치의 관용도 없이 징벌을 가해야만 하는 것이오. 집법승! 허죽에게 곤장 130대를 쳐라. 100대는 자신이 범한 과오에 대한 벌이고 30대는 은사인 혜륜을 대신해 받겠다고 한 것이다."

집법승이 어찌할 바를 몰라 현적을 바라보자 현적이 고개를 끄덕였다. 허죽은 이미 무릎을 꿇고 벌 받을 준비를 하고 있었다. 집법승이 곤장을 들어 허죽의 등짝과 엉덩이 위를 향해 한 대씩 후려치자 살갗이 벌어져 살점이 터지고 선혈이 사방으로 튀었다. 섭이랑은 가슴이 찢어지는 듯 아팠지만 평소 현자의 위엄을 두려워하던 그녀였기에 감히 사정조차 하지 못했다.

가까스로 130대의 곤장 집행이 끝났다. 허죽은 내력을 돋우어 저항하지 않았던 터라 극심한 고통으로 인해 자리에서 일어설 수가 없었다. 현자가 말했다.

"지금 이 순간부터 넌 본사에서 파문당해 환속하게 됐으니 더 이상 소림사 승려가 아니다."

허죽이 고개를 숙인 채 눈물을 흘렸다.

"네!"

현자가 다시 말했다.

"나 현자는 음계를 범해 허죽과 동등한 죄에 해당되나 방장의 몸이니 그 벌을 갑절로 집행해야 하오. 조금 전 포 시주의 말이 없었어도 소림사 계율은 절대 가벼이 용서하지 않소. 집법승, 나 현자에게 곤장 200대를 내리도록 해라! 소림사의 청백한 명예와 연관된 것이니 사사로운 정 때문에 인정을 베풀어서는 아니 될 것이다!"

이 말을 하고 바닥에 엎드려 반대편 저 멀리에 있는 소림사 대웅보전의 불상을 마주본 채 스스로 승복을 걷어올려 등짝을 드러냈다.

군웅은 서로 얼굴만 쳐다볼 뿐이었다. 소림사 방장이 사람들 앞에서 형벌을 받는 경우는 듣도 보도 못한 일이었을 뿐만 아니라 일반적인 통념에도 위배되는 일이 아니던가?

현적이 말했다.

"사형, 어찌…."

현자가 매서운 목소리로 호통을 쳤다.

"우리 소림사는 수백 년 동안 청백한 명예를 지켜왔건만 어찌 내 손으로 파괴할 수 있단 말인가?"

현적이 눈물을 머금고 명을 내렸다.

"네! 집법승, 집행하라!"

집법승 두 명이 합장을 한 채 몸을 굽히며 말했다.

"방장, 용서하십시오."

그들은 몸을 일으켜 곤장을 들어올려 현자의 등짝을 향해 내리쳐나갔다. 방장이 형벌을 받으면서 가장 감수하기 어려운 것은 사람들 앞에서 받는 모욕감일 뿐 피와 살이 터지는 고통에 있지 않다는 사실을 두 승려도 잘 알고 있었다. 만일 집행에 인정을 베푸는 모습이 비쳐진다면 구설에 올라 방장이 겪은 모욕이 무위로 돌아가는 결과를 낳을 것이기에 한 대 한 대 심혈을 기울여 사정 봐주지 않고 후려쳐나갔다.

"철썩! 철썩!"

순식간에 현자의 등과 엉덩이 위는 곤장에 맞은 자국으로 가득했고 살갗이 터지며 나온 피에 승복이 흥건히 젖어버렸다. 군승은 집법승이 곤장 집행 횟수를 하나하나 부르짖는 소리를 들으며 고개를 숙인 채 묵묵히 염불을 외었다.

보도사의 도청대사가 대뜸 입을 열었다.

"현적 사형, 귀 사에서 불문 계율을 존중해 방장한테까지 형벌을 내리는 점에 대해서는 빈승이 탄복해 마지않소. 다만 현자 사형께서는 연로한 나이이고 또한 운공으로 몸을 보호하려 하지 않고 있으니 곤장 200대는 견디기 힘들 것이오. 외람된 말씀이지만 빈승이 사정을 하겠소. 지금까지 이미 80대를 집행했으니 그 나머지는 잠시 묻어뒀다가 훗날 다시 집행해도 귀 사의 계율에 위배되는 것은 아닐 것이오."

군웅 중 수많은 사람이 소리치기 시작했다.

"옳소, 옳은 말이오. 우리도 사정하는 바요."

현적이 대답을 하기도 전에 현자가 큰 소리로 말했다.

"여러분의 성의에 감사드리겠소. 다만 계율은 태산과도 같기에 함부로 거스를 수는 없소. 집법승, 어서 곤장을 쳐라!"

집법승 두 사람은 잠시 집행을 멈추고 있다 방장의 단호한 지시를 듣고 하는 수 없이 다시 숫자를 세어가며 곤장을 내리쳐나갔다. 다시 40여 대를 더 내리친 순간 현자는 더 이상 버티지 못하고 바닥을 지탱하던 두 손의 맥이 풀리면서 흙바닥에 얼굴을 묻고 말았다.

섭이랑이 절규를 하며 말했다.

"이건 모두 방장 탓이 아니에요. 다 내 잘못이에요! 과거 우리 아버지가 중병에 걸렸을 때 방장 대사께서 치료를 위해 집까지 달려와 우리 아버지 생명을 구했어요. 난 방장께 감사해하면서도 경모의 마음이 들었지만 워낙 가난한 집안 여자였기에 달리 보답할 길이 없어 제 몸을 바쳤던 것뿐이에요. 모든 게 내가 너무 어리고 바보 같아서 그랬어요. 부지불식간에 어찌할 바를 몰라 그랬던 거예요. 다 제 불찰이에요. 아… 아직 남은 곤장은 내가 대신 받겠어요!"

섭이랑은 울부짖으며 앞으로 달려나와 현자의 몸 위에 엎드려 그를 대신해 곤장을 맞으려 했다.

현자가 왼손 일지를 찍어냈다.

"푹!"

현자는 섭이랑의 혈도를 찍어 꼼짝하지 못하게 만들어놓고 빙긋 웃었다.

"바보 같은 사람. 당신은 불문의 비구니도 아니건만 애욕을 깨지 못했다고 무슨 죄가 된단 말이오?"

섭이랑은 그 자리에 멍하니 서서 꼼짝도 하지 못하고 눈물만 줄줄 흘릴 뿐이었다.

현자가 호통을 쳤다.

"집행하라!"

어렵사리 곤장 200대의 집행이 모두 끝나고 바닥에는 현자가 흘린 피로 가득했다. 현자는 간신히 진기를 돋우어 심장을 보호했다. 고통으로 인해 혼절하는 상황을 방지하기 위해서였다. 집법승 두 명이 곤장을 세워 들고 현적을 향해 말했다.

"수좌께 아뢰옵니다. 현자 방장에 대한 형 집행이 끝났습니다."

현적이 고개를 끄덕이긴 했지만 무슨 말을 해야 할지를 몰랐다.

현자가 몸부림을 치며 가까스로 몸을 일으켰다.

"나 현자는 불문의 대계를 위배했으니 더 이상 소림사 방장직을 맡을 수가 없소. 오늘부터 방장직은 본사 계율원 수좌인 현적에게 넘기도록 하겠소."

현적이 앞으로 나와 몸을 굽히고 합장을 한 채 눈물을 흘렸다.

"법지를 받들겠습니다."

현자는 섭이랑을 향해 허공에 일지를 찍어 그녀의 혈도를 풀려 했지만 중상을 입은 나머지 진기를 응집시키지 못해 일지가 효과를 발휘하지 못했다.

허죽이 이 상황을 목격하고 황급히 모친에게 달려가 혈도를 풀어줬다. 현자가 두 사람을 향해 손짓하자 섭이랑과 허죽이 그의 곁으로 걸어왔다. 허죽은 그를 아버지라 불러야 할지 방장이라 불러야 할지 몰라 입을 열지 못하고 속으로 머뭇거렸다.

현자가 손을 뻗어내 오른손으로는 섭이랑의 오른팔을 움켜쥐고 왼손으로는 허죽을 잡았다.

"지난 20여 년 동안 난 밤낮으로 그대들 모자 두 사람을 염려해왔소. 난 대계를 범한 몸으로 감히 여러 승려들 앞에서 참회하지 못했으나 오늘 일거에 해탈할 수 있게 됐으니 이제부터 그 어떤 근심과 공포심 없이 안락한 마음을 가지게 됐소."

이 말을 하며 게를 읊었다.

"사람이 세상을 살아가다 보면 욕망과 애정이 생기기 마련이지만, 번뇌는 더욱 고통스러우니 해탈만이 즐거움이니라!"

이 말을 하면서 천천히 눈을 감자 그의 얼굴에는 상서롭고도 평온한 미소가 드러났다. 섭이랑과 허죽 모두 감히 꼼짝도 할 수 없었다.

그가 무슨 말을 더 할지 몰랐기 때문이다. 그러나 그의 손이 점점 차가워지는 느낌이 들었다. 섭이랑이 깜짝 놀라며 손을 뻗어 그의 코 밑에 가져다댔다. 그런데 이미 숨이 끊어진 것이 아닌가? 그녀는 안색이 굳어지며 부르짖었다.

"다… 당신이… 어찌 절 버리고 가신단 말입니까?"

그러고는 돌연 1장 넘게 솟구쳐올랐다가 허공에서 그대로 바닥으로 떨어졌다.

"쿵!"

엄청난 굉음과 함께 그녀는 현자의 발밑에 떨어져 몸을 몇 번 비틀다 이내 꼼짝도 하지 않았다.

허죽이 소리쳤다.

"어머니, 어머니! 어… 어찌… 아… 안 됩니다…."

그는 황급히 손을 뻗어 모친을 부축해 일으켰다. 그녀 가슴에 비수한 자루가 꽂혀 칼자루만 드러나 있는 것으로 보아 이미 숨을 거둔 것 같았다. 허죽은 재빨리 그녀 상처 부위의 사방 혈도를 찍고 다시 진기를 돋우어 현자의 체내에 주입하며 허둥지둥 동시에 두 사람을 살리려 애썼다. 설모화가 재빨리 달려가 도우려 했지만 두 사람의 심장이 이미 멈춰 도울 방법이 없자 허죽을 설득했다.

"사숙, 슬퍼 마십시오. 어르신 두 분은 살릴 수 없습니다."

그러나 허죽은 단념하지 않고 한참 동안 북명진기를 끌어올렸다. 하지만 두 사람은 전혀 움직임이 없었다. 허죽은 슬픔이 복받쳐올라 큰 소리로 울부짖기 시작했다. 20여 년 동안 그는 자신을 부모 없는 고아로만 알고 있어 천륜지락이라고는 조금도 느껴보지 못했다. 오늘

드디어 생부와 생모를 찾았지만 단 한 시진도 되지 않아 두 사람이 나란히 참혹하게 죽는 모습을 받아들이게 된 것이다.

군웅은 허죽의 부친이 뜻밖에도 소림사 방장인 현자란 얘기를 듣고 처음에는 하나같이 계율을 위배한 그를 경멸의 시선으로 지켜보고 있었지만 그가 담담하게 사람들 앞에서 형벌을 받는 모습을 보고 소림사의 청백한 명성을 지키는 행동이라 느꼈다. 이런 대단한 용기는 누구에게나 있는 것이 아니었으니 그가 중형을 받아들이는 것으로 순간의 실수를 씻기에 족하다 생각한 것이다. 그러나 그가 곤장을 모두 맞고 방장직을 물려준 뒤 곧바로 스스로 경맥을 끊어버리리라고는 생각지 못했다. 본래 사람이 죽으면 모든 것이 끝나기 마련이다. 그가 이미 죽기를 결심했다면 음계를 범한 일에 대해 군이 밝힐 필요도 없었고 곤장 200대를 맞는 치욕을 피할 수도 있었지만 그는 과오를 숨기지 않고 일단 굴욕을 참으며 형벌을 받아 소림사의 청백한 명예를 유지한 다음 다시 죽음을 택했으니 실로 영웅호한의 행동이라 하지 않을 수 없었다. 그의 사람됨을 가슴 깊이 존경스럽게 여긴 적지 않은 군웅이 현자의 유체 앞으로 걸어나와 허리를 굽히며 절을 했다.

남해악신이 말했다.

"둘째 누님, 이제 세상을 떴으니 이 악노삼이 누님과 서열을 가지고 다투지 않겠소. 누님이 둘째인 셈 칩시다."

그는 섭이랑 유체 앞으로 걸어와 절을 했다. 지난 몇 년 동안 그는 섭이랑과 서열을 놓고 다툼을 벌여오며 무공에 있어 그녀를 능가해 '천하제이악인天下第二惡人' 자리에 오르고 싶어 했었다. 이제 와서 이렇

게 양보한다는 것은 실로 쉽지 않은 선택이었지만 섭이랑의 죽음에
비통함을 느꼈고 또한 그녀의 의로운 절개에 탄복했기에 가능한 일이
었다.

43

수포로 돌아간 나라 재건의 야심

노승은 두 사람이 내뻗은 장풍에 밀린 나머지 종이 연이 두둥실 떠가듯 수 장이나 앞으로 날아갔다. 하지만 두 손으로는 여전히 시신 두 구를 움켜쥐고 있어 몸뚱이 세 개가 사람의 몸이라고는 볼 수 없을 정도로 가 볍게 떠갔다.

개방 제자들은 원래 신명 난 상태로 야심차게 소림사로 달려왔었다. 예측할 수 없는 방주의 가공할 무공에 의지해 무림의 맹주 자리를 차지한다면 개방은 이제 소림파를 누르고 중원 무림의 우두머리가 될 것이라는 기대 때문이었다. 그런데 장 방주가 처음엔 정춘추를 사부로 모시더니 나중에는 소봉에게 당해 두 다리가 부러져버리자 다들 흥미를 잃고 무안해하고 있었다. 여전히 전임 방주였던 교봉을 추앙하고 있던 제자들만이 암암리에 쾌재를 부를 뿐이었다.

오 장로가 큰 소리로 외쳤다.

"형제들, 우리가 여기 더 있어 뭐 하겠소? 먹다 남은 찬밥이나 빌어먹자는 건 아니지 않소? 어서들 하산합시다!"

개방 제자들은 일제히 큰 소리로 답하고 앞다투어 몸을 돌려 하산했다.

포부동이 돌연 큰 소리로 말했다.

"잠깐, 잠깐! 이 포 모가 개방에 고지할 것이 있소."

진 장로는 과거 무석에서 그와 풍파악을 상대로 싸움을 벌인 적이 있었던 터라 평소에 그자 입에서 좋은 말이 나온 적이 없다는 걸 알고 있었다. 그는 오른발을 바닥에 구르며 매서운 목소리로 말했다.

"포가야, 할 말이 있으면 하고 개방귀 같은 소리면 관둬라!"

포부동은 손으로 코를 꽉 잡고 부르짖었다.

"아유, 냄새! 이보시오, 방귀 잘 뀌는 비렁뱅이 양반! 당신네 개방에 역대표라는 비렁뱅이가 있소?"

진 장로는 그가 역대표를 거론하자 경계를 하며 물었다.

"있으면 어떻고 없으면 또 어떻다는 거요?"

포부동이 말했다.

"난 방귀 잘 뀌는 비렁뱅이한테 물어본 것인데 당신이 대답을 하는 걸 보니 자신이 방귀를 잘 뀐다는 걸 인정하는 건가 보구려?"

진 장로는 개방 내의 대사를 염려하고 있던 참인데 어찌 대사와 무관한 설전을 벌일 여력이 있을 수 있겠는가?

진 장로가 포부동에게 말했다.

"역대표가 어쨌다는 거요? 그는 우리 개방 제자요. 지금 서하에 공무로 파견돼 있는데 귀하가 그의 소식을 알기라도 한단 말이오?"

포부동이 말했다.

"서하국에서 벌어진 대사에 대해 얘기해주려던 참이오. 다만 역대표는 이미 염라대왕께 가 있소!"

진 장로가 말했다.

"그 말이 사실이오? 서하국에 무슨 대사가 벌어졌다는 말이오?"

포부동이 말했다.

"당신이 내 말을 개방귀 뀌는 소리라 욕하니 이제 개방귀는 뀌고 싶지 않소."

진 장로는 흰 수염이 부들부들 떨릴 정도로 화가 치밀어올랐지만 대사가 중하다는 생각에 껄껄대고 웃으며 말했다.

"조금 전에 한 말이 귀하게 거슬렸나 보군요. 노부가 사죄드리겠소."

포부동이 말했다.

"사죄 같은 건 필요 없소. 앞으로 방귀나 많이 뀌고 말은 삼간다면 그걸로 됐소."

진 장로가 어리둥절해하다 속으로 생각했다.

'그게 무슨 말이야?'

당장은 부탁할 것이 있는 데다 의미 없는 분쟁을 일으키고 싶지 않아 빙긋 웃으며 더 이상 아무 말 하지 않았다. 포부동이 대뜸 말했다.

"엇, 냄새! 구리구나, 구려! 정말 예의라고는 없구면!"

"무슨 예의가 없다는 게요?"

"아무 말 없이 입을 열지 않으면 공기가 나갈 곳이 없으니 자연히 새어나갈 곳을 찾아야 하지 않겠소?"

진 장로가 생각했다.

'정말 성가신 친구로구나. 무례한 말을 단 한 마디 했다고 횡설수설하면서 끝까지 물고 늘어지는 거야. 이럴 때는 응수를 안 하는 게 상책이다. 안 그러면 끝까지 이치에 맞지 않는 말만 하고 본론은 얘기하지 않을 것이다.'

그는 다시 빙긋 웃기만 할 뿐 아무 대답도 하지 않았다.

포부동이 고개를 가로저었다.

"아니로소이다, 아니로소이다! 나와 언쟁을 벌이겠다면 그건 당신 잘못이오!"

진 장로가 싱긋 웃으며 말했다.

"재하는 입도 열지 않았는데 어찌 귀하와 언쟁을 벌이겠소?"

포부동이 말했다.

"말없이 방귀만 뀌니까 당연히 입을 열 필요가 없겠지."

진 장로가 눈살을 찌푸리며 말했다.

"농담도 참 잘하시오."

포부동은 그가 맹목적으로 양보하는 걸 보고 자신이 이미 우세를 점했다고 여겼다.

"당신이 입을 열었으니 나와 언쟁을 벌이자는 건 아니라 여기고 말해주도록 하겠소. 반달 전쯤 난 우리 공자와 등 큰형님, 공야 둘째 형님 등 일행을 따라 감량도甘凉道의 한 숲속을 지나다 걸개 무리를 목격하게 됐소. 모두들 바닥에 널브러져서 몸과 머리가 따로 굴러다니는 사람이 있었는가 하면 배가 터져 내장이 흘러나온 사람들도 있어 정말 가엾기 짝이 없었지. 다들 하나같이 등에 포대 자루를 메고 있었는데 세 개부터 여섯 개까지 개수가 아주 다양하더군!"

"필시 폐방의 형제들이었겠군요?"

"그 노형들 무리를 발견했을 때는 이미 죽은 지 한참 된 것으로 보였소. 그때는 말이오, 맹파탕孟婆湯²¹을 마셨는지 아니면 망향대望鄕臺에 올랐는지, 그것도 아니면 십전염왕 중 한 염왕의 대전에서 심판을 받고 있었는지 나도 전혀 알 수가 없었수다! 다들 말도 하지 못하는데 내가 존성대명이 무엇이고, 고향이 어디며, 어느 방파 사람인데 어쩌다 죽었느냐고 물어볼 수는 없는 노릇 아니겠소? 괜스레 입을 열었다가 그 노형들이 귀신으로 변해 나한테 '할 말이 있으면 하고 개방귀는 작작 뀌시오!' 하고 욕을 하기라도 한다면 이 어찌 억울한 일이 아닐 수 있겠소?"

진 장로는 개방의 형제들 다수가 목숨을 잃었다는 소식을 듣고 관심을 가질 수밖에 없었다. 이젠 더 이상 입을 닫고만 있을 수 없었고 그렇다고 말대꾸를 할 수도 없었기에 하는 수 없이 고개만 끄덕였다.

"포 형 말씀이 옳소!"

포부동은 고개를 가로저었다.

"아니로소이다, 아니로소이다! 이 포가는 부화뇌동하는 사람을 가장 경멸하오. 입으로는 '포 형 말씀이 옳소!' 하고 말하면서 속으로는 '빌어먹을 후레자식!' 하고 욕을 할 테니 말이오. 그런 걸 복비腹誹[22]라고 하지. 그건 성수파 제자들 같은 후안무치한 자들이나 하는 행동이오. 모름지기 사내대장부라면 옳은 건 옳고, 그른 건 그르다고 해야 하는 것이오. 남들에게는 각자 견해가 있는 것이고 자신에게도 자신만의 주장이 있을 테니 말이오. 옛말에도 이런 말이 있소. '스스로를 돌이켜 정직하다면 천만인이 앞을 가로막아도 전진해 나아갈 것이다.' 세속에 휩싸이지 않고 남보다 뛰어난 자신만의 길을 가는 것이야말로 진정한 영웅이라 할 수 있는 것이오! 개방의 호한이라면 마땅히 그래야지!"

그는 한바탕 진 장로를 훈계하더니 그제야 다시 말을 이었다.

"그중에 부상을 입고 아직 숨이 끊어지지 않은 한 노형제가 있었소. 당시에는 숨이 남아 있었지만 죽음을 눈앞에 두고 있었지. 우리는 치료를 해주기 위해 노력했지만 이미 가망이 없었소. 그는 자신의 이름이 역대표이고 서하국에서 왔다면서 서하국 국왕의 방문을 꺼내 보이고는 매우 중대한 사안이니 우리더러 귀 방 장로에게 전해달라고 부탁을 했소."

이를 듣던 여 장로가 생각했다.

'진 형제는 저자에게 말실수를 했으니 아무래도 내가 나서는 것이 낫겠다.'

그는 앞으로 다가가 깊이 읍을 했다.

"포 선생께서 의리를 중시해 전갈을 전해주시니 폐방의 모든 제자가 그 은덕을 잊지 않을 것이오."

포부동이 말했다.

"아니로소이다, 아니로소이다! 귀 방의 모든 제자가 내 은덕을 잊지 않을 필요는 없소."

여 장로가 어리둥절해하다 말했다.

"어찌 그런 말씀을 하시는 것이오?"

포부동이 손가락으로 유탄지를 가리켰다.

"귀 방의 방주가 내 호의를 받아들이지 않고 오히려 극도로 증오할 것이오!"

여 장로와 진 장로 두 사람이 일제히 물었다.

"무슨 연고인지 포 선생께서 가르침을 내려주시오."

포부동이 말했다.

"역대표는 죽음을 앞두고 자신들이 귀 방의 장 방주가 보낸 자들한테 떼죽음을 당한 것이라 말했소. 저 장가란 자가 방주가 되는 걸 불복했기 때문에 장가가 사람을 보내 죽인 것이라고 하면서 말이오. 에이, 애처롭도다, 애처로워! 그뿐만 아니라 역대표는 또 오 장로와 여러 장로들에게 부디 신중하게 대비해야 한다고 전해달라 했소."

포부동이 그 말을 내뱉자 개방 제자들 모두 깜짝 놀랐다. 오 장로는 빠른 걸음으로 유탄지 앞으로 걸어가 매서운 목소리로 물었다.

"그 말이 사실이오?"

유탄지는 소봉에게 두 다리가 부러진 뒤로 줄곧 바닥에 앉은 채 꼼짝도 하지 못하고 내력을 돋우어 통증을 가라앉히고 있었다. 그때 갑자기 포부동이 당시의 비밀을 폭로하는 소릴 듣고 당혹스러움을 감추지 못하고 있다가 오 장로가 다가와 매섭게 질문하자 소리쳤다.

"다 전관청의 명에 따라 했을 뿐 나… 나와는 무관한 일이오."

오 장로는 군웅 앞에서 개방 내부의 추악한 모습을 폭로하고 싶지 않아 전관청을 무서운 눈초리로 째려본 후 생각했다.

'방내 문제는 천천히 처리해도 늦지 않다.'

그는 포부동을 향해 물었다.

"역대표 형제가 선생께 전해준 방문을 선생께서 지금 지니고 계신지 모르겠소?"

포부동이 고개를 가로저었다.

"없소!"

여 장로는 안색이 살짝 변했다.

'온종일 그 얘기를 늘어놓고 방문을 내놓지 않겠다니 사람을 희롱하겠다는 처사가 아닌가?'

포부동이 깊이 읍을 했다.

"재하는 긴한 전갈을 전해달라는 역대표의 부탁을 저버릴 수 없어 전한 것뿐이오. 목숨이 우선이니 여러분들께서는 부디 신중하게 대비토록 하시오. 다음에 또 봅시다."

이 말을 하고 몸을 돌리려 하자 오 장로가 다급하게 말했다.

"그 서하국 방문은 어찌 전달을 안 하는 것이오?"

포부동이 말했다.

"이상하구먼! 역대표가 나한테 방문을 넘겼는지 당신이 어찌 안단 말이오? 어찌 '전달'이란 말을 쓸 수가 있소? 그날 직접 목격이라도 했단 말이오?"

여 장로는 억지로 노기를 참아가며 말했다.

"포 형이 조금 전 분명히 말하지 않았소. 폐방의 역대표 형제가 서하국에서 왔고 서하국 국왕의 방문을 꺼내 들고 폐방 장로에게 전해달라 부탁했다고 말이오. 그 말을 여기 있는 수많은 영웅호한이 모두 보고 들었건만 포 형께서는 어찌 갑자기 말을 바꾸는 게요?"

포부동이 고개를 가로저었다.

"아니로소이다, 아니로소이다! 그렇게 말한 적 없소."

그는 여 장로의 안색이 변하는 것을 보고 다시 말했다.

"듣기로는 개방의 여러 장로들 모두 강직한 호한이라 하던데 어찌 감히 천하 영웅호한들 앞에서 사실을 왜곡하고 시비를 뒤섞어버리는지 모르겠소? 이게 여러 장로들이 평생 쌓아온 영웅의 명성을 물거품으로 만드는 일이 아니고 무엇이란 말이오?"

여, 송, 진, 오 네 장로가 서로의 얼굴을 바라보며 일그러진 표정을 지었다. 당장이라도 낯빛을 바꿔 그와 싸워야 할지 아니면 조금 더 참아야만 할지 순간 결정을 내리지 못했던 것이다.

진 장로가 입을 열었다.

"귀하께서 그렇게 말씀하신다면 우리도 어쩔 도리가 없소. 시시비비는 자연히 가려지기 마련이라 입심만 믿고 터무니없는 억지 주장을 해야 아무 소용 없는 일이오."

포부동이 말했다.

"아니로소이다, 아니로소이다! 입심만 믿고 하는 말이 아무 소용 없다면 과거 소진蘇秦[23]이 어찌 입심만 믿고 육국六國의 재상 관인을 찰수 있었으며, 장의張儀는 또 어찌 세 치 혀로 연횡책連橫策[24]을 펼쳐 진秦나라가 육국을 집어삼키도록 도울 수 있었겠소?"

여 장로는 그가 점점 더 쓸데없는 소리만 늘어놓는 것을 보고 씁쓸한 미소를 지었다.

"포 선생께서 만일 전국시대에 태어났다면 이미 소진과 장의를 초월해 칠국 아니라 팔국의 재상 관인을 차고 계셨을 것이오."

포부동이 말했다.

"지금 내가 때를 잘못 타고 태어난 재수 없는 놈이라 비웃는 것이오? 좋소, 이 포가가 앞으로 뜻하지 않은 변고가 생겨 두통에 열이 나고, 허리와 다리가 마비되거나 재채기에 기침을 하면 모든 책임을 당신한테 물을 것이오."

진 장로가 발끈해서 말했다.

"포 형, 도대체 무슨 의도로 그러는지 속 시원하게 말씀해보시오."

포부동이 말했다.

"음, 성격이 꽤 급하시구먼. 진 장로, 그날 무석의 행자림 안에서 당신이 우리 풍 넷째 아우와 무예를 겨루며 쥐고 있던 커다란 포대 자루 안에는 엄청나게 큰 전갈이 들어 있었소. 그 커다란 전갈 꼬리에는 큼지막한 독침이 있어 그 독침이 사람 몸에 찔리면 독 때문에 커다란 수포가 생기고 그 수포는 상대의 목숨을 앗아갈 수도 있는 것이오. 안 그렇소?"

진 장로는 생각했다.

'단 한 마디면 똑똑히 알아들을 것을 굳이 크네 작네 구구절절 늘어놓으며 문제를 키우고 있구나.'

이런 생각을 하고는 곧바로 대답했다.

"그렇소."

포부동이 말했다.

"아주 좋소, 우리 내기 하나 합시다. 내기를 해서 당신이 이기면 내 당장 역대표가 서하국에서 가져온 소식을 당신한테 고하도록 하겠소. 하지만 내가 이기면 그 커다란 포대 자루와 포대 자루 안에 있는 큰 전갈 그리고 전갈 독의 해약이 든 병까지 몽땅 나한테 줘야 하는 거요. 어떻소? 내기하겠소?"

"어떤 내기를 할 거요?"

"귀 방의 여 장로가 나한테 무고한 죄를 뒤집어 씌웠소. 귀 방의 역대표가 서하 국왕의 방문을 꺼내 나더러 귀 방의 장로에게 전해달라고 했다는 말을 내가 했다고 우겼다는 말이오. 솔직히 난 그런 말을 한 적이 절대 없으니 그 말에 대해 내기를 하는 것이오. 만일 내가 그런 말을 한 것이 확실하다면 당신이 이기는 것이고 내가 그 말을 하지 않았다면 내가 이기는 것이오."

진 장로는 여, 송, 오 세 장로를 힐끗 한번 바라봤다. 세 사람이 고개를 끄덕이는데 그 의미는 이런 것이었다.

'여기 있는 수천 명이 모두 증인이니 저자가 어떤 궤변을 늘어놓는다 해도 끝내는 발뺌하지 못할 것이오. 내기에 응하시오!'

진 장로가 말했다.

"좋소, 재하가 응하도록 하겠소. 다만 포 형께서는 승패를 무엇으로 증명할지 모르겠소? 덕망이 높고 중한 공증인 몇 명을 추대해 공평하게 판결토록 하는 것이 어떠하겠소?"

포부동이 고개를 가로저었다.

"아니로소이다, 아니로소이다! 명망이 높고 중한 공증인 몇 명을 추대해 공평하게 판결토록 하자고 말했는데 설사 열 명을 추대한다 칩시다. 그럼 그 열 명을 제외한 나머지 수많은 영웅호한은 덕망이 높고 중하지 않단 말이오? 덕망이 높고 중하지 않다면 그럼 비열하고 저속한 하찮은 자들이라는 뜻이 아니겠소? 그런 식으로 당대의 영웅들을 모욕한다면 당신네 개방은 무례하기 짝이 없다 할 수 있을 것이오."

"포 형께서는 농담도 참 잘하시는구려. 재하는 그런 뜻이 아니었소, 허면 포 형이 보기에 어찌해야 좋겠소?"

"시비곡직은 단 한 마디로 결정될 것이오. 나중에 재하가 상세하게 분석해드리겠소. 가져오시오!"

그는 '가져오시오!'란 말을 내뱉으며 대뜸 손을 쭉 내뻗었다. 진 장로가 의아한 표정으로 말했다.

"뭘 말이오?"

"포대 자루와 전갈, 해약!"

"아직 증명도 하지 않았는데 어찌 포 형이 이긴 것처럼 그러시오?"

"당신이 지고 난 후에 발뺌하고 주지 않을까 봐 그렇소."

진 장로가 껄껄대고 웃었다.

"그런 하찮은 독물 가지고 어찌 그런 말을 하시오? 포 형이 원한다면 당장이라도 드리겠소. 내기를 해서 승부를 따질 필요 뭐 있겠소?"

그는 이 말을 하면서 등에 지고 있던 포대 자루 하나를 내린 다음 품 안에서 도자기 병 하나를 꺼내 그에게 건넸다.

포부동은 전혀 사양도 하지 않고 받아들더니 포대 자루를 열어 안을 들여다봤다. 그는 포대 자루 안에 일고여덟 마리의 얼룩무늬 전갈이 들어 있는 걸 보고 재빨리 포대 자루를 닫으며 말했다.

"이제 내가 증거를 보여주겠소. 어찌해서 내가 이기고 당신이 졌는지 말이오."

그는 이 말을 하면서 한편으로는 장포를 감싼 띠를 풀어 소맷자락을 떨치고 주머니를 들어 몸에 지니고 있는 물건들을 쏟아 자신한테 은자 몇 덩이, 부시와 부싯돌 외에는 아무것도 없다는 걸 보여주었다. 여, 송, 진, 오 네 장로는 여전히 그가 무슨 의도로 그러는지 알지 못하고 황당한 표정을 지을 뿐이었다. 포부동이 말했다.

"둘째 형님, 방문을 들어 이분들한테 보여주시오."

공야건은 줄곧 모용박 부자의 안위를 염려하고 있었지만 소림 군승이 펼친 나한대진을 뚫고 나갈 방법이 없어 속만 태우는 중이었다. 그는 포부동의 말을 듣고 곧바로 방문을 꺼내 손에 들었다. 군웅이 방문을 바라보니 누런 종이 위에 붉은색 인장이 찍혀 있고 깨알 같은 외국 글자가 빼곡히 적혀 있었다. 진위를 분간하기 어렵긴 했지만 모양만 보면 가짜인 것 같지는 않았다.

포부동이 말했다.

"내가 앞서 말했소. 귀 방의 역대표가 저 방문을 우리한테 건네주고 우리한테 귀 방 장로에게 전해달라고 부탁했다고 말이오. 그렇소, 안 그렇소?"

여, 송, 진, 오 네 장로는 그가 갑자기 그 사실을 자인하는 말을 듣고 기뻐하며 말했다.

"그렇소."

포부동이 말했다.

"다만 여 장로는 귀 방의 역대표가 저 방문을 나한테 주면서 귀 방 장로에게 전해달라고 부탁했다고 내가 말한 것처럼 억지를 부렸소. 아니오?"

네 장로가 일제히 답했다.

"그렇소, 그 말이 뭐가 잘못됐다는 것이오?"

포부동이 고개를 가로저었다.

"잘못이지, 잘못이야! 아주 큰 잘못이지. 그거야말로 동문서답이 아니고 무엇이겠소? 털끝만 한 차이가 천 리를 틀어지게 만든다는 말도 있소! 난 '우리'라고 말했지만 여 장로는 '나'라고 말했소. 무릇 '우리'라 함은 우리 고소모용씨 무리를 포괄적으로 말한 것이니 그 안에는 모용 공자도 계시고 등 큰형님과 공야 둘째 형님, 풍 넷째 아우, 나 포삼 그리고 왕 낭자도 포함되어 있는 것이오. '나'라 함은 '아니로소이다, 아니로소이다!'를 외치고 다니는 외톨이자 홀아비인 이 포부동을 가리키는 것이오. 모든 영웅께서는 보시오. 왕 낭자는 화용월태를 지닌 아름답기 이를 데 없는 대갓집 규수인데 나처럼 추하기 짝이 없는 포부동 포 노삼과 어찌 한데 섞어 논할 수 있단 말이오?"

여, 송, 진, 오 네 장로는 어리둥절해하며 서로의 얼굴만 쳐다볼 뿐이었다. 그가 글자 하나하나를 따져가며 '나'와 '우리'란 단어의 차이를 들어 문제를 삼을 것이라고는 상상도 하지 못했기 때문이다.

포부동이 다시 말했다.

"저 방문은 역대표가 우리 공야 둘째 형님한테 건네준 것이오. 내가 귀 방에 소식을 전한 것은 모용 공자께서 결정한 것이니 내가 '우리'라고 말하는 것이 옳은 것 아니겠소? 만일 내가 '나'라고 한다면 그건 진상과는 부합되지 않는 것이라 할 수 있소. 재하는 서하문자도 알아먹지 못하는데 저 방문을 가져 뭐에다 쓰겠소? 재하가 무석성 밖에서 귀 방과 싸움을 벌여 크게 혼쭐이 난 적이 있었소. 그렇다고 귀 방에 복수를 하러 오진 않을지언정 이 전갈을 전하지 않을 수는 없었소. 어찌 됐건 결론부터 말하자면 서하의 방문을 받고 귀 방에 전갈을 전하는 것은 모두 '우리' 고소모용씨 일행이지 '나' 포부동 혼자가 아니라는 것이오!"

그는 고개를 돌려 공야건을 향해 말했다.

"둘째 형님, 저들이 졌으니 방문은 다시 넣어두시오."

송 장로가 생각했다.

'네가 이리저리 에둘러 말하는 것을 보니 그날 무석성 밖의 일전에서 패한 치욕을 아직까지 잊지 못하는 게로구나.'

진 장로가 공수를 했다.

"과거 포 형께서 적수공권으로 60근짜리 강철 지팡이를 손에 쥔 폐방의 송 장로와 싸움을 벌여 우세를 점했다는 건 잘 알고 있소. 폐방에서 포 형을 당해내지 못하자 그 '타… 타…' 무슨 진법을 펼쳤지만 역시나 포 형을 어찌하지 못하지 않았소? 그 후 당시 폐방의 방주였던 교봉이 멀쩡한 기운으로 싸움에 나서게 됐고 뛰어난 무공으로 당대에 명성을 떨치던 교봉이 포 형과 한동안 격투를 펼친 후에야 가까스로 포 형에게 반 초 정도 이겼을 뿐이오. 당시에 포 형이 거리낌 없이 소리 높여 노래를 부르며 표연히 떠나자 싸움은 싸움대로 고명했던 데다 떠날 때는 또 대범하게 떠나는 포 형의 모습을 보고 폐방의 모든 제자가 사후에 흥미진진하게 그때 일을 얘기하며 탄복해했소. 한데 포 형께선 어찌 폐방에 혼쭐이 났다고 겸손하게 말할 수가 있으시오? 절대 그렇지 않소, 절대 그렇지 않아! 더구나 교봉은 이제 폐방과 아무 연고도 없고 심지어 우리의 공적이 됐다고 할 수 있소."

그는 포부동이 두서없이 이런저런 말을 하는 의도가 마지막 한마디에 있다는 걸 모르고 있었다. 이미 과거 무석의 행자림 안에서 패한 치욕 때문이 아니며 또한 '할 말이 있으면 하고 개방귀 같은 소리면 관둬라!'라고 한 그의 한마디 말 때문은 더더욱 아니었다. 포부동은 당장 그가 한 말의 허점을 틈타 치고 들어갔다.

"그렇다면 더 이상 좋을 수가 없지. 진 장로께서 귀 방 형제들을 인솔해 우리의 공적으로 여기고 있는 교봉을 사로잡으러 가도록 합시다. 그럼 우리가 좋은 친구란 점을 감안해 방문을 두 손으로 공손하게 바칠 것 아니겠소? 노형께서 방문에 적힌 기괴한 문자들을 해석하지 못한다면 우리 공야 둘째 형님이 최대한 인정을 베풀어 처음부터 끝까지 있는 대로 명확하게 해석해줄 것이오. 어떻소?"

진 장로는 여, 송, 오 세 장로의 얼굴을 바라보며 순간 결정을 내리지 못했다. 갑자기 누군가 큰 소리로 외쳤다.

"응당 그래야지 뭘 더 의심하는 것이오?"

사람들은 일제히 소리가 나는 곳을 바라봤다. 그 말을 한 사람은 십방수재十方秀才 전관청이었다. 이때 그는 구대 장로의 위치에 올라 있었다. 그가 말했다.

"요나라는 우리 대송의 철천지원수요. 소봉의 아버지 소원산은 소림사에 수년을 잠복해 있으면서 소림파 무학 비급을 모두 입수했다고 자처하고 있소. 오늘 모두가 힘을 합쳐 놈을 제거하지 않는다면 요나라로 돌아간 이후 중원 무림의 상승무공을 널리 전파할 것이오. 그리된다면 거란인들은 호랑이에 날개를 단 격이 되어 그들이 다시 대송을 침략할 때 우리 염황炎黃[25]의 자손들은 하나같이 망국노가 되고 말 것이오."

군웅은 그 말에 일리가 있다고 느꼈다. 그러나 현자는 이미 원적에 들었고 장취현마저 다리가 부러져 중원 무림의 양대 지주인 소림파와 개방 모두 우두머리가 없는 오합지졸이 됐으니 대국을 주재할 사람이 없었다.

전관청이 다시 말했다.

"소림사 현적대사께 청해 개방의 여 장로가 공동으로 호령을 내린다면 모든 이가 그 명에 따를 것이오. 우선 소원산과 소봉 부자를 없애 우리 대송의 우환거리를 제거합시다. 나머지 사후 조치는 천천히 신중하게 상의해도 늦지 않을 것이오."

그는 유탄지가 지위와 명예를 잃어 방내에서 기댈 사람을 잃은 데다 역대표 등을 암살한 사실이 누설되자 심히 당황스럽고 두려운 마음에 재빨리 또 다른 풍파를 일으켜 죄를 전가하고 위기에서 벗어나려는 계책을 펼친 것이다.

군웅이 앞다투어 외쳐댔다.

"극히 지당하신 말씀이오. 현적대사와 여 장로께서 명을 내려주시오!"

43. 수포로 돌아간 나라 재건의 야심

"그건 천하의 안위와 관계된 일이니 두 선배님들께서 적극적으로 발 벗고 나서야 합니다."

"모두들 두 분의 호령에 따라 두 오랑캐의 개를 박살냅시다."

'챙그랑, 챙, 철컥!'

삽시간에 수많은 사람이 무기를 꺼내 들었다. 그중 일부는 당장 거란 무사 열여덟 명을 향해 공격해나가려 했다.

여 파파가 소리쳤다.

"거란 형제들은 이리 오시오. 얘기 좀 나눕시다!"

거란 무사 열여덟 명은 여 파파가 어떤 의도로 그 말을 하는지 몰라 다가가지 않고 각자 손에 쥔 칼을 치켜들었다. 그들은 중과부적이라는 걸 알면서도 어깨를 나란히 한 채 결사 항전을 벌이겠다는 자세를 취했다. 여 파파가 소리쳤다.

"우리 영취 8부가 열여덟 명의 친구들을 보호할 것이오."

8부의 여러 여인들이 앞으로 달려나가 거란 무사 열여덟 명 앞을 막아서자 동주들과 도주들이 옆에서 날개 쪽을 지켰다. 성수파 제자들은 새 주인 앞에서 공을 세워야겠다는 마음에 황급히 깃발을 흔들고 고함을 질러대며 도왔다. 이러자 그 기세는 대단히 드높아졌다.

여 파파가 허리를 굽혀 허죽을 향해 말했다.

"주인님, 여기 이 거란 무사 열여덟 명은 주인님 의형의 수하들입니다. 이들이 주인님 앞에서 적들에게 난도질당해 목숨을 잃게 된다면 영취궁의 위풍이 크게 손상되고 말 것입니다. 저희가 잠시 돌보다 주인님의 처분에 맡기도록 하겠습니다."

허죽은 부모를 잃은 상실감에 아무 생각도 떠오르지 않아 고개를 끄덕이다 큰 소리로 말했다.

"우리 영취궁과 소림파는 적이 아닌 친구이니 서로 감정을 상하게 하거나 싸우고 죽이는 일이 없도록 하십시오."

현적은 영취궁의 드높은 기세를 보고 엄청난 강적이라 여겼다가 허죽이 그리 말하자 대뜸 허죽을 향해 물었다.

"거란 무사 열여덟 명이 죽고 안 죽고는 대국과 무관하니 허죽 선생 체면을 봐서라도 잠시 덮어두도록 하겠소. 허죽 선생, 우리가 소봉을 사로잡아 죽이겠다면 어느 쪽을 도울 것이오?"

허죽이 머뭇거리다 말했다.

"소림파는 제가 몸을 담았던 곳이고 소봉은 제 의형입니다. 한쪽은 제게 은혜를 베푼 곳이고 한쪽은 제가 의리를 지켜야 할 곳입니다. 저… 저… 전 양쪽 다 도울 수가 없습니다. 다만… 다만… 사숙조, 부디 우리 소 대형은 놓아주십시오. 제가 대송을 공격하지 않도록 설득하겠습니다."

현적이 생각했다.

'넌 고강한 무공을 지닌 일파의 주인이라는 점이 무색하게 말하는 건 세 살 먹은 어린애 같구나.'

이런 생각을 하다 허죽을 향해 말했다.

"허죽 선생께선 더 이상 사숙조란 호칭을 입에 담지 마시오."

"네, 네! 깜빡했습니다."

"영취궁에서 양쪽 다 돕지 못하겠다면 소림파와 귀 파는 적이 아니라 친구이니 쌍방 모두 서로 감정을 상하게 하거나 싸우고 죽이는 일이 없도록 합시다."

현적은 고개를 돌려 개방의 여 장로를 향해 말했다.

"여 장로, 우리 모두 폐사에 모여 동정을 살펴보는 것이 어떻겠소?"

여 장로가 고개를 끄덕였다.

"그거 좋소! 개방 형제들! 모두 소림사로 갑시다."

곧바로 소림승이 앞장을 서고 개방과 중원 군웅이 일제히 함성을 지르며 산 위로 올라갔다.

등백천이 기뻐하며 말했다.

"셋째 아우, 정말 대단하구먼. '개방귀 뀌는 소리'란 말 한마디를 구실로 주공과 공자를 위해 이 많은 조력자를 끌어들였으니 말이네."

포부동이 말했다.

"아니로소이다, 아니로소이다! 시간을 이렇게 오래 끌었으니 주공과 공자께 화인지 복인지 모르겠고 지금 승부가 어찌 됐는지도 모르겠소."

왕어언이 다그쳤다.

"'아니로소이다, 아니로소이다!'는 이제 그만두시고 어서 가기나 해요!"

이 말을 하면서 황급히 걸음을 옮기다 단예가 옆에서 따라오는 모습을 보고 물었다.

"단 공자, 또 의형을 도와 우리 사촌 오라버니를 힘들게 하려는 건가요?"

그 말 속에는 불만으로 가득한 의미가 담겨 있었다. 조금 전 모용복이 검으로 자결을 하려다 하마터면 목숨을 잃을 뻔한 것은 모두 단예와 소봉 두 사람 손에 패해 그 수모와 분노를 감당하지 못했기 때문이었다. 왕어언은 이 일을 염두에 두고 단예에게 암암리에 화를 낸 것이다.

단예가 깜짝 놀라 발걸음을 멈추었다. 그가 왕어언을 알게 된 이래 그녀가 원하는 건 뭐든 했고 그녀를 위해 물불을 안 가리고 달려들기만 했을 뿐 자신의 생사 따위는 전혀 돌보지 않았지만 여태껏 그녀가 자신에게 이토록 곱지 않은 시선을 보낸 적은 없었다. 그는 순간 놀랍고도 당황한 나머지 어찌할 바를 몰라 마음이 심란했다. 한참 후에야 나직하게 입을 열었다.

"나… 난 모용 공자를 힘들게 할 생각이 절대 없었소. 다만 그가 날 죽이려 해서 그런 것이오. 가만히 앉아 날 죽이도록 놔둘 수는 없지 않겠소?"

그가 고개를 들었을 때 옆에는 군웅이 앞다투어 내달려가는 모습만 보일 뿐 왕어언과 등백천 등은 이미 어디로 갔는지 알 수 없었다.

그는 다시 멍하니 서 있다 생각했다.

'왕 낭자가 날 의심스럽게 바라본다면 내가 굳이 가서 박대를 받을 필요 뭐 있겠는가?'

그러나 곧바로 생각을 바꿨다.

'이 수많은 사람이 벌 떼처럼 달려가 큰형님 일행을 에워싸고 공격하려 하니 상황이 흉험하기 짝이 없다. 허죽 둘째 형이 이미 양쪽 다 돕지 못한다고 말을 했으니 내가 전력을 기울여 돕지 않는다면 결의 형제가 무슨 의미가 있단 말인가? 설사 왕 낭자가 언짢아한다 해도 그것까지 돌볼 겨를은 없지.'

그는 당장 군호를 따라 산 위로 올라갔다.

그때 단정순은 냉랭한 눈빛으로 자신을 쏘아보고 있는 단연경을 보고 검자루를 손에 쥔 채 기를 돋우어 그에 맞설 채비를 했다. 대리의 호위들 역시 모두 정신을 집중해 경계를 하느라 황급히 달려가는 단예는 미처 염두에 두지 못했다.

단예는 소림사 앞에 당도하자마자 산문 안으로 뛰어들어갔다. 소림사 부지는 무척이나 넓어서 앞에 불전이 있고 뒤쪽에는 객사가 있었지만 건물이 몇 칸이나 되는지 알 수가 없었다. 승려들 무리와 중원 군호가 각 전당 안을 이리저리 호통치며 오가면서 소원산 부자와 모용박 부자의 소재를 찾고 있었고, 적지 않은 승려가 지붕 위로 올라가 높은 곳에서 주변을 살펴보고 있었다. 그 때문에 사방이 소란스러워 난장판이었다. 사람들은 각 건물을 가로질러 객사에 난입해 정신없이 오가면서 서로 하나같이 이런 질문을 했다.

"어디 있지? 혹시 보지 못했소?"

장엄한 고찰인 소림사가 삽시간에 난잡한 저잣거리처럼 변해버리고 만 것이다.

단예는 이리저리 걸어다니다 사람들 무리를 피할 생각에 점점 후미진 곳으로 들어가 절 옆의 한 숲속에 이르렀다. 앞에 숲을 가로지르는 청석이 깔린 오솔길이 보이자 별다른 생각 없이 오솔길을 따라 서북쪽 방향으로 걸어갔다. 모퉁이를 몇 번 돌아가니 돌연 눈앞이 탁 트이고 졸졸 흐르는 물소리가 들려오며 계곡 옆에 우뚝 서 있는 누각이 하나 보였다. 누각 위에 '장경각'이란 세 글자가 적힌 편액이 걸려 있는 모습을 본 단예가 곰곰이 생각했다.

'소림사 장경각은 천하에 그 이름이 널리 알려진 곳인데 이제 보니 이런 곳에 있었구나. 그래! 이 누각을 물가에 짓고 다른 객사와 멀리 떨어뜨려놓은 이유는 절에 불이 나서 진귀하기 이를 데 없는 경전들이 불에 타는 걸 막기 위해서였을 것이다.'

단예가 소봉을 찾아가려는 순간 갑자기 지긋한 나이로 보이는 목소리가 누각 안의 높은 곳에서 들려왔다.

"그들이 어느 쪽으로 갔는지 보았느냐?"

다름 아닌 현적 목소리였다. 또 다른 사람이 말했다.

"저희는 여기서 사방을 지키고 있었는데 그 회의승이 난입해 저희 혼수혈을 찍었고 사백께서 저희를 구해주셨을 때는 이미 어디론가 가버리고 없었습니다."

나이가 들어 보이는 또 다른 목소리가 들렸다.

"이쪽 창문이 부서진 걸로 보아 뒷산으로 간 것 같습니다."

현적이 말했다.

"틀림없어."

그 노승이 말했다.

"하지만 그들이 장경각 안의 경서를 훔쳐갔는지는 알 수가 없습니다."

현적이 말했다.

"그 두 사람이 본사 근처에 수년을 잠복해 있었지만 우리 소림사 승려들은 모두 무지몽매하여 전혀 알아차리지 못했으니 무능하다 할 수 있네. 그들이 경서를 훔쳐가려 했다면 지난 수년간 언제든 훔쳐갈 수 있었을 텐데 굳이 오늘까지 기다릴 필요가 있었겠나?"

그 노승이 말했다.

"사형 말씀이 옳습니다."

두 승려가 일제히 긴 한숨을 내쉬었다.

그들이 하는 말이 소림사 입장에선 체면이 구겨지는 일이었기에 단예는 더 이상 엿들어서는 안 되겠다고 생각했다. 사실 현적 등 승려들의 목소리는 극히 작았지만 단예는 내력이 심후했던 덕에 들을 수 있었다. 단예는 천천히 걸음을 옮기며 곰곰이 생각했다.

'큰형님이 뒷산으로 갔다고 했으니 그쪽으로 가봐야겠다.'

소실산은 지세가 험준해서 나무들이 빽빽이 들어선 숲길은 가파르기 짝이 없었다. 단예가 수 마장을 걸어가자 산 밑 절 안의 시끌벅적한 소리는 더 이상 들리지 않았다. 적막하고 텅 빈 산속에 새들만 지저귀고 있을 뿐이었다. 더구나 숲속은 햇볕이 들지 않아 한기가 옷깃 안으로 스며들었다. 단예는 생각했다.

'큰형님 부자가 이곳에 왔다면 빠져나가기가 매우 용이했겠구나. 군웅이 둘러싸기 힘들 테니 말이야.'

이렇게 안도의 한숨을 내쉬다 불현듯 원망으로 가득했던 왕어언의 표정이 떠올라 가슴이 철렁 내려앉았다.

'큰형님이 모용 공자를 때려죽였다면 그… 그때는 어찌해야 하지? 모용 공자가 죽는다면 왕 낭자는 크게 상심해서 평생 우울한 나날을 보내면서 살 텐데….'

이런 생각만 할 뿐 모용 공자가 죽는다면 자신이 왕 낭자를 맞아들일 기회가 더 많아진다는 생각은 전혀 하지 못했다.

그는 어찌할 바를 모른 채 발길 닿는 대로 숲길을 천천히 걸어갔다. 문득 모용복이 떠올랐다. 또 잠시 소봉을 생각하다 또 아버지와 어머니, 백부님을 떠올렸다. 그러나 가장 많이 생각나는 사람은 결국 왕어언이었다. 그것도 조금 전 원망스럽고도 분노에 찬 그녀의 표정이 떠올랐다.

이런저런 허튼 생각을 얼마나 했을까? 갑자기 왼쪽 편에서 불어오는 바람을 따라 염불 외는 목소리가 들려왔다.

"마음이 곧 부처이고, 부처가 곧 마음이니라. 마음이 밝아지면 부처를 알게 되고 부처를 알면 마음이 맑아진다. 마음을 떠나서는 부처가 아니며 부처를 떠나서는 마음이 아닌 것이다."

그 목소리는 무척이나 상서롭고 웅후했는데 여태껏 들어본 적이 없는 목소리였다. 단예는 속으로 생각했다.

'이곳에도 화상이 있었구나. 저 화상한테 큰형님을 봤는지 물어봐도 되겠다.'

그는 즉각 소리가 나는 쪽으로 걸어갔다.

한 대나무 숲을 돌아나가자 돌연 숲속의 한 평평한 잔디밭 위에 적지 않은 사람이 모여 있었고 낡은 청포를 입은 한 승려가 바위에 등을 지고 앉아 있었다. 경전을 외는 소리는 바로 그 사람 입에서 나오고 있었는데 그 앞에는 많은 사람이 앉아 있었다. 그중에는 소원산과 소봉 부자, 모용박과 모용복 부자가 있었고 또한 외지 사찰에서 온 고승 몇 명과 소림사의 수많은 현 자 항렬 고승들이 하나같이 바닥에 앉아 합장을 하고 고개를 숙인 채 공손한 모습으로 불법을 듣고 있었다. 그곳에서 4~5장 밖에 또 다른 한 사람이 서 있었는데 다름 아닌 토번국 국사 구마지였다. 조소의 빛을 띤 얼굴을 하고 있는 것으로 보아 뭔가 많이 못마땅해하는 눈치였다.

단예는 불교국 출신으로 어려서부터 고승을 따라 불법을 연구했던 터라 불경의 의미에 대해 깊은 깨달음이 있었다. 다만 대리국 불법의 일부는 남방에서 전해져온 것이라 소승부파小乘部派 불법에 속해 있었고 또 다른 일부 대승불법은 토번국에서 전해져온 밀종에 속했기 때문에 소림사의 선종 일파와는 큰 차이가 있었다. 그 노승이 외는 게송은 극히 간단한 듯하면서도 당연한 진리였다. 그는 곰곰이 생각했다.

'저 고승의 복장으로 봐서는 소림사 승려 중 직사職司가 아주 낮아 차를 끓이거나 청소 같은 허드렛일을 하는 사람으로 보이는데 어찌 소림사 고승과 큰형님 같은 분들이 저 사람 불법을 듣고 있는 거지?'

그는 그 고승이 어떤 용모를 지녔으며 어떤 인물인지 보고 싶어 천천히 돌아나갔다. 그러나 그 승려를 정면으로 보려면 사람들이 앉아 있는 뒤쪽으로 가야만 했다. 그는 감히 다른 사람들을 놀라게 할 수 없어 발소리가 나지 않게 멀찌감치 돌아 몸을 비스듬히 세운 채 종종걸음으로 나아갔다. 그러나 공교롭게도 그가 다가간 곳은 구마지가 서 있던 곳이었다. 그때 갑자기 구마지가 돌아나오며 그를 향해 빙긋 미소를 지어 보였다. 단예 역시 미소로 응대했다.

느닷없이 매섭기 이를 데 없는 한 줄기 강풍이 가슴을 향해 날아들어왔다. 단예는 순간 비명을 질렀다.

"아이쿠!"

그는 재빨리 육맥신검을 펼쳐 상대 공격을 막으려 했지만 이미 때는 늦은 뒤였다. 가슴팍에 통증이 느껴지며 어렴풋이 누군가 염불을 외는 소리가 들릴 따름이었다.

"아미타불!"

그때 그는 이미 의식을 잃은 뒤였다.

모용박은 현자 방장에게 자신의 진면목을 드러내고 과거 유언비어를 전해 안문관 관외의 참사를 일으킨 사람이 자신이라고 밝혔다. 그러나 이로 인해 소씨 부자가 자신에게 복수를 하려 할 것이며 중원 호걸들 역시 이를 용납하지 않으리란 걸 잘 알고 있어 곧바로 몸을 날려 소림사 안으로 뛰어들어갔다. 소림사 안에는 건물이 워낙 많았지만 소림사 내 지리에 익숙해 있던 그였기에 어디에 숨어 있건 간에 소씨 부자가 찾아내기는 쉽지 않을 것이라 생각했다. 그러나 상대에게 뼈에 사무치는 원한을 품고 있던 소원산과 소봉 두 사람은 그를 그림자처럼 추적해왔다. 소원산은 그와 나이가 비슷했고 공력 역시 막상막하였던 터라 약간 먼저 내달린 모용박을 따라잡기가 버거웠지만 소봉은 장년의 나이로 공력과 정력에 있어 절정에 이른 시기였기 때문에 소원산과는 달랐다. 그는 힘껏 내달려 뒤쫓아가다 모용박이 소림사 산문 입구에 당도했을 때 수 장 밖에서 일장을 후려쳤다. 그러자 그의 장력이 모용박의 등 위에까지 미칠 수 있었다.

모용박은 반격의 일장을 펼쳐 막아냈지만 온몸에 진동이 느껴지며 팔이 저려오자 깜짝 놀라지 않을 수 없었다.

'저 거란의 개자식이 보통 공력을 지닌 게 아니로구나.'

그는 곧 몸을 틀어 산문 안으로 진입했지만 소봉은 그를 놓칠 만큼 호락호락한 사람이 아니었다. 그는 산문 안으로 진입하는 모용박 뒤를 재빨리 쫓아갔다. 그러나 모용박은 이미 도처에 회랑과 전당이 있는 절 안으로 들어간 뒤였다. 소봉의 장력이 아무리 강하다 해도 그에 미칠 수는 없었다. 세 사람이 한 명은 앞에, 둘은 뒤에서 쫓고 쫓기다 순식간에 장경각 안으로 들어가게 되었다.

모용박은 창문을 뚫고 들어가 단번에 장경각을 지키던 승려 네 명의 혼수혈을 찍은 뒤 몸을 돌려 냉소를 머금으며 말했다.

"소원산, 너희 부자 둘이 같이 덤비겠느냐? 아니면 우리 늙은이 둘이 단타독투로 필사의 일전을 펼쳐볼 테냐?"

소원산은 장경각 문을 막아선 채 말했다.

"아들아, 창문 입구를 막고 아무도 들어오지 못하게 해라."

소봉이 말했다.

"네!"

그는 창문 옆으로 몸을 날려 가슴 앞에 팔짱을 끼고 섰다. 이리되자 부자 두 사람이 그를 에워싼 모양이 돼버려 모용박은 이제 벗어나기 힘들어 보였다. 소원산이 말했다.

"우리 두 사람 사이의 깊은 원한은 죽음이 아니고서는 풀 수 없을 것이오. 과거 세 차례에 걸친 무예 대결에서는 적당한 선에서 공격을 멈추고 인정을 베풀었지만 오늘은 당신의 진면목을 알았고 또한 당신 무공 실력이 크게 진보했으니 우리 부자가 합심해서 당신 목숨을 취할 것이오."

모용박이 껄껄대고 웃으며 대답하려는 순간 갑자기 계단 위로 발소리가 들리며 누군가가 올라오는데 다름 아닌 구마지였다. 그는 모용박에게 합장으로 예를 올린 후 말했다.

"모용 선생, 전에 선생과 헤어진 이후 선생이 서쪽으로 떠났다는 소식을 듣고 소승은 통한을 금치 못했소. 이제 보니 선생께서 은거를 한 데는 다른 의도가 있었구려. 오늘 이렇게 다시 만나게 되어 소승은 기쁘기 한량없소이다."

모용박이 포권으로 답례를 하고는 껄껄 웃었다.

"재하는 대연 재건의 대업을 위해 잠시 죽음을 가장했던 것이오. 대사께 심려를 끼쳐드렸으니 실로 부끄럽기 짝이 없소."

구마지가 말했다.

"천만의 말씀이외다. 과거 선생과의 뜻하지 않은 만남으로 함께 무검을 논하고 선생께 수일간 가르침을 받은 덕분에 평생 지녀왔던 의구심을 일거에 해소할 수 있었소. 더구나 선생께서 소림사 72절기 요지를 선사해주신 부분에 대해서는 더더욱 마음 깊이 새겨두고 있지요."

모용박이 웃으며 말했다.

"그런 사소한 일은 거론할 가치도 없소."

그는 다시 소씨 부자를 향해 말했다.

"소 노협, 소 대협 여기 이 구마지 신승께서는 토번국의 대륜명왕이시오. 불법이 심연하고 무공에 있어 재하를 훨씬 능가해 당대에 대적할 자가 없다고 할 수 있소."

소원산과 소봉은 서로의 눈을 마주보며 생각했다.

'저 이방인 승려가 모용박보다 강하지는 않겠지만 필시 무공이 뛰어날 것이다. 저자가 모용박과 저토록 연원이 깊다면 당연히 도우려 할 테니 이번 승부는 예측하기 어렵겠구나.'

구마지가 말했다.

"과찬이시오. 당시에 소승이 선생께서 검법에 대해 언급하시면서 대리국 천룡사의 육맥신검이 천하의 어떤 검법보다 최고라고 하신 말씀을 듣고 직접 보지 못해 평생 한으로 삼고 있었지요. 소승은 선생의 부고를 듣고 대리 천룡사로 달려가 《육맥신검검보》를 구한 뒤 선생의 묘소 앞에 태워 지기에 대한 보답을 하고자 했소이다. 뜻밖에도 천룡사의 고영이란 노승이 간교하기가 이를 데 없어 결정적인 순간에 내력을 써서 검보를 태워버렸소. 소승은 늘 신의를 중히 여겨왔지만 선생의 원을 풀어드리지 못한 것 같아 매우 유감스러울 따름이외다."

모용박이 말했다.

"대사께서 그런 염원을 품고 계셨다는 것 자체만으로도 재하는 이미 감사해 마지않소. 하물며 단씨의 육맥신검은 아직까지도 세상에 존재하지 않소? 조금 전 대리 단 공자와 우식이 대결을 벌일 때 검기가 거침없이 휘날리는 모습을 보셨을 것이오. 천하제일검이란 명성은 과연 명불허전이었소."

바로 그때 인영이 번뜩이더니 장경각 안에 한 명이 더 들어왔는데 다름 아닌 모용복이었다. 그는 몇 걸음 뒤처진 탓에 소림사에 도착하자마자 부친과 소봉 부자의 종적을 놓쳐버리고 말았다. 잠시 후 장경각에 있다는 사실을 알긴 했지만 구마지보다 늦게 도착할 수밖에 없었다. 그는 마침 단예가 육맥신검으로 자신을 물리친 부친의 얘기를 듣고 굴욕감을 느끼지 않을 수 없었다.

모용박이 말을 이었다.

"여기 소씨 부자가 날 죽여야 직성이 풀리겠다고 하는데 대사께서는 어찌 생각하시오?"

구마지가 답했다.

"다년간 선생과 분에 넘치게 지교를 맺고 있는 제 입장에서 어찌 수수방관할 수 있겠소이까?"

소봉은 모용복이 당도하면서 상대 숫자가 한 명 더 늘어난 것을 보고 모용복의 실력이 조금 떨어지긴 해도 절대 과소평가할 수 없다는 생각이 들었다. 잘못하다간 모용박을 없애기는커녕 자신과 부친 두 사람이 오히려 장경각에 뼈를 묻게 될지도 모를 상황에 이른 것이다. 그러나 그는 담력과 용기가 충만한 호걸이 아니던가? 지금 이 순간을 역경에 처했다 여기지 않고 오히려 큰 소리로 호통을 쳤다.

"오늘 문제는 생사를 결론짓기 전까지 절대 포기할 수 없다. 받아라!"

그의 일장이 강렬한 파공성을 일으키며 모용박을 신속하게 후려쳐 갔다. 모용박이 왼손을 재빨리 떨치며 공력을 응집시켜 그의 장력을 무력화시켰다.

우지끈 소리가 울려퍼지며 왼쪽에 있던 서가의 나무 파편들이 어지럽게 날아올라 산산조각 나버리고 서가에 놓여 있던 경서들이 와르르 무너져 내렸다. 모용박이 소봉의 일장을 떨쳐내려 했지만 워낙 웅후한 경력을 지닌 그의 장력을 완전히 무력화시키지는 못하고 장력의 방향만 바꿔 서가에 적중시켰던 것이다.

모용박이 빙그레 웃었다.

"남모용, 북교봉! 과연 명불허전이로다! 소 형, 할 말이 있는데 들어 보시겠소?"

소원산이 말했다.

"당신이 그 어떤 감언이설을 늘어놓는다 해도 내 아내를 죽인 피맺힌 원한은 갚지 않을 수 없소."

모용박이 말했다.

"날 죽여 원수를 갚고 싶겠지만 현 상황으로 봐서는 가능할 것 같지가 않소. 우리 세 사람과 당신네 부자 둘이 대결한다면 어느 쪽에 승산이 있다 보시오?"

소원산이 말했다.

"당연히 승산은 그쪽에 있겠지. 대장부가 중과부적을 어찌 두려워
하겠소?"

모용박이 말했다.

"소씨 부자의 위대한 명성은 당대 최고라 할 수 있으니 평생 누구를
두려워하겠소? 허나 두려워하건 두려워하지 않건 간에 오늘 나를 죽
이는 건 쉽지 않을 것이오. 내가 거래를 하나 제안하겠소. 내가 그대들
에게 복수의 원을 들어주는 대신 부자 두 사람은 내가 제시하는 조건
에 응낙해야만 하오."

소원산과 소봉 모두 의아한 생각이 들었다.

'저 노적이 무슨 흉계를 꾸미는지 모르겠군.'

모용박이 말을 이었다.

"부자 둘이 내 제안에 응낙하기만 한다면 날 죽여 복수를 해도 좋소.
재하가 절대 저항하지 않고 순순히 죽음을 맞이할 것이오. 구마 사형
과 복아 역시 절대 돕지 않을 것이오."

그가 이런 말을 내뱉자 소원산 부자는 물론 구마지와 모용복마저
경악을 금치 못했다.

모용복이 소리쳤다.

"아버지, 우리가 수적으로 우세한데…."

구마지 역시 입을 열었다.

"모용 선생, 어찌 그런 말을 하시는 거요? 소승의 숨이 붙어 있는 한
절대 선생께 손가락 하나 대지 못하게 할 것이오."

모용박이 말했다.

"재하가 대사처럼 의리 있는 분을 벗으로 사귀게 됐으니 죽어도 여한이 없소. 소 형, 재하가 하나만 가르침을 받겠소. 과거 재하가 거짓 전갈로 큰 화를 자초하는 도리에 어긋난 행동을 한 의도가 무엇인지 소 형은 알고 계시오?"

노기가 복받쳐오른 소원산이 손가락질을 하며 욕을 해댔다.

"본디 온갖 악행을 저지르며 남의 재앙을 즐기는 비열한 소인배이거늘 달리 무슨 의도가 있을 수 있단 말이냐?"

그는 앞으로 한 걸음 내디디며 휙 하고 일권을 가격해 들어갔다.

구마지가 옆에서 번개처럼 튀어나와 쌍장으로 그의 주먹을 막았다. 권풍과 장력이 서로 충돌하면서 그 기세가 위로 세차게 튀어올라 지붕 위의 먼지가 샤샤삭 떨어졌다. 권풍과 장력 교환으로 우열을 가리지 못하자 두 사람은 속으로 서로를 탄복했다.

이때 모용박이 나서서 말했다.

"소 형께선 잠시 노기를 가라앉히고 재하 말을 끝까지 들어주시오. 소 형은 저 멀리 북쪽 나라에만 있었으니 우리 두 사람은 서로를 알 수가 없고 그 어떤 원한도 없는 것이 당연한 이치요. 허나 소림사의 현자 방장 같은 경우는 재하가 수년간 교분을 맺은 사이요. 내가 전력을 기울여 갖은 도발을 일으키고 쌍방이 양패구상하도록 싸우게 만든 데는 중대한 연유가 있소."

소원산은 두 눈에서 불을 내뿜는 듯 쩨려보며 호통을 쳤다.

"연유라니? 어서 말해봐라!"

모용박이 말했다.

"소 형, 그대는 거란인이며 구마지 명왕은 토번국 사람이오. 중원의 무인들은 모두 당신들을 번방이적番邦夷狄[26]이라고 말할 뿐 화하 민족으로 여기지 않소. 영랑은 개방의 방주로서 지모와 무공을 겸비한 실력을 세상에 떨쳐 그야말로 개방 내에서는 고금을 통틀어 보기 드문 영웅호걸이라 할 수 있지요. 허나 개방 제자들은 그가 거란 오랑캐라는 사실을 알자마자 안면을 바꾸고 용서하려 하지 않았소. 그를 방주로 인정하지 않았을 뿐만 아니라 당장이라도 죽여버리려 했으니 말이오. 소 형, 그 사건이 공정하다 보시오?"

소원산이 말했다.

"송과 요 양국은 대대로 깊은 원한이 쌓여 있어 쟁투를 벌인 지가 이미 100여 년이 지났소. 변경 지역의 송나라인과 요나라인들이 서로를 보기만 하면 죽이는 건 늘 있는 일이오. 개방 사람들은 이미 내 아들이 거란인이라는 걸 알았는데 어찌 원수를 주인으로 떠받들 수 있겠소? 그 문제는 인지상정이라 달리 공정하지 않을 것도 없소."

그는 잠시 뜸을 들이다 다시 말했다.

"현자 방장과 왕검통 등이 내 아내와 수하를 죽인 건 의도했던 바가 아니었지만 설사 그런 마음을 품고 있었다 해도 그건 송요 간의 분쟁으로 인한 것이니 이상할 것이 없소. 다만 당신이 흉계를 꾸며 해친 사실에 대해서는 절대 용서할 수가 없는 것이오."

모용박이 말했다.

"소 형 의견에 따르면 양국이 서로 쟁투를 벌이며 싸우고 죽이는 건 적을 제압하고 공적을 세우려는 것일 뿐 인의나 도덕 따위는 고려할 바가 아니라는 얘기시오?"

소원산이 말했다.

"싸움에서 속임수도 마다하지 않는 건 자고로 그래왔던 일이오. 그런 아무 상관 없는 얘기를 어찌 하는 것이오?"

모용박이 빙긋 웃으며 말했다.

"소 형, 나 모용박을 어느 나라 사람으로 알고 계시오?"

소원산이 잠시 어리둥절해하다 말했다.

"당신네 고소모용씨야 당연히 남조 한인이 아니오? 설마 타국에서 오기라도 했단 말이오?"

해박한 지식을 지닌 현자 방장은 앞서 자결하려던 모용복을 설득하던 당시 모용박의 말을 듣고 출신 내력을 짐작하고 있었지만 소원산은 과거 역사에 대해 아는 바가 없어 그 안에 얽힌 사연을 알아차릴 수 없었다.

모용박이 고개를 가로저었다.

"소 형이 잘못 짚으셨소."

그는 고개를 돌려 모용복을 향해 물었다.

"아들아, 우리가 어느 나라 사람이더냐?"

모용복이 말했다.

"우리 모용씨는 선비족입니다. 과거 대연국의 위세는 하삭에 떨쳐 금수강산을 이루었지만 애석하게도 적들의 간악한 술수에 나라가 전복되고 말았지요."

모용박이 말했다.

"이 아비가 너에게 지어준 이름에 '복復' 자를 쓴 것이 어떤 의미더냐?"

모용복이 답했다.

"역대 조종의 유훈을 절대 잊지 말고 대연 재건으로 강산을 회복해야 한다는 의미로 이 아들에게 지어주신 겁니다."

모용박이 말했다.

"대연국의 전국옥새傳國玉璽[27]를 꺼내 소 노협께 보여드려라."

모용복이 답했다.

"네!"

그는 등에 짊어진 보따리를 풀어 흑옥으로 조각된 각진 인장 하나를 꺼냈다. 옥인玉印에는 생동감 넘치는 표범 문양이 새겨져 있었는데 모용복이 옥인을 뒤집자 인문印文[28]이 드러났다. 구마지는 인장에 새겨져 있는 '대연황제지보大燕皇帝之寶'라는 여섯 글자를 알아봤지만 소씨 부자는 전문篆文[29]을 읽을 줄 몰랐다. 옥새가 매우 정교하게 조각되어 있고 모서리 상단이 파손된 것으로 보아 제법 연륜이 쌓이고 수많은 재난을 거친 것 같았다. 진위를 파악할 수는 없었지만 평범해 보이지 않았고 새로 만든 것은 더더욱 아니란 것을 한눈에 알아볼 수 있었다.

모용박이 다시 말했다.

"대연 황제의 세계표世系表를 꺼내 소 노협께 보여드리도록 해라."

모용복이 답했다.

"네!"

대답과 함께 옥새를 보따리 안에 집어넣은 다음 다시 기름천 보자기를 하나 꺼내 풀어헤쳤다. 그리고 그 안에서 누런 비단천 하나를 털어 두 손으로 들어올렸다.

소원산 등이 바라보니 누런 비단천에 붉은색 글씨로 두 종류의 문자가 적혀 있었다. 오른쪽 위에는 구불구불한 모양의 알 수 없는 글씨가 있었는데 무슨 외국 문자로 보였고 왼쪽 위 최상단에 한자로 이런 글이 적혀 있었다.

'태조太祖 문명제文明帝 휘황諱皝' 그 밑으로는 '열조烈祖 경소제景昭帝 휘준諱儁' 그 밑에는 '유제幽帝 휘위諱暐'라고 적혀 있었고 또 다른 줄에는 이런 글이 적혀 있었다.

'세조世祖 무성제武成帝 휘수諱垂' 그 밑에는 '열종烈宗 혜민제惠愍帝 휘보諱寶' 그 밑에는 '개봉공開封公 휘상諱詳', '조왕趙王 휘린諱麟', 비단천 뒤쪽에는 또 이런 글들이 적혀 있었다.

'중종中宗 소무제昭武帝 휘성諱盛' '소문제昭文帝 휘희諱熙'

이들은 모두 황제의 명휘로 일부 획이 빠져 있는 부분도 보였다. 태상太上[30] 6년, 남연南燕의 모용초慕容超가 나라를 잃고 난 이후 세계는 모두 서민이었고 더 이상 제왕이나 공후가 아니었다. 워낙 오래전 일이고 그 후에는 자손이 번창했던 터라 소원산과 소봉, 구마지 세 사람도 순간 자세히 살펴보려 하지 않았다. 그러나 세계표의 마지막 인물이 '모용복'이고 그 위가 바로 '모용박'으로 적혀 있는 것이 보였다.

구마지가 말했다.

"이제 보니 모용 선생께선 대연의 왕손이셨군요. 이것 참 실례가 많았소이다!"

모용박이 탄식을 했다.

"망국의 유민이 목숨을 보전하고 있는 것만으로도 불행 중 다행인 것이오. 다만 역대 조종의 유훈들은 하나같이 나라의 재건을 당부하고 있소. 이 모용박이 무능해 강호에서 반평생을 떠돌았지만 시종 이룬 것은 아무것도 없소. 소 형, 우리 선비족 모용씨가 조국의 수복을 도모하는 것이 응당 해야 할 일이라 생각지 않으시오?"

소원산이 말했다.

"성공하면 왕이 되는 것이고 실패하면 도적이 되는 법이오. 군웅이 중원을 쟁탈하고자 하는 건 당연한 일인데 해야 하고 말고가 어디 있다는 말이오?"

모용박이 말했다.

"옳은 말씀이오! 내가 하고 싶은 말이 바로 그것이었소. 모용씨가 대연을 재건하기 위해서는 기회를 노려야만 하오. 우리 모용씨는 숫자가 적어 세력이 미약한데 나라를 재건하는 일이 어찌 그리 쉽다 할 수 있겠소? 유일한 기회가 있다면 천하 대란이 일어나 도처에 전쟁이 끊이지 않는 것 하나뿐이오."

소원산이 매서운 목소리로 소리쳤다.

"그렇다면 헛소문을 날조해 시비를 건 목적이 송요 간의 분규로 전쟁을 일으키게 만들려는 거였소?"

모용박이 말했다.

"바로 그거요. 송요 간에 다시 전쟁이 일어난다면 대연은 그 틈을 타서 움직일 수가 있을 테니 말이오. 과거 진晉나라 시대에 '팔왕지난八王之亂'이 일어나 사마씨가 골육상잔의 비극을 만들어내는 동안 우리 오호가 중원 땅을 할거할 수 있지 않았소? 오늘날의 형세 역시 그때와 같다고 할 수 있소."

구마지가 고개를 끄덕였다.

"그렇소이다! 만일 송나라 조정에 외환과 더불어 내란마저 일어나게 된다면 모용 선생이 품고 있는 나라 재건의 대업도 가능성이 있을 뿐만 아니라 우리 토번국 역시 일부를 나눠 가질 수 있을 것이오."

소원산이 냉랭하게 비웃으며 두 사람을 향해 눈을 흘겼다.

모용박이 말했다.

"영랑은 지금 요나라의 남원대왕 자리에 있어 병부를 쥐고 남경에 주둔하고 있으니 만일 군사를 이끌고 남하해 남조의 황하 이북 영토를 점령하는 혁혁한 공을 세운다면 나아가서는 왕이 되어 자립할 수도 있을 것이며 적어도 장기간 부귀를 누리게 될 것이오. 그때 여세를 몰아 중원의 군호를 개미 짓밟듯 모조리 섬멸해버린다면 과거 개방에서 축출당한 수모를 단번에 털어버릴 수 있지 않겠소?"

소원산이 말했다.

"우리 아들이 당신을 위해 전력을 쏟아붓고 그 틈에 당신은 어부지리를 얻어 연국 재건의 야심을 이루겠다는 것이오?"

모용박이 말했다.

"그렇소. 그즈음 우리 모용씨가 기치를 내세워 산동으로 출병하고 요나라와 협력하는 동시에 토번과 서하, 대리 삼국이 함께 일어난다면 우리 5개국이 대송을 분할하는 건 그리 어려운 일이 아닐 것이오. 우리 연국은 대요의 땅을 일촌도 취하지 않을 것이며 나라를 세우더라도 응당 송나라만 취할 것이오. 이는 대요 입장에서도 큰 이득이 되는 것인데 소 형께서는 어찌 기꺼이 나서려 하지 않는 것이오?"

그는 여기까지 말하고 갑자기 오른손을 뒤로 젖혔다. 그러자 그의 손에는 이미 눈이 부실 정도로 번뜩이는 비수 한 자루가 쥐어져 있었다. 그는 손을 휘둘러 앞에 있던 탁자에 비수를 꽂으며 말했다.

"소 형 부자가 재하의 제안을 받아들이겠다고만 하면 당장 재하의 목숨을 취해 부인을 위한 복수를 해도 재하는 저항하지 않겠소."

이 말을 하면서 찌익 하고 옷자락을 찢어 가슴팍 살갗을 드러냈다.

그의 이 말은 소씨 부자도 예상치 못한 것이었다. 그가 우세를 점한 상황에서 뜻밖에도 손을 놓고 죽음을 맞이하겠다고 하니 순간 어찌 대답을 해야 할지 몰랐다.

구마지가 말했다.

"모용 선생, 이런 옛말이 있소. '우리와 동류가 아니라면 그 마음은 다를 것이다.' 하물며 군국대사라면 간교한 속임수가 있을 수 있소. 모용 선생이 기꺼이 죽음을 택한다 해도 소씨 부자가 사후에 선생 말대로 행하지 않는다면 선생… 선생의 죽음은 가치 없는 죽음으로 남을 것 아니겠소?"

모용박이 말했다.

"소 노협은 수십 년을 은거해 있으면서 속세에 종적을 드러낸 적이 없었지만 소 대협의 영웅적 명성은 천하가 다 알고 있고 한번 내뱉은 말을 천금처럼 여기는 사람인데 어찌 스스로 후회할 일을 만들겠소? 더구나 아무 연고도 없는 소녀를 위해 기꺼이 위험을 무릅쓰고 홀로 취현장에 들어가 치료를 청한 사람이오. 한데 어찌 이런 늙은이를 베어 죽이고 한 약조를 저버릴 수 있단 말이오? 이 일은 재하가 이미 오래전부터 꾀했기에 이번이 천재일우의 기회라는 걸 잘 알고 있소. 이 늙은이는 이제 생이 얼마 남지 않았소. 이 하찮은 목숨으로 대대로 걸쳐내려온 유업과 맞바꿀 수 있다는데 그런 거래를 어찌 마다할 수 있단 말이오?"

그는 얼굴에 미소를 띠고 소봉을 응시하며 속히 손을 써주기만을 기다렸다.

소원산이 말했다.

"아들아, 이자가 하는 말이 거짓 같지는 않구나. 어찌 생각하느냐?"

소봉이 말했다.

"안 됩니다!"

그는 갑자기 일장을 휘둘러 나무 탁자를 향해 내리쳤다. 나무 탁자는 산산조각 나고 탁자에 꽂혀 있던 비수도 바닥에 떨어졌다. 그는 의연한 목소리로 외쳤다.

"어머니를 죽인 원한을 어찌 거래 대상으로 삼을 수 있단 말입니까? 원한은 갚을 수 있다면 갚는 것이고 갚지 못한다면 여기서 우리 부자가 죽어버리면 그뿐입니다. 그런 더러운 거래를 어찌 우리 소씨 부자가 할 수 있겠습니까?"

모용박이 앙천대소하며 큰 소리로 말했다.

"평소 소봉 소 대협은 지모가 당대에 으뜸이고 식견 또한 비범하다는 소문을 들었건만 오늘 보니 대의를 이해하지 못하고 헛된 의기만 내세우는 범부에 불과한 것 같소."

소봉은 그가 자신을 말로 흥분시키려는 계략임을 알고 냉랭하게 말했다.

"나 소봉을 영웅호걸이라 해도 좋고 범부에 불과하다 해도 좋소. 어쨌든 당신 올가미에 걸려들어 당신 손에 놀아나는 살인마가 될 수는 없소."

모용박이 말했다.

"군주의 녹을 먹는 사람이라면 군주를 위해 충성을 해야 하는 것이 도리요. 그대는 요국의 대신이거늘 오로지 부모의 사사로운 원한만을 염두에 두고 진충보국盡忠報國할 생각은 하지 않으니 앞으로 요나라 조정을 어찌 대하려 그러는 것이오?"

소봉은 한 걸음 앞으로 걸어가 당당하게 말했다.

"변경 주변에서 송과 요가 서로를 죽고 죽이는 참상을 본 적 있으시오? 송나라와 요나라 양쪽 백성들이 가족을 잃고 가옥들마저 쑥대밭이 되는 정경을 본 적 있느냔 말이오! 송 요 양국은 수년 동안 가까스로 휴전을 지속하는 상황이요. 만일 전쟁이 다시 일어난다면 거란의 철기가 송나라를 침략할 텐데 그때가 되면 얼마나 많은 송나라인이 참혹한 죽임을 당하고 얼마나 많은 요나라인이 비명에 목숨을 잃을지 알고나 계시오?"

그는 여기까지 말하다 얼마 전 안문관 관외에서 송나라 병사들과 요나라 병사들이 서로 타초곡을 하는 잔혹한 참상이 떠올라 목소리가 점점 커져갔다.

"전란은 그 자체가 두려운 것이거늘 누가 이긴다고 어찌 말할 수 있겠소? 대송은 병력 수에 있어서는 물론 식량 또한 풍부해 장수 한두 명이 군사를 인솔해 싸움에 나선다면 요나라와 토번이 손을 잡아도 절대 승리할 수가 없소. 우리더러 피가 흘러 바다를 이루고 시체와 뼈로 산더미가 되도록 사람들을 죽여 당신네 모용씨가 연국을 재건할 수 있는 기회를 만들어달라고? 내가 대요에 진충보국을 해야 한다면 그 의도는 백성의 안위와 영토 보전에 있는 것일 뿐, 나 개인의 부귀영화나 원한에 대한 설욕을 위해 사람을 죽이고 영토를 취하는 공적을 쌓는 데 있는 것이 아니란 말이오."

소원산은 젊은 시절 송요의 휴전 맹약을 준수하는 데 온 힘을 기울였던 터라 아들의 그 말을 듣자 연신 고개를 끄덕이며 동조했다.

갑자기 창문 밖에서 한 노인의 목소리가 들려왔다.

"선재로다, 선재로다! 소 거사는 과연 후덕한 인의의 마음을 지니셨소. 이렇듯 천하 백성을 생각하다니 정말 보살의 마음씨라 할 수 있겠소이다."

다섯 사람이 이 말을 듣고 깜짝 놀랐다. 창문 밖에 누군가 와 있는 걸 어찌 몰랐단 말인가? 더구나 그 사람 말투를 들어보니 창문 밖에 와 있은 지 이미 오래인 것으로 보였다. 모용복이 호통을 쳤다.

"누구냐?"

상대가 대답도 하기 전에 일장을 휘두르자 콰쾅 하고 장창 두 짝이 빠져 누각 밑으로 날아가 떨어져 버렸다.

그때 창문 밖 회랑에 한 청포를 입은 깡마른 승려 하나가 빗자루를 들고 구부정한 자세로 바닥을 쓸고 있었다. 나이가 꽤 있어 보이는 그 승려는 듬성듬성 하얗게 센 긴 수염에 행동이 느릿느릿한 데다 기력이 없어 무공을 지닌 사람은 아닌 것 같았다.

모용복이 다시 물었다.

"거기서 얼마나 오래 숨어 있었지?"

노승은 천천히 고개를 들어 답했다.

"시주께서는 소승이 여… 여기서 얼마나… 숨어 있었나 물어보셨소?"

다섯 사람이 일제히 그를 응시했다. 그는 흐리멍덩한 눈빛에 무표정한 얼굴이었지만 말하는 목소리로 볼 때 조금 전 소봉을 칭찬하던

자가 틀림없었다.

모용복이 말했다.

"그렇다, 거기서 얼마나 숨어 있었느냐고 물었다."

노승은 손가락을 꼽아 계산을 하다 한참 후에야 고개를 가로저으며 겸연쩍은 표정으로 말했다.

"기… 기억이 잘 나지 않소. 42년인지 아니면 43년인지 말이오. 저소 노거사가 처음 경서를 보러 온 그날 밤, 나… 난 이미 온 지 10여 년이 됐을 때였으니 말이오. 나중… 나중에 모용 노거사도 왔지. 에이, 이 사람 저 사람이 왔다 갔다 하면서 장경각의 경서를 엉망진창으로 뒤집어놨지 뭐요. 그게 뭣 때문인지 모르겠소."

소원산이 깜짝 놀랐다. 자신이 소림사에 와서 경서를 훔쳐 무공을 연마했다는 사실은 전 소림사 승려들 중에서 아는 사람이 하나도 없었건만 저 노승이 그걸 어찌 알고 있단 말인가? 그는 필시 조금 전 자신들이 하는 말을 밖에서 듣고 허튼소리를 하는 것이라 여겼다.

"여태껏 내가 왜 한 번도 본 적이 없는 것이오?"

노승이 말했다.

"거사는 무학 전적에만 온정신을 쏟아붓고 다른 일에는 신경도 쓰지 않으셨으니 노승을 보지 못한 게 당연하지요. 거사가 여기 처음 온 날 밤 장경각에서 빌려본 비급이 《무상겁지보》였던 것으로 기억하오. 에이! 그날 밤부터 거사는 마도에 빠지게 됐으니 정말 애석하기 짝이 없소이다!"

소원산은 그보다 더 놀랄 수 없었다. 자신이 첫날 밤 장경각에 숨어들어와 《무상겁지보》를 찾아낸 다음 그게 소림파 72절기 중 하나인 것을 알고 그 당시 얼마나 기뻐했던가? 그 일은 자신 외에 그 누구도 아는 사람이 없다고 알고 있었는데 그렇다면 저 노승이 그 당시 옆에서 직접 목격을 했다는 말이 아닌가? 그는 일순간 말이 제대로 나오지 않았다.

"아니, 다… 당신이…."

노승이 다시 말했다.

"거사가 두 번째로 빌려본 비급은 《선용·맹권법善勇猛拳法》이었소. 당시 노승은 속으로 깊이 탄식하지 않을 수 없었소. 거사가 그때부터 마도에 점점 더 깊이 빠져들게 됐다는 걸 알았으니 말이오. 난 안 되겠다 싶어 거사가 평소 서책을 가져가는 곳에 《법화경》과 《잡아함경雜阿含經》한 권씩을 가져다놓았소. 거사가 그걸 빌려가 읽어 깨달음을 얻기 바랐던 것이오. 허나 거사가 무학에 미혹된 나머지 정종 불법들을 안중에도 두지 않을 줄은 몰랐소. 경서 두 권을 한쪽에다 밀어놓고 《복마장법》을 찾자 크게 기뻐하며 들고 가버렸으니 말이오. 에이, 고해에 빠져들면 언제 다시 빠져나올지 모르는 일이거늘…."

소원산은 그의 입에서 나오는 말이 30년 전 어느 깊은 밤에 장경각에서 자신이 했던 행동과 조금도 다르지 않자 점점 놀라움에서 두려움으로, 두려움에서 공포로 바뀌어가며 등에서 식은땀이 줄줄 흘러내리고 심장이 멎는 듯했다.

노승은 천천히 고개를 돌려 모용박을 바라봤다. 모용박은 그가 흐리멍덩한 눈빛을 한 채 사물을 똑바로 쳐다보지 못하는 것처럼 보였지만 오히려 자신이 가슴속에 숨겨놓았던 비밀들을 정확히 읽어내는 듯한 느낌이 들자 자기도 모르게 머리카락이 곤두서고 몸 둘 바를 몰랐다. 노승이 한숨을 몰아쉬며 말했다.

"모용 거사는 선비족 사람이지만 이미 수 대에 걸쳐 강남에 거주해 왔기에 노승도 처음에는 거사가 필시 남조의 문학적 매력과 풍치에 젖어 있을 것이라 짐작했소. 한데 장경각에 들어와 우리 조사의 미언과 법어, 역대 고승들의 어록과 깨달음에 관한 서책들은 모두 한쪽에 밀어두고 《염화지법》을 골라, 마치 보물을 얻은 양 기뻐하리라고는 생각지도 못했소. 고사에도 진주 상자만 사고 진주를 되돌려준 안목 없는 사람이 있어 장구한 세월 동안 웃음거리가 됐다는 얘기가 있소. 두 거사께서는 당대의 고인이건만 그런 우매한 짓을 저질렀던 것이오."

모용박은 속으로 깜짝 놀랐다. 자신이 처음 장경각에 들어가서 본 무공 비급은 《염화지법》이 틀림없었다. 당시에 사주 경계를 철저히 했기에 장경각 안팎에는 그 누구도 없었건만 이 노승이 어찌 직접 목격했다는 것일까?

노승이 말을 이었다.

"거사의 심지는 소 거사에 비해 훨씬 더 탐욕스러웠소. 소 거사가 연마한 것은 소림파가 현재 보유하고 있는 무공을 어찌 극복할 것인가에 불과했지만 모용 거사는 본사의 72절기를 모두 망라해 부본까지 기록해놓았소. 아마 지난 몇 년 동안 거사는 전력을 다해 72절기를 융회관통融會貫通[31]하고자 했을 테니 이미 영랑에게 전수했을지도 모르겠소."

여기까지 말하고 모용복을 향해 시선을 돌려 힐끗 한번 쳐다본 뒤 곧 고개를 가로젓고는 이어서 구마지를 바라보고 나서야 고개를 끄덕였다.

"그렇군! 영랑은 나이가 아직 어리고 공력이 부족하여 소림 72절기를 연마할 방법이 없자 토번국 고승에게 전수해주셨구려. 대륜명왕, 틀렸소. 완전히 틀렸어. 소림 72절기를 관통하고 싶었겠지만 순서가 뒤바뀌는 바람에 조만간 큰 화를 입게 될 것이오."

구마지는 장경각에 들어온 적이 없어 그 노승에 대해 경외심이라고는 전혀 없었기에 냉랭한 목소리로 물었다.

"순서가 뒤바뀌어 조만간 화를 입는다니 그게 무슨 말이오? 겁을 주려고 과장된 말씀을 하시는 거 아니오?"

노승이 말했다.

"그런 의도는 전혀 없소이다. 본 파의 무공은 달마노조께 전수받은 것이오. 불문 제자들이 무예를 배우는 것은 신체를 단련해 불법을 수호하고 마魔를 굴복시키고자 하는 데 있소. 따라서 그 어떤 무공을 연마하건 간에 마음속에 자비와 인선仁善을 염두에 두어야만 하며 만일 불학을 기초로 하지 않는다면 무공 수련 시 자신을 해치게 되는 것이오. 무공 수련을 깊이 하면 할수록 스스로 입는 상처 또한 깊어지게 되는 것이란 말이오. 연마하는 것이 권각법이나 무기나 암기를 쓰는 외문 무공에 불과하다면 그건 자신에 대한 위해가 미미하기에 강건한 몸을 지니고 있기만 하다면 스스로 버텨낼 수는 있지요."

별안간 누각 밑에서 말소리가 들려왔다. 곧이어 계단 위로 턱, 턱, 턱 하고 몇 번의 가벼운 발걸음 소리가 들리며 일고여덟 명의 승려가 누각 위로 올라왔다. 앞장선 사람은 소림파의 두 현 자 항렬 고승인 현인과 현생이었고 이어서 신산, 신음, 도청, 관심 등 외부에서 온 고승들, 그 뒤로는 다시 현 자 항렬의 현구, 현정 두 화상이었다. 모든 승려는 소원산 부자와 모용박 부자, 구마지 다섯 사람이 장경각 안에서 생소한 얼굴의 한 노승 말을 경청하고 있는 모습을 보자 의아함을 감추지 못했다. 이 승려들은 모두 깊은 수양을 한 고명한 지사들이었던 터라 올라오자마자 방해가 되지 않도록 한쪽에 서서 그 노승 말에 귀를 기울였다.

노승은 승려 일행이 온 걸 봤지만 아랑곳하지 않고 말을 이었다.

"허나 염화지나 다라엽지, 반야장 같은 본 파의 상승무공을 연마한 이후 매일같이 자비로운 불법으로 조화롭게 해소시키지 않는다면 포악한 기운이 오장육부로 깊이 침투하고 말 것이며 깊이 침투하면 할수록 그 어떤 외부의 독보다 백배는 더 무섭게 변할 것이오. 대륜명왕은 우리 불문 제자로서 불법을 깊이 연구했기에 이미 암송을 하고 있을 테니 그 이치를 분석하는 데는 당대에 비할 자가 없을 것이오. 다만 자비를 베풀고 중생을 구제하겠다는 관념이 존재하지 않는다면 전적에 정통하고 해석에 문제가 없다고 해도 상승무공들을 연마할 때 포함된 포악한 기운만은 절대 해소하지 못할 것이오."

군승은 단 몇 마디만 들었을 뿐이지만 노승의 말에 오묘한 이치가 함축되어 선인들이 이르지 못한 도리가 있다고 느껴지자 그에게서 알 수 없는 위엄을 느꼈다. 그중 몇 명이 합장하며 찬사를 보냈다.

"아미타불, 선재로다, 선재로다!"

노승이 계속해서 말을 이었다.

"우리 소림사는 건립된 지 수백 년이 됐지만 고금을 통틀어 오로지 달마조사 한 분만이 모든 절기를 겸비했을 뿐 그 후에는 그 어떤 고승도 통달을 할 수 없었소. 이유가 뭔지 아시오? 72절기 전적은 줄곧 이 장경각 안에 있었지만 소림파 문하 제자들의 열람을 금지해왔기 때문이오. 명왕께선 그 이유가 어디에 있다고 여기시오?"

구마지가 발끈하며 답했다.

"그건 보찰 내부 문제인데 외부인이 어찌 알겠소?"

현인과 현생, 현구, 현정 모두 같은 생각을 했다.

'저 노승은 옷차림으로 보아 본사에서 허드렛일을 하는 복사승服事僧 같은데 어찌 저토록 견식이 높을 수 있단 말인가?'

복사승은 비록 소림사 승려이긴 해도 체도만 할 뿐 스승을 섬기거나 무공을 전수받고 선정을 수련하지도 않으며 '현, 혜, 허, 공' 같은 항렬을 부여받지도 않았다. 이들은 경전을 외고 예불을 드리는 일 외에는 불을 지피거나 밭을 갈고, 청소와 주방 일, 토목 일 같은 거친 일에 종사했다. 소림사 승려가 아무리 많아도 현인 등은 모두 사내의 최고위 고승들이라 그 승려를 모르는 것도 그리 희귀한 일은 아니었다. 그러나 그의 고아한 말투와 탁월한 식견을 보고 속으로 의아하게 생각하지 않을 수 없었던 것이다.

그 노승이 말을 이었다.

"본사의 72절기 각 항의 수법들은 모두 사람의 급소를 해치고 목숨을 취할 수 있는 매섭고 악랄한 무공이라 조화를 중시해야만 하오. 그때문에 각 항의 절기들은 반드시 그에 상응하는 자비로운 불법으로 해소를 시켜야만 하오. 이 도리는 본사의 승려들조차 모두 알고 있는 것이 아니오. 한 사람이 무공을 연마할 때는 연마를 하면 할수록 고강해지게 되고 선리의 깨달음에 있어서는 자연히 장애를 받게 되어 있소. 우리 소림파에서는 이를 '무학장武學障'이라 하는데 다른 종파의

'지견장知見障'이란 이치와 같은 의미요. 불법이 세상을 구제하는 데 있다면 무공은 살생을 하는 데 있어 양자가 서로 상반되기 때문에 서로 억제를 해야 한다는 점을 알아야 하오. 불법이 높아질수록 자비심은 왕성해지기에 무공 절기도 비로소 더 많이 연마할 수 있지만 그런 경지에 이르기까지 연마를 한 고승이라 해서 그 모든 무시무시한 살인 요결을 더 많이 배울 가치가 있다고 여기지는 않소."

도청대사가 고개를 끄덕였다.

"노사부의 그 말을 들으니 소승이 문득 깨우치는 바가 있소이다."

군승이 일제히 합장을 하며 말했다.

"부디 더 많은 불법을 설파해주시오."

구마지가 곰곰이 생각했다.

'소림사 72절기를 모용 선생에게 도둑맞아 외부에 누설되었다면 이곳 소림사 군승은 달갑게 생각하지 않아야 옳은 것 아니던가? 한데 그건 전혀 아랑곳하지 않고 이런 노승을 보내 사람을 현혹시키고 있지 않은가? 이제 보니 외부인이 감히 소림 내부의 무공을 연마하지 못하게 만들려는 속셈이로구나. 흐흐, 나 구마지가 그리 쉽게 속아넘어갈 줄 아느냐?'

노승이 말을 이었다.

"본사 내부에도 불법 수련은 부족하지만 억지로 상승무공을 더 많이 배우려 한 사람이 있었소. 그러나 그는 연마를 지속하다가 주화입마에 들어 치유할 수 없는 내상을 입게 됐소. 본사의 현징玄澄 대사는 비범하기 이를 데 없는 무학을 연마해 모든 선배 고승마저 200년 만에 최고의 무공을 지닌 사람이 나타났다고 인정했소. 그러나 하룻밤 사이에 갑자기 근맥이 절단되고 폐인이 된 것은 모두 그 이유 때문이었소."

현인과 현생 두 사람이 동시에 무릎을 꿇고 말했다.

"대사, 현징 사형을 구할 방법이 없겠습니까?"

노승이 고개를 가로저었다.

"너무 늦었소이다. 구할 방법이 없소. 과거 현징대사가 장경각에 와서 무학 전적을 골랐을 때 노납이 세 차례나 일깨워줬지만 시종 미혹에 빠져 그 이치를 깨닫지 못했소. 지금은 이미 근맥이 부러진 상태인데 어찌 다시 이을 수 있겠소? 오온개공이라 하지 않았소? 육신에 상처를 입게 되면 그때부터 무공 연마를 할 수 없으니 열심히 불법을 수련하면 그로부터 깨달음을 얻어 오히려 전화위복이 될 것이오. 두 분 대사의 견해는 현징대사에 이르지 못한다 할 수 있소이다."

현인과 현생이 일제히 답했다.

"네, 가르침에 감사드립니다."

"피육, 피육, 피육!"

돌연 세 번의 가벼운 소리가 들려왔다. 그러나 소리는 났지만 아무 이상이 없었다. 현인 등은 그게 본문의 무상겁지 무공이라는 것을 알고 일제히 구마지를 쳐다봤다. 그러나 그는 안색이 변한 채 얼굴에 억지 미소를 띠고 있었다.

사실 구마지는 그의 말을 들으면 들을수록 승복할 수 없다는 생각을 하고 있었다.

'소림파 72절기를 모두 배울 수 없다고 했지만 난 이미 거의 다 배

우지 않았나? 어찌 근맥이 부러지고 폐인이 된다는 말인가?'

그는 두 손을 옷소매 안에 넣고 암암리에 무상겁지를 펼쳐내 쥐도 새도 모르게 그 노승을 향해 튕겨냈다. 그러나 지력이 그 노승의 몸 앞에서 3척 되는 지점에 이르렀을 때 마치 부드럽지만 딱딱하기 이를 데 없는 한 겹 보호벽에 부딪힌 것처럼 피육, 피육, 피육 몇 번의 소리와 함께 흔적도 없이 사라져버리고 다시 튕겨나오지도 않았다. 구마지가 깜짝 놀라 생각했다.

'저 노승이 과연 괴상한 수작을 부리는구나. 괜한 허풍을 떠는 게 아니었어.'

노승은 마치 아무 일도 없는 듯 말했다.

"두 분께서는 일어나시오. 노납은 소림사에서 여러 대사들의 심부름을 받드는 사람인데 두 분께서 이렇듯 대례를 하시면 어찌 감당할 수 있겠소이까?"

현인과 현생은 한 가닥 부드러운 힘이 겨드랑이 밑을 가볍게 부축하는 느낌이 들어 자기도 모르게 몸을 일으킬 수밖에 없었다. 그러나 그 노승이 손을 뻗거나 소매를 떨치는 모습은 볼 수 없어 경이롭다는 생각이 그치질 않았다. 이렇게 숨겨진 신공을 운용해 마음만으로 힘을 미치게 할 수 있다면 저 노승은 보살의 화신일지도 모른다는 생각이 들었다. 그게 아니라면 어찌 이런 대단한 신통력과 불법을 보유했단 말인가?

노승이 다시 말했다.

"본사의 72절기는 '체體'와 '용用' 두 가지로 나눌 수가 있는데 '체'는 내력의 본체를 말하고 '용'은 운용 요결이라 말할 수 있소. 소 거사와 모용 거사는 몸에 상승내공의 기반이 갖춰져 있고 본사에 와서 익힌 것은 72절기의 운용 요결에 불과한 것이니 손상을 입었다 해도 일시에 나타나지는 않소. 허나 대륜명왕은 소요파의 소무상공을 익힌 적이 있지 않으시오?"

구마지가 다시 한번 깜짝 놀랐다. 자신이 소요파의 소무상공을 훔쳐 배웠다는 사실은 그 누구도 아는 이가 없건만 이 노승은 어찌 알아차렸단 말인가? 그러나 문득 깨닫는 바가 있어 마음이 놓였다.

'허죽이 조금 전 나와 대결할 때 펼친 것이 소무상공 아니던가? 십중팔구 허죽이 말해줬을 테니 이상할 것도 없지.'

이런 생각을 하다 말했다.

"소무상공이 도가에 근원을 두고 있지만 근래 들어 이를 연마하는 불문 제자들도 많아졌고 변화를 거듭하다 보니 이미 불가와 도가 양쪽의 장점이 집대성된 상태요. 귀 사 안에도 이 수법의 고수가 적지 않을 것이오."

노승은 경이롭다는 기색을 표했다.

"소림사 안에 소무상공을 펼칠 줄 아는 사람이 있다 하셨소? 노납은 오늘 처음 듣는 얘기요."

구마지가 생각했다.

'허튼수작을 부리면서도 전혀 티가 안 나는구먼.'

그는 빙긋 웃기만 할 뿐 캐묻지는 않았다. 노승이 말을 이었다.

"소무상공은 매우 정묘하고 심후해서 각 문파의 무공을 펼쳐낼 때 이를 근간으로 삼을 수가 있기에 본사의 72절기 역시 모두 펼쳐낼 수 있소. 다만 미세하고 복잡한 부분에서 겉보기에는 맞는 것 같아도 그렇지 않은 경우가 있을 따름이오."

현생이 고개를 돌려 구마지에게 말했다.

"명왕께서는 폐파의 72절기에 모두 능통하다고 자처하셨는데 그런 능통법이 있었군요."

그야말로 언중유골이었다. 그러자 구마지는 짐짓 못 들은 척하며 아무 대답도 하지 않았다.

노승이 다시 말했다.

"명왕께서 소림파 72절기의 사용법을 수련했다면 그 상처는 잠복해 있는 것이라 해가 미쳐도 단시간에 본연의 원기에 미치지는 않을 것이오. 허나 현재 명왕의 승읍혈承泣穴에 주홍빛이 보이고, 문향혈聞香穴에 은은한 자줏빛 기운이 비치며, 협거혈頰車穴의 근맥에 경련이 일어나는 징조가 보인다면 명왕이 소림 72절기를 연마한 이후 다시 융회관통을 위해 여러 종류의 절기를 하나로 합치려다⋯."

그는 여기까지 말하고 고개를 가로저었다. 그의 눈빛 속에는 가엾고도 안타까운 정이 가득했다.

구마지는 소림파 72절기를 배우고 난 후 그 종류가 너무 많아 일부 방법이 비슷한 것들을 합병하는 게 낫다고 느꼈다. 하지만 절기들을 이리저리 합치려다 보니 무척이나 번거롭고 짜증이 나서 갈피를 잡지 못하고 어찌할 바를 몰라 했던 적이 있었다. 이 노승의 말이 허풍이 아니라면 정말 순서가 뒤바뀌는 바람에 조만간 큰 화를 입게 된다는 말이 아닌가? 그는 달리 생각을 해봤다.

'무공을 연성하지 못해 주화입마에 드는 건 흔히 있는 일이지만 난 내적으로나 외적으로 무학의 오묘함에 정통한 사람인데 어찌 범인들과 비할 수 있겠는가? 저 노승이 부리는 수작에 넘어갔다가는 이 구마지의 평생 영명은 물거품이 되고 말 것이다.'

노승은 그가 처음에 우려의 빛을 띠었다가 곧 눈썹을 치켜세우며 자만심 가득한 기색을 내비치자 자기 말을 허투루 듣는 것 같아 가볍게 한숨을 내쉬며 소원산을 향해 말했다.

"소 거사, 근자에 아랫배에 있는 양문과 태을 두 혈도에서 은은한 통증을 느낀 적이 없으시오?"

소원산은 전신을 움찔하며 답했다.

"신승께서 정확히 보셨소. 그런 적이 있소."

그 노승이 다시 말했다.

"그럼 관원혈이 마비돼 무감각해지는 증세는 근자에 어떠하시오?"

소원산은 더욱 놀라 떨리는 목소리로 말했다.

"그 무감각해진 곳이 10년 전에는 소지 끝 크기 정도였는데 지금은… 지금은 거의 찻잔 크기만 해졌소."

소봉은 그 말을 듣고 부친 몸의 요혈 세 곳에 그런 증상이 있다는 건 소림 절기를 무리하게 연마한 까닭임을 알아차렸다. 부친 말에 따르면 그런 증상이 이미 수년 동안 괴롭혀왔지만 시종 제거할 방법이 없어 남모를 근심으로 남아 있었다는 것이 아닌가? 그는 당장 앞으로 두 걸음 나아가 두 무릎을 꿇고 노승을 향해 절을 했다.

"가친의 지병이 깊은 듯하니 부디 자비를 베풀어 구해주십시오."

노승이 합장을 하고 답례를 했다.

"시주, 일어나시오! 시주께서는 후덕한 인의의 마음을 지니고 있어 천하 백성을 생각하고 사사로운 원한 때문에 송요의 군민들을 해치려

하지 않으셨소. 그런 인의를 가지고 계신 분이시니 그 어떤 분부를 내려도 노납이 따르지 않을 수가 없소이다. 지나친 예는 거두시오."

소봉이 크게 기뻐하며 두 번 절을 하고 그제야 몸을 일으켰다. 노승이 탄식을 했다.

"소 노시주는 과거 무고한 살인을 너무 많이 하셨소. 교삼괴 부부나 현고대사를 죽여서는 안 됐소."

소원산은 거란의 영웅으로 나이가 많긴 했지만 거칠고 사나운 기세는 전혀 줄어들지 않은 상태였다. 그는 자신을 질책하는 노승의 말을 듣자 큰 소리로 받아쳤다.

"노부가 입은 상처가 깊다는 건 알고 있지만 이미 육순을 넘긴 나이이고 자식까지 있는데 지금 당장 죽는다 한들 무슨 여한이 있겠소? 신승께서 노부에게 과오를 인정하라 하신다면 그건 절대 할 수가 없소."

노승이 고개를 가로저었다.

"노납이 어찌 감히 그런 말을 드리겠소? 과오를 인정하는 것은 본인 마음에서 우러나와야만 의미가 있는 것이오. 남이 강요하는 건 득 될 것이 전혀 없소. 노시주의 상처는 소림파 무공을 억지로 연마하다 생긴 것이니 그걸 제거하려면 불법 안에서 찾아야만 하오."

그는 여기까지 말하다 고개를 돌려 모용박을 향해 말했다.

"모용 노시주께서는 죽음을 두려워하지 않는 분이시니 노납이 쓸데없는 말을 덧붙이진 않겠소. 다만 노납이 방법을 일러드리고 노시주의 양백, 염천, 풍부 세 혈도에서 매일 세 차례씩 수많은 바늘에 찔리는 듯 느껴지는 고통을 없애드린다면 어떠하겠소?"

모용박은 순간 안색이 바뀌어 온몸을 미미하게 떨지 않을 수 없었다. 그의 양백, 염천, 풍부 세 혈도에 매일 새벽과 정오, 한밤중 세 번, 정말 수많은 바늘에 찔리는 듯 참을 수 없는 통증이 있는 것이 사실이었다. 이 통증은 그 어떤 영단묘약을 먹어봐도 전혀 효험이 없고 내공을 돋우기만 하면 바늘에 찔리는 그 통증이 더욱 골수 깊이 전해져 하루에 세 번씩 번번이 고통이 몰려오는데 무슨 삶의 즐거움이 있을 수 있겠는가? 더구나 그 통증은 최근 들어 더욱 심해졌다. 그가 기꺼이 목숨을 바치는 조건으로 군사를 일으켜 송나라를 공격하겠다는 소봉의 약속과 맞바꾸려 한 것도 연국 재건의 대업을 위해 그런 것도 있지만 한편으로는 자신의 몸에 붙은 무명의 악질을 참아내기 힘들어서이기도 했다. 그때 난데없이 그 노승이 자신의 고질병에 대해 말하는 소리를 듣고 깜짝 놀라지 않을 수 없었던 것이다. 모용박 정도로 무공이 심오한 사람이라면 벼락 떨어지는 소리가 귓전에서 느닷없이 울려도 전혀 놀라지 않을 터였다. 그러나 그 노승의 담담한 몇 마디에 그토록 놀라고 가슴이 요동치며 당황할 줄은 몰랐다. 그는 전신을 두 번 떨다 순간 양백, 염천, 풍부 세 혈도에서 바늘로 찌르는 듯한 통증이 다시 발작하는 느낌이 들었다. 원래 통증이 밀려오는 시간은 아니었지만 요동치는 심신에 별안간 통증이 몰려왔던 것이다. 그는 당장은 이를 악물고 참을 수밖에 없었다.

모용복은 평소 부친이 승부욕이 강해 차라리 죽으면 죽었지 남들 앞에서 체면을 구기거나 모욕을 당하는 일은 있을 수 없다는 성격이란 걸 잘 알고 있었다. 더구나 그는 소봉처럼 부친을 위해 그 노승 앞에서 무릎을 꿇고 간청하길 원치 않았다. 대신 소봉 부자를 향해 공수를 했다.

"청산은 변하지 않고 녹수 또한 영원히 흐르는 법. 오늘은 이만 헤어집시다. 두 분께서 우리 부자에게 복수를 하겠다면 우리가 고소 연자오 참합장에서 기다리도록 하겠소."

그는 손을 뻗어 모용박의 오른손을 잡고 재촉했다.

"아버지, 우린 가시지요."

노승이 말했다.

"시주는 어찌 그리 냉정하시오? 영존께서 뼈를 깎는 고통에 시달리도록 그냥 내버려두겠다는 게요?"

모용복은 창백한 얼굴로 모용박의 손을 잡아끌고 재빠른 걸음으로 걸어갔다.

소봉이 호통을 쳤다.

"가겠다고? 천하에 그런 수월한 일이 어디 있단 말이오? 대장부는 남의 위기를 틈타는 행동을 하지 않는다 했으니 몸에 병이 있다는 점을 감안해 그대 부친만은 놔줄 것이오. 허나 그대는 병이나 통증이 없지 않소?"

모용복은 화가 치밀어올라 소리쳤다.

"그럼 내가 소 형의 고명한 초식을 상대해주겠소!"

소봉은 더 이상 아무 말 하지 않고 획 하고 일장을 날려 항룡이십팔 장 중 현룡재전 일초로 모용복을 향해 맹렬하게 휘둘러갔다. 그는 장경각 내부가 협소한 데다 고수들이 운집해 있어 장기전은 안 될 것이라 보고 단번에 10성 공력으로 상승시켜 펼쳐냈다. 수 장 안에 적의 목숨을 취하겠다는 생각이었다. 모용복은 그의 장력이 무서운 기세로 날아오는 것을 보고 보유하고 있는 모든 공력을 돋우어 두전성이 기술로 상대 일장을 무력화시키려 했다.

노승이 두 손으로 합장을 하고 말했다.

"아미타불, 불문의 성지이니 두 분 시주께서는 경솔한 행동을 삼가 주시기 바라겠소."

그는 두 손을 들어 합장을 했을 뿐이지만 마치 한 줄기 기운이 무형의 높은 담장을 쌓아놓은 듯 소봉과 모용복 사이를 가로막아버렸다. 소봉이 산을 밀어치우고 바다를 뒤집어엎을 듯한 엄청난 기세로 펼쳐낸 장력은 이 담장에 부딪히자 흔적도 없이 사라져버리고 말았다.

소봉은 속으로 흠칫 놀라지 않을 수 없었다. 여태껏 무예를 연성한 이래 무공 실력에 있어 그 누구에게 져본 적이라곤 없었지만 눈앞에 있는 노승의 공력은 자신에 비해 한참 더 고강해 보였던 것이다. 그가 저지하겠다고 나선 이상 오늘은 원수를 갚을 길이 없을 것으로 생각되자 그는 부친의 내상이 생각나 몸을 굽히며 말했다.

"재하가 비루한 소인배라 예의를 갖추지 못하고 신승께 무례를 범했으니 용서해주시기 바랍니다."

노승이 미소를 지었다.

"별말씀을 다 하시오. 노승은 소 시주를 대단히 존경하고 있소. 대영웅만이 진정한 본색이 있는 법. 소 시주는 대영웅이란 칭호를 받을 자격이 있소."

소봉이 말했다.

"가친께서 범한 모든 살인의 죄과는 재하가 대신 받겠습니다. 부디 신승께서 가친의 상처를 치료해주시기 바랍니다. 모든 벌은 재하가 받아들일 것이며 죽음도 불사할 것입니다."

노승이 빙긋 웃으며 말했다.

"노납이 이미 말했다시피 소 노시주의 내상을 제거하려면 필히 불법에서 찾아야만 하오. 부처님은 마음으로부터 생기는 것이며 부처님이 곧 깨달음이니 남들은 가르쳐주기만 할 수 있을 뿐 대신 할 수 없는 것이오. 소 노시주께 한마디만 묻겠소이다. 노시주께 내상을 치료할 수 있는 능력이 있다면 모용 노시주의 내상도 치료해주실 수 있으시겠소?"

소원산이 어리둥절해하며 말했다.

"나… 나더러 저… 저 모용 노필부의 상처를 치료하라고?"

모용복이 호통을 쳤다.

"허튼소리 집어치우시오!"

소원산이 이를 악물고 말했다.

"모용 노필부는 내 사랑하는 아내를 죽이고 내 일생을 망쳤소. 난도질을 해서 육장으로 만들어버린다 해도 모자랄 판국이오."

노승이 말했다.

"모용 노시주가 비명에 죽는 모습을 보지 못한다면 가슴에 맺힌 원한을 풀어버리지 못하겠다는 뜻이구려."

소원산이 말했다.

"그렇소, 노부는 오로지 이 피맺힌 원한을 씻어버리겠다는 일념 하나로 지난 30년 동안 밤낮을 안 가리고 고민해왔소."

노승이 고개를 끄덕였다.

"그야 어렵지 않지."

그는 천천히 앞으로 걸어가 일장을 뻗어내 모용박의 머리를 향해 후려쳤다.

모용박은 처음 노승이 가까이 걸어오는 것을 볼 때는 신경도 쓰지 않았지만 그가 일장을 뻗어 자신의 천령개를 후려치자 재빨리 왼손으로 막았다. 또한 상대의 무공이 보통이 아니란 걸 알고 손을 치켜든 채 곧바로 몸을 뒤쪽으로 날렸다. 고소모용씨의 가전 무학은 그 자체로도 강력했지만 소림사 72절기를 연마한 이후에는 호랑이한테 날개를 달아준 격이었다. 손을 쳐들고 몸을 날리는 동작이 매우 평범한 것 같았지만 사실 이는 수세를 취하는 동작 중 가장 치밀하고 우아한 것이라 더 이상 완벽에 가까울 수 없었다. 장경각 안의 사람들은 모두 무학의 고수였던 터라 그가 펼친 한두 초를 보자마자 모두 속으로 찬사를 보낼 수밖에 없었고 심지어 소원산 부자조차 탄복해 마지않았다.

그러나 노승이 가볍게 후려친 일장은 모용박의 머리 한가운데에 있는 백회혈을 정확히 가격했다. 모용박은 전신을 부르르 떨면서 곧바로 숨이 끊어져 뒤로 벌러덩 나자빠졌다.

모용복은 깜짝 놀라 그에게 달려가 부축을 하며 소리쳤다.

"아버지, 아버지!"

부친의 입과 눈은 굳게 닫혀 있고 콧구멍에선 이미 아무 기식도 없었다. 그는 재빨리 손을 뻗어 그의 심장을 만져봤지만 심장박동 역시 멈춘 상태였다. 모용복은 분노와 슬픔이 교차했다. 입으로는 자비와 불법으로 가득한 것처럼 행동하던 노승이 갑자기 이런 독수를 쓰리라고는 생각지도 못했던 것이다. 당장 그를 향해 부르짖었다.

"아니, 이… 이… 늙다리 땡추중 놈아!"

그는 부친의 시신을 기둥에 기대어놓고 몸을 날려 솟구쳐오르며 쌍장을 동시에 펼쳐 그 노승을 향해 맹렬하게 공격해 들어갔다.

노승은 이를 본체만체하며 안중에도 두지 않았다. 모용복은 자신이 날린 쌍장이 노승 앞에서 2척 되는 지점에 이르렀을 때 또다시 무형의 기운으로 만들어진 담장에 부딪히며 마치 어망 안에 빨려들어가는 듯한 느낌을 받았다. 그의 장력은 맹렬하기 이를 데 없었지만 전혀 힘을 쓰지 못했고 오히려 그 무형의 기운으로 형성된 담장에 튕겨나와 옆에 있는 서가에 부딪히고 만 것이다. 그가 펼쳐낸 장력의 기세가 엄청났기 때문에 그에 상응하는 반탄력 또한 매우 강력해야 했지만 그의 장력은 무형의 기운으로 된 담장에 소리도 없이 사라져버리고 그를 가볍게 밀어낼 뿐이었다. 그의 등이 서가에 부딪혔지만 서가는 꼼짝도 하지 않았을 뿐만 아니라 서가에 가득 꽂혀 있던 경서들 역시 단 한 권도 떨어지지 않았다.

모용복은 무척이나 영리한 사람이었다. 부친의 죽음에 대해 상심했지만 이미 그 노승의 무공이 자기보다 열 배는 더 고강해 자신이 전력을 다해 펼쳐낸다 해도 어찌할 수 없다는 사실을 인지하고 있었다. 그는 일단 서가에 기댄 채 숨을 헐떡거리는 척하며 속으로 의표를 찌르는 기습을 어찌 가할 것인지 궁리했다.

노승은 소원산을 향해 담담하게 말했다.

"소 노시주께서는 모용 노시주가 비명에 죽는 모습을 직접 봐야만 오랜 세월 쌓인 원한을 풀 수 있다고 하셨소. 이제 모용 노시주가 죽었으니 소 노시주께서 그 화를 가라앉히시겠소?"

소원산은 노승이 일장으로 모용박을 죽이는 것을 보고 경악을 금치 못했지만 그의 질문을 듣자 망연자실한 상태로 입을 굳게 다물고 아무 말도 하지 못했다.

지난 30년 동안 그는 아내를 죽이고 아들을 빼앗아간 원한을 갚기 위해 별의별 궁리를 다 하며 살아왔다. 소림사 부근에 숨어들어 정탐을 하며 현자가 자신의 아내를 죽인 무리를 이끈 사람이라는 사실을 알아낸 뒤 암살보다 더 악랄한 수단으로 그의 피맺힌 원한을 공개적으로 갚겠노라고 결심을 했다. 그 후 현자 방장이 섭이랑과 사통해 아들을 두었다는 사실을 알아내고 두 사람에게 아들을 잃는 고통을 맛보게 해주기 위해 섭이랑 수중의 아들을 빼앗아버렸다. 또한 과거 안문관 관외 사건에 참여했던 중원의 호걸들을 일일이 죽여 없애고 현고대사와 교삼괴 부부마저 그의 손으로 죽여버렸다. 게다가 이제 천하 영웅들 앞에서 현자가 섭이랑과 사통한 사실을 폭로해 그의 지위와 명성을 바닥에 떨어뜨렸으니 그의 원한은 거의 다 갚은 셈이나 마찬가지였다. 이제 유언비어를 퍼뜨려 참변을 야기한 간악한 자가 바로 자신과 함께 소림사 옆에 잠복해 세 차례 대결을 펼쳤던 모용박이라는 사실을 알게 되자 가슴에 차오른 노기를 그에게 발산하고자 했다. 그의 살을 뜯어먹고 그의 가죽을 침구로 쓰면서 힘줄을 모두 뽑아 그 뼈를 태워 밥을 지어야 한이 풀릴 것 같았다. 그런데 어디선가 갑자기 나타난 무명의 노승이 아무렇지 않다는 듯 일장을 펼쳐 자신의 대원수를 죽여버릴 줄 누가 알았겠는가? 그는 순식간에 몸이 구름 끝에 걸려 하늘을 두둥실 떠다니는 듯 이 세상에 더 이상 발붙일 곳이 없다는 기분이 들었다.

젊은 시절 영웅적 기개가 넘쳐흐르던 소원산은 입신의 경지에 가까운 무공을 연성할 수 있었다. 그는 자신의 은사가 남조의 한인이라는 이유로 요나라 속산대장의 친군총교두에 오른 뒤 태후와 요나라 황제에게 송요 간의 결맹을 공고히 하자고 힘써 진언하며 수차에 걸친 송요 대전의 재앙을 무마시켰다. 그와 아내는 어릴 때부터 죽마고우였고 서로 열렬하게 사랑하는 사이였다. 더구나 혼인한 지 얼마 되지 않아 보배 같은 아들을 얻게 되자 더욱 도량이 넓어지고 의기가 충만해지게 되었다. 그러나 안문관 관외에서 예기치 못한 변고를 당해 골짜기 밑으로 떨어졌다 살아남게 되자 그는 전혀 다른 사람으로 변모했다. 공명이나 대업, 명성과 재물 따위가 그의 눈에는 먼지처럼 느껴졌을 뿐 밤낮을 안 가리고 염두에 둔 것은 오로지 원수를 어찌 죽여 원한을 설욕하느냐 하는 것이었다. 그는 본래 호탕하고 성실한 새외의 호걸이었지만 가슴속이 원한으로 가득 차자 점점 괴팍한 성격으로 변해만 갔다. 더구나 소림사 근방에 수십 년 동안 은거하면서 낮에는 잠복해 있다 밤에 움직여 무공 연마에만 집중하다 보니 1년 내내 남과 대화를 나눌 일이 없어 성격이 아주 많이 변해 있었다.

이제 원수를 갚았으니 이치에 따르자면 속이 후련해야 마땅했지만 내심 말로 다 할 수 없는 적막하고 처량한 기분이 들 따름이었다. 이 세상에는 더 이상 할 일이 없어 이대로 살아봐야 공허함뿐이라는 느낌이 든 것이다. 그는 곁눈질로 기둥에 기댄 채 늘어져 있는 모용박을 바라봤다. 무척이나 평온한 표정으로 입가에 미소를 머금은 모습을 보니 죽고 난 이후가 살아 있을 때보다 훨씬 더 즐거운 것 같았다. 소원산은 내심 그의 복을 부러워하며 왠지 삶에 대한 의욕을 잃고 말았다.

'저 대원수가 죽었으니 난 복수를 한 셈이다. 난 이제 어디로 가야 하는가? 대요로 돌아가야 하나? 가서 뭘 하지? 안문관 밖에 가서 은거를 해야 하나? 그곳에 가면 또 뭘 하지? 봉아를 데리고 평생 유랑을 하며 사해를 돌아다녀야 하는 것인가? 왜?'

노승이 말했다.

"소 노시주, 어디로 가시건 원대로 하시오."

소원산이 고개를 가로저었다.

"내… 내가 어딜 간단 말이오? 난 갈 곳이 없소."

노승이 말했다.

"모용 노시주를 소승이 죽였으니 노시주가 원수를 직접 갚지 못해 가슴에 여한이 남은 것이구려. 그렇지 않소?"

소원산이 말했다.

"아니오! 신승께서 죽이지 않았다 해도 나 역시 죽이고 싶지는 않았소."

노승이 고개를 끄덕였다.

"그렇소, 허나 저 모용 소협은 부친의 죽음에 가슴이 아파 노납과 소 노시주에게 복수를 하려고 할 텐데 어찌하면 좋겠소?"

소원산은 의기소침한 모습으로 말했다.

"신승께서는 날 대신해 손을 쓴 것뿐이니 모용 소협이 부친의 원수를 갚겠다면 언제든 날 죽이면 그뿐이오."

그는 한숨을 내쉬며 다시 말했다.

"모용 소협이 내 목숨을 취하는 게 오히려 낫겠군. 봉아, 넌 대요로 돌아가거라. 우리의 여정은 끝이 났다. 마지막 목적지에 당도한 것이야."

소봉이 소리쳤다.

"아버지, 어찌…."

노승이 말했다.

"모용 소협이 소 노시주를 죽인다면 아드님이 필시 모용 소협을 죽여 부친의 복수를 하려 할 텐데 그렇게 서로 원수를 계속 갚으면 언제나 끝이 나겠소? 천하의 죄업을 모두 소승한테 돌리시는 게 나을 듯싶소."

그는 이 말을 하면서 한 걸음 앞으로 나가 손을 들어올려 소원산의 머리를 향해 후려쳐나갔다.

소봉이 깜짝 놀랐다. 노승이 일장으로 이미 모용박을 죽였으니 부친마저 죽일 수 있다는 생각에 큰 소리로 호통을 쳤다.

"멈추시오!"

그는 쌍장을 뻗어 노승의 가슴을 향해 맹렬하게 후려쳐나갔다. 그는 노승을 매우 경모하고 있었지만 지금은 부친을 구하기 위해 전력을 다하지 않을 수 없었다. 노승은 왼손을 뻗어내며 소봉이 후려친 쌍장을 막으면서 오른손으로는 여전히 소원산의 정수리를 향해 후려쳐나가고 있었다.

그러나 소원산은 전혀 막을 생각을 하지 않았다. 노승의 오른손이 자신의 이마에 부딪치려는 순간 노승은 대갈일성과 함께 방향을 바꿔 소봉을 향해 후려쳐나갔다.

소봉이 휘두른 쌍장의 힘이 그의 왼손과 대치하던 중 돌연 그의 오른손이 방향을 바꿔 자신을 급습하자 곧 왼손을 뻗어 상대의 오른손을 막아내며 소리쳤다.

"아버지, 어서 가세요! 어서요!"

소봉은 노승이 오른손으로 펼쳐내다 방향을 바꾼 일초가 허초에 불과한 것일 줄은 생각지도 못했다. 노승은 소봉의 쌍장 중 일장의 힘을 끌어들여 자신에게 향하는 힘을 경감시키려 한 것이었다. 소봉은 왼쪽 손을 이미 거둔 상태라 그 노승의 오른손이 빙글 돌면서 소원산의 이마를 내리쳤다.

바로 그때 소봉의 오른손이 이어서 날아오며 노승의 가슴팍을 둔탁하게 후려쳤다. 노승은 빙긋 미소를 띠며 말했다.

"아주 빼어난 무공이구려!"

마지막 한 마디가 나오는 동시에 그의 입안에서는 선혈이 뿜어져 나왔다.

소봉이 순간 멍하니 바라보다 재빨리 부친에게 달려가 부축을 했지만 이미 호흡이 끊어지고 심장도 더 이상 뛰지 않았다. 이미 숨을 거둔 것이었다. 순간 소봉은 비통한 마음으로 가득해 어찌할 바를 몰랐다.

노승이 말했다.

"때가 왔으니 가야겠소!"

그는 오른손으로 소원산 시신의 뒷덜미를 움켜쥐고 왼손으로는 모용박 시신의 뒷덜미를 쥔 채 큰 걸음으로 성큼성큼 마치 허공을 날아서 걷듯 몇 걸음 가다 창문을 뛰어넘어 나가버렸다.

소봉과 모용복이 일제히 외쳤다.

"무… 무슨 짓이오?"

두 사람이 동시에 일장을 펼쳐내며 노승의 등을 향해 후려쳤다. 조금 전까지만 해도 두 사람은 세불양립勢不兩立 하며 필사적으로 맞서 싸웠지만 이제 두 사람의 부친이 해를 입게 된 상황이 되자 공동의 적에 대한 적개심을 불태우며 힘을 합쳐 상대를 추격하러 나서게 됐다. 두 사람의 장력이 합해지자 그 힘도 더욱 거대해졌다. 노승은 두 사람이 내뻗은 장풍에 밀린 나머지 마치 종이 연이 두둥실 떠가듯 수 장이나 앞으로 날아가면서도 두 손으로는 여전히 시신 두 구를 움켜쥔 채 몸뚱이 세 개가 사람의 몸이라고는 볼 수 없을 정도로 가볍게 떠갔다.

소봉이 몸을 날려 재빨리 창밖으로 쫓아갔지만 노승은 시신 두 구를 든 채 산 위를 향해 올라가기 시작했다. 소봉은 속도를 높여 거침없이 뛰어갔다. 조금만 더 속도를 내면 그를 따라잡을 수 있으리라 생각했지만 노승의 경공이 그토록 뛰어나리라고는 미처 생각지 못했다. 마치 사술이라도 부리는 듯 평생 한 번도 본 적이 없는 수준의 경공이었다. 소봉은 있는 힘을 다해 내달려갔다. 산바람이 살을 에는 듯 느껴질 정도로 놀라운 속도로 달려갔지만 노승의 등 뒤에서 시종 2~3장 떨어진 거리에 머물렀고 뒤를 쫓아가면서 연신 장력을 날려봤지만 번번이 허공만 때릴 뿐이었다.

노승은 황량한 산속에서 동쪽으로 돌다 다시 서쪽으로 방향을 틀며 숲속의 한 평평하고 탁 트인 곳에 당도했다. 그리고 시신 두 구를 가부좌 자세로 만들어 나무 밑에 내려놓고 자신은 시신 두 구 뒤에 앉아 쌍장을 각각 두 시신의 등에 가져다 댔다. 그가 막 좌정을 했을 때 소봉 역시 그곳에 이르렀다.

소봉은 노승이 이상한 행동을 하는 것을 보고 앞으로 나가 손을 쓰지 않았다. 노승의 목소리가 들려왔다.

"이 두 사람을 들고 한바탕 내달린 것은 혈맥을 원활하게 하기 위해서였소."

소봉은 의아하기 짝이 없었다. 죽은 사람의 혈맥을 돌게 하다니 그게 무슨 뚱딴지같은 소리인가? 그는 무심결에 물었다.

"혈맥을 원활하게 한다니요?"

노승이 말했다.

"두 사람의 내상이 너무 중해 우선은 귀식龜息으로 잠이 들도록 만들고 다시 이를 해소해 살려야만 했소."

소봉은 속으로 깜짝 놀랐다.

'그럼 아버지께서 아직 살아 계시다는 말인가? 그… 그럼 아버지를 치료하고 있다는 건가? 천하에 사람을 죽여놓고 다시 치료를 하는 방법이 어디 있단 말인가?'

얼마 지나지 않아 모용복과 구마지, 현인, 현생과 신산상인 등이 앞다투어 도착했다. 그때 시신 두 구의 정수리 부분에서 김이 모락모락 피어오르는 모습이 보였다.

노승은 시신 두 구를 서로 마주보도록 돌려놓고 두 시신의 네 손을 잡아끌어 서로 맞잡도록 했다. 모용복이 소리쳤다.

"그게… 무슨 짓이냐?"

노승은 대답도 하지 않고 두 시신 주위를 천천히 맴돌면서 끊임없이 손을 뻗어 후려쳤다. 소원산의 대추혈을 한 차례 후려쳤다가는 다시 모용박의 옥침혈을 후려쳤다. 두 시신의 정수리에서 피어오르던 김은 더욱더 짙어져만 갔다.

다시 일다경의 시간이 흐르자 소원산과 모용박의 몸이 동시에 미미하게 움직였다. 소봉과 모용복은 놀라움과 기쁨이 교차돼 일제히 부르짖었다.

"아버지!"

소원산과 모용박은 천천히 눈을 뜨고 상대방을 한번 바라보다 이내 눈을 다시 감았다. 소원산은 만면에 붉은빛을 띠고 있었으며 모용박의 얼굴에는 은은하게 푸른빛이 감돌았다.

사람들은 그제야 알아챌 수 있었다. 그 노승이 조금 전 장경각에서 두 사람을 후려친 것은 잠시 기식을 멈추고 심장이 뛰지 않게 만들었을 뿐이며 이는 중한 내상을 치료하기 위한 요결이었던 것이다. 내공이 심후한 수많은 지사 모두 '귀식' 방법을 연마한 적이 있지만 그건 스스로 호흡을 정지하는 것이었을 뿐 남에게 일장을 날려 호흡만 정지시키고 죽지 않게 만드는 방법은 실로 불가사의한 일이 아닐 수 없었다. 이 노승이 선의에서 그런 것이라면 사전에 명확히 말을 하면 될 것인데 장난을 치는 것도 아니고 어찌 소봉과 모용복을 그토록 미친 듯이 분노하게 만든 것이며, 또한 어찌 자기 스스로도 소봉의 일장에 맞아 선혈까지 뿜어내는 결과를 자초했던 것일까? 사람들 모두 의구심으로 가득했지만 노승이 혼신의 힘을 기울여 장력을 내뻗는 모습을 보고 그 누구도 감히 물어볼 수가 없었다.

소원산과 모용박 두 사람의 호흡 소리가 나지막이 들려오다 갈수록 거칠어져갔다. 이어서 소원산의 안색이 점차 붉어지더니 나중에는 당장이라도 핏물이 떨어질 듯 빨개졌고 모용박의 안색은 반대로 점점 파래져 무서울 정도로 시퍼렇게 변했다. 옆에서 지켜보던 사람들 모두 하나는 양기가 지나치게 왕성해 허화虛火**32**가 솟구쳐오른 것이며 다른 한 사람은 음기가 너무 강해 풍한에 체내가 막힌 것임을 알 수 있었다. 현인과 현생, 도청 등은 몸에 상처를 치료하는 묘약을 지니고 다니긴 했지만 어떤 처방이 그 증상에 맞는지는 알 수 없었다.

갑자기 노승의 호통 소리가 들려왔다.

"어허! 어서 네 손을 맞잡고 내식을 공유해 음으로 양을 도우며 양으로 음을 제거하시오. 천하 쟁패에 대한 웅대한 계획과 피맺힌 원한은 모두 먼지 속으로 돌아가 형체도 없이 사라질 것이오!"

소원산과 모용박은 네 손을 서로 맞잡고 있는 상태였지만 노승의 호통 소리를 듣자 손을 더욱더 꽉 잡을 수밖에 없었다. 그러자 각자 체내에 있는 내식이 상대방을 향해 쏟아져 들어가 융회관통하며 남는 것이 부족한 것을 메우자, 두 사람 얼굴에 나타났던 붉고 푸른 기색이 점점 사라지고 창백하게 변했다. 잠시 후 두 사람의 안색은 정상으로 돌아왔고 동시에 눈을 뜨면서 서로 빙긋 웃음을 지었다.

소봉과 모용복은 각자의 부친이 눈을 뜨고 미소를 보이자 말로 다할 수 없을 정도로 기쁘고 마음이 놓였다. 소원산과 모용박 두 사람이 손을 잡고 몸을 일으켜 일제히 노승 앞에 무릎을 꿇었다. 노승이 말했다.

"두 분께서는 삶으로부터 죽음까지, 죽음으로부터 삶까지 각각 한 번씩 겪어봤으니 가슴에서 내려놓지 못할 것이 없을 것이오. 조금 전에 그대로 목숨을 잃었다면 무슨 대연 재건이니 아내의 복수니 하는 생각이 있을 수 있었겠소?"

소원산이 말했다.

"소림사 옆에서 30년 동안을 머물러 있으면서도 헛된 세월을 보낸 탓에 불문 제자의 자비심이라고는 조금도 없었나 봅니다. 부디 사부님께서 거두어주시기 바랍니다."

노승이 말했다.

"아내의 원수에게 복수하고 싶지 않으시오?"

소원산이 말했다.

"이 제자는 평생 사람을 수없이 많이 죽였습니다. 저에게 죽은 사람들의 권속들이 저에게 복수를 하고자 한다면 제자는 백번을 고쳐 죽어도 모자랄 것입니다."

노승이 모용박을 향해 말했다.

"노시주는 어떠하시오?"

모용박이 빙긋 웃으며 말했다.

"평민이 먼지와도 같다면 제왕 역시 먼지와 같은 법입니다. 대연을 재건하지 않는 것도 헛된 것이며 재건하는 것도 역시 헛된 것입니다."

노승이 껄껄대고 웃었다.

"대오 각성하셨구려. 선재로다, 선재로다!"

모용박이 말했다.

"부디 사부님께서 제자로 거두어주시고 더 많은 가르침을 내려주십시오."

노승이 말했다.

"출가를 해서 승려가 되고 싶다면 소림사 대사분들께 청해 체도를 해야만 하오. 할 말이 조금 남았으니 두 분께 들려드리도록 하겠소."

그는 곧바로 좌정하고 설법을 했다.

소봉과 모용복은 각자 자신들의 부친이 무릎을 꿇고 앉아 있는 것을 보고 따라서 무릎을 꿇었다. 현인과 현생, 신산, 신음, 도청 등 고승들 역시 그 노승의 정묘한 말을 듣고 모두 기쁨을 감출 수 없었다. 이들 역시 노승에게 경모의 마음이 일어 하나같이 무릎을 꿇고 앉았다.

단예는 이곳에 당도해 그 노승이 사람들에게 불의를 절묘하게 해석하는 말을 듣고 노승의 정면으로 돌아나가 그의 용모를 보려고 했다. 그 순간 구마지가 갑자기 단예를 향해 독수를 날렸고 뜻밖에도 그가 펼쳐낸 화염도 일초에 가슴을 가격당하게 된 것이다.

44

나의 인연은 어디 있는 것일까?

오솔길 중간에 대한 두 명이 나란히 서 있었다.

한 사람은 커다란 강철 절굿공이를 들고 있었고 또 한 사람은 양손에 동추銅錘 한 자루씩을 든 채 흉악한 표정으로 앞에 있는 사람들을 쳐다보고 있었다.

단예는 이내 정신을 잃고 말았다. 그리고 얼마나 시간이 흘렀을까? 그는 서서히 정신이 들어 눈을 뜰 수 있었다. 가장 먼저 눈에 보인 것은 천으로 된 휘장이었다. 이어서 자신이 침상 위의 이불 속에서 자고 있다는 것을 깨달았다. 아직 정신이 완전히 든 상태는 아니었지만 기억을 되찾으려 애썼다. 구마지의 암수에 당했다는 것만 기억날 뿐 어쩌다 침상에서 자게 됐는지는 아무래도 생각이 나지 않았다. 그저 갈증이 심하게 느껴져 몸을 일으키려고 살짝 몸을 돌렸다. 순간 가슴팍에 극심한 통증이 오면서 자기도 모르게 윽 하고 비명을 질렀다.

밖에서 한 소녀의 목소리가 들려왔다.

"단 오라버니가 깨어나셨구나. 단 오라버니가 깨어나셨어!"

그 목소리는 기쁨의 정으로 가득했다. 단예는 소녀의 음성이 무척 익숙하게 느껴졌지만 누군지는 생각나지 않았다. 곧이어 청의를 입은 소녀 하나가 빠른 걸음으로 방 안에 들어왔다. 동그란 달걀형 얼굴의 입꼬리에 아주 작은 점이 있는 과거 무량궁에서 만났던 종영이었다.

그녀의 부친인 견인취살 종만구는 단예 부친인 단정순에게 원한을 품고 그를 해치기 위해 함정에 빠뜨린 적이 있었다. 그때 단예가 석옥 안에서 빠져나오며 흐트러진 옷차림의 종영을 품에 안고 나오자 단씨 집안을 몰락시키려다 오히려 자신이 당한 꼴이 된 종만구가 분해서 어쩔 줄 몰라 하지 않았던가? 만겁곡 지하 땅굴 안에서는 사람들이 서로가 서로를 잡아당기다 단예가 부지불식간에 적지 않은 사람의 내력을 흡수하게 됐고 그 후 얼마 후에 구마지에게 사로잡혀 중원에 오게 되었던 것인데 그때 헤어지고 놀랍게도 여기서 다시 만나게 될 줄 어찌 알았으랴?

종영은 그와 눈빛이 마주치자 만면에 홍조를 띠고 웃는 듯 마는 듯한 표정을 지었다.

"벌써 절 잊으셨어요? 내 성이 뭔지 기억해요?"

단예는 그녀의 표정을 보자 별안간 한 폭의 그림이 뇌리를 스치고 지나갔다. 그녀가 무량궁 대청의 대들보 위에 앉아 두 다리를 흔들거리며 입에 씨앗을 깨물고 있던 모습이었다. 그녀의 청록색 신발에 수놓아진 노란색 국화꽃 몇 송이가 지금 다시 눈앞에 뚜렷하게 펼쳐지는 것 같아 생각 없이 말이 튀어나왔다.

"그 노란 꽃이 수놓아진 청록색 신발은?"

종영의 얼굴이 다시 벌겋게 달아올라 매우 기쁜 표정으로 미소를 지었다.

"벌써 다 닳았지요. 다행히 아직 기억하고 계시네요? 그래도 절… 잊진 않으셨어요."

단예가 씨익 웃었다.

"씨앗은 어찌 안 먹고 있소?"

종영이 말했다.

"뭐예요? 그동안 오라버니 시중드느라 속이 타서 죽는 줄 알았다고요. 그런데 무슨 한가롭게 씨앗을 먹어요?"

그녀는 이 말을 내뱉고는 진심이 드러나는 것 같아 자기도 모르게 얼굴이 빨개졌다. 단예가 멍하니 그녀를 바라봤다. 그녀를 원래 자신의 아내로 생각하고 있다가 후에 자기 동생임을 알게 된 일이 떠올라 긴 한숨을 몰아쉬었다.

"누이, 어찌 이곳에 온 것이오?"

종영은 얼굴이 다시 빨갛게 달아올라 기쁨에 넘친 눈빛을 반짝이며 말했다.

"오라버니가 만겁곡에서 나간 이후 다시는 절 보러 오지 않아 얼마나 미웠는데요."

단예가 말했다.

"뭐가 미웠다는 거요?"

종영이 눈을 한번 흘기며 말했다.

"오라버니가 절 잊었을까 봐 미웠다고요."

단예는 진심 어린 그녀의 눈빛을 보고 마음이 흔들렸다.

"누이!"

종영은 화난 표정을 지은 채 빙긋 웃었다.

"지금은 이렇게 저한테 다정하게 대하면서 어찌 한 번도 절 보러 안 온 거예요? 전 도저히 견딜 수 없어서 진남왕부에 물어보고 나서야 오라버니가 한 못된 화상한테 잡혀갔다는 사실을 알게 됐어요. 전… 전 너무 조급한 나머지 그길로 오라버니를 찾아나섰죠."

"우리 아버지와 누이 어머니 관계를 어머니한테 듣지 못했소?"

"무슨 관계요? 그날 밤 오라버니가 오라버니 부친과 떠나신 후 우리 어머니는 그 자리에서 기절하셨어요. 그 후로도 몸이 계속 좋지 않아서 저만 보면 눈물을 흘리셨죠. 무슨 말이든 끌어내려 했지만 아무 말씀도 하지 않으셨어요."

"음. 아무 말씀도 안 하셨다면 그럼… 누이는 모르고 있다는 게로군."

"모르다니 뭘요?"

"다름이 아니라 누이는 내… 누이는… 내…."

종영은 만면에 홍조를 띠며 고개를 푹 숙이고 나지막이 말했다.

"제가 어찌 알겠어요? 그날 석옥 안에서 오라버니가 절 안고 나올 때 밖에 수많은 사람이 쳐다보는 모습을 보고서는 죽고 싶을 정도로 두렵고 창피해서 눈을 감을 수밖에 없었어요. 하지만 오라버니 아버지 말은 제가… 아주 똑똑히 들었어요."

그녀와 단예는 그날 석옥 바깥에서 단정순이 종만구에게 했던 말을 똑같이 떠올렸다.

'영애가 이 석옥 안에서 우리 아들 단예의 시중을 든 지가 꽤 되지 않았소? 고독한 남녀가 벌거벗은 채로 이 어두운 방 안에 숨어 있으니 무슨 일을 벌였을지는 빤한 것 아니겠소? 우리 아들은 진남왕세자요. 비록 영애를 세자정비로 맞아들이기는 어렵겠지만 처첩을 여럿 둔다 한들 무슨 문제가 있겠소? 그럼 우린 사돈지간이 되는 것 아니오? 하하하… 하하하…!'

단예는 그녀의 얼굴이 점점 더 발갛게 달아오르는 모습을 보고 우물거리다 말했다.

"누이… 이제 보니 누이는 아직… 그 안에 얽힌 연유를 모르나 보오…. 누이, 그… 그건 이루어질 수 없소."

종영이 다급하게 물었다.

"목 언니가 허락하지 않아서요? 목 언니가요?"

단예가 말했다.

"아니오. 그… 그녀 역시 내…."

종영이 미소를 지으며 말했다.

"언니가 불허한 게 아니에요? 그럼 오라버니가 원치 않는 거네요!"

그녀는 이 말을 하면서 혓바닥을 날름 내밀었다.

단예는 여전히 천진난만한 그녀의 모습을 보자 또 가슴이 아파왔기에 지금은 그녀에게 진상을 설명해주는 게 적당치 않다고 여겨졌다.

"여기는 어찌 오게 됐소?"

종영이 말했다.

"오라버니를 찾으려고 제가 중원의 여기저기를 헤매고 다녔어요. 하지만 아무 소식도 들을 수가 없었죠. 그런데 바로 며칠 전에 때마침 오라버니 제자인 악노삼을 만났어요. 그자는 절 못 봤지만요. 전 그자가 누군가와 상의하면서 각 로의 호한들이 모두 소림사에 모이는데 한바탕 떠들썩할 것이니 그들 역시 그곳에 갈 것이라고 하는 말을 들었어요. 그때 운중학이란 악인이 십중팔구 그자의 사부를 만나게 될 거라고 비웃으니까 악노삼이 노발대발하면서 오라버니를 만나기만 하면 당장 목을 꽉 비틀어 꺾어버리겠다고 하는 거예요. 전 한편으로는 기쁘면서도 한편으로는 걱정스러운 마음에 살그머니 그들 뒤를 쫓아갔죠. 전 악노삼과 운중학에게 들킬까 무서워 감히 가까이 쫓아가지는 못하고 산 밑으로만 마구 걸어가면서 사람을 만나면 오라버니 행방을 물어봤어요. 빨리 오라버니한테 제자가 목을 비틀어 꺾을지 모르니까 조심하라고 전하고 싶어서 말이에요. 그러다 여기가 사람이 살지 않는 빈집인 것을 발견하고는 체면 같은 거 안 차리고 묵게 된 거예요."

단예는 그녀가 아무렇지 않은 듯 얘기하지만 그녀의 얼굴에는 수많은 고초를 당한 것 같은 기색이 보여 과거 무량궁 안에서 처음 만날 때처럼 아무 근심 걱정 없는 모습과는 전혀 다르게 느껴졌다. 그는 그녀가 그 어린 나이에 자신을 찾기 위해 혼자 강호를 전전하며 그동안 적지 않은 고초를 겪어야만 했다는 생각이 들자 자신에 대한 정이 느껴져 참다못해 손을 뻗어 그녀의 손을 꼭 잡고 나지막이 말했다.

"누이."

종영이 미소를 지으며 말했다.

"어쨌든 하늘이 가엾게 여기셨는지 오라버니를 다시 만날 수 있게 해주셨네요. 히히, 이건 쓸데없는 말이겠죠? 오라버니가 절 만났으니까 저도 당연히 오라버니를 만난 거잖아요."

그녀는 침상 가장자리에 걸터앉아 물었다.

"어쩌다 여기 오게 됐어요?"

단예는 눈을 부릅뜨며 말했다.

"내가 물어보고 싶은 말이오. 내가 어쩌다 여기 오게 된 거요? 난 그 못된 화상이 느닷없이 나한테 암수를 쓰는 바람에 그가 펼친 무형의 검기를 가슴에 맞고 중상을 입은 것만 기억나는데 그다음에는 어찌 된 건지 모르겠소."

종영은 눈살을 찌푸렸다.

"이상하기 짝이 없네요! 어제 제가 해 질 녘쯤 채소밭에 가서 채소를 뽑아와서는 주방에서 잘 씻고 다듬어 막 요리를 하려는 순간 방 안에서 신음 소리가 들렸어요. 전 너무 놀라서 식칼을 들고 방 안으로 들어왔는데 구들장 위에 사람이 자고 있는 거예요. 전 몇 번이나 물어봤어요. '누구세요? 누구세요?' 하지만 아무 대답이 없어서 분명 나쁜 사람이라 생각하고 식칼로 일단 다리부터 잘라버려야겠다고 생각했어요. 다행히… 다행히 오라버니가 하늘을 보고 큰대자로 누워 있어서 몸에 칼을 대지는 않았어요. 이미 오라버니 얼굴을 봤거든요. 그때 전… 하마터면 기절할 뻔했어요. 식칼을 바닥에 떨어뜨린 것조차 몰랐으니까요."

종영은 여기까지 얘기하다 자기 가슴을 쓸어내렸다. 그 당시 아찔했던 순간을 떠올리자 다시 또 가슴이 두근거리는 모양이었다.

단예가 곰곰이 생각했다.

'이곳은 소림사에서 그리 멀지 않은 곳이니 내가 부상을 입자 누군가 날 이곳에 옮겨놓은 모양이다.'

종영이 다시 말했다.

"제가 몇 번이나 불렀지만 오라버니는 신음 소리만 내고 전 거들떠보지도 않았어요. 오라버니 이마에 열이 엄청나게 나는 데다 피가 흥건하게 묻은 옷을 보고 나서야 부상을 당한지 알게 됐죠. 상처를 살펴보려고 옷을 풀어헤쳐보니 아주 잘 싸매져 있었어요. 전 상처를 건드릴까 무서워 감히 붕대도 풀지 못하고 한참을 기다렸지만 오라버니는 깨어나지 않았어요. 에이! 얼마나 기쁘고도 초조했던지 어찌할 바를 몰랐어요."

단예가 말했다.

"누이한테 괜한 염려만 끼쳤으니 정말 미안하기 짝이 없소."

종영이 돌연 정색을 했다.

"오라버니는 나쁜 사람이에요. 그렇게 양심 없는 사람인 줄 진작 알았다면 보고 싶어 하지도 않았을 거예요. 이제 신경 안 쓸래요. 오라버니가 죽든 살든 상관하지 않겠다고요."

단예가 말했다.

"왜 그러시오? 어찌 갑자기 화를 내는 거요?"

종영이 콧방귀를 뀌며 입술을 삐죽 내밀었다.

"뻔히 알면서 뭐 하러 묻는 거예요?"

단예가 다급하게 말했다.

"나… 난 정말 모르겠소. 누이, 어서 말해보시오!"

종영이 발끈하며 말했다.

"쳇! 누가 누이라고 자꾸 그렇게 불러요? 오라버니가 무슨 잠꼬대를 한지 알아요? 본인이 알 텐데 왜 저한테 물어봐요? 밑도 끝도 없이!"

단예가 답답한 듯 다급하게 물었다.

"내가 잠꼬대로 뭐라고 했소? 제정신으로 한 말이 아니라 진심이 아닐 수도 있소. 아, 생각났소. 필시 꿈속에서 누이를 만났을 거요. 너무 기쁜 나머지 말에 분별이 없어 누이한테 무례를 했나 보구려."

종영이 갑자기 눈물을 흘리기 시작하더니 고개를 푹 숙였다.

"끝까지 속이려 하시네요. 도대체 꿈에서 누굴 본 거죠?"

단예가 한숨을 푹 내쉬었다.

"난 부상을 당한 이후 줄곧 정신이 혼미한 상태였소. 내가 정말 무슨 헛소리를 했는지 모르겠소."

종영이 큰 소리로 말했다.

"왕 낭자가 누구죠? 왕 낭자가 누구예요? 왜 오라버니가 혼미한 상태에서 그 여자 이름을 부르는 거죠?"

단예는 순간 쓰라린 마음에 말했다.

"내가 왕 낭자 이름을 불렀소?"

종영이 말했다.

"말이라고 해요? 혼미한 상태에서조차 그토록 애타게 부를 정도였다면, 흥! 지금 또 생각이 나겠네요? 좋아요. 당장 그 왕 낭자한테 가서 시중을 들라고 하세요. 난 이제 상관 안 해요!"

단예가 한숨을 내쉬었다.

"왕 낭자 마음속에 나란 사람은 없소. 그녀를 생각하는 건 헛된 일일 뿐이오."

"어째서요?"

"그녀는 자기 사촌 오라버니만 좋아할 뿐 나한테는 늘 냉담하게 대하거나 아니면 정색을 하며 화를 내기 일쑤였으니 말이오."

종영이 순간 화색이 돌아 빙그레 웃었다.

"천지신명께 감사드려야겠네요. 악인은 더 나쁜 악인에게 당하는 법이죠."

"내가 악인이란 말이오?"

종영은 고개를 살짝 틀어 반쪽 머리카락을 길게 늘어뜨리더니 웃으며 말했다.

"오라버니 제자 악노삼은 대악인이잖아요? 제자가 그렇게 악하니 사부는 당연히 더욱 악하겠죠."

단예가 웃으며 말했다.

"그럼 사모는? 악노삼이 누이한테 '소사모'라고 부르지 않소?"

그는 그 말을 하자마자 후회감이 들었다.

'내가 어찌 내 친누이한테 이런 음탕한 말을 하는 거지?'

종영은 얼굴이 벌겋게 달아올라 쳇 하는 소리를 내며 비웃었지만 속으로는 무척이나 기분이 좋았다. 그녀는 몸을 일으켜 주방으로 가서 닭곰탕 한 그릇을 내왔다.

"반나절 내내 곤 닭곰탕이에요. 오라버니가 깨어날 때까지 쉬지 않고 고았어요."

"이 고마운 마음을 어찌 표해야 할지 모르겠소."

그는 종영이 닭곰탕을 내온 것을 보고 발버둥을 치며 일어나 앉으려 했지만 가슴팍 상처를 건드리는 바람에 순간 가벼운 신음 소리가 터져 나왔다.

종영이 다급하게 말했다.

"일어나지 마세요. 제가 악인의 어린 조상님께 먹여드릴게요."

"악인의 어린 조상이라니 무슨 말이오?"

"오라버니는 대악인의 사부니까 악인의 어린 조상이잖아요?"

"그럼 누이…."

종영은 숟가락으로 뜨거운 김이 나는 국물을 한 숟가락 떠서 그의 얼굴을 겨냥하더니 화난 표정을 지었다.

"계속 허튼소리를 하면 이 국물을 끼얹어버릴 거예요!"

단예가 혓바닥을 날름 내밀었다.

"어찌 감히, 안 그러겠소. 악인의 대낭자이자 왕고모님께서는 과연 무섭기 짝이 없소. 충분히 악한 것 같소."

종영이 피식하고 웃다가 하마터면 국물을 단예의 얼굴에 끼얹을 뻔

44. 나의 인연은 어디 있는 것일까?

했지만 재빨리 심신을 가다듬고 숟가락을 자기 입가로 가져가 숟가락 안의 국물이 뜨거운지 확인해보고 그제야 단예의 입가에 가져다 댔다.

단예는 닭곰탕 국물을 몇 숟가락 마시다 그녀의 얼굴이 아침노을처럼 붉게 물들고 윗입술에 가느다란 땀방울이 몇 알 맺혀 있는 것을 보고 심장이 두근거리지 않을 수 없었다.

'애석하게도 이 낭자 역시 내 친누이야. 내 친누이니까 그리 신경 쓰지 않아도 되지만… 에이. 만일 지금 나한테 국물을 먹여주는 사람이 왕 낭자였다면 창자를 부패시키는 짐독이라 할지라도 기꺼이 받아먹었을 것이다.'

종영은 그가 멍하니 자신을 바라보며 정이 넘치는 표정을 짓는 것을 보고 이 순간에 다른 사람을 생각할 것이라 생각지 못하고 방긋 미소를 지었다.

"뭐가 예쁘다고 그래요?"

돌연 끼익 소리와 함께 누군가 대문을 열고 들어오더니 이어서 한 소녀의 음성이 들렸다.

"이 안에서 잠시 쉬는 게 좋겠어요."

한 남자 목소리가 들렸다.

"좋소, 내가 괜히 힘들게 하는 것 같군. 저… 정말 미안하오."

소녀가 말했다.

"그런 소리 말아요!"

단예는 두 사람 목소리만 듣고 그게 아자와 개방 방주 장취현임을 알아차렸다. 그는 아자와 대면을 하거나 말을 나눠본 적이 없었지만 이미 주단신 등에게 얘기를 들어 그 소낭자가 부친의 사생아이며 자신의 또 다른 누이라는 사실을 알고 있었다. 다행히 자신과는 별다른 정으로 얽힌 적이 없다는 데 대해 천지신명께 감사할 뿐이었다. 그 누이는 어릴 때부터 성수노선 문하에 들어가 사악한 세력에 물든 나머지 제멋대로인 성격이라 진남왕부 사대호위 중 하나인 저만리도 그녀 때문에 분을 못 참고 죽었다고 하지 않았던가? 단예는 어려서부터 저, 고, 부, 주 사대호위와 매우 친했기 때문에 저만리의 죽음을 떠올리면 짓궂기 짝이 없는 누이와 만나고 싶은 마음이 들지 않았다. 하물며 어제 자신은 소봉을 도와 장취현을 적대시했으니 지금 만나게 된다면 목숨을 부지하지 못할 것 아닌가? 그는 재빨리 손가락을 추켜세우고 종영에게 입을 다물라는 손짓을 했다.

종영이 고개를 끄덕이며 닭곰탕 그릇을 든 채 작은 소리라도 낼까 두려워 감히 탁자 위에 올려놓지 못했다. 아자의 외침 소리가 들려왔다.

"이봐요, 누구 있어요? 누구 있어요?"

종영은 단예를 쳐다보며 아무 대답도 하지 않고 곰곰이 생각했다.

'저 사람은 왕 낭자가 틀림없어. 저 여자가 사촌 오라버니와 함께 있으니까 단랑이 그녀를 보고 싶어 하지 않는 거야.'

그녀는 왕 낭자가 어떻게 생겼는지 보고 싶었다. 도대체 얼마나 대단한 미모를 지녔기에 단랑이 저토록 넋이 빠져 있단 말인가? 하지만 감히 발걸음을 옮길 수는 없었다. 다만 단랑이 그녀와 만나면 좋을 것이 없을 것 같아 그녀가 고함을 쳐도 아는 척을 안 하면 자연히 사촌 오라버니와 갈 것이라고 생각했다.

아자가 다시 큰 소리로 외쳤다.

"어찌 아무도 나오질 않는 거예요? 안 나오면 내가 불을 질러버릴 거예요!"

종영이 속으로 생각했다.

'저 왕 낭자란 아가씨는 정말 거칠기 짝이 없구나!'

유탄지가 나지막이 말했다.

"조용하시오. 누가 오고 있소!"

"누구예요? 개방 제자인가요?"

"모르겠소, 네다섯 명쯤 되는데 아마 개방 사람들일 거요. 지금 이쪽으로 걸어오고 있소."

"개방의 그 더러운 장로들은 전 장로를 빼고는 하나같이 못된 놈들이에요. 놈들이 당신한테 반기를 들려고 했잖아요? 그자들한테 발각되면 우리 둘 다 끝장이에요."

"그럼 어쩌면 좋겠소?"

"일단은 방 안에 들어가 숨어요. 당신은 부상이 중해서 그자들과 싸울 수 없어요."

단예가 안 되겠다 싶어 재빨리 종영을 향해 손짓을 해서 숨을 곳을 찾아보라고 재촉했다. 그러나 이곳은 산속의 누추한 농가라 방이 매우 협소했다. 안으로 들어오기만 하면 보이기 때문에 숨을 곳이라고는 없었다. 종영이 사방을 살펴봤지만 마땅한 곳을 찾을 수 없었다. 그때 이미 발소리와 함께 대청에서 방 안쪽으로 걸어들어오는 소리가 들리자 그녀는 단예에게 나지막이 말했다.

"구들장 밑으로 숨어요."

그녀는 탕 그릇을 내려놓고 단예를 안아 구들장 밑으로 기어들어갔다. 소실산 위는 겨울이 되면 무척이나 추워서 이곳에 사는 사람들은 모두 구들장 밑에 불을 지펴 난방을 했다. 이때는 이제 갓 입동에 접어든 시기라 아직 불을 지필 필요가 없었지만 구들장 밑에는 숯이 타고 남은 재가 가득 들어 있었다. 단예가 기어들어가니 콧속으로 재가 들어가 이를 참지 못하고 재채기가 나오려 했지만 다행히 가까스로 참아낼 수 있었다.

종영이 밖을 쳐다보니 자줏빛 비단신을 신은 가녀린 발 한 쌍이 방 안으로 들어왔다. 그때 그 남자 목소리가 들렸다.

"에이, 내가 낭자 등에 업혀 이리저리 오가다니 낭자를 모독하는 꼴이 돼버렸소."

그 소녀가 말했다.

"우린 한 사람은 소경이고 한 사람은 절름발이이니 서로 의지할 수밖에 없잖아요?"

종영은 의아한 생각이 들었다.

'이제 보니 왕 낭자는 앞을 보지 못하는구나. 사촌 오라버니를 등에 업고 있어서 남자 발을 볼 수가 없었던 거야.'

아자는 유탄지를 침상에 내려놓고 말했다.

"어? 누가 조금 전까지 침상에서 잤나 봐요. 이불이 아직 따뜻해요."

그때 쾅 소리와 함께 누군가 대문을 발로 걷어차 열더니 사람 몇 명이 안쪽으로 들어왔다. 한 거친 목소리가 말했다.

"장 방주, 방내의 대사가 해결되지 않았는데 나 몰라라 하고 도망치다니 이게 무슨 짓이오?"

그건 바로 송 장로였다. 그는 칠대 제자와 육대 제자 두 명씩을 인솔해 그 일대에서 유탄지를 찾아헤매고 있었다.

　소씨 부자와 모용 부자 및 소림 군승, 중원 군웅이 앞다투어 소림사로 진입한 이후 개방 제자들은 오늘 개방의 체면을 구겨버렸으니 당장 방법을 마련해내지 못한다면 아마 중원 제일대방인 개방이 무림에 발을 붙이지 못할 것이라 생각하고 있었다. 소씨 부자가 모용박과 얽혀 있는 원한 관계에 개방 제자들은 끼어들고 싶은 마음이 없었다. 포부동 말처럼 공동의 적에 대해 적개심을 품고 소봉을 찾아 분을 풀고자 했지만 그보다는 개방이 앞으로 어찌 안정을 찾아 버텨나갈지를 강구하는 것이 관건이었던 터라 다들 그 걱정에 매달리고 있었다.

　'영명한 방주를 추대해 그가 개방 제자들을 이끌고 용맹스러운 풍모를 널리 떨치게 만들어 실추된 개방의 명예를 되돌려놓아야만 한다.'

　그들은 장취현을 찾았지만 그는 이미 혼란 속에서 어디론가 사라져버리고 난 뒤였다. 개방 제자들은 두 다리가 부러진 그가 멀리 가지 못했을 거라는 생각에 당장 길을 나눠 수색하기 시작했다. 어떤 제자는 그가 성수노괴를 사부로 삼아 개방의 체면을 땅에 떨어뜨린 데 대해 큰 소리로 욕을 했고 또 어떤 제자는 그가 암암리에 사람을 시켜 개방 형제를 죽였으니 끝장을 내지 않으면 안 된다고 욕지거리를 퍼부어댔다. 전관청에 대해서는 이미 송 장로와 오 장로가 힘을 합쳐 생포해놓고 장취현을 잡아온 다음 함께 처벌할 생각이었다.

　송 장로는 네 명의 제자를 이끌고 소실산 동남쪽에서 수색을 벌이던 중 저 멀리 숲속에 자줏빛 옷을 번뜩이는 누군가가 한 농가로 들어가는 것을 목격했는데 그건 다름 아닌 아자였다. 그녀 등에 업힌 사람이 어슴푸레하게 장취현 모습처럼 보이자 그들은 당장 그 뒤를 쫓아가 농가의 내방 안으로 진입했고 과연 안에는 장취현과 아자가 구들장 위에 나란히 앉아 있었던 것이다.

아자가 냉랭한 목소리로 말했다.

"송 장로, 아직까지 이 사람을 방주라고 호칭하면서 어찌 이리 소란을 피우는 거죠? 방주를 알현하는 예의가 이럴 수 있는 건가요?"

송 장로는 아자의 말에 일리가 없진 않다고 느꼈다.

"방주, 우리 수천 형제가 아직 소실산 위에 남아 있는데 이제 어찌할 작정인지 방주께서 지시를 내려주시오!"

유탄지가 말했다.

"당신들이 아직 날 방주로 인정한다는 말이오? 나더러 돌아가라고 하는 건 날 죽여 화풀이를 하겠다는 심산이 아니오? 안 그렇소? 안 가겠소!"

송 장로가 제자 네 명을 향해 말했다.

"어서 가서 소식을 전해라. 방주가 여기 있다고 말이다!"

"네!"

제자 네 명이 답을 하고 몸을 돌려 나갔다. 아자가 호통을 쳤다.

"없애버려요!"

유탄지가 대답과 동시에 일장을 내려치자 구들장 밑에 있던 종영과 단예는 방 안에서 갑자기 극심한 한기를 느꼈다. 개방 제자 네 명은 윽소리조차 내지 못한 채 시체로 변해 바닥에 널브러졌다. 송 장로는 놀라면서도 노기가 끓어올라 손을 들어 가슴을 막으며 호통을 쳤다.

"아니! 네… 네가 감히 방내 형제들한테 그런 독수를 쓴단 말이냐?"

아자가 말했다.

"저자도 없애버려요!"

유탄지가 다시 일장을 휘둘러 가격해나가자 송 장로는 손을 올려 막았다. 그러나 곧이어 처참한 비명 소리와 함께 대문 밖으로 나동그라졌다.

아자가 깔깔대고 웃었다.

"저자도 별거 아니네요. 배 안 고파요? 우리 먹을 것 좀 찾아봐요."

그녀는 유탄지를 업고 주방으로 들어가 종영이 만들어놓은 닭곰탕을 대청으로 가져와 먹기 시작했다.

종영이 단예 귓전에 대고 말했다.

"정말 염치없는 사람들이네요. 제가 오라버니 드리려고 고아놓은 닭곰탕을 먹다니요."

단예가 나지막이 말했다.

"악랄하기 짝이 없어 출수만 하면 살인을 하는 사람들이오. 잠시 후에 다시 또 방 안으로 들어올 테니 빨리 뒷문으로 빠져나갑시다."

종영은 단예가 그 '왕 낭자'와 다시 만나게 하고 싶지 않았던 터라 나가자는 그의 말에 기다렸다는 듯 움직였다.

두 사람은 살금살금 구들장에서 기어나왔다. 종영은 단예 얼굴이 그을음투성이인 것을 보고 웃음을 참지 못하겠다는 듯 손을 뻗어 입을 막았다. 방문을 나와 주방을 뚫고 뒷문으로 막 나오려는 순간 단예가 장시간 참고 있던 재채기를 더 이상 참지 못하고 에취 하며 커다란 소리로 해버리고 말았다.

유탄지가 부르짖었다.

"누가 있다!"

종영이 사방을 둘러봤지만 도저히 숨을 곳이라고는 없었다. 그녀는 주방 뒤편에 나뭇간이 있는 것을 보고 단예를 끌고 건초 더미 안으로 기어들어갔다. 그때 아자 목소리가 들려왔다.

"누구냐? 어딜 몰래 숨어 있는 것이냐? 당장 나와!"

그녀는 앞을 보지 못하게 된 이후 청력이 매우 민감해져서 건초 더미가 부스럭거리는 소리를 어렴풋이 듣게 됐다.

"나뭇간에 사람이 있다!"

종영이 놀라고 당황스러워하는 순간 갑자기 얼굴 위로 물방울이 떨어졌다. 손을 뻗어 만져보니 약간 끈적거리는 데다 피비린내마저 풍겨왔다. 그녀는 깜짝 놀라 나지막이 물었다.

"아니, 다… 다친 데는 괜찮아요?"

단예가 말했다.

"아무 소리 마시오!"

아자가 나뭇간을 가리키며 소리쳤다.

"저기예요!"

유탄지가 휙 하고 일장을 펼쳐 나뭇간을 향해 후려쳐갔다. 우지끈, 쾅 하는 소리가 울려퍼지더니 문짝이 부서지면서 나무 파편과 지푸라기가 일제히 날아올랐다.

종영이 소리쳤다.

"그만! 그만해요! 나갈게요!"

그녀는 단예를 부축해 건초 더미에서 기어나왔다. 단예는 앞서 구마지에게 화염도 일초를 맞아 입은 부상이 매우 중했던 데다 구들장 위에서 밑으로 기어들어갔다 다시 구들장 밑에서 나뭇간으로 기어나오는 몇 번의 이동을 거치면서 상처 부위가 벌어져 선혈이 흘러내리기 시작했다. 그는 부상을 당한 후 투지를 상실해버린 터라 여전히 충만한 내력을 지니고 있었음에도 스스로 목숨이 경각에 달렸다고 생각하고 있었다. 그 때문에 육맥신검으로 적의 공격을 방어할 생각은 아예 하지도 못했다.

아자가 말했다.

"어째서 소낭자 목소리가 들리는 거지?"

유탄지가 말했다.

"어떤 사내가 소낭자를 데리고 건초 더미 안에 숨어 있는데 온몸이 피범벅이오. 그 소낭자는 눈알을 굴려가며 당신을 쳐다보고 있소."

아자는 앞이 보이지 않게 된 이후 누구든 '눈'이란 단어를 들먹이는 걸 가장 싫어했다.

"눈알은 어째서 굴린대요? 저 여자 눈이 예쁜가요?"

유탄지가 말했다.

"온몸이 더러운 것을 보니 밭일을 하는 계집인 것 같소. 두 눈은 칠흑같이 검고 똘망똘망해 보이기는 하오."

종영은 구들장 밑에서 머리와 얼굴에 온통 먼지와 잿가루를 뒤집어썼던 터라 두 눈이 칠흑같이 검고 가을 호수처럼 반짝이고 있었다.

아자가 버럭 화를 냈다.

"좋았어! 장 공자. 당장 저 계집의 눈알을 뽑아요."

유탄지가 깜짝 놀라 말했다.

"어찌 멀쩡한 사람 눈을 뽑는단 말이오?"

아자는 입에서 나오는 대로 말했다.

"내 눈은 정 노괴한테 못쓰게 됐으니 당신이 저 소낭자 눈알을 파내 내 눈에다 넣으면 다시 햇빛을 볼 수 있을 것 아니에요? 그럼 얼마나 좋아요?"

유탄지는 속으로 깜짝 놀라 곰곰이 생각했다.

'아자 낭자가 다시 앞을 볼 수 있게 돼서 내 추팔괴 같은 모습을 본다면 다시는 나를 아는 체하지 않을 것이다. 아마 내 진면목을 보고 그 '철추'였다는 걸 알아볼 거야. 그것만은 절대 안 된다!'

이런 생각을 하다 이내 대답했다.

"내가 당신 두 눈을 치료할 수만 있다면 정말 좋겠소. 하지만 그건 아마 불가능할 것이오."

아자는 남의 눈알을 뽑는다고 보이지 않는 자기 두 눈과 맞바꿀 수 없다는 걸 알고 있었지만 앞이 보이지 않게 된 후 가슴이 원망으로 가득해 천하의 모든 사람도 모두 눈이 없었으면 좋겠다고 생각하고 있었다. 그녀는 그제야 밝은 목소리로 말했다.

"시험해보지도 않고 어찌 불가능한지 알아요? 어서 손을 써서 저 계집의 눈알을 뽑아버려요."

유탄지를 업고 있던 그녀는 당장 걸음을 옮겨 단예와 종영 앞으로 달려갔다.

종영은 두 사람 대화를 듣자 잔뜩 겁을 집어먹고 미친 듯이 내달려 순식간에 10여 장 밖으로 도망갔다. 아자는 앞이 보이지 않았고 유탄지까지 업고 있어 스스로 쫓아갈 방법이 없었다. 더구나 유탄지는 종영을 쫓아갈 생각이 없었기 때문에 전혀 다른 방향을 지시하고 말도 더듬더듬하다 보니 기회를 놓칠 수밖에 없었다. 아자는 종영의 발걸음

소리를 듣고 쫓아가기 힘들다 여겨 고개를 돌려 소리쳤다.

"계집애는 이미 도망갔으니 그 사내놈이나 죽여버려요!"

종영은 멀리서 그 얘기를 듣자 깜짝 놀라 그대로 걸음을 멈추고 몸을 돌렸다. 멀리서 바라보니 바닥에 쓰러진 단예의 몸에서 선혈이 흘러 바닥이 흥건해져 있는 것이 아닌가? 그녀는 재빨리 되돌아가 부르짖었다.

"이 장님아! 그분은 손대지 마라!"

그때 종영은 아자를 정면으로 바라보게 되었다. 그녀는 과연 미인이라 할 만큼 수려한 용모를 지니고 있었지만 누가 뭐라 해도 그렇게 악랄한 심성을 지닌 소녀라고 생각되지는 않았다.

아자가 호통을 쳤다.

"저 계집의 혈도를 찍어요!"

유탄지는 원치 않았지만 감히 그녀의 분부를 거스를 수는 없었다. 대요 남경의 남원대왕부에 있을 때도 그랬지만 개방 방주가 되고 난 이후에도 늘 그러했다. 그는 구부정한 자세로 손가락을 뻗어 종영의 혈도를 찍었다.

종영이 부르짖었다.

"왕 낭자, 그분은 해치지 말아요. 그분이, 잠꼬대를 하면서도 당신 이름을 불렀어요. 당신한테 진심을 다하는 거라고요!"

아자가 의아한 듯 물었다.

"무슨 말이야? 누가 왕 낭자인데?"

종영이 말했다.

"당… 당신이 왕 낭자 아닌가요? 그럼 당신은 누구죠?"

아자가 빙그레 웃었다.

"흥! 네가 날 '장님'이라고 욕한 탓에 너도 곧 있으면 장님으로 변해 버릴 텐데 그런 쓸데없는 질문이 웬말이냐? 아직 두 눈알이 남아 있을 때 몇 번 더 똑바로 봐두는 게 좋을 것이다."

아자는 유탄지를 내려놓고 다시 말했다.

"저 계집의 눈알을 뽑아내요!"

유탄지가 말했다.

"알겠소!"

그는 왼손을 쭉 뻗어 종영의 목덜미를 움켜쥐었다. 종영이 놀라서 큰 소리로 비명을 질렀다.

"안 돼! 눈은 안 돼!"

단예는 정신을 잃고 바닥에 쓰러져 있다가 그 두 사람이 종영의 눈알을 뽑아 아자 눈에 넣겠다는 말을 들었다. 더구나 종영이 도망갔다가 자기를 구하기 위해 다시 돌아오다 잡힌 것을 보고 기운을 돋우어 말했다.

"그러지 말고… 내 눈알을 뽑도록 하시오. 우리… 우리는 가족 간이니… 더 유용할 것이오."

아자는 그가 무슨 말을 하는지 알 수 없어 그의 말을 무시하고 유탄지에게 말했다.

"어찌 손을 쓰지 않는 거예요?"

유탄지는 달리 방법이 없어 대답할 수밖에 없었다.

"알겠소."

그는 종영을 가까이 끌어당겨 오른손 식지를 뻗어내 그녀의 오른쪽 눈을 찔러갔다.

별안간 한 여인의 목소리가 들려왔다.

"이봐요, 여기서 뭣들 하는 거예요?"

유탄지가 고개를 들어 바라보고는 대경실색했다. 산개울 옆에 남자 둘과 여자 넷이 서 있는데 남자 둘은 소봉과 허죽이었고 소녀 넷은 매란죽국 사검이었다.

소봉이 힐끗 눈을 돌려 단예가 바닥에 쓰러져 있는 것을 보고는 쏜살같이 달려와 단예를 안은 채 눈살을 찌푸렸다.

"상처 부위가 터졌구나. 피를 이렇게 많이 흘리다니!"

그는 왼쪽 다리를 굽혀 그의 몸을 다리에 올린 뒤 상처를 살폈다. 허죽이 곧바로 다가와 단예의 상처를 살피고는 말했다.

"큰형님, 놀라실 것 없습니다. 이 구전웅사환은 상처 치료에 큰 효험이 있습니다."

그는 단예의 상처 주위 혈도를 찍어 지혈을 한 뒤 구전웅사환을 먹였다.

단예가 소리쳤다.

"큰형님, 둘째 형님… 어서, 어서 사람 좀 구해주세요. 저자가 종 낭자의 눈알을 뽑지 못하게 해주세요. 차라리 제 눈알을 뽑게 말입니다. 종 낭자는 제… 제 누이입니다."

소봉과 허죽이 동시에 유탄지를 쳐다보자 유탄지는 놀랍고도 당황스러워했다. 더구나 그는 종영의 눈알을 파낼 생각도 없었기에 당장 그녀를 놓아주었다.

아자가 말했다.

"형부, 우리 언니가 죽기 전에 뭐라고 했죠? 형부가 언니를 때려죽이고 나서 언니가 했던 당부를 모두 잊으신 거예요?"

소봉은 그녀가 아주를 거론하자 가슴이 아프면서도 노기가 복받쳐 올라 코웃음을 치며 아무 대답도 하지 않았다. 아자가 다시 말했다.

"형부가 절 제대로 돌보지 않아 정 노괴가 제 눈을 멀게 만들었는데 그마저도 전혀 개의치 않는군요. 형부, 사람들이 형부를 당대 최고의 대영웅이라 말하지만 형부는 처제 하나 제대로 보호하지 못하는 사람이에요. 흥! 정 노괴가 형부한테 이길 수 없다는 건 틀림없는 사실이잖아요. 다만 형부가 절 돌보지 않고 보호하지 않았을 뿐이에요."

소봉이 의기소침한 표정을 지으며 말했다.

"네가 개방에 잡혀가 실명이 된 건 내가 널 보호하지 못해서였다. 그 점은 너한테 잘못한 게 확실하다."

그는 아자가 또 못된 성격이 발동해 종영의 눈알을 파내려 하는 것으로 알고 매우 화를 냈지만 빛이 없이 흐리멍덩한 그녀의 눈빛을 보고 아주가 죽기 전에 한 당부가 떠올랐다. 벼락을 동반한 소나기가 휘몰아치던 그날 밤에 아주는 청석교 옆에서 치명적인 일격을 맞고 그의 품 안에서 말했었다.

'저에게 친동생이 하나 있는데 어려서부터 함께 있지 못했으니 부디 그 아이를 잘 돌봐주세요. 그 애가 나쁜 길로 들어설까 걱정돼요.'

이 말에 그는 이렇게 말했었다.

'한 가지가 아니라 백 가지라 해도 들어주겠소.'

하지만 아자가 끝내 두 눈을 실명하고 말았으니 그녀가 아무리 못됐다 해도 결국에는 자신이 제대로 보호하지 않은 탓이었다. 소봉은 그녀가 앞을 보지 못하는 모습을 보고 속으로 가련한 마음을 금할 수 없어 눈빛 속에 온유한 기색을 내비치고 말았다.

아자는 그와 오랜 기간 함께 지냈기에 소봉의 성격상 자신이 아주를 거론하기만 하면 백발백중 그 어떤 힘든 일도 응낙하리라는 걸 뻔히 알고 있었던 터라 당장 힘없이 한숨을 내쉬며 소봉을 향해 말했다.

"형부, 이렇게 아무것도 못 보며 사느니 차라리 죽는 게 낫겠어요."

소봉이 말했다.

"널 네 부모님께 맡겼는데 어쩌다 또 장 방주와 함께 있게 된 것이냐?"

이때 그는 이미 아자가 스스로 원해 장취현과 함께 있는 것이며 장취현이 그녀의 말을 잘 듣는다는 것도 알고 있었기에 다시 말했다.

"아무래도 네 아버지와 대리로 돌아가는 것이 좋겠다. 눈이 못쓰게 됐어도 왕부 안에는 네 시중을 들 비복들이 많으니 그리 불편하진 않을 게야."

아자가 말했다.

"우리 어머니는 진짜 왕비가 아니라 내가 대리로 가면 왕부 안에 각종 암투가 벌어질 거예요. 더구나 아버지 수하들은 하나같이 날 죽일 듯 미워해서 목숨을 위협받게 될 테고 말이에요."

소봉은 그 말에 일리가 있다는 생각이 들었다.

"그럼 나를 따라 남경으로 돌아가 편히 살도록 하자. 강호에서 모험을 하며 다니는 것보다 나을 게다."

아자가 말했다.

"또 왕부로 간다고요? 아이고, 눈이 멀쩡했을 때도 병이 날 정도로 답답했는데 거길 어찌 또 갈 수 있겠어요? 게다가 형부는 장 방주처럼 제가 하자는 대로 해주지도 않잖아요? 차라리 강호를 유랑하는 게 훨씬 더 즐거워요."

소봉은 유탄지를 힐끔 쳐다보고 생각했다.

'아자가 저 개방 방주를 좋아하는 것 같구나.'

그리고 물었다.

"저 장 방주가 도대체 어떤 내력을 지녔는지 물어는 봤느냐?"

아자가 말했다.

"당연히 물어봤죠. 하지만 자기 내력을 스스로 말하는 건 믿을 바가 못 돼요. 형부, 전에 형부가 개방 방주를 할 때는 사람들한테 형부가 거란인이라고 말한 적 있나요 뭐?"

소봉은 그녀가 비아냥대는 투로 말을 하자 비웃으며 더 이상 대답을 하지 않았다.

아자가 말했다.

"형부, 절 무시하시는 거예요?"

소봉이 눈살을 찌푸리며 말했다.

"도대체 어쩌자는 것이냐?"

아자가 말했다.

"저 계집애 눈알을 뽑아 제 눈에 넣어주세요."

이 말을 하고 잠시 틈을 뒀다가 다시 말했다.

"장 방주는 원래 그 일을 대신 해주려 했어요. 형부가 와서 방해만 하지 않았다면 벌써 끝냈을 거예요. 음, 형부가 대신 해줘도 돼요. 형부, 알고 싶은 게 있어요. 도대체 형부랑 장 방주 중에 누가 더 저한테 잘해주나요? 전에 형부가 절 안고 관동으로 치료해주러 갔을 때는 저한테 굉장히 고분고분해서 제 말이라면 뭐든 들어줬잖아요? 우리 둘이 천막 안에 살면서 형부가 밤낮으로 절 안고 떨어지지 않았어요. 형부, 그 많은 일을 어찌 그리 다 잊을 수 있어요?"

유탄지는 흉악하고도 원망에 가득 찬 표정으로 소봉을 노려봤다. 마치 이런 말을 하는 듯했다.

'아자 낭자는 내 사람이다. 오늘 이후로 다시는 그녀를 건드릴 생각 마라. 무슨 일이 있어도 너한테 넘겨주지 않을 것이다.'

소봉은 유탄지에게 눈길조차 주지 않았다.

"그때 넌 중상을 입은 몸이었기에 내 진기로 네 목숨을 연장시키기 위해 부득불 네 말에 고분고분했던 것이다. 저 낭자는 내 의제의 친구인데 어찌 눈알을 뽑아 너한테 줄 수 있겠느냐? 더구나 세상에는 근본적으로 그런 의술이 없다. 그건 허황된 생각일 뿐이야."

허죽이 대뜸 대화에 끼어들었다.

"제가 보기에 단 낭자의 눈은 겉에 있는 한 겹이 못쓰게 된 겁니다. 만일 살아 있는 사람의 눈으로 바꿔줄 수만 있다면 시력을 회복할 수도 있습니다."

허죽은 의술에 관해 아는 바가 그리 많지는 않았지만 몇 달 동안 천산동모를 따라다니면서 부러진 다리를 붙이고 팔을 바꿔 끼는 등의 제반 요결에 관해 들어본 적이 있었다.

아자가 환호를 하며 부르짖었다.

"허죽 선생, 지금 그 말 거짓말 아니죠?"

허죽이 말했다.

"출가인이 어찌 거짓말을…."

그는 자신이 더 이상 '출가인'이 아니란 것이 생각나 얼굴을 살짝 붉혔다.

"당연히 거짓말이 아닙니다. 허나…."

아자가 말했다.

"허나 뭐예요? 우리 허죽 선생, 선생은 우리 형부와 결의형제니까 우리 두 사람은 한 가족이에요. 조금 전에도 우리 형부 말씀을 들으셨겠지만 형부가 절 얼마나 아끼는데요. 형부, 형부! 어찌 됐건 간에 형부 의제한테 제 눈을 고쳐달라고 부탁하세요."

허죽이 말했다.

"제가 과거 사백께 들은 적이 있습니다. 눈이 완전히 못쓰게 되지 않았다면 살아 있는 사람의 눈알로 바꿔 시력을 회복할 수 있다고 말입니다. 허나 눈알을 바꾸는 방법은 저도 모릅니다."

아자가 말했다.

"그럼 선생 사백께서는 방법을 아실 테니 그 어르신께 부탁 좀 드려주세요."

허죽이 한숨을 내쉬었다.

"우리 사백께서는 불행히도 세상을 떠나셨습니다."

아자가 발을 구르며 부르짖었다.

"이제 보니 거짓말로 날 희롱한 거였군요?"

허죽이 연신 고개를 가로저으며 말했다.

"아닙니다, 아닙니다! 우리 표묘봉 영취궁에는 의서와 약전을 다량 소장하고 있습니다. 필시 눈알을 바꾸는 방법도 궁 안에 남아 있을 것입니다. 허나… 허나…."

44. 나의 인연은 어디 있는 것일까?

아자는 기뻐하면서도 한편으로는 근심스러워 말했다.

"다 큰 사내가 어찌 그리 말을 더듬는 거예요? 아이 참, 또 뭐가 허나, 허나예요?"

허죽이 말했다.

"허나… 허나… 눈알처럼 귀한 장기를 누가 낭자와 바꿔주려 하겠습니까?"

아자가 깔깔대고 웃었다.

"난 또 무슨 어려운 일인가 했네. 살아 있는 사람 눈알을 구하는 게 뭐가 그리 어려워요? 저 어린 계집애 눈알을 뽑아내면 그뿐인데."

종영이 큰 소리로 부르짖었다.

"안 돼, 안 돼! 내 눈은 뽑아낼 수 없다!"

허죽이 말했다.

"그렇습니다! 역지사지가 아닙니까? 단 낭자가 앞을 못 본 채 살아가고 싶지 않듯이 종 낭자 역시 눈을 잃고 싶지 않을 겁니다. 물론 석가모니께서는 전생에 보살이 되실 때 머리와 눈, 피, 살과 손, 발, 뇌, 척수까지 모조리 사람들에게 베푸셨습니다. 하지만 종 낭자를 어찌 여래불과 비교할 수 있겠습니까? 더구나 종 낭자는 우리 셋째 아우 친구입니다."

그는 순간 속으로 움찔했다.

'아이고, 실수했다. 그날 영취궁 안에서 내가 셋째 아우와 술에 취해 허심탄회한 얘기를 하면서 아우가 마음속에 둔 여인이 바로 나의 '몽고'라고 하지 않았던가? 이제 보니 셋째 아우가 저 종 낭자한테 호감이 있는 것 같다. 조금 전 아우가 아자 낭자한테 말하는 걸 보니 차라리 자기 눈알을 파낼지언정 종 낭자를 해치지 말아달라고 부탁하지 않았는가? 사람의 오관과 사지 중 눈이 가장 중요한데 셋째 아우는 놀랍게도 종 낭자를 위해 자신의 두 눈을 기꺼이 포기하겠다고 했으니 이는 곧 그녀에 대한 정이 깊다고 생각할 수 있다. 설마 저 종 낭자가 바로 빙고 안에서 나와 사흘 밤을 함께 보냈던 그 몽고란 말인가?'

여기까지 생각하자 자기도 모르게 온몸이 부르르 떨렸다. 그는 고개를 돌려 몰래 종영을 훔쳐봤다. 비록 그녀 얼굴이 온통 잿가루와 지푸라기로 가득하긴 했지만 수려한 미색을 가릴 수는 없었다. 허죽은 몽고와 함께 보낸 시간이 결코 적지만은 않았다. 다만 아무것도 보이지 않는 암흑 속의 빙고 안에 있었던 터라 몽고가 도대체 어떤 모습인지는 그 역시 전혀 알 수 없었다. 손을 뻗어 그녀의 얼굴을 만져본다면 어렴풋이나마 단서를 잡을 수 있을지도 모른다. 그녀의 가느다란 허리를 끌어안을 수 있다면 어느 정도는 더 파악할 수 있을 테지만 이런 벌건 대낮에 사람들이 지켜보는 앞에서 어찌 손을 뻗어 종영의 얼굴을 만질 수 있겠는가? 더구나 허리를 껴안는 짓은 더 말할 필요도 없었다.

그는 몽고를 끌어안던 그 순간이 떠오르자 얼굴이 화끈거리기 시작했다. 종영의 목소리가 몽고와 많이 다른 것 같았지만 원래 사람의 목소리는 빙고 안에 있을 때와 사방이 탁 트인 곳에 있을 때 많이 다를 수 있겠다는 생각이 들었다. 하물며 몽고가 그와 나눈 말이라고는 대부분 부드러운 목소리로 속삭이면서 끝도 없이 주고받던 정담뿐이지 않던가? 그러나 종영은 두려움에 휩싸인 채 날카로운 비명을 지르고 있어 상황 자체가 다르니 목소리가 다른 것도 그리 이상할 게 없었다.

허죽은 종영을 응시했다. 마음 같아서는 손바닥을 뻗어 그녀의 얼굴을 가볍게 어루만지고 그녀가 정말 자신의 몽고가 맞는지 아닌지 알고 싶었다. 그는 마음속의 연정이 강렬해지면서 얼굴에도 자연히 온유하기 이를 데 없는 기색이 드러났다.

종영은 그의 온화하고 친절한 표정을 보자 자기 눈을 파낼 것으로 보이지 않아 어느 정도 마음을 놓을 수 있었다.

아자가 말했다.

"허죽 선생, 전 선생 아우의 친누이예요. 저 종 낭자는 오라버니 친구에 불과하고 말이에요. 누이와 친구는 차이가 어마어마하다고요."

단예는 영취궁의 구전웅사환을 복용한 후 눈 깜짝할 사이에 상처의 출혈이 멈추고 정신도 점점 맑아지기 시작했다. 눈알을 바꾸니 마니 하는 문제에 대해서는 제대로 듣지 못했지만 아자가 마지막으로 한 몇 마디만은 귀에 아주 똑똑히 들어왔다. 그는 참다못해 비웃었다.

"이제 보니 내가 당신 오라버니라는 사실을 알고 있었군. 한데 어찌 사람을 시켜 내 목숨을 해치려 한 거요?"

아자가 빙그레 웃었다.

"오라버니와는 말 한번 나눠본 적이 없는데 목소리를 어찌 알아보 겠어요? 어제 아버지, 어머니 말씀을 듣고 나서야 우리 형부와 허죽 선생의 결의형제이자 모용 공자를 일패도지시킨 대영웅이 바로 제 친 오라버니라는 사실을 알게 됐다고요. 이렇게 공교로울 데가 어디 있 어요? 우리 형부도 대영웅이고 우리 친오라버니도 대영웅이니 말이에 요. 정말 대단해요!"

단예가 고개를 가로저었다.

"대영웅은 무슨 대영웅? 망신만 당하고 웃음거리가 됐는데."

아자가 웃으며 말했다.

"아이고, 겸손 떨 필요 없어요. 오라버니, 아까 나뭇간에 숨어 있을 때 제가 오라버니였는지 어찌 알았겠어요? 눈도 보이지 않는데 말이에요. 오라버니가 우리 형부한테 '큰형님'이라고 하는 소리를 듣고 나서야 오라버니인 줄 알았죠."

단예는 속으로 그것도 맞는 말이라 생각했다.

'둘째 형님께서 치료법을 안다고 하시니 어찌 됐건 치료할 방법을 강구해주실 것이다. 종 낭자의 눈은 절대 건드릴 수 없다. 종… 종 낭자도 내 친누이이니까.'

아자가 깔깔대고 웃었다.

"어제 저쪽 산 위에서 오라버니가 그 왕 낭자 비위를 맞추려고 죽기 살기로 달려드는 소리를 들었는데 어떻게 눈 깜짝할 사이에 또 이 종 낭자한테 반했대요? '친누이'까지 운운하면서 말이에요. 오라버니, 부끄럽지도 않아요?"

단예는 그녀의 말에 얼굴이 새빨갛게 변했다.

"허튼소리!"

아자가 말했다.

"종 낭자가 만약 제 올케라면 당연히 올케 눈은 건드리지 못하죠. 하지만 올케가 아니라면 못 건드릴 거 뭐 있어요? 오라버니, 종 낭자는 대체 제 올케예요? 아니에요?"

허죽은 곁눈질로 단예를 쳐다보면서 심장이 쿵쾅쿵쾅 뛰기 시작했다. 종영이 진짜 몽고인지 아닌지 알 수 없었기 때문이다. 만일 아니라면 문제가 없지만 정말 몽고라면 단예가 그녀를 처로 맞아들였을 때 어찌해야 할지 몰랐기 때문이다. 그는 만면에 근심 어린 기색을 하고 단예의 대답을 기다렸다. 아주 짧은 시간이었지만 몇 시진보다 긴 것처럼 느껴졌다.

종영 역시 단예의 대답을 기다리며 곰곰이 생각했다.

'이제 보니 저 눈먼 낭자가 오라버니 누이였구나. 저 여자마저 오라버니가 왕 낭자의 비위를 맞추려 한다고 말하는 걸 보면 왕 낭자를 마음에 두고 있는 건 절대 거짓이 아니야. 그런데 왜 조금 전에는 내가 악노삼의 '소사모'라고 말한 거지? 왜 내 눈알 대신 오라버니 눈알을 가져가라고 했느냐고? 게다가 사람들 앞에서 왜 날 '친누이'라고 말하는 걸까?'

그때 단예가 입을 열었다.

"어찌 됐건 간에 종 낭자를 해치는 건 용납 못하겠소. 누이는 어린 나이에 늘 못된 짓만 하고 다녔소. 우리 대리의 저만리 저 대형도 누이 때문에 울화가 치밀어 죽었지 않소? 누이가 또 악의를 품는다면 우리 둘째 형님도 눈을 치료해주지 않을 것이오."

아자가 입을 삐죽 내밀며 못마땅한 듯 말했다.

"흥! 오라비 노릇을 하려고 하네요? 평생 처음 나한테 말을 하면서 다정한 모습은 보이지 못할망정 훈계를 하는 거예요?"

소봉은 단예가 정신적으로 여전히 힘든 것 같기는 했지만 말에 일관성이 있고 진기가 점차 왕성해지는 것으로 보아 영취궁 구전웅사환의 효험이 뛰어나 이미 생명에는 지장이 없다는 것을 알게 되었다.

"셋째 아우, 다 같이 집 안에 들어가 좀 쉬면서 어찌할지 상의를 해보세."

단예가 말했다.

"좋습니다!"

그는 허리를 곧게 펴고 몸을 일으켰다. 종영이 부르짖었다.

"아이고, 함부로 움직이지 마세요. 그러다 상처가 또 터지겠어요."

그녀의 말투는 관심으로 가득했다. 소봉이 기뻐하며 말했다.

"둘째 아우, 자네 상처 치료 영약은 신묘하기 이를 데 없군."

허죽이 네네 하며 적당히 얼버무리며 답했다. 속으로는 애정이 가득 실린 종영의 배려하는 말투를 듣고 왠지 모를 박탈감에 망연자실해하고 있었기 때문이다.

사람들은 집 안으로 들어갔다. 소봉은 대문 입구에 송 장로와 개방 제자 네 명의 시신이 바닥에 쓰러져 있는 것을 보고 놀라고도 분노하지 않을 수 없었다. 그는 유탄지와 아자를 매서운 눈초리로 흘겨보다가 이내 한숨을 몰아쉬고 허죽과 함께 다섯 구의 시신을 묻어주었다.

이때 날은 이미 저물었다. 매란죽국 네 자매가 등불을 밝힌 다음 각자 차를 우리고 밥을 지어 차례대로 소봉과 단예, 허죽과 종영에게 올렸다. 하지만 유탄지와 아자는 거들떠보지도 않았다. 아자는 속으로 화가 치밀어올랐지만 시력을 회복하려면 허죽에게 간청을 해야 했던 터라 억지로 참을 수밖에 없었다.

소봉은 아자가 성질을 부리든 말든 신경도 쓰지 않았다. 그러다 손이 가는 대로 구들장 옆 탁자에 있는 서랍 하나를 열어보다 깜짝 놀랐다. 단예와 허죽은 그의 표정이 바뀐 것을 보고 같이 가서 서랍 속을 들여다봤다. 서랍 속에는 어린아이 장난감들이 들어 있었는데 나무를 조각한 호랑이와 진흙으로 만든 강아지, 짚을 엮어 만든 곤충 집, 죽통으로 만든 귀뚜라미 집 같은 것들이었다. 그리고 녹이 슬어버린 작은 칼도 몇 자루 들어 있었다. 그 장난감들은 농가에서 흔히 볼 수 있는 물건들이라 이상할 게 전혀 없었지만 소봉은 그 목각 호랑이를 집어 들고 정신 나간 사람처럼 멍하니 바라보고 있었다.

아자는 소봉이 뭘 하고 있는지 몰라 답답했다. 그녀는 손을 뻗어 머리카락을 매만지려다 팔꿈치가 옆에 있던 솜을 자아내는 데 쓰는 물레와 부딪치자 신경질이 난 나머지 허리에서 검을 뽑아 쉭 하는 소리를 내며 물레를 두 동강 내버렸다.

소봉은 안색이 돌변하며 버럭 화를 냈다.

"무… 무슨 짓이냐?"

아자가 말했다.

"이 물레가 날 아프게 해서 베어버렸어요. 뭐 잘못됐나요?"

소봉이 화를 벌컥 내며 말했다.

"당장 나가! 이 집 안에 있는 물건을 어찌 함부로 못쓰게 만드는 것이냐?"

아자가 말했다.

"나가라면 나가죠."

그녀는 빠른 걸음으로 나갔다. 화가 잔뜩 나서 빠른 걸음으로 가다 보니 다시 쾅 소리와 함께 이마를 문지방에 부딪히고 말았다. 그녀는 아무 소리도 내지 못하고 앞을 더듬어 짚어가며 다급하게 걸어나갔다. 소봉은 마음이 약해져 재빨리 다가가 그녀의 손목을 잡고 부드럽게 말했다.

"아자, 부딪힌 곳은 아프지 않으냐?"

아자는 몸을 돌려 그의 품에 안겨 큰 소리로 울어대기 시작했다.

소봉이 그녀의 등을 다독거리며 나지막이 말했다.

"아자, 내가 나빴다. 너한테 그렇게 화를 내는 게 아니었는데…."

아자가 울먹거리며 말했다.

"변했어, 변했어! 날 대하는 태도가 예전과는 달라!"

소봉이 부드러운 목소리로 말했다.

"앉아서 좀 쉬면서 차 좀 마셔라. 어떠냐?"

그는 자기 찻잔을 가져다 아자의 입가에 대고 왼손을 자연스럽게 뻗어 그녀의 허리를 껴안았다. 과거 아자가 그에게 근골이 부러지고 난 이후 소봉은 그녀를 1년 넘게 시중들면서 차와 밥을 먹여주고 옷을 갈아입히거나 머리를 빗기고 대소변을 누이는 등 친밀한 사이에서나 할 수 있는 시중을 들지 않을 수 없었다. 당시 아자의 근골이 부러지고 난 뒤에는 똑바로 앉아 있지 못해 소봉이 약이나 탕을 먹여줄 때 왼손으로 그녀의 몸을 껴안는 행동이 오랜 세월 동안 습관이 된 터였다. 그러자 지금 그녀에게 차를 먹여줄 때도 자연스럽게 그런 행동이 나왔던 것이다. 아자는 그가 먹여주는 차를 몇 모금 마시자 마음이 풀린 듯 빙그레 웃었다.

"형부, 절 또 내쫓을 거예요?"

소봉은 그녀의 몸에서 손을 떼고 고개를 돌려 찻잔을 탁자 위에 내려놓았다. 모색이 창연한 가운데 어디선가 두 줄기 야수 같은 흉악한 눈빛이 원한에 사무친 듯 자신에게 쏟아지고 있었다. 소봉은 흠칫 놀랐다. 유탄지가 한쪽 구석에서 이를 부득부득 갈고 콧구멍을 벌렁거리며 당장이라도 자신을 물어뜯을 듯한 표정으로 앉아 있는 것이 아닌가? 소봉은 생각했다.

'어떤 내력을 가진 자인지 모르겠군. 행동 하나하나가 기괴하기 짝이 없으니 말이야.'

아자가 다시 말했다.

"형부, 제가 저 낡은 물레 좀 베어버렸다고 어찌 그리 화를 내시는 거예요?"

소봉은 긴 한숨을 내쉬었다.

"여긴 내 의부모님 집이다. 네가 베어버린 건 의모가 쓰시던 물레이고."

사람들 모두 깜짝 놀랐다.

소봉은 작은 목각 호랑이를 손에 들고 뚫어져라 쳐다봤다. 흐릿한 등불이 그의 거대한 그림자를 진흙 벽 위에 비추었다. 그는 손을 오므려 중지와 식지로 목각 호랑이의 등을 가볍게 쓰다듬었다. 그는 얼굴에 사랑스러운 기색을 띠고 말했다.

"이건 우리 의부께서 만들어주신 것이다. 그때 난 다섯 살이었어. 의부… 그때는 아버지라고 불렀지. 아버지께선 이 등잔불 옆에서 나무로 이 호랑이를 깎아주셨고 어머니는 물레질로 솜을 자아내고 계셨다. 난 아버지 앞에 앉아 목각 호랑이에 귀가 생기고 코가 생기는 모습을 보면서 속으로 얼마나 기뻤던지…."

단예가 물었다.

"큰형님, 형님께서 절 구해 이곳으로 데려오셨군요?"

소봉이 고개를 끄덕였다.

"그렇다네."

당초 그 무명 노승이 사람들을 상대로 설법을 할 때, 구마지가 느닷없이 단예에게 독수를 날려 단예가 쓰러지자 무명 노승은 곧바로 소맷자락을 떨쳐 구마지를 수 장 밖으로 날려버렸다. 구마지는 감히 더는 머물러 있을 수 없어 재빨리 몸을 날려 하산해버렸다.

소봉은 단예가 중상을 입은 모습을 보고 재빨리 달려가 응급조치를 취했고 현생이 상처 치료 영약을 꺼내 단예에게 발라주었다. 구마지의 화염도 초식이 매섭기 그지없었지만 단예의 내력은 무척이나 웅후해 화염도의 도세가 가슴에 미치는 순간 자연스럽게 암경暗勁[33]이 뻗어나왔다. 그렇지 않았다면 그 자리에서 목숨을 잃고 말았을 것이다.

소봉은 산바람이 워낙 강해 중상을 입은 단예가 바람에 노출되면 해롭다 여겨 그를 안고 근방에 있는 자신의 옛 집터로 달려갔다. 그러고는 단예를 구들장 위에 올려놓고 부친을 만나기 위해 다시 돌아갔다. 부친을 만나는 일 외에도 그와 함께 온 열여덟 명의 거란 무사들에게 별도의 조치를 해야만 했기 때문이다. 그러나 그의 의부모가 세상을 떠나고 남은 빈 집에 며칠 동안 사람이 거주하고 있으리라고는 생각도 하지 못했다. 더구나 그곳에 거주하던 사람은 바로 단예가 익히 아는 사람이질 않은가?

그가 다시 소림사로 돌아갔을 때는 절 안의 소란은 이미 끝난 상태였다. 소원산과 모용박은 이미 무명 노승이 펼친 불법의 교화 아래 삼보에 귀의해 소림사로 출가를 하게 되었다. 두 사람 사이의 해묵은 원한도 모두 풀어졌음은 물론 오히려 사형제지간이 된 것이다.

소원산의 출가로 소림파 무공이 더 이상 요나라에 전파될 일이 없어지게 되자 중원의 군웅도 마음을 놓을 수 있게 되었다. 소봉이 종적을 감춘 이후 거란 무사 열여덟 명은 영취궁의 비호하에 아무런 해도 입지 않았고 각 로의 영웅들 역시 큰일이 모두 정리되자 앞다투어 작별을 고하고 산 아래로 내려갔다. 소봉은 더 이상 남들과 분쟁을 일으키고 싶지 않아 절 옆의 한 동굴 안에 몸을 숨기고 해 질 녘까지 버티다 산문으로 가서 부친과 재회하고자 했다.

소림사 지객승이 이 사실을 고하러 안으로 들어갔다 한참 후에 다시 나와 말했다.

"소 시주, 영존께서는 이미 본사에 승려로 출가하신 관계로 영존께서 시주에게 이런 말씀을 전하라 하셨습니다. '속세의 인연은 다 끝나고 마음속의 해탈을 득해 평안하고 즐거운 마음으로 가득한바, 오늘 이후로 불법 학습과 참선에 전념할 것이니 시주께서는 염려하지 마시오. 소 시주가 대요의 관직에 있는 동안은 오직 송요 간에 영원토록 전쟁이 없기만 바랄 뿐이오. 요 황제가 송나라를 침략할 의도가 있다 해도 부디 시주께서 자비심을 베풀어 양국의 수많은 백성을 굽어봐 주시기를 바라겠소.'"

소봉이 합장을 하며 말했다.

"네!"

그는 비통한 마음에 곰곰이 생각해봤다.

'아버지께서는 고령의 나이인데 오늘 나와 만나기를 원치 않으신다면 앞으로 다시 만날 기약도 할 수 없을 것이다.'

이런 생각도 들었다.

'난 대요의 남원대왕으로서 남쪽 변방 수호의 중책을 맡은 몸이다. 송나라가 대요를 침략한다면 난 자연히 군사를 이끌고 송나라의 북상을 저지해야 할 것이다. 그러나 황상께서 군사를 일으켜 송나라를 정벌하길 원한다면 응당 적극적인 간언으로 저지해야만 할 것이다.'

이런 숙고를 하는 사이 발소리가 들리며 절 안에서 일고여덟 명의 노승이 걸어나왔다. 다름 아닌 신산상인을 비롯한 외지에서 온 고승들이었다. 현적과 현생 등이 예를 올리며 배웅을 했다.

소봉은 한쪽에 비켜서서 신산과 도청 등이 모두 하산하고 난 뒤에야 천천히 그 뒤를 따라갔다. 몇 걸음 걷지 않았을 때 절 안에서 다시 누군가가 나오는데 다름 아닌 허죽이었다. 그는 소봉을 보자 크게 기뻐하며 한걸음에 달려왔다.

"형님, 안 그래도 형님을 찾고 있던 중입니다. 셋째 아우가 중상을 입었다던데 상세가 어떠합니까?"

소봉이 말했다.

"내가 구해서 산 밑에 있는 농가에 데려다 놨네."

허죽이 말했다.

"저와 함께 가보시는 게 어떠합니까?"

소봉이 말했다.

"그러세!"

두 사람이 어깨를 나란히 한 채 10여 장을 걸어가자 매란죽국 네 자매가 숲속에서 튀어나와 허죽의 뒤를 따랐다. 허죽은 걸어가면서 소봉에게 영취궁 여인들과 삼십육동, 칠십이도 군호가 모두 하산했으며 거란 무사 열여덟 명도 그 일행과 함께 있어 중원의 군호가 감히 함부로 건드리지는 못할 것이란 얘기를 해줬다. 소봉은 감사의 뜻을 표하며 생각했다.

'우리 의제가 정말 특별한 순간에 나타났다. 셋째가 나를 대신해 결의형제를 맺었는데 이런 환난 속에서 의제한테 큰 도움을 받게 될 줄이야.'

허죽은 또 정춘추를 소림사 계율원에서 관장하도록 했다는 말도 했다. 매년 단오와 중양 두 명절에 소림사 승려들이 그에게 영취궁의 알약을 먹여 생사부가 발작하는 고통을 해소시켜줄 것이며 그의 생사가 남의 손에 달려 있기 때문에 감히 더 이상 악행을 저지를 수 없을 것이란 내용이었다. 소봉은 박장대소를 했다.

"둘째 아우, 자네가 무림의 커다란 화근 하나를 제거했네. 정춘추가 불법을 도야陶冶하면서 그가 지닌 포악한 기운을 제거할 수 있을지 모르겠군."

허죽은 언짢은 표정을 지었다.

"전 소림사에 출가하고 싶었지만 사조와 사부님들께서 절 쫓아내버렸는데 정춘추는 천리에 위배되는 온갖 악행을 골라서 한 자임에도 소림사에서 수도를 할 수 있게 해줬습니다. 우리 두 사람은 고락의 업보가 어찌 이리 다른 건지 모르겠습니다."

소봉이 껄껄 웃었다.

"둘째 아우, 자네는 정 노괴가 부러울지 몰라도 정 노괴는 천 배 만 배 더 자네를 부러워할 걸세. 자네는 영취궁의 주인인 몸으로 삼십육동 동주와 칠십이도 도주를 통솔해 천하에 그 명성을 떨치고 있으니 어찌 부럽지 않겠는가?"

허죽이 고개를 가로저었다.

"영취궁 안에는 여인들뿐이라 저 같은 일개 소화상이 그 안에 머무는 건 그리 유쾌한 일이 아닙니다."

소봉이 껄껄대고 웃었다.

"아직까지 자신을 소화상으로 알고 있는가?"

허죽이 다시 말했다.

"허풍과 아부가 몸에 밴 그 성수파 무리들이 절 성가시게 구니 어찌 쫓아버려야 할지 모르겠습니다."

소봉이 말했다.

"본디 비열하고 염치없는 자들이라 성수노괴 문하에 들어간 것이네. 허풍을 떨고 아부를 하지 못하면 살아남기 힘들었을 테니 말이네. 둘째 아우, 시간이 흐른 뒤에도 회개를 하지 않으면 그때 가서 모조리 쫓아내버리면 그뿐이야. 절대 그런 간악한 무리를 곁에 두어서는 안 되네."

허죽은 부모님과 하루아침에 상봉했다가 다시 하루아침에 둘 다 잃게 된 사실을 떠올리며 비통한 마음을 참지 못하고 눈물을 흘리기 시작했다.

소봉이 위안을 하며 말했다.

"둘째 아우, 세상에는 뜻대로 되지 않는 일이 무수히 많다네. 과거 내가 개방에서 축출당했을 때 만천하의 영웅호걸들이 하나같이 날 죽이지 못해 안달이었네. 그때 난 무척 힘들었지만 어느 정도 시간이 흐르자 점차 좋아지게 됐지."

허죽이 말했다.

"맞습니다. 여래께서 과거 왕사성王舍城 영취산靈鷲山에서 설법을 하셨으니 영취라는 두 글자는 원래 불법과 인연이 있는 것 아닙니까? 언젠가는 제가 영취궁을 영취사로 바꾸고 영취궁 내의 파파와 수수, 낭자들을 모두 비구니로 만들어야겠습니다."

소봉이 앙천대소하며 말했다.

"절 안에 거주하는 화상이 모두 비구니라면 천하에 다시 없는 일이 될 것일세."

두 사람이 교삼괴 집 후원에 당도했을 때는 마침 유탄지가 종영의 눈알을 파내려 하고 있었고 다행히 적시에 제지할 수 있었다.

단예가 물었다.

"큰형님, 둘째 형님! 저희 아버지 못 보셨나요?"

소봉이 말했다.

"그 후에는 다시 보지 못했네."

허죽이 말했다.

"북새통에 군웅이 한꺼번에 흩어지는 바람에 이 소형도 노백老伯께 예를 올릴 수 없었네. 큰 실례를 한 셈이야."

단예가 말했다.

"둘째 형님, 천만의 말씀입니다. 단연경 그자가 우리 집안의 원수라 그자가 우리 아버지를 힘들게 했을까 염려돼서요."

소봉이 말했다.

"그 문제는 염려하지 않을 수 없군. 내가 노백을 찾아가 거들어야겠네."

아자가 말했다.

"말끝마다 무슨 노백이니 소백이니 하면서 어째서 '장인어른'이라고는 안 하시는 거예요?"

소봉이 한숨을 쉬었다.

"평생 한스러운 일이거늘 내가 무슨 말을 더 할 수 있겠느냐?"

이 말을 하면서 몸을 일으켜 방에서 나가려 했다.

그때 매검이 닭곰탕 한 그릇을 들고 방 안으로 들어와 단예에게 먹이려다 이들 말을 듣고 말했다.

"소 대협, 소 대협께서 찾으러 가실 필요 없습니다. 소인이 주인님의 명을 전해 영취궁 수하들더러 사방을 순찰하도록 하면 됩니다. 단연경이 누군가를 해치려는 태도를 보이면 곧바로 폭죽을 터뜨려 신호를 하라고 하고 그때 저희가 달려가 구하면 될 겁니다. 어떻습니까?"

소봉이 기뻐하며 말했다.

"아주 좋소! 우리 몇 명이 찾아다니는 것보다 영취궁 수하의 1천여 명이 지역을 나눠 살피는 것이 훨씬 나을 것이오."

매검이 그길로 나가 명을 전달했다. 영취궁 각부의 상호 간 연락은 무척이나 신속했다. 얼마 지나지 않아 양천부 여인들이 그 소식을 듣고 부민의의 인솔하에 근처로 달려와 명을 받들 준비를 했다.

단예는 마음이 놓이자 곧바로 왕어언을 떠올리며 생각했다.

'그녀는 마음속으로 날 극히 미워하고 있으니 앞으로 다시 만나면 거들떠보지도 않을 거야.'

생각이 여기까지 미치자 그는 한숨을 푹 내쉬었다.

종영이 이를 지켜보다 관심 어린 목소리로 물었다.

"다친 데는 아프지 않으세요?"

단예가 말했다.

"그리 아프지 않소."

아자가 말했다.

"종 낭자, 우리 오라버니를 좋아해도 속마음은 제대로 모르나 보네? 낭자의 그런 연정은 언젠가 막연하게 느껴질걸?"

종영이 말했다.

"낭자한테 한 말도 아닌데 왜 끼어들고 그래요?"

아자가 웃으며 말했다.

"내가 끼어드는 건 상관없지. 난 낭자보다 열 배는 더 아름답고 부드러우며 열 배는 더 자상하게 돌보는 다른 낭자가 끼어들어서 우리 오라버니가 종 낭자를 더 이상 마음에 담아두지 않을까 염려돼서 그러는 거야. 우리 오라버니가 왜 한숨을 쉬는지 알기나 해? 한숨을 쉬는 건 뭔가 불만이 있어서 그런 거야. 낭자가 오라버니를 모시는 데 마음속으로 만족을 하면 한숨을 내쉴 일이 없겠지. 우리 오라버니가 한숨만 연달아 쉬는 건 당연히 다른 낭자 때문이라고."

아자는 종영의 눈알을 뽑아낼 방법이 없자 말로라도 자극해 그녀가 크게 상처를 받게 만들 생각이었다. 그래야 속이 후련했던 것이다.

종영은 그 말을 듣고 화가 머리끝까지 났지만 그녀의 말에 일리가 있는 것 같아 분노의 감정이 이내 우울한 기분으로 변해버렸다. 다행히 그녀는 아직 나이가 어리고 천진난만한 성격이라 단예에게 한눈에 반하긴 했지만 뼈에 사무칠 정도의 연정은 아니었기에 그와 함께 있는 것만으로도 말할 수 없이 위안이 되고 즐겁게 느껴질 뿐이었다. 단예가 다른 사람 생각에 자기를 거들떠보지도 않는 것이 힘들기는 했지만 그 외에는 다른 어떤 것도 없었다.

단예가 다급하게 말했다.

"종… 종… 영 누이, 장님 코끼리 만지듯 아무 말이나 내뱉는 저 아자 말은 절대 듣지 마시오."

종영은 단예가 자신을 더 이상 '종 낭자'라 부르지 않고 '영 누이'라 부르는 모습에 친밀감을 느끼고 웃음꽃이 활짝 핀 얼굴로 말했다.

"절 자극하려는 거잖아요? 전 신경 안 써요."

아자는 속으로 분통이 터졌다. 앞을 보지 못하게 된 이후 가장 증오하는 사람이 바로 '장님'이란 말을 들먹거리는 사람이었다. 단예가 만일 '허튼소리'나 '헛소리'라고 했다면 그냥 웃고 넘어갔을 테지만 전혀 아무렇지 않은 표정으로 '장님 코끼리 만지듯'이란 말을 쓰지 않았는가? 그녀는 당장 단예에게 말했다.

"오라버니, 도대체 왕 낭자를 더 좋아하는 거예요? 아니면 종 낭자를 더 좋아하는 거예요? 내가 내일 왕 낭자랑 만나기로 약속했으니까 지금 오라버니 입에서 나온 말은 왕 낭자한테 직접 전해주겠어요."

단예가 그 말을 듣고 당장 일어나 앉아 다급하게 물었다.

"왕 낭자하고 만나기로 약속했다고? 어디서? 언제? 무슨 일로 만나는 거요?"

종영은 그의 이런 다급한 모습을 보고 더 이상 무슨 말을 하든 그의 마음속에는 왕 낭자가 자신보다 몇 배나 더 중요한 사람으로 자리 잡고 있다는 생각이 들었다. 그래도 워낙 시원시원한 성격이라 처음에는 괴로웠지만 나중에는 오히려 담담해졌다. 만일 입장이 바뀌어 의중지인이 자신을 버리고 남에게 연정을 품는 일을 왕어언이 당했다면 그녀는 극단적으로 슬퍼했을 것이다. 또 그게 목완청이었다면 십중팔구 당장 화살을 날려 단예를 쏴버렸을 테고, 아자였다면 왕어언을 죽여버리려 했을 것이다. 종영은 오히려 담담하게 말했다.

"일어나지 마세요. 상처가 터지지 않게 조심하셔야 해요. 그러다 또 피가 나겠어요."

허죽은 옆에서 세 사람이 하는 대화를 듣다가 곰곰이 생각했다.

'종 낭자가 셋째 아우한테 저토록 애정이 깊은 걸 보면 우리 몽고는 절대 아닐 것이다. 그렇지 않다면 내 목소리를 듣고 어찌 표정에 아무런 변화가 없을 수 있단 말인가?'

그러나 다시 생각을 바꿨다.

'아이고, 아니구나! 동모 사백과 이추수 사숙 그리고 여 파파와 석수수, 부 낭자, 매란국죽 등등 여인들을 보면 꿍꿍이가 너무 많아 속을 알 수가 없다. 우리 사내들과는 전혀 다르다. 어쩌면 종 낭자가 몽고일지 모른다. 진작 날 알아봤으면서 시치미를 떼고 모른 체하는 게 분명해.'

단예는 여전히 아자를 다그쳐가며 내일 왕어언과 어디서 만나기로 약속했는지 캐물었다. 아자는 그가 그렇게 다급해하는 모습을 보고 속으로 어찌 골려줄 것인지 궁리만 하면서 어쩌면 잇속을 차릴 수도 있으리라 생각해 당장은 건성으로 대할 뿐이었다.

난검이 들어와 이미 양천부에서 명을 전달해 단정순 일행을 찾도록 했으며 무슨 일이 발생하면 곧바로 달려갈 것이라 고하며 단예를 안심시켰다. 단예가 말했다.

"이토록 애써주시는 누님께 재하가 감사해 마지않습니다."

난검은 그가 대리국 왕자라는 존귀한 신분임에도 말하는 태도에 있어 전혀 거들먹거리는 기색이 보이지 않자 그에게 호감을 느끼게 되었다. 그때 또 아자에게 내일 약속에 대해 캐묻는 것을 보고 참다못해 끼어들었다.

"단 공자, 공자 누이가 농담하는 거예요. 진짜로 받아들이지 마세요."

단예가 말했다.

"누님이 제 누이가 농담을 하는지 어찌 아시오?"

난검이 웃으며 말했다.

"제가 말을 뱉으면 쓸데없이 입을 놀린다고 단 낭자가 나무랄 거예요. 주인님께서 허락하실지도 모르겠고 말이에요."

단예가 재빨리 허죽을 향해 말했다.

"둘째 형님, 어서 말하라고 해주세요!"

허죽이 고개를 끄덕이며 난검을 향해 말했다.

"셋째 아우와 난 허물이 없는 사이이니 어떤 일이든 숨길 필요가 없습니다."

난검이 말했다.

"조금 전 모용 공자 일행이 소실산에서 내려가는 걸 봤는데 서하로 간다는 말을 들었습니다. 왕 낭자도 모용 공자를 따라갔으니 지금쯤 수십 리 밖에 가 있을 거예요. 그런데 어찌 내일 단 낭자와 만날 수 있겠습니까?"

아자가 침을 퉤하고 뱉으며 호통을 쳤다.

"못된 계집애! 내가 쓸데없는 입을 놀린다고 나무랄 걸 알면서 기어코 입을 연단 말이냐? 너희 네 자매는 정말 하나같이 입이 싸구나. 주인님이 여기서 말씀을 나누시는데 너희가 버릇없이 말참견을 하다니 말이야."

별안간 창밖에서 한 소녀 목소리가 들려왔다.

"단 낭자, 어째서 우리 언니를 욕하는 거예요? 영취궁 내 신농각神農閣 열쇠를 제가 보관하는 거 몰라요? 주인님께서 낭자 눈을 치료할 요결을 찾으려면 신농각에 가서 서책과 약을 찾아내지 않으면 안 된다고요."

이 말을 하는 사람은 다름 아닌 죽검이었다.

아자는 속으로 깜짝 놀랐다.

'저 못된 계집애 말이 사실일지 몰라. 허죽 저 땡추중이 내 눈을 제대로 치료하기 전까지는 그 옆의 계집애들한테 잘못해서는 안 돼. 안 그랬다간 저년들이 심술을 부려서 몰래 약물 몇 종류를 바꿔치기라도 한다면 내 눈은 끝장날 거야. 흥, 흥! 눈을 다 치료하고 난 다음에 뜨거운 맛을 보여주고 말 테다!'

이런 생각을 하고 묵묵부답 아무 말도 하지 않았다.

단예가 난검을 향해 말했다.

"알려주시어 고맙소. 모두 서하로 갔단 말이오? 거긴 무슨 일로 간 것이오?"

난검이 말했다.

"무슨 일로 갔는지는 들은 바가 없습니다."

허죽이 말했다.

"셋째 아우, 그 점은 내가 알고 있네. 공야 선생이 개방 장로들한테

하는 말을 들었지. 모용 공자 일행이 소림사로 오는 도중 서하에서 중원으로 돌아온 개방 제자 하나를 만났는데 서하 국왕의 방문을 공개했다네. 서하 공주가 혼인할 나이가 돼서 내년 3월 청명에 부마를 선발하겠다는 내용이지. 서하는 원래 말을 달리며 활을 쏘는 궁마弓馬를 기반으로 세워진 나라이기 때문에 만천하의 영웅호걸들을 청해 무공 실력을 시연토록 하고 재기와 용모를 겸비한 인물을 국왕이 선택해 부마로 삼겠다는 것이네.”

매검이 참다못해 입을 오므려 말했다.

“주인님, 주인님께서는 왜 서하에 안 가세요? 소 대협과 단 공자만 주인님과 다툴 일 없다면 서하국의 부마가 되는 건 누워서 떡 먹기 아닌가요?”

매란죽국 네 자매는 천성이 천진난만해서 동모가 친자식처럼 대해주다 보니 그들이 주종 관계이긴 했지만 실제로는 조손간이나 마찬가지였다. 동모는 매우 엄해서 조금이라도 마음에 들지 않으면 곧바로 중벌을 내렸기 때문에 네 자매는 늘 전전긍긍하며 감히 무엄하게 굴 수 없었다. 하지만 허죽은 유순하기 이를 데 없는 성격이었고 또한 평소 그녀들과 함께 있을 때도 주인으로서의 존엄성이라고는 조금도 없었을 뿐만 아니라 오히려 그녀들에게 공손한 태도로 대해왔기에 네 자매가 생각나는 대로 말을 뱉어도 전혀 거리낌이 없었다.

허죽이 연신 손사래를 쳤다.

“아닙니다, 안 갑니다! 나 같은 일개 출가….”

그는 입에서 나오는 대로 또다시 ‘출가인’이란 단어를 말하려다 간신히 마지막 ‘인’ 자를 목구멍으로 집어삼켰다. 방 안에 있던 매검과 난검 그리고 밖에 있던 죽검과 국검이 동시에 웃음보를 터뜨렸다. 허죽은 새빨개진 얼굴로 고개를 돌려 종영을 슬쩍 훔쳐봤다. 그녀는 단예를 물끄러미 바라보기만 할 뿐 자기 말에 대해선 전혀 개의치 않는 모습이었다. 그는 별안간 마음이 동했다.

'서하로 간다고? 나… 나와 몽고는 서하국 홍주 황궁의 빙고 안에서 만났으니 몽고가 아직 홍주에 있을지 모른다. 셋째 아우는 그녀가 어디 사는지 말해주지 않으니 내가 서하로 가서 탐문해봐야 하는 것이 아닌가?'

속으로 이런 생각을 할 때 단예가 말했다.

"둘째 형님, 영취궁이 서하에서 가깝지 않습니까? 어차피 영취궁으로 돌아가셔야 할 텐데 서하에 잠깐 들르는 건 어떻겠습니까? 여기 어느 검인지 모르는 누님… 허, 송구하오. 당신들 네 자매가 모두 똑같이 생겨 분간을 할 수가 없소…. 여기 누님이 형님더러 부마가 되라고 하는 건 우스갯소리겠지만 내년 청명이 되면 사방의 호걸들이 홍주로 운집할 테니 필시 떠들썩하고 구경거리도 많을 것입니다. 큰형님, 형님도 너무 서둘러 남경으로 돌아갈 것 없이 저희와 서하에 함께 가서 놀다가 다시 영취궁으로 가서 천산동모가 남겨놓은 백년미주百年美酒나 마시러 가십시다. 그럼 얼마나 즐겁겠습니까? 전에 영취궁에서 둘째 형님과 둘이 코가 삐뚤어지도록 마실 때 얼마나 즐거웠는지 모릅니다."

소봉이 소실산에 올 때는 열여덟 명의 무사들이 커다란 가죽 주머니에 든 독주를 메고 자신을 수행했었다. 그러나 지금은 무사들이 곁에 없어 술을 마신 지가 꽤 되었던 터라 단예가 영취궁에 가서 천산동모의 백년미주를 마시자는 말에 자기도 모르게 군침이 돌아 입꼬리에 미소를 띨 수밖에 없었다.

아자가 다그치며 말했다.

"가요, 가! 가요! 형부, 우리 다 함께 가요."

그녀는 자신의 눈을 고치기 위해선 허죽을 따라 영취궁에 가야만 한다는 사실을 알고 있었다. 그러나 소봉이 뒷받침해주지 않는다면 허죽이 치료해주겠다 해도 그의 입 싼 수하 계집 네 명이 일부러 난감하게 만들 테니 일이 지체돼 문제가 생길 게 뻔한 이치였다. 그녀는 소봉이 주저하며 대답을 하지 못하자 속으로 생각했다.

'형부가 겉보기에는 호탕한 것 같아도 속마음은 무척 세심하다. 이제 내 마음을 짐작했을 테니 차라리 거두절미하고 부탁하는 것이 더 쉽게 답을 이끌어내는 길이다.'

그러고는 당장 몸을 일으키면서 소봉의 옷소매를 가볍게 몇 번 잡아당기며 애원했다.

"형부, 절 영취궁에 데려가지 않으면 전⋯ 전 평생 햇빛을 보지 못할 거예요."

소봉이 생각했다.

'아자의 눈을 치료하는 것이 큰일은 큰일이다.'

그리고 다시 생각했다.

'내가 대요에서 존귀한 자리에 올라 있긴 하지만 말이 통하는 벗은 하나도 없다. 중원 호걸들에게 미움을 산 이후 어렵사리 호방하고 의협심 넘치는 형제 두 사람과 교분을 맺게 됐는데 며칠 더 함께 지낸다면 이보다 더 좋을 수는 없지. 다행히 이제 아자를 찾았으니 지금 당장

남경으로 돌아간다 해도 별로 할 일도 없고 무료하기만 할 것이다.'

이런 생각을 하고 당장 답했다.

"좋아, 둘째 아우, 셋째 아우! 함께 서하에 잠깐 들렀다 둘째 아우네 영취궁으로 가서 며칠 동안 실컷 마셔보세. 더구나 둘째 아우한테는 단 낭자의 눈 치료를 부탁해야 하니 말이네."

허죽이 말했다.

"당연히 최선을 다할 것입니다."

다음 날 일행은 다 같이 길을 떠났다. 허죽은 다시 소림사 산문 앞에 가서 절을 하고 중얼거리며 염불을 외웠다. 첫째, 부처님의 은덕에 감사 드리고 둘째, 소림사 내의 모든 승려의 가르침에 감사드리고 셋째, 부친인 현자와 모친인 섭이랑의 망령에게 고별인사를 하는 것이었다.

산 아래로 내려오자 영취궁 여인들이 이미 나귀가 끄는 수레를 구해와 단예와 유탄지를 수레 안에 눕혀 요양토록 했다. 유탄지는 무척이나 언짢은 기분이었지만 차라리 모욕을 참을지언정 무슨 일이 있어도 아자와 헤어지고 싶지는 않았다. 아자가 간혹 수레의 휘장을 걷고 그에게 한두 마디만 해도 그는 종일 감격스러운 마음을 유지할 수 있었다. 다만 아자가 말을 탄 채 언제나 소봉이 잡아끄는 고삐에 끌려가다 보니 소봉 옆을 따라갈 수밖에 없었다. 유탄지는 가슴이 아팠지만 감히 불만 어린 기색을 드러낼 수 없었다.

이틀을 걸어가다 영취궁의 각부 여인들이 하나둘 모여들었다. 난천부 수령이 허죽과 단예를 향해 고했다. 그녀들이 진남왕을 찾아가 단 공자의 상세가 좋아지고 있어 전혀 문제없다고 전하자 진남왕은 한시름 놓으며 단예한테 속히 대리로 돌아오라고 전하라는 내용이었다. 난

천부 여인들이 다시 말했다.

"진남왕 일행은 동북쪽으로 가셨고 단연경과 남해악신, 운중학 등은 서쪽으로 갔기 때문에 양측이 마주칠 일은 절대 없습니다."

단예는 크게 기뻐하며 난천부 여인들에게 감사의 뜻을 표했다.

종영이 단예에게 물었다.

"영존께서는 오라버니를 속히 대리로 돌아오라 하시면서 본인은 어찌 동북쪽을 향해 가신 거죠?"

단예가 빙긋 웃고 미처 답을 하기도 전에 아자가 웃었다.

"아버지는 분명 우리 어머니한테 끌려갔을 거야. 대리로 돌아가지 못하게 했겠지. 종 낭자, 우리 오라버니 마음을 잡으려면 우리 어머니한테 배워야 할걸?"

그 이틀 동안 단예는 줄곧 종영이 자기 누이라는 사실을 본인에게 설명해야 하는지 곰곰이 생각해봤다. 어쨌든 그 얘기를 입에 담는 건 무척이나 어색했다. 종영의 마음에 상처가 되는 일이기도 하지만 부친의 명성에도 손상이 가는 얘기인지라 아무래도 당분간 말하지 않는 게 좋을 듯싶었다. 종영은 단예가 오로지 왕 낭자를 만나기 위해 서하로 가려는 것임을 뻔히 알았지만 단예를 매일같이 볼 수 있는 것만으로도 충분히 만족하고 있었기에 나중에 단예가 왕 낭자와 만난 이후의 일에 대해서는 신경조차 쓰지 않았다. 아자가 비아냥거리는 말로 그녀에게 조소를 보내도 그녀는 전혀 개의치 않았다.

소실산은 경서북로 하남부에 위치하고 있어 서하로 가기 위해서는 우선 서쪽으로 영흥군로永興軍路의 섬주陝州와 해주解州, 하중부河中府로 가서 서북쪽으로 돌아 방주坊州와 부주鄜州, 감천甘泉을 지나 연안부延安府

에 이르렀다 다시 보안군保安軍을 경유해 서하의 홍주洪州까지 가야만
했다. 그리고 다시 서북쪽으로 걸어가 변경을 따라 염주鹽州와 서평
부西平府의 흥주, 회주懷州에 이르렀다 황하를 건너 서하의 도성인 흥경
부興慶府에 이르는 기나긴 여정이었다. 가는 길에는 길게 늘어선 산봉
우리와 초원을 수없이 마주치고 때로는 황사가 얼굴에 닥쳐 칼날 같
은 바람을 맞아야만 했다.

단예의 상세는 점점 좋아졌다. 허죽이 유탄지의 부러진 다리를 붙
여주기 위해 부목으로 고정시켜주자 점차 회복의 기미가 보이기 시작
했다. 유탄지는 그 누구와도 말을 하지 않았다. 허죽이 그의 다리를 치
료해줄 때에도 그는 여전히 불만 섞인 표정으로 고맙다는 말 한 마디
조차 하지 않았다. 두 사람이 부상을 입고 있어 일행들 역시 한낮을 택
해 길을 걸었던 터라 매일 수십 리씩만 걷고 천천히 쉬어갔다. 한파가
몰아쳐 큰 눈이 어지럽게 내릴 때는 큰 성내로 들어가 술을 마셔가며
며칠 동안 꼼짝하지 않고 쉬기도 했다. 일행은 하중부에 머물며 즐겁
고 떠들썩하게 새해를 맞이했다. 다행히 청명절까지는 아직 시간이 많
이 남아 있어 서쪽으로 서둘러 움직이다 모래바람을 맞는 고통을 피
할 수 있었다.

어느 날 일행이 동주同州 일대에 당도했을 때 단예는 소봉 등을 향해
과거 유방과 항우가 쟁패를 벌이던 사적들에 관해 설명해줬다. 소봉과
허죽은 그에 관한 책들을 읽어본 적이 없었던 터라 단예가 채찍을 휘
날리며 얘기하는 과거의 영웅호걸들 고사를 듣고 무척이나 흥미를 느
꼈다.

별안간 말발굽 소리가 울려퍼지며 뒤쪽에서 말 두 필이 내달려왔

다. 소봉 일행은 타고 가던 말들을 길옆으로 끌어내며 뒤쪽에서 오는 사람들이 먼저 가도록 양보했다. 아자는 여전히 길을 막고 있다가 말 두 필이 그의 뒤에 달려올 때 채찍을 들어 뒤에서 오는 말 머리를 후려쳤다. 뒤쪽에서 말을 타고 오던 자가 채찍을 들어 아자의 채찍에 맞서면서 큰 소리로 부르짖었다.

"단 공자! 소 대협!"

단예가 고개를 돌려보니 앞장서서 달려오던 사람은 파천석이었고 그 뒤에는 주단신이었다. 파천석은 채찍을 휘둘러 아자가 후려친 채찍을 막아낸 뒤 주단신과 함께 몸을 날리며 안장에서 뛰어내려 단예를 향해 절을 했다. 단예가 황급히 말에서 내려 답례를 하고 물었다.

"아버지께서는 평안하십니까?"

이때 휙 하는 소리와 함께 아자가 다시 채찍을 휘둘러 파천석의 머리를 향해 후려갈겼다.

몸을 채 일으키기도 전이었던 파천석은 왼쪽으로 살짝 비키면서도 여전히 바닥에 무릎을 꿇고 있었다. 아자가 휘두른 채찍이 빗나가자 파천석은 오른쪽 무릎으로 아자의 채찍 끝을 지그시 눌렀다. 아자가 힘껏 빼내려 했지만 채찍은 꼼짝도 하지 않았다. 그녀는 자신의 내력이 절대 상대에 미치지 못한다 느끼고 채찍 손잡이를 파천석을 향해 힘껏 던져버렸다. 파천석은 저만리를 분에 못 참고 죽게 만든 그녀에게 약간의 응징을 가하려 한 것이지만 그녀가 앞을 보지 못함에도 행동은 여전히 기민하기 짝이 없어 채찍 손잡이가 그토록 신속하게 날아오리라고는 생각지 못했다. 바람 소리를 듣자마자 황급히 고개를 비틀어 얼굴은 피할 수 있었지만 퍽 소리와 함께 채찍 손잡이가 그의 어깨에 적중되고 말았다.

단예가 호통을 쳤다.

"아자 누이, 또 말썽을 피우는 게요?"

아자가 말했다.

"무슨 말썽을 피운다 그래요? 저자가 내 채찍을 원해서 준 것뿐인데."

파천석이 히죽히죽 웃었다.

"채찍을 하사해주시어 감사드립니다."

그는 몸을 일으켜 품 안에서 서찰 한 통을 꺼내 두 손으로 단예에게 건넸다.

단예가 손을 뻗어 받아보니 겉봉투에 '예아는 보아라'라는 부친의 손글씨가 적혀 있었다. 그는 재빨리 두 손으로 받들고 옷매무새를 고친 후에 공손하게 뜯어봤다. 그 내용은 당장 서하에 가서 연이 닿는 대로 서하 공주를 처로 맞이할 방법을 강구하라는 부친의 명이었다. 서찰 속에는 이렇게 적혀 있었다.

'우리 대리는 남쪽 변경 벽처에 있어 나라가 작고 군사력이 약해 외세에 저항하기 어려우니 만일 서하와 인친 관계를 맺게 된다면 강력한 원군을 얻을 수 있어 영토를 지키고 백성들을 안정시키기에는 최고의 책략이 될 것이다. 이 아비는 조종의 대업과 나라의 백성을 무엇보다 중히 여기고 있으니 최선을 다해 도모하도록 하여라.'

단예는 서찰을 모두 읽고 난 후 얼굴이 붉으락푸르락하다 더듬거리며 말했다.

"이… 이건…."

파천석은 다시 커다란 서찰 하나를 더 꺼냈다. 겉에는 '대리국 황태제 진남왕 보국대장군'이라는 주홍색 인장이 찍혀 있었다. 그는 이 서찰을 올리며 말했다.

"이건 왕야께서 서하 황제께 구혼을 하는 친필 서한입니다. 공자께서 흥주에 당도한 후에 서하 황제에게 바치도록 하십시오."

주단신 역시 싱글벙글 웃었다.

"공자, 순조롭게 성공하시길 기원하겠습니다. 뛰어난 미모의 공주를 얻어 대리로 돌아가신다면 우리 강산은 반석처럼 안정될 것입니다."

단예는 더욱 난감한 표정을 지으며 물었다.

"아버지께서 제가 서하에 가는 걸 어찌 아신 거죠?"

파천석이 말했다.

"왕야께서는 모용 공자가 구혼을 위해 서하로 간다는 소식을 듣고 필시 공자… 께서도… 구경을 하러 가실 것이라 짐작하셨습니다. 또한 공자께 국가의 대사를 중히 여겨야 하며 남녀 간의 사사로운 정은 가벼이 여기라 분부하셨습니다."

아자가 깔깔대고 웃었다.

"'아비만큼 자식을 잘 아는 사람이 없다'는 말을 이럴 때 쓰는 거예요. 아버지께서는 모용복이 서하로 간다는 말을 듣고 분명 왕 낭자도 따라갈 테니 보배 같은 자기 아들도 자연히 그 뒤를 쫓아갈 거라 짐작한 거죠. 흥! 윗물이 맑아야 아랫물도 맑은 법인데 자기 자신은 국가대사를 중히 여기지 않으면서 어찌 자식들한테는 사사로운 정을 가벼이 여기라고 하는 거예요? 나라를 떠나서 산 지 그리 오래됐는데 어찌 돌아가지 않느냐 말이에요?"

파천석과 주단신, 단예 세 사람은 아자가 자기 부친에 대해 그토록 불경한 말을 하는 것을 보고 아연실색하지 않을 수 없었다. 그녀가 한 말이 사실이긴 했지만 딸 된 사람으로 어찌 부친의 잘못된 점을 저토록 곧이곧대로 늘어놓을 수 있단 말인가?

아자가 다시 말했다.

"오라버니, 아버지가 서찰에 또 뭐라고 썼어요? 제 얘기는 없었나요?"

단예가 말했다.

"아버지께선 누이가 나와 함께 있는 걸 모르고 계시오."

아자가 말했다.

"음. 맞아요. 모르시겠죠. 아버지께서 날 찾으라는 당부는 있었나요? 오라버니의 이 앞 못 보는 누이를 어찌 돌볼지 강구하라는 말은 없던가요?"

단정순의 서찰 속에는 당연히 그런 내용이 언급되어 있지 않았다. 단예는 있는 그대로 사실을 말하면 누이의 마음이 다칠까 두려웠다. 그는 곧 파천석과 주단신 두 사람에게 눈짓을 하고 부왕께서 아자를 찾아오라는 명을 내리셨다고 말하도록 했다. 하지만 파천석과 주단신 두 사람은 이를 알아듣지 못한 척하며 아자 비위를 맞춰주려 하지 않았다. 주단신이 말했다.

"진남왕께서는 저희 두 사람에게 공자를 수행하면서 공자를 잘 보필하되 반드시 서하 공주를 맞이할 수 있도록 하라 명하셨습니다. 그렇지 않으면 우리 두 사람은 대리로 돌아가 왕야의 호된 질책을 받게 될 것이며 저희 체면도 구겨져 고개를 들고 다닐 수 없을 것입니다."

그의 말에 따르면 단정순은 그 두 사람에게 단예를 감시하고 서하의 부마가 될 수 있게 만들라는 의미로 보낸 것이 아닌가?

단예는 쓸쓸한 웃음을 지었다.

"난 무예라고는 모르고 하물며 중상을 입고 있는 몸이라 진기를 끌어올릴 수도 없는데 어찌 천하 영웅호한들과 겨룰 수 있겠습니까?"

파천석은 고개를 돌려 소봉과 허죽을 향해 몸을 숙이며 말했다.

"진남왕께서는 소인에게 소 대협과 허죽 선생을 찾아뵈라는 명도 내리셨습니다. 두 분께서 결의형제의 정을 생각해 저희 공자를 도와주시도록 청하라고 말입니다. 진남왕께서는 또 소실산 위에서는 경황이 없어 두 분에게 친근하게 대하지 못한 점에 대해 깊은 사과를 드리신다면서 소인에게 약소하나마 예물을 바치라 명하셨습니다."

그는 이 말을 하면서 벽옥으로 조각된 사자를 하나 꺼내 두 손으로 소봉에게 바쳤다. 주단신은 품 안에서 상아로 만든 부채 하나를 꺼냈는데 뒤에 단정순이 《심경心經》을 베껴 적어놓은 것이었다. 그는 그 부채를 허죽에게 올렸다.

두 사람은 감사의 뜻을 표하며 받아들고 말했다.

"셋째 아우 일은 우리가 최선을 다해 돕는 것이 당연한데 단 백부께서 어찌 그런 당부를 하셨나 모르겠소? 더구나 이런 진귀한 예물을 하사하시다니 더욱 황송할 따름이오."

아자가 말했다.

"아버지가 호의로 그러는 줄 알아요? 아버지는 두 사람한테 우리 오라버니와 부마 자리를 놓고 다투지 말라는 당부를 한 거예요. 우리 아버지는 자기 보배 같은 아들이 두 사람을 당해내지 못할까 두려웠던 거죠. 두 사람이 그렇게 단번에 응낙을 하시면 우리 아버지 술수에 넘어가는 거라고요."

소봉이 가벼운 한숨을 내쉬었다.

"네 언니가 세상을 떠난 마당에 내가 어찌 또 처를 맞겠다는 생각을 하겠느냐?"

아자가 말했다.

"말로는 당연히 그렇게 하겠죠. 마음속으로는 그런 생각을 할지 또 누가 알아요? 허죽 선생, 선생께서는 충직하고 성실하시니까 우리 오라버니처럼 저렇게 풍류를 좋아하는 호색한과는 달리 여기저기 정을 남기는 짓은 안 하셨잖아요? 선생께서는 여자와 정을 맺은 적이 없을 테니 서하 공주를 맞아들이면 얼마나 좋겠어요?"

허죽은 얼굴이 온통 새빨개져서 연신 손사래를 쳤다.

"아니, 아니오! 나… 난 절대 그럴 수 없습니다. 당연히 큰형님과 함께 셋째 아우를 도와 그 혼사를 성사시킬 겁니다."

파천석과 주단신은 서로의 얼굴을 쳐다보다 소봉과 허죽을 향해 절을 했다.

"응낙해주시어 감사드립니다."

무림의 영웅호걸들은 한번 내뱉은 말에 대해서는 절대 번복하지 않기에 소봉과 허죽이 단예를 돕겠다고 응낙하자 파천석과 주단신 두 사람은 이를 다시 한번 언급하며 그들이 한번 한 말을 되돌릴 수 없도록 못 박았다. 그러나 이는 두 사람이 후회를 할까 두려워서가 아니라 단예가 더 이상 거절하지 못하게 하자는 데 있었다.

일행이 서북쪽을 향해 나아가니 흥주에 점점 더 가까워지고 길에서 마주치는 무림 지사들도 많아지기 시작했다. 서하의 영토는 요나라나 송나라보다 작았지만 서쪽 변경의 대국이었던 터라 하투河套와 감주,

숙주肅州, 양주 등 비옥한 땅을 다수 보유하고 있었다. 당시 서하 국왕은 이미 황제를 자칭하고 있었다. 송나라가 원우 연간, 요나라가 대안 연간이던 시기에 서하 황제인 이건순李乾順은 역사적으로 숭종崇宗 성문제聖文帝로 일컬어졌으며 연호는 '천호민안天祜民安'이었다. 이 당시에는 서하 조정이 태평하여 국태민안의 시대라 할 수 있었다.

무림에 몸담고 있는 사람이 서하 공주를 처로 맞아들일 수 있다면 부귀영화를 손쉽게 손에 넣을 수 있으니 세상에 이보다 더 좋은 일이 어디 있겠는가? 다만 무림에서 명성을 떨친 인물들 대부분은 이미 처를 얻어 자식이 있었고 젊은 나이의 사내들은 무공이 그리 고강하지 않았다. 그 때문에 노년의 영웅들이 자기 자식들이나 제자들을 데리고 운을 기대하며 오는 경우도 적지 않았다. 강호의 수많은 대도大盜들과 방회의 호걸들은 오히려 혈혈단신 요행을 품고 일제히 흥주로 발길을 옮겼다. 많은 사람이 이렇게 생각했다.

'천 리 먼 길 떨어져 있는 혼인의 연분도 이어질 수 있다는 말이 있지 않은가? 어쩌면 나와 서하 공주의 혼인의 연분은 이미 정해져 있는 것인지도 모른다. 내 무공 실력이 남보다 낫다고 할 수는 없지만 내가 공주와 인연이 있어 공주 눈에 든다면 부마가 될 수 있는 희망은 충분히 있다.'

가는 길에 보이는 보통의 젊은 영웅호걸들은 하나같이 화려한 의관을 갖추고 있었고 지니고 있는 무기에도 무척이나 신경을 쓴 것으로 보였다. 마치 무슨 대단한 대회에 참가라도 하는 모양새였다. 길에서 아는 사람이라도 만나면 서로 낄낄대고 웃으며 공주의 용모가 어떠하며 무예 실력이 어떠한지 탐문하기에 바빴고 서로 모르는 사람에게는 눈을 부릅뜨고 쩨려보며 상대를 적대시했다.

어느 날, 소봉 일행이 말고삐를 당겨 서서히 나아가고 있는데 갑자기 말발굽 소리와 함께 반대편에서 말 한 필이 내달려왔다. 말 위에 탄 사람은 오른팔을 흰 천으로 묶어 목에 걸고 해진 옷을 입고 있었는데 그 꼴이 말이 아니었다. 소봉 등은 이에 개의치 않았다. 속으로 어디서 넘어졌거나 아니면 누구에게 맞았겠거니 하며 지극히 평범하게 생각했기 때문이었다. 그러나 얼마 지나지 않아 또 다른 말 세 필이 달려오는데 놀랍게도 말 위에 탄 사람들이 하나같이 팔 아니면 다리가 부러지는 중상을 입은 상태가 아닌가? 그 세 사람은 창백한 얼굴에 멋쩍은 모습으로 고개를 숙인 채 남들한테 눈길 한번 주지 않고 다급하게 지나갔다. 매검이 말했다.

"앞에서 누가 싸우나 보지? 어째서 저 많은 사람이 부상을 입은 걸까?"

말이 채 끝나기도 전에 다시 두 사람이 정면에서 달려왔다. 그 두 사람 모두 말도 타지 않고 얼굴이 온통 피투성이였는데 그중 한 사람은 머리에 싸맨 푸른 천에서 핏물이 끊임없이 배어나왔다. 죽검이 말했다.

"이봐요, 상약 필요하지 않아요? 어쩌다 이렇게 다친 거죠?"

그 사람은 그녀를 무서운 눈초리로 쩨려보다 바닥에 가래침을 퉤하고 뱉고 고개를 홱 돌려 가버렸다. 국검이 대로해서 장검을 뽑아 들어 그를 향해 찔러갔다. 허죽이 고개를 가로저으며 말렸다.

"그만두세요! 부상이 매우 중해 그런 겁니다. 똑같이 대응할 것 없어요."

난검이 말했다.

"죽검이 호의로 약이 필요하냐고 물었을 뿐인데 저토록 무례하게 나오니 아파서 죽게 내버려두는 게 낫겠습니다."

바로 그때 맞은편에서 말 네 필이 바람을 일으키며 내달려오는데 왼쪽에 두 기, 오른쪽에 두 기였다. 말 위에 탄 사람들이 서로 손가락질을 하며 욕을 해대는 소리가 들렸다. 그중 누군가가 말했다.

"다 네가 분수를 모르고 덤벼서 그리된 거야. 자기 실력이 어느 정도인지 생각도 안 해보고 홍주에 가서 부마가 될 생각을 해?"

다른 쪽에 있던 한 사람이 똑같이 욕을 퍼부어댔다.

"그렇게 잘났으면 너는 왜 못 뚫고 지나간 거야? 지니까 괜히 나한테 화풀이야!"

이 네 사람은 말을 타고 내달리며 서로 빠른 말로 대화를 나누었던 터라 도대체 무엇 때문에 싸우는지 정확히 들을 수가 없었다. 순식간에 소봉 일행 가까이까지 왔다. 네 사람은 소봉 일행이 숫자가 많은 것을 보고 감히 길을 비키라는 소리는 못하고 말을 끌어 양옆으로 내달려갔다. 그러면서도 여전히 서로 손가락질을 하며 욕을 해댔다. 얼핏 들으니 이 네 사람 모두 홍주로 가서 부마가 되려 했지만 어딘가 관문을 지나려다 이를 통과하지 못하고 실의에 빠져 돌아가는 모양이었다.

단예가 말했다.

"큰형님, 제가 보기엔…."

이 말이 채 끝나기도 전에 맞은편에서 다시 수 명이 터벅터벅 걸어오는데 역시 온몸에 부상을 입어 누구는 머리가 터져 피를 흘리고 누구는 다리를 절뚝거리며 걷고 있었다. 종영이 호기심을 참지 못하고 말을 달려 앞으로 가서 물었다.

"이봐요, 앞에 관문을 지키는 사람이 그렇게 무서운가요?"

한 중년 사내가 말했다.

"흥! 그쪽은 여자이니 지나가도 막는 사람이 없을 테지만 남자들은 일찌감치 돌아가는 게 좋을 게요."

사내의 그 말에 소봉과 허죽 등은 이상한 느낌이 들었다.

"무슨 일인지 가보세!"

그러고는 말을 재촉해 달려갔다.

일행이 7~8리 정도를 달려가니 산길이 험준해지면서 위쪽으로 말한 마리가 겨우 지날 수 있는 구불구불한 오솔길이 나 있었다. 굽이 길을 몇 번 돌자 시꺼멓게 모여 있는 사람들 무리가 보였다. 소봉 일행이 가까이 다가가보니 오솔길 중간에 대한 두 명이 나란히 서 있었다. 키가 6척이 넘는 매우 건장한 체구를 지닌 둘 중 한 사람은 손에 커다란 강철 절굿공이를 들고 있었고 또 한 사람은 양손에 동추銅錘 한 자루씩을 든 채 흉악한 모습으로 앞에 있는 사람들을 쳐다보고 있었다.

두 대한 앞에 있는 사람들은 적어도 열일고여덟 명은 돼 보였고 각자 말하는 억양이 조금씩 달랐다. 그중 누군가가 말했다.

"실례하겠소. 우린 홍주로 가야 하니 두 분께서는 좀 비켜주시오."

이는 지극히 정중하게 예를 다한 것이었다.

또 다른 누군가가 말했다.

"통행세를 받으려는 게요? 한 사람당 은자 한 냥이오, 두 냥이오? 가격을 제시한다면 타협을 할 수도 있지."

이는 마음을 떠보겠다는 뜻이었다. 또 다른 누군가가 말했다.

"정 비키지 않고 이 어르신을 화나게 하면 너희 두 사람을 베어 육장으로 만들어버릴 것이다. 그럼 뼈도 못 추리게 될 것이니 좋은 말로 할 때 순순히 비켜라. 괜히 큰일 치르지 말고!"

이는 협박을 하는 말투였다. 또 다른 사내가 말했다.

"두 분은 당당한 풍모에 위엄이 넘치는데 어찌 홍주에 가서 부마가 되려 하지 않으시오? 그 뛰어난 미모를 지닌 공주가 남들 손에 넘어가면 어찌 아깝지 않겠소?"

이는 유혹을 하는 말투였다. 사람들이 분분한 의견으로 떠들어대도 대한 둘은 시종 아랑곳하지 않았다.

돌연 군중 속에서 한 사내가 호통을 쳤다.

"비켜라!"

순간 한광이 번뜩이며 검을 추켜세운 사내가 앞으로 달려가 왼쪽에 있는 대한을 향해 찔러나갔다. 그 대한의 신형은 무척이나 크고 무기 역시 극히 무거웠지만 뜻밖에도 행동은 신속하기 이를 데 없었다. 그는 양손의 추를 열십자 모양으로 모아 상대 장검을 쌍추 사이에 끼웠다. 그가 들고 있던 팔각동추八角銅錘는 한 자루 무게만 족히 40여 근은 되어 보였다. 쩽 하는 소리와 함께 장검이 10여 토막으로 부러지자 대한이 다리를 날려 그 사내의 아랫배를 걷어찼다. 그 사내는 비명을 내지르며 7~8장 밖으로 나자빠져 순간 몸을 일으키지 못했다.

또 다른 사내가 쌍도를 휘두르며 돌진해나갔다. 거침없이 휘두르는 쌍도가 백광 무더기를 형성해 사내의 전신을 보호했다. 그는 두 대한 앞까지 그대로 전진하다 대갈일성과 함께 돌연 지당도법으로 변초를 하더니 바닥을 구르며 다가가 쌍도로 두 대한의 다리를 베어나갔다. 절굿공이를 든 대한은 그 사내가 휘두르는 칼이 어찌 오든 신경도 쓰지 않고 절굿공이를 들어 그 백광을 향해 매섭게 후려쳐 나갔다.

"으악!"

참혹한 비명 소리와 함께 그 사내의 쌍도는 강철 절굿공이에 부러져 칼끝이 자신의 심장에 나란히 박힌 채 산 아래로 데굴데굴 굴러내려가버렸다.

두 대한이 연달아 두 사내를 해치우자 남은 사람들은 감히 앞으로 나아가지 못했다. 갑자기 다그닥 다그닥 하는 말발굽 소리가 들리며 오솔길 위로 당나귀 한 필이 올라왔다. 당나귀 등 위에는 나이가 열여덟아홉 정도에 불과한 한 젊은 서생이 타고 있었는데 넓은 도포를 입고 느슨한 허리띠를 맨 기품 있는 표정의 준수하기 이를 데 없는 용모의 소유자였다. 그가 당나귀를 타고 소봉 일행 옆을 지나가자 사람들은 오늘 길에서 만난 여타 강호 호걸들과는 매우 다른 모습으로 느껴져 몇 번씩이나 쳐다봤다. 단예가 돌연 소스라치게 놀랐다.

"아니… 다… 당신은…."

그 서생은 그를 쳐다보지도 않고 사람들이 탄 말들을 헤집고 맨 앞으로 나아갔다.

종영이 의아한 듯 말했다.

"저 상공을 아세요?"

단예는 얼굴이 새빨개지며 말했다.

"아니오, 사람을 잘못 본 것 같소. 저 사람은 남자인데 내가 어찌 알겠소?"

단예의 말이 논리에 맞지 않다 보니 아자가 웃음을 터뜨렸다.

"오라버니, 이제 보니 여자만 알아보고 남자는 알아보지 못하나 보네요?"

그녀가 잠시 여유를 두었다 다시 물었다.

"조금 전에 지나간 사람이 남자였다고요? 분명 여자였는데?"

단예가 말했다.

"그 사람이 여자라고?"

아자가 말했다.

"당연하죠. 몸에서 좋은 향기가 났는데 분명 여인의 향기였어요."

단예는 심장이 쿵쾅쿵쾅 뛰기 시작했다.

"그… 그렇다면 정말 그녀인가?"

이때 그 서생이 이미 당나귀를 타고 두 대한 앞에 이르러 호통을 치고 있었다.

"비켜라!"

그가 내뱉은 이 한 마디는 낭랑하기 이를 데 없었다. 과연 여자 목소리였던 것이다.

단예는 더 이상 의심하지 않고 소리쳤다.

"목 낭자, 완청, 누이! 아니, 누… 누… 누이가… 난… 난…."

입으로 마구 부르짖으면서 말을 재촉해 그 뒤를 쫓아가자 파천석과 주단신 두 사람도 일제히 따라갔다.

그 소년 서생은 당나귀 등 위에 탄 채 두 대한을 노려보며 고개조차 돌리지 않았다. 파천석과 주단신이 옆으로 다가가 바라봤다. 고운 눈에 아름다운 얼굴을 보니 과연 과거 단예를 따라 대리 진남왕부에 왔던 목완청이 틀림없었다. 두 사람이 속으로 부르짖었다.

'창피한 노릇이로구나. 눈이 멀쩡한 우리가 장님만도 못하다니 말이야.'

놀랍게도 아자는 앞을 보지 못하지만 청각이나 후각은 보통 사람보다 뛰어나 목완청 체내에서 풍기는 특별한 향기를 맡자마자 그가 여자임을 알아차렸다. 하지만 다른 사람들은 틀림없이 일개 소년 서생이라고만 생각했을 뿐 너무 순식간에 지나치는 바람에 남녀를 분간하지 못했던 것이다.

단예는 말을 몰고 목완청 옆으로 다가가 손을 뻗어 그녀의 어깨 위에 올려놓고 부드러운 목소리로 말했다.

"누이, 그동안 어디 있었소? 얼마나 보고 싶었는데."

목완청은 어깨를 빼며 그의 손을 피하더니 고개를 돌려 냉랭한 목소리로 말했다.

"보고 싶어요? 날 왜 보고 싶어 하는데요? 정말 내 생각을 했어요?"

단예가 멍한 표정으로 그녀의 질문에 아무런 대답도 하지 못했다.

맞은편에서 절굿공이를 쥐고 있던 대한이 껄껄대며 소리쳤다.

"좋아, 이제 보니 계집애였구나. 넌 그냥 보내주마."

동추를 쥔 대한이 소리쳤다.

"아녀자는 지나가도 되지만 역겨운 사내놈들은 못 간다. 이봐, 당장 꺼져라! 꺼지란 말이다!"

이 말을 하면서 단예를 가리키며 호통을 쳤다.

"너 같은 기생오라비는 보기만 해도 화가 난다. 이 어르신이 네놈을 육장으로 만들어놓을 것이다. 그때 가서 후회하지 마라!"

단예가 말했다.

"형씨, 그런 소리 마시오. 이곳은 누구나 지날 수 있는 대로인데 형씨가 어찌 못 가게 하는 것이오? 이유나 좀 압시다."

그 대한이 말했다.

"토번국 종찬왕자宗贊王子의 명이다. 이 관문은 한 달 동안 폐쇄할 것이며 3월 청명절 이후에 다시 개방할 것이다. 청명절 이전까지 여자는 지나도 남자는 지날 수 없고, 승려는 지나도 속인은 지날 수 없으며, 노인은 지나도 젊은이는 지날 수 없다. 또한 죽은 자는 지나도 산 자는 지날 수 없다! 이를 '사과사불과四過四不過'라 하는 것이다."

단예가 물었다.

"도대체 그게 무슨 도리란 말이오?"

그 대한이 큰 소리로 호통을 쳤다.

"도리? 이 어르신의 동추와 둘째의 강철 절굿공이가 바로 도리다. 종찬왕자의 말씀이 곧 도리란 말이다. 넌 남자에다 화상도 아니며 노인도 아니니 관문을 지나기 위해서는 죽은 사람이 아니면 안 되는 것이다."

목완청이 벌컥 화를 냈다.

"쳇, 그런 너절하고 역겨운 규칙이 어디 있단 말이냐?"

이 말을 하면서 오른손을 휘두르자 슉슉 소리와 함께 두 발의 단전이 각각 두 대한을 향해 하나씩 날아갔다. 그때 푹푹 하는 두 번의 둔탁한 소리가 들려왔다. 단전이 두 대한의 가슴팍 옷자락을 뚫고 들어간 것으로 보였다. 그러나 어찌 된 일인지 두 사람 모두 멀쩡한 것이 아닌가? 목완청은 깜짝 놀라 생각했다.

'놈들이 몸 안에 연갑軟甲을 입은 게 분명하다. 내 독전을 맞고도 멀쩡하게 살아 있으니 말이야.'

그 절굿공이를 쥔 대한이 버럭 화를 내더니 솥뚜껑만 한 손을 뻗어 목완청을 붙잡으려 했다. 목완청은 당나귀 등에 타고 있었지만 그 대한이 워낙 키가 커서 손을 쭉 뻗어내자 그의 가슴팍까지 미쳤다.

단예가 소리쳤다.

"형씨, 무례는 삼가시오!"

그리고는 왼손을 뻗어내며 막아냈다. 그 대한은 손바닥을 뒤집어 단예의 손목을 단단히 움켜쥐었다. 동추를 쥔 대한이 외쳤다.

"잘했다! 우리 형제 둘이 그 기생오라비 녀석을 반쪽으로 찢어발겨 놓자!"

그리고는 쌍추를 왼손에 모아쥔 채 오른손으로 단예의 왼팔을 움켜 잡고 힘껏 잡아당겼다.

목완청이 다급하게 소리쳤다.

"우리 오라버니를 해치지 마라!"

그리고는 슉슉 소리와 함께 몇 발의 단전을 발사했다. 화살이 두 대한의 몸에 모두 명중됐지만 두 사람은 꿈쩍도 하지 않았다. 그녀는 다시 그 두 대한의 눈을 겨냥해 쏘려다 두 사람 가운데 단예가 끼어 있어 그에게 해가 갈까 두려웠다. 파천석과 주단신도 양옆에 산봉우리가 우뚝 솟아 있고 앞은 단예와 목완청 두 사람 말에 가로막혀 있어 앞으로 나가 도울 수가 없었다.

그때 소봉과 허죽 등도 근방에 이르렀다. 허죽은 안장 위에서 몸을 날려 절굿공이를 손에 쥔 대한 옆으로 날아가 손가락을 뻗어 그의 옆구리를 찍으려 했다. 그때 단예가 껄껄대고 웃으며 말했다.

"둘째 형님, 놀라실 것 없습니다. 이자들은 절 해치지 못합니다."

그 순간, 철탑처럼 큰 덩치의 대한 둘이 점점 작아지면서 커다란 머리를 건들거리다 제대로 서 있지를 못하고 얼마 지나지 않아 쿵쿵 소리와 함께 바닥에 고꾸라져버렸다. 단예의 북명신공이 적의 공력을 모조리 흡수해 두 대한의 내력이 고갈되자 그들의 타고난 완력조차 무용지물이 되어버렸던 것이다. 두 사람은 마치 탈진을 한 듯 바닥에 널브러졌다. 단예가 말했다.

"당신들은 이미 수많은 사람을 죽이고 부상을 입혔으니 벌을 받아 마땅하오. 다음부터는 절대 그런 일이 없도록 하시오."

종영이 때마침 당도해 목완청을 향해 말했다.

"목 언니, 언니일 줄은 상상도 못했어요."

목완청이 차가운 목소리로 말했다.

"넌 내 친동생이니 그냥 언니라고 부르면 그뿐인 것을 언니 앞에 '목' 자는 왜 붙이는 거니?"

종영이 의아한 듯 물었다.

"목 언니, 농담도 잘하시네요. 제가 어째서 목 언니 친동생이에요?"

목완청이 단예를 향해 손가락질을 했다.

"저기 가서 물어봐!"

종영은 단예를 바라보며 대답이 나오기만 기다렸다.

단예가 시뻘겋게 달아오른 얼굴로 말했다.

"그… 그렇소. 그게… 지금은 자세히 말하기가 좀 그렇소…."

그때 두 대한에 막혀 가지 못하고 있던 사람들이 하나씩 그의 옆을 스쳐 지나가며 홍주를 향해 달려갔다.

아자가 소리쳤다.

"오라버니, 그 좋은 향이 나는 낭자도 오라버니 옛 정인인가요? 저한테는 어찌 소개도 시켜주지 않는 거예요?"

단예가 말했다.

"그런 소리 마시오, 여기… 여기 이분은 누이의… 친언니요. 어서 와서 인사드리시오."

목완청이 버럭 화를 냈다.

"나한테 그런 복이 어디 있다 그래요?"

이 말을 마치고 채찍으로 당나귀 엉덩이를 가볍게 때리며 재빨리 앞으로 나아갔다.

단예가 말을 달려 쫓아가며 물었다.

"그동안 어디 있었던 거요? 누이, 마… 많이 야위었구려."

목완청은 원래 자존심이 강해 걸핏하면 사람을 죽이기 일쑤였지만 그의 부드러운 말 한마디에 돌연 가슴이 찡했다. 2년 넘게 정처 없이 길을 헤매고 다니며 갖은 고난과 역경을 감수한 것은 자신도 어찌하지 못하는 정 때문이 아니었던가? 그녀는 순간 설움이 복받쳐올라 쏟아져 나오는 눈물을 주체하지 못하고 주르륵 흘리고 말았다.

단예가 말했다.

"누이, 우리 쪽에 인원이 많으니 도움이 될 것이오. 우리와 함께 움직입시다."

"누가 도와달랬어요? 당신 없이도 저 혼자 그 많은 세월을 지내왔는데!"

"누이한테 할 말이 많소. 누이, 우리와 함께 있겠다고 대답해주시오."

"나한테 또 무슨 말을 하려고 그래요? 다 거짓말일 텐데."

입으로는 응낙을 안 했지만 말투는 이미 누그러져 있었다. 단예가 심히 기뻐하며 멋쩍게 말했다.

"누이, 좀 야위었긴 해도 갈수록 더 아름다워지는 것 같소."

목완청이 굳은 표정으로 말했다.

"제 오라버니면서 저한테 그런 말을 하면 안 되죠."

그녀는 혼란스럽기 그지없었다. 단예가 자신의 배다른 오라버니란 걸 뻔히 알았지만 그에 대한 연모의 정은 그동안 줄어들기는커녕 오히려 더욱 늘어나 있었으니 말이다.

단예가 싱긋 웃었다.

"누이가 점점 더 아름다워졌다는 말이 그리 잘못된 건 아니오. 누이, 한데 어찌 남장을 하고 흥주로 가는 것이오? 부마 모집에 가려는 것이오? 누이처럼 준수하고 기품 있는 소년 서생이라면 서하 공주도 보자마자 반하지 않을 수 없겠소."

목완청이 말했다.

"그러는 오라버니는 왜 흥주에 가는 거죠?"

단예는 얼굴을 살짝 붉히며 말했다.

"구경이나 할까 해서 가는 것이오. 다른 볼일은 없소."

목완청이 콧방귀를 뀌며 말했다.

"속일 생각 말아요. 아버지가 저 파가와 주가를 시켜 오라버니한테 서하로 가서 부마가 되라는 서찰을 전했잖아요? 내가 모를 줄 알아요?"

단예가 의아한 듯 물었다.

"어? 그걸 누이가 어찌 안단 말이오?"

"우리 어머니가 우연히 그 잘난 아버지를 만났어요. 난 어머니와 함께 있다가 아버지의 근황을 듣게 된 거고요."

"그랬었군. 그럼 내가 홍주에 간다는 걸 알고 날 보러 따라온 거 아 니오?"

목완청은 얼굴을 붉혔다. 단예가 그녀의 심사를 제대로 꿰뚫어본 것이었다. 그러나 그녀는 되레 큰소리를 쳤다.

"오라버니를 봐서 뭐 한다 그래요? 난 그 서하 공주가 도대체 얼마 나 예쁘기에 천하가 그렇게 들썩이는지 보고 싶어 가는 거라고요."

단예는 이렇게 말하고 싶었다.

'공주가 누이 반만 닮아도 대단히 예쁜 거지!'

그러나 그 말은 정인에게나 할 수 있는 말이지 누이에게 할 말은 아 닌 것 같아 말이 목구멍까지 나왔다 이내 다시 삼켜버리고 말았다. 목 완청이 말했다.

"그것도 보고 싶었어요. 과연 우리 대리국 단왕자께서 이번 혼사를 쟁취해낼 수 있는지를 말이에요."

단예가 나지막이 말했다.

"난 절대 서하 부마가 되지 않을 것이오. 누이, 이 얘기는 절대 누 설해서는 아니 되오. 아버지께서 강요를 하신다면 난 멀리 달아날 것 이오."

"감히 아버지 명을 거역하겠다고요?"

"거역하겠다는 것이 아니라 그냥 도망친다는 거요."

목완청이 빙그레 웃었다.

"도망이나 항명이나 무슨 차이가 있다 그래요? 상대는 금지옥엽인 공주인데 왜 싫다는 거예요?"

그녀를 만난 이후로 그녀가 이렇게 웃는 얼굴을 드러낸 건 처음이었던 터라 단예는 속으로 너무나도 기뻤다.

"날 아버지와 똑같이 보는 거요? 만나는 사람마다 사랑을 하다가 결국에는 마무리를 짓지 못하는 사람으로 말이오."

"흥, 내가 볼 때 아버지와 그리 다르지 않은 거 같은데요? 그야말로 그 아비에 그 자식이에요. 다만 아버지 같은 복은 타고나지 못했을 따름이죠."

그녀는 한숨을 내쉬었다.

"우리 어머니는 뒤에선 아버지를 무척이나 증오하는 것처럼 말하지만 얼굴만 마주치면 싱글벙글 웃으면서 뭐든 용서하세요. 요즘 젊은 낭자들 중에 우리 어머니 같은 사람은 다시 없을 거예요."

45

마른 우물 아래 진흙탕 속에서

단예는 순간 온몸이 두둥실 날아올라 구름을 타고 꿈나라를 헤매는 것 같은 기분이 들었다. 그동안 간절하게 바라왔던 소원이 별안간 현실이 됐지만 여전히 믿을 수가 없었다.

파천석과 주단신 등은 목완청에게 다가와 예를 올리고 다시 그녀를 소봉과 허죽 등에게 소개시켰다. 파천석과 주단신 두 사람은 그녀가 진남왕의 딸이란 걸 알고 있었지만 정식으로 단씨 가문으로 들어와 공고를 한 것이 아니었기 때문에 여전히 '목 낭자'라는 호칭을 사용했다.

일행이 수 마장을 나아갔을 때 갑자기 왼쪽 편에서 뭔가에 깜짝 놀란 듯한 누군가의 비명 소리가 들려왔다. 다름 아닌 남해악신이었는데 뭔가 큰 위험이 닥친 것으로 보였다. 단예가 말했다.

"내 제자다!"

종영이 소리쳤다.

"어서 가봐요, 오라버니 제자는 그리 나쁜 사람이 아니에요."

허죽이 옆에서 거들었다.

"맞는 말입니다."

그는 모친인 섭이랑이 남해악신의 동료였다는 사실을 알고 있었던 터라 왠지 애착이 느껴지지 않을 수 없었다.

사람들은 말을 재촉해 비명 소리가 들리는 곳을 향해 내달려갔다. 산모롱이를 몇 개 지나자 밀림과 함께 맞은편 벼랑가에 아슬아슬한 광경이 펼쳐졌다. 깊은 골짜기 위에 툭 튀어나와 있는 깎아지른 듯한 벼랑 위에 오래 묵은 것으로 보이는 외로운 소나무 한 그루가 자라 있었고 허공에 뻗어나 있는 소나무 위의 굵직한 나뭇가지 위에 누군가 지팡이를 걸쳐놓고 매달려 있는 것이었다. 청포를 입고 있는 그 사람은 다름 아닌 단연경이었다. 그는 왼손으로 지팡이를 움켜쥔 채 오른손으로는 또 다른 지팡이를 잡고 있었는데 그 지팡이 끝을 잡고 있는 사람은 다름 아닌 남해악신이었다. 남해악신은 또, 다른 한 손으로 누군가의 긴 머리를 움켜쥐고 있었는데 그는 바로 궁흉극악 운중학이었다. 운중학은 두 손으로 다시 한 소녀의 양 손목을 하나씩 부여잡고 있었다. 네 사람은 마치 기다란 밧줄로 엮인 듯 허공에 매달려 실로 위험하기 짝이 없는 자세를 취하고 있었다. 누구 하나가 손을 놓치기라도 한다면 맨 밑에 있는 사람은 곧바로 벼랑 밑의 수십 장 깊이의 골짜기로 추락할 판국이었다. 골짜기 안은 마치 도검처럼 위쪽을 향해 우뚝 서 있는 기암괴석들이 널려 있어 누구든 추락하기라도 하면 목숨을 부지할 수 없어 보였다.

이때 한차례 바람이 불어와 남해악신과 운중학, 그 소녀 세 사람이 바람에 날려 반 바퀴나 돌아갔다. 사람들을 등지고 있던 그 소녀가 몸이 돌면서 정면을 드러내자 단예는 큰 소리로 아이쿠 하고 비명을 지르다 하마터면 말에서 떨어질 뻔했다.

그 소녀는 바로 그가 밤낮을 안 가리고 그리워하며 잠시도 잊은 적이 없는 왕어언이었다.

단예가 정신을 차리고 보니 낭떠러지가 너무 험해 말을 타고 올라갈 수가 없었다. 그는 곧바로 말 등에서 뛰어내려 황급히 뛰어갔다. 소나무 앞에 이르자 머리가 크고 몸이 작은 뚱보 하나가 손에 커다란 도끼를 들고 그 소나무를 베어버리려 하고 있는 모습이 보였다.

이를 본 단예가 더욱 소스라치게 놀라 소리쳤다.

"이보시오, 이보시오! 무슨 짓이오?"

그 키 작은 뚱보는 거들떠보지도 않고 도끼로 나무를 내려찍을 따름이었다. 뻑뻑 소리가 울려퍼지며 나무 파편이 사방으로 튀었다. 단예는 손가락을 뻗어 진기를 돋우고 육맥신검으로 그를 물리치려 했지만 그의 육맥신검은 그가 다급하게 필요할 때는 오히려 나오지 않았다. 연이어 몇 번이나 지력을 펼쳤지만 검기가 그림자도 보이지 않자 다급하게 외쳤다.

"큰형님, 둘째 형님! 두 누이! 낭자 네 분! 어서, 어서 와서 사람 좀 구해주시오!"

고함 소리와 함께 소봉과 허죽 등이 모두 달려왔다. 알고 보니 그 뚱보는 커다란 바위에 가려져 있어 밑에서는 전혀 보이지 않았다. 다행히 그 소나무가 꽤 굵어 단시간에 찍어 넘길 수는 없었다.

소봉 등이 이 상황을 보고 모두 깜짝 놀랐다. 하지만 어쩌다 이런 기괴하기 짝이 없는 국면이 일어나게 됐는지 도저히 알 수 없었다. 허죽이 소리쳤다.

"뚱보 노형, 멈추시오! 그 나무를 베선 아니 되오!"

그 뚱보가 말했다.

"이건 내가 심은 나무요. 내가 심은 나무를 베어 집에 가져가 관을 만들겠다는데 무슨 상관이란 말이오?"

그는 이 말을 하면서 도끼질을 잠시도 쉬지 않았다. 밑에 있는 남해악신의 떠들썩한 비명 소리가 끊이지 않고 들려왔다. 단예가 말했다.

"둘째 형님, 이치로 깨우칠 수 없는 자이니 일단 제지시키고 생각합시다."

허죽이 말했다.

"좋아!"

그는 당장 그에게 달려가려 했다.

갑자기 나무 지팡이 두 개를 짚고 있던 누군가가 재빨리 사람들 옆을 지나쳐 몇 번 절뚝거리더니 그 땅딸보 앞을 막아섰다. 다름 아닌 유탄지였다. 언제인지는 알 수 없지만 어느새 수레 안에서 빠져나왔던 것이다. 유탄지는 지팡이 하나를 바닥에 짚고 하나는 치켜들며 매서운 목소리로 말했다.

"아무도 다가오지 마라!"

목완청은 그자를 난생처음 보는 터라 난데없이 나타난 그 추악하고 무시무시한 얼굴을 보고 깜짝 놀랐다. 순간 곱고 예쁜 그녀의 얼굴이 새파랗게 질려 나지막이 비명을 지르고 말았다.

단예가 다급하게 말했다.

"장 방주, 어서 그 뚱보 인형을 제지하시오. 더 이상 소나무를 베지 못하게 말이오."

유탄지가 냉랭한 목소리로 말했다.

"내가 왜 저 사람을 제지해야 하지? 나한테 무슨 득이 있다고?"

단예가 말했다.

"소나무가 떨어지면 밑에 있는 사람들이 모두 떨어져 죽을 것이오."

허죽은 심상치 않은 상황을 보고 몸을 날려 가까이 다가갔다. 그 뚱보를 제지할 수 없다면 단연경 등이라도 끌어올리겠다는 생각이었다.

그가 '진롱기국'을 풀 수 있었던 건 모두 단연경의 가르침 덕분이 아니었던가? 그게 발단이 돼서 일신에 내력을 전수받고 고강한 무공을 배울 수 있었다. 그 사건이 그에게 화인지 복인지는 단언할 수 없지만 어찌 됐건 단연경이 그에게 호의를 베풀었으니 그 은혜를 갚는 것이 도리였다.

유탄지가 오른손으로 나무 지팡이를 땅바닥에 쑤셔넣고 오른손을 후려치자 한 줄기 장풍을 동반한 음한의 기운이 휘몰아쳐왔다. 허죽은 그의 음한의 독장이 두렵지 않았지만 그의 장력이 심후하다는 걸 알고 있어 만만히 볼 수는 없었다. 그는 곧바로 정신을 집중해 일장을 뻗어내며 반격을 가했다. 유탄지의 두 번째 장은 뜻밖에도 소나무 가지를 겨냥해 날아갔다. 그의 장력에 맞은 소나무 가지가 크게 흔들리자 매달려 있던 네 사람은 더욱더 크게 흔들렸다.

단예가 다급하게 소리쳤다.

"둘째 형님, 더 다가가지 마십시오. 서로 말로 하고 무력은 쓰지 맙시다!"

유탄지가 소리쳤다.

"단 공자, 이 뚱보를 제지하라고 한다면 어렵지 않소. 허나 내가 득이 되는 것이 있어야 할 것 아니오?"

단예가 말했다.

"원하는 게 있다면 뭐든 주겠소. 어서 말해보시오. 빨리, 빨리! 더 지체하다가는 다 죽고 말 것이오."

유탄지가 말했다.

"이 뚱보를 제지하면 당장 아자 낭자와 함께 떠나게 해주시오. 공자와 소봉, 허죽 일행 누구도 막아서는 안 될 것이오!"

단예가 말했다.

"아자? 아자… 아자 누이는 우리 둘째 형님께 시력을 회복하는 시술을 해달라고 부탁해놨는데 당신을 따라가면 누이의 눈은 어찌한단 말이오?"

유탄지가 말했다.

"허죽 선생이 시력을 회복시켜줄 수 있다면 나도 그녀의 눈을 치료할 방법을 마련할 수 있을 것이오."

단예가 말했다.

"그… 그건…."

힐끗 보니 그 땅딸보는 여전히 도끼질로 소나무를 끊임없이 패고 있었다. 지금은 위기일발인 상황이라 어찌 됐건 목숨부터 구하는 게 우선이란 생각이 들어 말했다.

"그 말대로 하겠소! 그러니… 어… 어서…."

유탄지는 오른손을 휘둘러 그 뚱보를 향해 후려갈겼다. 그 뚱보는 흐흐하고 냉소를 머금으며 도끼를 내려놓고 기마 자세를 취한 채 호통을 내질렀다. 그러고는 쌍장으로 유탄지의 장력에 맞서 내뻗는데 매섭기 짝이 없는 기세를 지닌 그의 강력한 장풍에 유탄지의 일장은 오히려 아무 기척도 없이 느껴졌다.

별안간 그 뚱보의 안색이 돌변했다. 오만방자하던 기색은 온데간데 없고 돌연 천하에 가장 기괴하고 가장 믿기 힘든 일을 본 듯 매우 의아하다는 표정으로 변한 것이다. 곧이어 입가에서 두 줄기 선혈을 흘리며 전신이 서서히 늘어지더니 낭떠러지 밑의 깊은 골짜기 안으로 천천히 떨어져 버렸다. 한참 후에야 쿵 하는 소리가 들려왔다. 그의 몸이 골짜기 밑의 난석 위에 부딪힌 것으로 보이는 끔찍한 소리였다. 사람들은 그 땅딸보의 머리가 박살나고 내장이 파열된 참상을 상상하자 등골이 오싹해지지 않을 수 없었다.

허죽이 소나무 가지로 몸을 날려 바라보니 단연경의 강철 지팡이가 나뭇가지에 깊이 박혀 있고 한 줄기 내력으로 만들어낸 점성에 의지해 밑에 있는 네 사람을 매달아두고 있었다. 그 내력의 심후함이 얼마나 대단한지 상상을 초월할 정도였다. 허죽이 왼손을 뻗어 강철 지팡이를 움켜잡고 위로 들어올렸다.

남해악신이 밑에서 칭찬의 말을 늘어놓았다.

"소화상, 난 네가 괜찮은 화상인지 진작 알고 있었다. 넌 내 둘째 누님 아들이니 나 악노이의 조카가 아니더냐? 이 악노이의 조카이니 실력도 남다른 게 당연하지. 네가 도와주지 않았다면 우린 여기서 사흘 밤낮으로 매달려 있었을 게야. 그럼 아주 죽을 맛이었겠지."

운중학이 말했다.

"이런 상황에서도 허풍을 떨고 계시오? 사흘 밤낮이라니 어찌 사흘 밤낮을 매달려 있을 수 있단 말이오?"

남해악신이 버럭 화를 내며 말했다.

"내가 견디지 못하면 내 오른손으로 잡고 있는 네놈의 머리카락을 놓아버리면 될 것 아니겠느냐? 어디 한번 해볼까?"

그 두 사람은 목숨이 경각에 달린 이 순간에도 여전히 입씨름을 멈추지 않았다.

순식간에 허죽은 단연경을 끌어올리고 이어서 남해악신과 운중학을 하나하나 들어올린 다음 마지막에 비로소 왕어언을 잡아끌어 당겼다. 그녀는 두 눈을 감은 채 호흡이 아주 미약한 것으로 보아 이미 혼절한 것 같았다.

단예는 일단 안심을 하면서도 한편으로는 애처로운 마음이 들었다. 그녀의 두 손목 둘레가 시퍼렇게 멍이 들어 운중학의 선명한 손가락 자국이 보인 것이다. 잔인한 호색한인 운중학이 목완청과 종영에게 불손한 의도를 가지고 추행해 남해악신에게 번번이 도움을 받았던 사실이 떠올랐다. 오늘도 필시 또 그런 추행을 벌였을 것이라 생각하니 화가 치밀어오르지 않을 수 없었다.

"큰형님, 둘째 형님! 저 운중학은 극악무도한 자입니다. 당장 없애버립시다!"

남해악신이 소리쳤다.

"아니, 아니야! 단, 아니… 저기 사부… 오늘은 운 노사 덕분에 네 저기… 네 마누라…, 내 거시기 사모를 살린 거야. 안 그랬으면 네 마누라는 벌써 황천길로 갔을 거라고!"

그가 횡설수설하며 말을 내뱉기는 했지만 그래도 사람들 모두 알아들을 수는 있었다. 조금 전 단예가 왕어언 때문에 초조함을 감추지 못하는 모습을 하나하나 자세히 지켜보던 목완청과 종영은 왕어언이 아직 올라오기도 전에 이미 암울한 마음의 상처를 받고 있었다. 그러다 수려하면서도 단아하기 이를 데 없는 그녀의 청초한 용모를 보자 속으로 말할 수 없는 괴로움이 느껴졌다. 그때 왕어언이 두 눈을 천천히 뜨더니 음 하고 살짝 놀라고는 나지막이 말했다.

"여기가 저승인가요? 제… 제가 죽은 건가요?"

남해악신이 화를 벌컥 내며 말했다.

"이 계집이 헛소리를 해대는구나! 여기가 저승이면 그럼 우리 모두 귀신이란 말이냐? 넌 아직까지 우리 사부의 마누라가 아니니 내가 거친 말 좀 몇 마디 한다고 하극상이라고 할 순 없는 것이다. 하지만 내가 볼 때 얼마 안 있으면 내 사모가 될 테니 더 늦기 전에 계집이라는 반말을 마음껏 해두는 게 상책인 거 같구나. 이 계집애야! 멀쩡한 계집이 왜 죽네 사네 하면서 소란을 피우는 것이냐? 너 하나 죽는 건 네가 원해서 그런다 쳐도 하마터면 내 의제인 운중학까지 같이 죽을 뻔했지 않느냐? 또 운중학이야 죽으면 그뿐이지만 나 악노이까지 죽을 필요는 없는 거 아니겠느냐?"

단예가 부드러운 목소리로 위안을 했다.

"왕 낭자, 많이 놀랐겠소. 나무에 기대 좀 쉬도록 하시오."

왕어언이 왈칵 눈물을 쏟아내며 두 손으로 얼굴을 감싸쥔 채 나지막이 말했다.

"제발 저 좀 내버려두세요. 전 살고 싶지 않아요."

단예가 깜짝 놀랐다.

'정말 자결을 하려 했구나. 어째서? 설마… 설마….'

그는 곁눈질로 운중학을 바라봤다. 거칠고 음흉한 그의 표정을 보고 속으로 부르짖었다.

'아이쿠! 혹시 왕 낭자가 저놈한테 욕을 당해 스스로 목숨을 끊으려 한 건가?'

종영이 앞으로 한 걸음 나아가 말했다.

"악노삼, 안녕하세요?"

남해악신이 그녀를 보자 매우 기뻐하며 큰 소리로 말했다.

"소사모, 안녕하셨나? 난 이제 악노삼이 아니라 악노이야!"

종영이 말했다.

"나한테 소사모니 뭐니 하고 좀 부르지 말아요. 듣기 싫어 죽겠어요. 악노이, 대답해봐요. 저 낭자가 도대체 왜 자결을 하려고 한 거죠? 저 대나무 꼬챙이가 또 사고를 친 건가요? 내가 간질여줄 거야!"

이 말을 하면서 두 손을 입가에 가져가 열 손가락에 입김을 불었다. 운중학은 안색이 급변하더니 뒤로 두 걸음 물러섰다.

남해악신이 연신 고개를 가로저었다.

"아니, 아니야! 하늘에 맹세컨대 이번에는 운 노사가 갑자기 성격이 변해 선행을 하다 이리된 거야. 우리 세 사람은 우리 동료 섭이랑이 먼저 가는 바람에 다들 우울해서 기분 전환 좀 하려고 여기 왔어. 그때 마침 저 계집이 벼랑 밑으로 뛰어내리려 하는 걸 보게 된 거지. 한데 뛰어내리는 힘이 어찌나 셌던지 운 노사조차 제때 잡지를 못했던 거야. 에이! 그래도 명색이 궁흉극악이란 별호가 있는 친구인데 별안간 선심을 써서 좋은 일을 하겠다고 나섰으니 약간은 주제넘은 행동이라 할 수 있…"

운중학이 벌컥 화를 냈다.

"이런 빌어먹을! 내가 언제 선심을 써서 좋은 일을 하겠다 했소? 나 운가가 가장 좋아하는 게 미모의 낭자이니 이 왕 낭자가 벼랑 밑으로 자결하려는 걸 보고 아깝다는 생각이 들어 내가 잡아가서 며칠 마누라나 삼으려 했던 거지."

남해악신이 노발대발해서 삿대질을 하며 욕을 했다.

"이런 젠장맞을! 이 악노이는 네놈 성격이 변해서 사람을 구하려 하는 줄 알았다! 그래도 다 같은 천하 악인이란 의리를 생각해 네 머리카락을 움켜쥐었던 것이란 말이다. 진작 그런 줄 알았다면 그냥 떨어져 죽게 놔둘 걸 잘못했구나."

종영이 웃으며 말했다.

"악노이, 당신 별호는 '흉신악살'이잖아요? 여태껏 악행만 전문으로 했지 선행이라고는 한 적 없지 않나요? 근데 언제 그렇게 성격이 바뀐 거죠? 사부한테 배운 건가요?"

남해악신이 머리를 긁적거렸다.

"아니, 아니야! 성격은 전혀 변하지 않았어! 암, 안 변했지. 다만 사대악인 중 한 명이 줄어드니 김이 좀 빠졌을 뿐이야. 난 운 노사 머리카락을 움켜쥐었다가 저 녀석이 떨어지면서 나도 모르게 벼랑 밑으로 떨어진 거야. 다행히 무공이 뛰어난 큰형님이 지팡이를 뻗어내준 덕분에 그걸 잡고 버텼던 거지. 허나 우리 세 사람 몸무게가 400근은 족히 되질 않더냐? 서로 잡아당기고 끌어당기고 하다 보니 큰형님마저 끌려오게 된 거야. 큰형님이 한쪽 지팡이로 소나무를 걸어놨기에 천천히 올라갈 궁리를 하던 중인데 난데없이 그 토번국 땅딸보가 와서 도끼로 소나무를 내려칠 줄 누가 알았겠느냐?"

종영이 물었다.

"그 땅딸보가 토번국 사람이에요? 그자가 어째서 당신들 목숨을 해치려 한 거죠?"

남해악신이 바닥에 침을 퉤하고 뱉었다.

"우리 사대악인은 서하국 일품당 안에서 1, 2등을 다투는 인물들이다. 아니, 아니! 3, 4등 정도 되겠네. 그 얘기는 아마 다들 익히 알고 있을 게야. 이번에 황상께서 공주를 대신해 부마를 모집하는데 일품당 고수들한테 사방을 순시하도록 시키고 잡다한 놈들이 함부로 오지 못하게 하셨지. 한데 그 막돼먹은 토번국 왕자가 사람을 보내 서하국 요충지 네 곳을 지키면서 다른 사람들은 부마 모집에 참석하지 못하게 만들고 자기 혼자 가겠다고 나섰지 뭐야? 우리는 보고만 있을 수 없어 한바탕 싸움을 벌이다 토번국 무사 열 명을 죽여버렸어. 그래서 이래저래 우리 삼대악인이 토번국 무사들과 관계가 악화된 거지.”

그가 이렇게 말하자 사람들은 그제야 상황 파악을 할 수 있었다. 그러나 왕어언이 어째서 자결을 하려 했는지는 여전히 오리무중이었다.

남해악신이 다시 말했다.

“왕 낭자, 우리 사부가 왔으니 둘이 그냥 부부가 되는 게 좋겠다. 이제 죽을 필요 없어!”

왕어언은 고개를 치켜들고 훌쩍거렸다.

“계속 그런 허튼소리로 날 모욕한다면 난… 난 여기서 머리를 박고 죽을 거예요.”

단예가 다급하게 만류했다.

“아니 되오, 아니 되오!”

그는 고개를 돌려 남해악신을 향해 말했다.

“악노삼, 그러지 마….”

남해악신이 말을 끊으며 말했다.

“악노이!”

단예가 말했다.

"알았소, 그럼 악노이! 더 이상 허튼소리는 그만두시오. 허나 사람을 구한 공로에 대해서는 이 사부가 감사해 마지않소. 다음에 내가 무공을 몇 수 가르쳐줄 것이오."

남해악신이 눈을 부릅뜨고 왕어언을 흘겨보며 말했다.

"우리 사모가 되길 원치 않아? 원하는 사람이 얼마나 많은데? 여기 이 대사모, 여기 소사모 모두 내 사모라고."

그는 이 말을 하면서 목완청과 종영을 가리켰다.

목완청은 얼굴을 붉히며 침을 퉤 뱉었다.

"어? 그 추팔괴는 어디 갔지?"

사람들은 조금 전 허죽이 사람을 구하는 데만 온정신이 팔려 있다 그제야 유탄지와 아자가 어디론가 사라졌다는 사실을 알아차렸다.

단예가 물었다.

"큰형님, 둘이 떠났나요?"

소봉이 말했다.

"벌써 떠났네. 자네가 응낙을 해서 나도 더 이상 막을 수 없었어."

이 말을 하면서 망연자실한 표정을 금치 못했다. 아자가 유탄지를 따라간 후 장차 어찌 될지 알 수 없었기 때문이다.

남해악신이 부르짖었다.

"형님, 넷째! 우린 돌아갑니까?"

그는 단연경과 운중학이 북쪽으로 가는 걸 보고 고개를 돌려 단예에게 말했다.

"나도 가야겠다!"

그는 발걸음을 옮겨 단연경과 운중학을 따라 홍주로 향했다.

종영이 말했다.

"왕 낭자, 우리 수레에 타요."

그녀는 왕어언을 부축해 아자가 타고 있던 수레 안으로 들어갔다.

일행은 일제히 흥주를 향해 출발해 해 질 녘이 돼서야 흥주성 안에 당도했다.

그때 서하국은 세력을 확장해 22개 주를 보유하고 있었다. 황하 남쪽으로는 영주靈州와 흥주, 은주銀州, 하주夏州 등과 황하 서쪽으로는 흥주, 양주, 감주, 숙주 등 지금의 감숙과 영하寧夏 일대가 그곳이었다. 그 지역은 황하가 있어 관개가 용이하고 오곡이 풍족해 이른바 '황하 하류가 백해무익해도 하투 지역만은 풍성하다'라는 말이 있을 정도였다. 서하국이 점거하고 있는 곳은 바로 하투 지역이었다. 더구나 무려 50만에 달하는 막강한 군사력을 보유한 데다 서하 병사들은 무척이나 용맹하고 싸움에 능해《송사宋史》에도 이런 말이 기록되어 있다.

'군사를 쓸 때는 위장용 바위를 세워두고 복병을 두어 적을 포위했다. 철기鐵騎를 전군에 두되 준마에 올라 갑옷으로 무장을 했기 때문에 웬만해서는 적의 창칼에 찔리거나 베이지 않았다. 또한 갈고리가 있는 밧줄로 몸을 말 등에 묶어 말 위에서 죽을지언정 절대 낙마는 하지 않았다. 싸움에 나서면 우선 철기가 나가 적진을 돌파하고 진이 혼란스러워지면 돌격을 하는데 보병과 기병이 함께 전진했다.'

이로 인해 송나라는 이들과 해마다 벌인 싸움에서 번번이 패전할 수밖에 없었다. 서하의 황제는 '이李'씨였지만 원래는 호인胡人인 '척발拓跋'씨로 당나라 태종 때 이씨 성을 하사받았고 송나라 때는 '조趙'씨 성을 하사받았지만 서하에서는 여전히 이씨 성을 선호했다. 서하인들은 사방을 돌아가면서 전쟁을 벌였던 터라 변경이 변천을 거듭해왔고 수도 역시 수시로 이전했다. 당시의 도성인 홍주는 서하의 대성이었지만 중원의 이름난 도성과 비교해 크게 미치지 못했다.

이날 밤 소봉 등은 묵을 곳을 찾을 수 없었다. 홍주는 본디 번화하지 않았고 청명절이 얼마 남지 않았던 시기라 사방에서 모여든 영웅호걸들이 수를 헤아릴 수 없을 정도로 많아 몇 곳 되지 않는 대형 객점들은 일찌감치 차버린 상태였다. 소봉 등은 다시 성을 빠져나와 어렵사리 한 사당 안에 묵을 곳을 얻어 남자들은 동편 사랑채에, 여자들은 서쪽 사랑채에 묵게 되었다.

단예는 왕어언을 만나고 난 후 기쁘고도 근심스러운 마음에 이날 밤 이리 뒤척이고 저리 뒤척이며 잠을 이루지 못했다. 그는 속으로 생각했다.

'왕 낭자가 어째서 자결을 하려 했을까? 내가 무슨 말로 그녀를 설득해야만 할까? 에이, 그녀가 자결을 하려는 이유도 모르는데 어찌 설득을 할 수 있겠는가?'

달빛이 창문 격자 사이로 새어들어와 환한 빛을 바닥에 펼쳐놓았다. 잠을 이루지 못하고 살그머니 몸을 일으켜 정원 안으로 걸어나오니 담장 모퉁이에 이제 갓 자란 잎이 듬성듬성 나 있는 오동나무 두 그루가 보이고 반달은 점점 오동나무 꼭대기로 떠오르기 시작했다. 이때는 입춘에 막 들어선 시점이었지만 감량 일대는 한밤중에도 여전히 쌀쌀했다. 단예는 오동나무 아래를 몇 바퀴 돌다가 다시 생각했다.

'그녀는 어째서 자결을 하려 했을까?'

발길 닿는 대로 사당을 나서자 달빛 아래 저 멀리 연못가에서 갑자기 인영이 번뜩이며 어슴푸레하게 백의를 입은 여자가 보였는데 다름 아닌 왕어언의 모습 같았다. 단예는 깜짝 놀라 속으로 부르짖었다.

'큰일이다. 왕 낭자가 또 죽으려고 하는구나.'

그는 능파미보를 펼쳐 황급히 달려가 삼시간에 그 백의인의 등 뒤에 당도했다. 연못 안의 푸른 물은 거울과도 같아서 그 백의인의 얼굴이 그대로 비쳤다. 과연 왕어언이었다.

단예는 감히 경솔하게 나설 수 없어 생각했다.

'그녀가 소실산 위에서 나한테 화를 낸 다음 이번에 다시 만났을 때에도 여전히 말투나 표정에는 전혀 변화가 없었다. 이는 화가 아직 가라앉지 않았다는 것이 아닌가! 그녀가 자결을 하려 한 것도 어쩌면 나 때문에 화가 나서일지 모른다. 에이. 단예야, 단예야. 네가 가인을 경솔하게 대해 슬픔에 복받치게 만들었으니 정말 백번 고쳐 죽어도 부족할 것이다.'

그는 커다란 나무 뒤에 숨어 스스로를 원망하며 한탄했다. 생각하면 할수록 자신의 잘못이 크게만 느껴졌다. 세상에서 누군가 자결을 해야만 한다면 당연히 자신이었지 절대 눈앞에 있는 저 왕 낭자일 수는 없었다.

그때 벽옥처럼 맑은 연못 수면 위에 홀연히 파문이 일면서 아주 작은 물결 모양들이 천천히 바깥쪽으로 펼쳐져 나갔다. 단예가 정신을 집중해 바라보니 물방울 몇 개가 연못 위에 떨어졌다. 다름 아닌 왕어언의 눈물이었다. 단예는 더욱 애처로운 마음이 들었다. 그녀가 가냘픈 한숨을 내쉬며 나지막이 읊조렸다.

"차… 차라리 죽는 게 나아. 이런 끝도 없는 고통을 당하느니…."

단예는 더 이상 참지 못하고 나무 뒤에서 걸어나와 말했다.

"왕 낭자, 천부당만부당한 일이오. 다 이 단예의 잘못이니 부디 용서해주시오. 그대가… 계속 화를 낸다면 그대 앞에 무릎을 꿇을 수밖에 없소."

그는 이 말을 하면서 두 무릎을 굽혀 그녀 앞에 꿇었다.

왕어언이 놀라서 펄쩍 뛰며 다급하게 말했다.

"무… 무슨 짓이에요? 어서 일어나세요. 누가 보기라도 하면 어쩌려고 그래요?"

단예가 말했다.

"낭자가 날 용서하고 더 이상 나무라지 않을 때 일어날 것이오."

왕어언이 의아한 듯 말했다.

"제가 뭘 용서하는데요? 뭘 나무란다는 거죠? 제가 뭘 어쨌는데요?"

"난 낭자가 상심한 걸 보고 모든 일이 낭자 뜻대로 되기만 바랐지만 내가 모용 공자에게 죄를 지어 그를 기분 나쁘게 한 일 때문에 낭자를 화나게 만들었을 것이오. 다음에 다시 만나 그가 날 때리고 죽이려 해도 난 도망만 치고 반격은 절대 하지 않겠소. 내가 도망치는 것조차 원치 않는다면 난 그에 따를 것이오."

왕어언이 발을 구르며 탄식을 했다.

"에이, 이런 바보. 저 혼자 상심하는데 공자하고 무슨 상관이 있다 그래요?"

"그 말은 곧 날 나무라지 않겠다는 뜻이오?"

"당연히 안 하죠."

"그렇다면 안심이오."

이 말을 하고 몸을 일으켰지만 갑자기 뭔가 찝찝한 기분이 들었다. 왕어언이 자신 때문에 상심을 했다면 자신을 때리고 욕하고 심지어 검을 뽑아 찌르거나 칼로 베어도 차라리 기분이 좋았겠지만 오히려 자기 스스로 상심하는데 공자하고 무슨 상관이 있느냐고 말을 하니 순간 망연자실한 기분이 들지 않을 수 없었던 것이다.

그때 왕어언이 다시 고개를 숙이며 가슴 위로 눈물을 뚝뚝 흘렸다. 그녀의 비단옷은 흡수가 되지 않는 재질이라 눈물이 옷을 따라 굴러 떨어지자 단예 역시 가슴이 뜨거워지기 시작했다.

"낭자, 도대체 무슨 힘든 일이 있는지 내게 말해보시오. 내가 최선을 다해 처리해주도록 하겠소. 무슨 일이든 방법을 찾아 그대를 기쁘게 해드릴 것이오."

왕어언이 천천히 고개를 들자 달빛이 눈물을 머금고 있는 그녀의 눈에 비쳐 그녀의 두 눈은 마치 두 개의 수정처럼 보였다. 그 두 개의 수정에 잠시 기쁨의 빛이 감돌았지만 그 빛은 또다시 암담하게 변해 버렸다. 그녀가 나지막한 소리로 말했다.

"단 공자, 공자께서는 늘 저에게 잘해주셨어요. 전 마음속으로 무척 고맙게 생각하고 있어요. 다만 이 문제는 공자가 도울 수 있는 게 아니에요. 돕지 못해요."

"내가 능력이 부족한 건 사실이오. 다만 우리 소봉 큰형님과 허죽 둘째 형님 모두 최고의 무공을 지니고 있고 두 분 모두 여기 계시오. 난 그 두 분과 결의형제인지라 골육과도 같은 사이이니 무슨 부탁을 하든 들어줄 것이오. 왕 낭자, 도대체 어째서 상심을 했는지 말씀해보시오. 제아무리 난처하고 돌이킬 수 없는 일이라 해도 상심한 이유를 털

45. 마른 우물 아래 진흙탕 속에서

어놓는다면 마음이 좀 후련해질 것이오."

왕어언의 창백한 뺨 위로 갑자기 붉은빛이 감돌기 시작했다. 그녀는 고개를 돌려 감히 단예와 눈을 마주치지 못하고 모기만 한 목소리로 나직하게 말했다.

"그… 그분이 서하의 부마가 되러 가신대요. 공야 둘째 오라버니가 오더니 대연 재건을 위해선 아녀자와의 사사로운 정을 돌볼 수 없다면서 절 설득했어요."

그녀는 이 몇 마디 말을 내뱉고 몸을 돌려 단예의 어깨에 안겨 울음을 터뜨리기 시작했다.

단예는 그녀의 과분한 표현에 깜짝 놀라 감히 꼼짝도 할 수 없었다. 문득 깨닫는 바가 있어 자기도 모르게 멍한 상태로 기뻐해야 할지 힘들어해야 할지 몰랐다. 이제 보니 왕어언이 상심한 이유는 바로 모용복이 서하 부마가 되러 간다는 말에 있었다. 그가 서하 공주를 맞아들이면 자연히 왕어언을 돌보지 않을 것이 확실할 테니 말이다. 단예는 자연히 이런 생각이 들었다.

'그녀가 만일 사촌 오라버니와 혼인을 못한다면 어쩌면 나한테 호의를 가지고 대해줄지도 모른다. 감히 그녀에게 시집을 오라고 말할 수는 없겠지만 매일 그녀를 볼 수만 있다면 그것으로 만족할 수 있을 것이다. 그녀가 조용한 곳을 원한다면 그녀를 데리고 인적이 드문 황량한 산이나 외로운 섬으로 가서 아침저녁으로 마주볼 수 있을 테니 그 얼마나 즐겁겠는가?'

이런 행복한 생각을 떠올리자 기뻐서 어쩔 줄을 몰라 했다.

왕어언이 흠칫 놀라면서 뒤로 한 걸음 물러나 만면에 희색이 가득한 단예를 보고 화를 냈다.

"아니… 어떻게… 나… 난 좋은 사람으로 알고 그런 얘기를 했던 건데…. 어찌 남의 불행을 보고 기뻐서 웃을 수 있는 거죠?"

단예가 다급하게 말했다.

"아… 아니오! 하늘에 맹세하겠소. 나 단예가 남의 불행을 보고 기뻐하는 마음이 조금이라도 있었다면 벼락을 맞거나 화살이 몸 전체를 뒤덮고 말 것이오."

"악의가 없었다면 그걸로 됐어요. 누가 맹세하랬어요? 그럼 왜 그렇게 즐거워한 거죠?"

그녀는 이 질문을 내뱉는 순간 곧 그 이유를 알 수 있었다. 단예가 희색을 띤 이유는 모용복이 서하 공주를 맞아들이면 정적이 없어지게 될 테니 자신과 인연을 맺을 희망이 생길 것이라는 데 있었다. 단예가 그녀에게 한눈에 반해 은은한 연정을 품고 있다는 것을 그녀라고 모를 리 있겠는가? 다만 그녀는 가슴 가득한 애정을 어려서부터 자신의 사촌 오라버니한테 쏟아부었을 뿐, 가끔 단예가 자신에 대해 깊은 정이 있다는 사실을 생각하면 속으로 미안한 마음이 들었다. 그러나 '정'이란 것이 억지로 끌어들일 수 있는 것은 아니었다. 그녀는 단예가 기뻐서 어쩔 줄 몰라 하는 이유를 깨닫자 자기도 모르게 놀라면서도 부끄러운 마음에 얼굴이 붉게 달아올라 화가 치밀었다.

"날 비웃은 건 아니지만 호의를 품은 건 아니었네요."

단예가 깜짝 놀라 생각했다.

'단예야, 단예야! 어쩌다 그런 비열한 생각을 가진 게냐? 그거야말로 불난 집에 부채질을 하는 셈이 아니고 무어란 말이더냐? 그건 후안

무치한 소인배나 하는 짓이지.'

그는 그녀의 가련한 모습을 보고 그녀를 평생 평안하고 즐겁게 만들어줄 수만 있다면 자신은 백번 고쳐 죽는다 해도 기꺼이 할 것이란 생각을 하자 자기도 모르게 가슴속에서 호기가 솟구쳐올랐다.

'조금 전에는 그저 그녀와 황량한 산이나 외로운 섬으로 가서 아침저녁으로 마주볼 수 있다면 그 얼마나 즐겁겠느냐고 생각했는데, 그게 즐겁다고 느끼는 건 나 단예만의 즐거움이지 왕 낭자에게는 결코 즐거움이 아니라는 사실을 생각지 못했구나. 나 단예의 즐거움은 사실 왕 낭자에게 있어서는 슬픔이야. 나 자신의 즐거움을 구하는 것은 나 스스로를 사랑하는 것일 뿐이고 그녀의 마음을 기쁘게 해줄 방법을 마련해야만 진정으로 그녀를 사랑하고 위하는 길이 될 것이다.'

왕어언이 나지막이 말했다.

"제가 말을 잘못했나요? 저한테 화나셨어요?"

"아니, 아니오. 내가 어찌 그대한테 화를 내겠소?"

"그럼 어찌 아무 말도 안 하세요?"

"뭔가를 생각하고 있었소."

그는 속으로 끊임없이 궁리를 했다.

'난 모용 공자와 비교하면 글재주나 무예도 부족하고 인품이나 풍채도 그에 미치지 못하며 호방한 성격과 품위 있는 태도 그리고 위엄과 명성 역시 많이 뒤떨어지니 모든 것이 그에 미치지 못한다고 할 수 있다. 더구나 그 두 사람은 사촌 간인 데다 어려서부터 죽마고우로 지내면서 정을 나눈 지 오래됐으니 더더욱 비교가 안 된다. 그래도 내가 모용 공자를 능가하는 점이 한 가지 있으니 이 점만은 왕 낭자에게 알려야 한다. 그녀를 진심으로 위하는 점에 있어선 모용 공자가 나에 미치지 못한다. 훗날 왕 낭자가 모용 공자와 자식을 낳은 뒤에 마음 깊은 곳에서 여전히 나 단예를 생각한다면 이 세상에서 온 마음으로 그녀만 생각한 사람은 날 따를 이가 없다는 걸 알게 될 것이다.'

그는 곧 결심을 하고 말했다.

"왕 낭자. 상심할 필요 없소. 내가 모용 공자를 설득해 서하 부마가 되러 가지 말고 속히 그대와 혼인하라고 하겠소."

왕어언이 깜짝 놀라 말했다.

"안 돼요! 어떻게 그래요? 우리 사촌 오라버니는 당신을 죽도록 미워해요. 당신 말은 듣지도 않을 거예요."

"대의명분을 들어 설득할 것이오. 사람이 세상을 살면서 가장 중요한 것은 부부가 의기투합해 서로 사랑하는 것이오. 서하 공주와는 일면식도 없고 공주가 아름다운지 추한지, 선한지 악한지도 모르는데 하루아침에 만나 부부가 된다는 것은 타당치 않다 할 수 있소. 이런 말도 할 것이오. 왕 낭자처럼 청초한 천하절색은 세상에 보기 드물고 이토록 온유하고 정숙한 여인은 만천하 그 어디에서도 찾을 수 없으며 지난 천년 동안은 물론 향후 천년 동안에도 없을 것이라 말이오. 또한 왕 낭자는 모용 공자에게 수년 동안 사랑에 빠져 깊은 정을 주었건만 어찌 정분을 저버리는 낭군이 되어 천하의 연인들로부터 욕을 얻어먹고 강호의 영웅호한들의 비웃음을 사려 하는지 모르겠다는 말도 덧붙일 것이오."

왕어언은 그의 말을 듣고 깊이 감동한 나머지 조용히 말했다.

"단 공자, 절 그렇게 좋게 말하면서 일부러 칭찬을 하는 의도가 절

기쁘게 해주려…."

단예가 다급하게 말을 끊었다.

"아니로소이다, 아니로소이다!"

말을 내뱉고 보니 그 말은 포부동에게 영향을 받아 그의 말버릇을 따라 한 것 같다는 생각이 들어 웃음을 참지 못했다.

"진심을 다해 구구절절 마음속에서 우러나온 말이오!"

왕어언 역시 그가 '아니로소이다, 아니로소이다!' 하는 말에 울음을 그치고 웃음 띤 얼굴로 말했다.

"좋은 건 안 배우고 왜 군이 우리 포 셋째 오라버니를 따라 하세요?"

단예는 그녀가 미소 띤 얼굴을 보이자 매우 기뻐하며 말했다.

"내가 갖은 방법을 다 동원해 모용 공자가 서하 부마가 되겠다는 마음을 지워버리고 속히 낭자와 혼인을 올릴 수 있도록 설득해보겠소."

"그렇게 하고자 하는 이유가 뭐죠? 공자한테 무슨 득이 있다고 말이에요?"

"낭자가 편안하게 웃으며 말하는 모습을 볼 수만 있다면 내가 기쁘니 그게 바로 내겐 큰 득이라 할 수 있소."

왕어언은 속으로 깜짝 놀랐다. 그가 대충 내뱉은 말 속에서 자신에 대한 깊은 정을 느낄 수 있었기 때문이었다. 그러나 그녀의 마음은 오로지 모용복에게만 있었다. 그 때문에 순간의 감동은 곧바로 기억에서 사라져버렸다. 그녀는 한숨을 내쉬었다.

"공자는 우리 사촌 오라버니 마음을 몰라요. 그분 마음속에는 대연 재건이 천하제일 대업이에요. 공야 둘째 오라버니 얘기로는 사촌 오라버니가 이런 말을 했대요. 사내대장부는 대업을 중히 여겨야지 아녀자와의 정에 연연해 영웅의 기개를 잃는다면 영웅이라 할 수 없다고요. 또 이런 말도 했대요. 서하 공주가 무염이나 모모 같은 추팔괴든, 심술 궂고 사나운 여인이든 마음에 두지 않을 것이며 가장 중요한 건 대연을 재건하는 데 도움이 될 수 있느냐 하는 것이라고 말이에요."

단예가 머뭇거리다 말했다.

"그건 사실이오. 모용씨는 오로지 황제가 되겠다는 일념뿐이라 서하국이 그의 나라 재건에 병력을 지원할 수 있다면 그 문제는… 쉽지 않을 것 같소."

왕어언이 다시 눈물을 글썽거리는 것을 보자 순간 그녀를 위해 칼산에 오르고 펄펄 끓는 기름 솥에 뛰어드는 것조차 두렵지 않게 느껴졌다.

그는 가슴을 쭉 내밀며 말했다.

"염려 마시오. 내가 앞장서서 서하 부마가 될 것이오. 낭자 사촌 오라버니는 부마가 되지 못할 것이니 낭자와 혼인하지 않으면 안 될 것이오."

왕어언은 놀랍고도 기쁜 마음이 들었다.

"네?"

단예가 말했다.

"내가 부마도위駙馬都尉[34] 자리를 빼앗을 것이오."

왕어언은 그날 공야건이 그녀에게 했던 말을 떠올렸다. 그는 모용복이 서하에 구혼하러 가서 부마가 되려 하는 건 연국 재건에 도움을 받기 위함이라고 했다. 자신이 상심해 목메어 울자 공야건은 설득을 하면서도 한편으로는 상세하게 분석해 이렇게 말하지 않았던가?

45. 마른 우물 아래 진흙탕 속에서

"단 공자는 대리국 왕자이고 그의 부친 단정순이 황태제인 진남왕이니 훗날 제위를 물려받게 될 것입니다. 그 때문에 독자인 단 공자는 훗날 십중팔구 대리국 황위를 차지하게 될 것입니다. 우리 공자 나리께서 연국을 재건하고자 하지만 이는 매우 어려운 일일 뿐만 아니라 앞날이 가시밭길입니다. 그 때문에 제위에 오를 수 있는지 여부는 전혀 예측할 수가 없습니다. 지금 공자 나리께서는 일개 평민 신분에 불과할 뿐인데 단예처럼 미래가 보장된 황태자와 어찌 비교할 수 있겠습니까? 서하국에서 부마를 간택하려면 당연히 황태자를 택하는 것이 일개 평민을 택하는 것보다 낫다고 생각할 것입니다. 황제가 자신의 딸을 황후낭랑으로 만드는 것이 평민의 처로 만드는 것보다는 나을 테니 말입니다. 대리국 황태자가 흥주에 와서 금은으로 뇌물을 10만 냥 아니라 20만~30만 냥을 쓴다 해도 이상할 것이 없을 테니 모용가와는 비교조차 되지 못할 것입니다."

왕어언은 생각했다.

'그 책벌레가 대리국 황태자라고? 그걸 몰랐다니… 한데 단 공자는 왜 그런 말을 안 했던 거지? 그가 정말 그 많은 뇌물을 줬단 말인가?'

"더구나 글재주와 무공에 있어 단 공자는 시서를 충분히 읽은 데다 언변도 뛰어납니다. 무공 실력으로 말하자면 소실산에서 펼친 대결에서 대리단씨의 육맥신검을 공자 나리께서 전혀 막아내지 못했습니다. 천하 영웅들이 모두 보는 앞에서 공자 나리께서는 '상대가 쓴 방법을 상대에게 펼치는' 수법을 써도 당해내지 못하지 않았습니까?"

왕어언이 생각했다.

'단 공자가 능파미보와 육양융설공도 구사할 줄 알지만 이 무공들

을 사촌 오라버니는 모르지 않는가?'

"더구나 외모를 말하자면 두 사람이 막상막하입니다. 허나 왕 낭자, 사내대장부의 기개는 준수한 외모에 있는 것이 아니라 대범한 성격이 더 중요합니다. 단 공자는 약간 어수룩한 면이 있지만 그건 괜찮습니다. 그는 무심하면서도 태연자약하지만 낭자를 한번 보고 어쩔 줄을 몰라 하며 넋이 빠져버려 멍청하기 짝이 없는 바보로 변해버리고 말지요. 반면에 우리 공자 나리께서는 아침저녁으로 한시도 잊지 않고 어찌하면 연국을 재건할지를 고민합니다. 깊은 수심에 잠겨 있는 상황에서도 포부만은 떨쳐내지 못하기에 대범해 보이기가 어렵습니다. 낭자가 없다고 가정했을 때 우리가 옆에서 두 공자 나리를 지켜본 바로는 단 공자가 훨씬 더 대범하게 느껴집니다. 포 셋째 아우가 비웃고 조롱해도 그는 늘 득의양양한 모습으로 전혀 개의치 않았으니 말입니다. 단 공자는 포부가 넓고 기품이 있는 아주 보기 드문 인물입니다. 다만 그가 우리 공자보다 나이가 좀 적어 비교적 앳되다는 점이 다를 뿐이지요."

왕어언이 생각했다.

'단 공자는 사촌 오라버니보다 여덟아홉 살쯤 적으니 나보다 대략 한두 살 많지 않은가? 사촌 오라버니는 요즘 흰머리가 하나둘씩 생겨서 나도 오라버니가 기분 나빠 할까 봐 보지 못한 척해야만 하지.'

"그를 보좌하는 사람들을 얘기해볼까요? 단 공자 수하의 대리 삼공과 사대호위는 지모와 무공이 뛰어나 우리 등, 공야, 포, 풍 네 명보다 못하지 않습니다. 그의 의형인 소봉 소 대왕과 허죽 선생의 무공 실력은 천하무적이라 할 수 있지만 우리에겐 왕 낭자가 계셔서 각 문파의 무공을 모두 숙지하고 있으니 가까스로 비슷하다 할 수 있습니다."

왕어언이 생각했다.

'소 대왕과 허죽 선생의 무공은 내가 조금도 모르는데 어찌 비슷하다고 할 수 있겠어?'

"설사 서하 국왕이 정말 우리 공자를 간택하더라도 소 대왕은 대요의 수십만 강병을 보유하고 있기 때문에 황제에게 이 말 한마디만 하면 충분합니다. '황제 폐하, 제가 보기에는 우리 의제이자 대리국 황자인 단전하를 부마로 간택하시는 것이 귀국과 아국 양국의 우호에 훨씬 유리할 것입니다. 양국이 전쟁을 일으켜 평화를 해치는 일은 피해야 할 것입니다. 더구나 대리가 남쪽에서 공격해 들어온다면 서하에서 막아내기 힘들 것입니다.' 이렇게만 말한다면 우리 공자 나리께서는 어쩔 수 없이 단전하를 향해 공수를 하며 말할 것입니다. '단전하, 감축드리겠소! 재하는 오늘 당장 사촌 누이 손을 잡고 동쪽으로 돌아갈 것이니 전하를 위한 축배는 함께 못할 것이오.'"

왕어언이 생각했다.

'이제 보니 그 책벌레가 그토록 많은 장점을 지니고 있구나. 난 사촌 오라버니한테만 마음을 두다 보니 저 책벌레에 대해선 전혀 생각지도 않았어. 음, 그가 아무리 괜찮다 해도 나와는 전혀 상관이 없지.'

"단 공자 역시 홍주에 왔다고 들었는데 천 리 먼 길을 온 걸 보면 필시 부마 모집에 참가하기 위해서일 겁니다."

왕어언이 생각했다.

'내가 홍주에 오니 날 따라온 거죠.'

"단 공자가 만일 구혼을 위해 온 것이라면 공자 나리께서는 질 수밖에 없습니다. 포 셋째 아우가 기회를 봐서 그의 머리를 베어버리자고 말하지만 저와 등 큰형님과 풍 넷째 아우는 안 된다고 했습니다. 모용 가에서 그런 일을 벌인다면 어찌 파렴치한 소인배라 하지 않을 수 있 겠습니까? 가장 좋은 방법은 단 공자가 스스로 물러나 서하에 구혼을 하러 가지 않는 것입니다. 다만 그가 돌아가도록 어찌 설득하느냐 하 는 것이 가장 큰 문제입니다. 공자 나리와 우리가 며칠 동안 상의를 해 봤지만 지금까지도 여전히 속수무책입니다."

왕어언이 생각했다.

'그럼 저를 내세워 단 공자가 돌아가도록 설득하겠다는 거로군요. 그 사람이 제 말을 듣는다면 사촌 오라버니는 부마가 되어 갈 것 아닙 니까?'

"공자 나리께서는 오로지 대연을 재건하겠다는 일념뿐입니다. 눈앞 에 천재일우의 기회가 있지만 커다란 장애물이 가로막고 있는 셈입니 다. 그 장애물을 제거해야만 공자 나리께서 서하의 원조를 받을 수 있 고 나라 재건의 대업도 이룰 가능성이 있는 것입니다. 공자 나리께서 제위에 오르신다면 서하 공주는 정궁낭랑이 될 것입니다. 하지만 공자 나리께선 낭자에 대해 정이 깊으시기에 낭자를 서궁낭랑에 봉하실 테 니 그때가 되면 나리께서 매일같이 서궁에 눌러앉아 낭자와 함께 술 을 마시고 시를 지으시며 정궁은 가끔 한 번씩 들리실 것입니다. 에이, 정말 묘안이 떠오르지를 않습니다. 어찌해야 단 공자가 서하 부마 모 집에 오지 못하게 할지 말입니다. 공자 나리를 위한 이 큰 공을 우리 중 그 누구도 세울 수가 없으니…."

왕 낭자가 생각했다.

'여러분에겐 방법이 없다지만 전 오히려 단 공자가 서하에 가서 부마 자리를 차지하고 사촌 오라버니는 못 되게 만들고 싶을 뿐이에요. 하지만 단 공자가 부마를 원할지 모르겠네요.'

공야건과의 대화를 떠올리던 왕어언은 이때 단예가 서하 부마 모집에 가겠다고 말하는 소리를 듣고 먹구름으로 가득한 하늘에 갑자기 한 줄기 태양이 비치는 듯 기뻐서 어쩔 줄을 몰랐다. 그녀가 나지막이 말했다.

"단 공자, 공자는 저한테 정말 잘해주시네요. 하지만 그렇게 하신다면 우리 사촌 오라버니가 공자를 죽도록 미워할 거예요."

"그게 무슨 상관이오? 어차피 지금도 날 미워하고 계시오."

"공자가 방금 한 말에 따르면 그 서하 공주가 아름답건 추하건, 선하건 악하건 간에 저를 위해서 공주와 혼인을 하겠다는 건데 그건… 공자한테… 너무… 억울한 일 아닌가요?"

단예는 당장 이렇게 말하려 했다.

'그대를 위해서라면 그 어떤 억울한 일도 달게 감수할 것이오.'

하지만 이런 생각이 들었다.

'그대를 위해 한 일에 대해 내가 공을 자처하며 당신을 감격시킨다면 그건 군자의 도리가 아니지.'

이런 생각을 하다 말했다.

"난 그대를 위해 억울한 일을 당하겠다는 것이 아니오. 아버지의 명이 있어 서하 공주를 맞아들이고자 하는 것이오. 아버지 명을 받드는 것일 뿐 그대와는 상관이 없소."

왕어언은 지극히 총명한 여인이었다. 단예가 그에 대한 깊은 정이 있는데 어찌 그걸 느끼지 못하겠는가? 자신에게 그토록 빠져 있는 그가 어찌 일면식도 없는 여자를 맞아들이려 하겠느냐는 말이다. 그녀는 그가 자신을 위해 본심을 벗어난 일을 하면서도 공을 자처하지도 않는 모습에 더욱 감격할 수밖에 없었다. 이에 손을 뻗어 단예의 손을 부여잡고 말했다.

"단 공자, 제… 제가… 현세에서는 보답하기 어려울 것 같아요. 부디 내세에서는….'

그녀는 여기까지 말하고 목이 메어 더 이상 말을 잇지 못했다.

두 사람은 수차에 걸쳐 환난을 함께 겪으면서 서로를 의지하며 등에 업거나 살갗을 비빈 적이 여러 번 있었지만 과거에는 부득이하게 그랬던 것일 뿐이다. 그러나 이번에는 왕어언이 그에게 감동을 받고 내민 손이었다. 단예는 그녀의 부드럽고 매끄러운 손이 자신의 손을 다소곳이 잡자 순간 하늘이 무너져 내린다 해도 전혀 돌보고 싶지 않을 만큼 가슴 가득한 환희가 느껴졌다. 그녀가 자신을 이렇게 대한다면 서하 공주가 아니라 대송 공주, 요국 공주, 토번 공주, 고려 공주를 모두 맞아들인다 한들 무슨 문제가 되겠는가? 중상을 입고 난 후 아직 완쾌가 되지 않은 몸이었던 그는 가슴이 요동을 친 나머지 뜨거운 피가 용솟음치는 바람에 갑자기 천지가 빙글빙글 돌면서 어지럽게 느껴졌다. 순간 몸이 몇 번 비틀하며 기울어지더니 풍덩 소리와 함께 연못 안으로 빠져버리고 말았다.

왕어언이 깜짝 놀라 소리쳤다.

"단 공자, 단 공자!"

그러고는 손을 뻗어 잡으려 했다.

다행히 연못은 그리 깊지 않았다. 단예는 차가운 물에 빠지자 정신이 번쩍 들어 허둥지둥 물 밖으로 기어나왔다.

왕어언의 비명 소리에 사당 안에 있던 수많은 사람이 깜짝 놀라 깨면서 소봉과 허죽, 파천석, 주단신 등이 일제히 달려나왔다. 그런데 단예가 온몸이 흠뻑 젖은 채 매우 난감한 표정을 짓고 있고 왕어언은 만면에 홍조를 띤 채 당혹스러워하며 한쪽에 서 있는 것이 아닌가? 모두들 두 사람이 심야에 연못가에서 밀회를 가지던 중 단예가 어설픈 행동을 하다 왕어언에게 떠밀려 연못에 빠진 것이라 생각하고 속으로 웃음을 참지 못해 아무 질문도 하지 않았다. 단예가 변명을 하려 했지만 무슨 말을 해야 할지 몰랐다.

이튿날은 3월 초이레로 청명까지 아직 이틀이 남아 있었다. 파천석이 아침 일찍 흥경부興慶府로 가서 문서를 전하고 사시가 되어서야 황급히 사당 안으로 돌아와 단예에게 말했다.

"공자, 소인이 서하 공주에게 구혼하는 왕야의 서신을 예부에 제출했습니다. 예부상서禮部尙書가 친히 소인을 청해 아주 깍듯하게 대하면서 공자께서 구혼을 위해 오신 것은 서하국의 영광이며 공자의 염원대로 될 것으로 믿는다고 말했습니다."

얼마 지나지 않아 사당문 밖에 인마가 북적거리더니 이어서 나팔과 북 소리가 들려왔다. 파천석과 주단신이 나가보니 서하 예부의 도陶상서가 수하들을 인솔해 단예를 영접하고 빈관賓館으로 옮기는 환대를 하기 위해 온 것이었다. 소봉은 요나라 남원대왕이었고 요나라의 국력이 대리보다 훨씬 더 번성했기 때문에 그가 온다는 사실을 서하

쪽에서 알았다면 더욱 융숭하게 대접했을 터였다. 그러나 소봉은 사람들에게 자신의 신분을 누설하지 않도록 당부해놨기에 허죽 등 일행과 함께 단예의 수종으로 취급받고 빈관으로 들어가게 되었다.

일행이 빈관에 들어가 자리를 잡는 순간 갑자기 후원에서 누군가 거친 목소리로 욕을 해댔다.

"뭐 하는 녀석이기에 감히 서하 공주를 가로챌 생각을 하는 게냐? 서하 부마는 이미 우리 소왕자님으로 결정이 됐다. 좋은 말로 할 때 일찌감치 사라지는 게 좋을 것이다!"

파천석 등이 그 말을 듣고 노기가 솟구쳐올랐다. 도대체 어떤 무례한 자가 감히 남의 숙소에 와서 욕을 해댈 수 있단 말인가? 문을 열고 바라보니 일고여덟 명 정도 되는 건장한 체격의 대한들이 정원에 서서 시끄럽게 떠들고 있었다.

파천석과 주단신은 둘 다 능력이 출중한 사람들이었다. 주단신은 문예 방면에 재능이 좀 더 있고 파천석은 용맹한 기상이 좀 더 있었을 따름이었다. 두 사람은 아무 말도 하지 않고 문 앞을 막아섰다. 그러나 그 대한들의 욕이 점점 더 거칠어지는 데다 알아들을 수 없는 이민족 말을 섞어 쓰면서 구구절절 '우리 소왕자'가 어떻다는 둥 저떻다는 둥 하는 말들을 내뱉는 것으로 보아 토번국 왕자의 수하들로 보였다.

파천석과 주단신이 서로를 바라보며 웃다가 그 대한들에게 출수를 하려는 순간 갑자기 왼쪽 편에 있던 문짝 하나가 쾅 하고 열리더니 사람 두 명이 뛰어들어왔다. 하나는 황의, 하나는 흑의를 입고 있는 이 두 사람이 대한들을 향해 몸을 날리자 삽시간에 대한 세 명이 비명을 지르며 바닥에 널브러졌고 또 다른 몇 명은 이 두 사람의 주먹과 발길질에 문밖으로 내동댕이쳐졌다. 흑의의 대한이 말했다.

"속이 후련하군, 후련해!"

황의를 입은 사내가 말했다.

"아니로소이다, 아니로소이다! 아직 속이 후련하지는 않소!"

다름 아닌 풍파악과 포부동이었다.

문밖으로 내동댕이쳐진 토번 무사들이 여전히 고함을 쳐댔다.

"모용가야! 좋은 말로 할 때 속히 소주로 돌아가는 게 좋을 것이다. 서하 공주를 처로 맞아들일 생각에 우리 소왕자를 화나게 한다면 '네가 쓴 방법을 너에게 펼친다'는 수법으로 네 누이를 작은 마누라로 들이고 말 것이다. 네 누이한테 토번국에서 매일 소유차酥油茶를 마시게 해주면 무척이나 좋아할걸?"

풍파악이 바람처럼 내달려갔다. 순간 파팍 아이쿠 하는 몇 번의 소리와 함께 토번 무사 몇 명이 멀찌감치 도망가버리고 욕 소리도 점점 멀어져갔다.

왕어언은 방 안에 앉아 있다 포부동과 풍파악 두 사람이 토번 무사들과 싸우는 소리를 듣고 수심에 가득 찬 얼굴로 눈물을 흘리다 순간 포부동과 풍파악 두 사람과 대면을 해야 하는지 결정을 내리지 못했다.

포부동은 파천석과 주단신을 향해 공수를 하며 말했다.

"파 형과 주 형께서는 서하에 구경을 하러 온 것이오? 아니면 다른 의도가 있는 것이오?"

파천석이 빙긋 웃으며 말했다.

"포 형, 풍 형의 의도가 우리 두 사람과 같을 것이오."

포부동이 말했다.

"대리 단 공자도 구혼을 하러 오셨소?"

파천석이 말했다.

"그렇소. 우리 공자는 대리국 황태제의 세자이니 훗날 제위에 오르게 될 것이오. 대리국은 남쪽 지역의 제후국이니 서하와 혼인 관계를 맺는다면 양가의 수준이 비슷해 가장 걸맞은 혼사라 할 수 있지 않겠소? 모용 공자는 일개 평민이라 인품은 훌륭해도 문벌에 있어서는 어울리지 않는다 할 수 있을 것이오."

포부동이 안색을 바꾸며 말했다.

"아니로소이다, 아니로소이다! 파 형이 하나만 알고 둘은 모르는구려. 우리 공자는 인중용봉이라 할 수 있는 분이신데 어찌 그쪽 멍청한 단씨에 비교할 수가 있겠소?"

풍파악이 문을 박차고 들어왔다.

"셋째 형님, 군이 그런 언쟁을 벌일 것까지 뭐 있소? 내일 금전金殿에서 비무가 벌어질 때 각자 실력을 펼쳐 보이면 그뿐인데!"

포부동이 말했다.

"아니로소이다, 아니로소이다! 금전의 비무는 공자 나리들 문제이고 언쟁은 우리 형제들 문제요."

파천석이 껄껄대고 웃었다.

"언쟁에 있어서는 포 형이 천하제일 아니오? 고금을 통틀어 당해낼 자가 없을 테니 말이오. 그 점에 관해선 소제가 진심으로 승복하는 바요. 패배를 인정하고 이만 물러가겠소."

그는 공수를 하고 주단신과 함께 방으로 돌아왔다.

"주 현제, 포부동이 하는 말을 들어보니 공자께서 금전에서 벌이는 비무에 참가해야 할 것 같네. 공자께서는 부상에서 회복한 지 얼마 되지 않으셨고 무공 역시 말을 듣다 안 듣다 하며 통제가 안 되지 않는가? 내일 비무를 벌이다 육맥신검이 말을 듣지 않는다면 부마가 되지 못하는 것은 물론 목숨을 잃을 우려까지 있으니 어찌해야 좋겠나?"

주단신 역시 속수무책이었던 터라 두 사람은 소봉과 허죽을 찾아가 상의했다.

소봉이 말했다.

"금전에서의 비무가 어떤 방법으로 치러지는지 모르겠소? 단타독투요? 아니면 수하들의 출전을 허락하는 것이오? 누구나 비무에 참여할 수 있다면 염려할 필요 없소."

파천석이 말했다.

"맞습니다. 주 현제, 우리 도 상서를 찾아가보세. 부마 모집 시 비무를 할 때 제반 규칙들을 정확히 들어보고 다시 계책을 세워보세."

그길로 두 사람은 예부를 찾아갔다.

소봉과 허죽, 단예 세 사람이 오순도순 둘러앉아 주거니 받거니 술을 마시다 보니 흥취가 무르익었다. 소봉은 단예가 육맥신검을 배우게 된 경위를 물어보며 운기 요결을 써서 진기를 원하는 대로 펼칠 수 있는 방법을 가르쳐주고자 했다. 그런데 내공이 뭔지 외공이 뭔지 아는 것이라곤 전혀 없는 단예가 어찌 하룻밤 사이에 그런 요결을 배울 수 있겠는가? 소봉은 달리 방법이 없자 고개를 가로저으며 잔을 들어 술만 마실 따름이었다. 허죽과 단예의 주량은 그에 미치지 못했던 터라 독주 대여섯 잔을 마셨을 때 단예는 이미 술에 취해 쓰러져 인사불성이 되고 말았다.

단예가 몽롱한 상태에서 깨어났을 때는 창호지 위에 무성한 나무 그림자가 드리워져 있고 밝은 달이 방 안을 훔쳐보는 듯 빛을 내린 깊은 밤이었다. 그는 속으로 깜짝 놀랐다.

'어젯밤에 왕 낭자와 얘기를 끝내기도 전에 실수로 연못 속에 빠져 버리지 않았던가? 그녀가 나한테 무슨 말을 더 하려 했는지 모르겠다. 혹시 밖에서 또 날 기다리는 거 아닐까? 아이고, 큰일 났다. 그녀가 반나절이나 기다리다 참다못해 돌아가서 잠이 들었다면 대사를 그르치는 것이 아닌가?'

그는 다급하게 몸을 일으켜 살그머니 방문을 열고 나갔다. 그가 정원을 지나 대문의 빗장을 빼려고 하는 순간 갑자기 등 뒤에서 누군가 나지막이 속삭였다.

"단 공자, 이리 오시오. 할 말이 있소."

단예는 뜻밖의 상황을 맞자 깜짝 놀라 펄쩍 뛰었다. 호의를 품은 것 같지 않은 음산한 목소리에 고개를 돌리려 하는 순간 돌연 등짝이 조여지면서 누군가에게 잡히는 느낌이 들었다. 단예는 어렴풋이 그 목소리의 주인을 분간하고 물었다.

"모용 공자시오?"

그 사람이 말했다.

"외람되지만 그렇소. 자리를 옮겨 단 형에게 할 말이 있소."

과연 모용 공자였다.

단예가 말했다.

"모용 공자의 명을 어찌 감히 받들지 않겠소? 손을 놓으시오."

모용복이 말했다.

"놓을 필요 없소."

단예는 순간 몸이 가벼워지면서 구름을 타고 하늘을 나는 듯 날아오르는 기분이 들었다. 모용복에게 등을 잡혀 지붕 위로 올라간 것이었다.

단예가 입을 열어 비명을 지른다면 소봉과 허죽 등이 놀라서 깨어 자신을 구하러 나올 터였지만 오히려 이런 생각을 했다.

'내가 비명을 지르면 왕 낭자 역시 듣게 될 것이다. 그녀는 우리 두 사람이 또 싸움을 벌이는 걸 보면 필시 불쾌해할 것이다. 절대 자기 사촌 오라버니를 탓하지 않고 내 잘못을 부풀릴 텐데 그녀를 화나게 만들 필요 있겠는가?'

그는 아무 소리 내지 않고 모용복이 자신을 들고 밖으로 달려나가도록 내버려뒀다.

그때는 깊은 밤이었지만 달이 하늘 높이 걸려 있어 월색이 맑고 깨끗했다. 모용복의 발밑이 처음에는 청석판이 깔린 길이었다가 나중에는 누런 흙이 깔린 오솔길로 변했다. 오솔길 양옆은 다 자라지 않은 누리끼리하고 기다란 풀들로 가득했다.

모용복이 한참을 달려가다 갑자기 걸음을 멈추더니 단예를 땅바닥에다 세차게 내동댕이쳤다. '쿵' 소리와 함께 단예는 어깨와 허리가 바닥에 부딪혀 참을 수 없는 고통이 밀려왔다. 그는 생각했다.

'기품 있게 생긴 사람이 하는 짓은 아주 거칠구먼.'

그는 끙끙대며 어렵게 몸을 일으켰다.

"모용 형, 할 말이 있으면 하면 될 것을 어찌 이리 거칠게 나오시는 거요?"

모용복이 냉소를 머금었다.

"어젯밤에 내 사촌 누이한테 무슨 말을 한 게요?"

단예는 얼굴이 빨개지며 어물거렸다.

"벼… 별것 아니오. 그저 우연히 만나 몇 마디 한담을 나눴을 뿐이오."

모용복이 말했다.

"사내대장부라면 자신이 한 말과 행동에 대해 책임을 져야 하는 법인데 어찌 발뺌을 하며 숨기려 드시오?"

단예는 순간 울컥하고 울화가 치밀어올랐다.

"숨기려 하는 건 전혀 없소. 왕 낭자에게 내가 공자를 찾아가 설득하겠다고 말했소."

모용복이 차갑게 웃었다.

"사람이 세상을 살면서 가장 중요한 것은 부부가 의기투합해서 사랑하며 살아가는 것 아니냐고 설득하려는 것 아니오? 내가 서하 공주와는 일면식도 없고 공주가 아름다운지 추한지 선한지 악한지도 모르는데 하루아침에 만나 부부가 된다는 건 타당치 않다고 했을 테지. 아니오? 이런 말도 했을 것이오. 내가 우리 사촌 누이의 호의를 저버린다면 천하의 연인들에게 욕을 먹고 강호의 영웅호한들의 비웃음을 사게 될 것이라고 말이오. 안 그렇소?"

모용복의 말에 깜짝 놀란 단예는 더듬거리며 물었다.

"왕… 왕 낭자가 공자한테 그리 말했소?"

"누이가 어찌 그런 말을 했겠소?"

"그럼 어젯밤에 근방에 숨어서 엿들었던 것이오?"

모용복이 차갑게 웃었다.

"세상사에 대해 아무것도 모르는 낭자를 속일 순 있어도 날 속일 수는 없소."

단예가 의아한 듯 물었다.

"내가 뭘 속인다는 것이오?"

"상황이 이보다 더 명확할 순 없지. 자신이 서하 부마가 되고 싶은 마음에 나와 경쟁하는 게 두려운 나머지 구실을 만들어 날 속이겠다는 것 아니겠소? 흐흐, 나 모용복이 세 살 먹은 애도 아니고 어찌 그런 얄팍한 술수에 빠질 수 있을 것 같소? 그야말로 잠꼬대 같은 소리일 뿐이지."

단예가 탄식을 하며 말했다.

"난 호의에서 그러는 것이오. 왕 낭자가 공자와 혼인을 올려 신선 같은 부부가 되고 서로 공경하며 백년해로하기만 바랄 뿐이오."

모용복이 냉소를 머금었다.

"귀한 조언에 감사드리겠소. 대리단씨와 고소모용은 아무 연고도 없고 교분조차 없는데 나한테 어찌 그런 호의를 가지고 있다는 것이오? 내가 사촌 누이한테 얽매여 꼼짝도 못하면 옳다구나 하고 붉은 비단을 걸친 채 서하 부마가 되겠다는 것 아니겠소?"

단예가 버럭 화를 내며 말했다.

"그걸 말이라고 하시오? 난 대리국 황자인 몸이오. 대리가 소국이긴 하지만 부마 따위 같은 건 안중에도 없소. 모용 공자, 내가 좋은 말로 권고하겠소. 부귀영화는 순간일 뿐이오. 공자가 서하 부마가 된다 해도 다시 대연의 황제가 되기 위해 얼마나 많은 인명을 해쳐야 할 것 같소? 중원 천하가 공자에게 죽은 사람들이 흘린 피로 강을 이루고 그

뼈가 산처럼 쌓인다 해도 공자가 대연 황제가 될 수 있을지 없을지는 알 수 없는 일이오."

모용복은 노기를 억누르고 냉랭한 목소리로 말했다.

"입으로는 인의와 도덕을 외치면서 마음 씀씀이는 잔인하기 이를 데 없군."

단예가 다급하게 말했다.

"내 호의를 믿지 못한다면 그건 당신 마음이오. 어찌 됐건 난 당신이 서하 공주를 맞아들이지 못하게 할 것이오. 왕 낭자가 당신 때문에 상심해하며 자결하는 모습을 보고 싶지 않소."

"공주를 맞아들이지 못하게 하겠다고? 하하, 정말 그럴 능력이 있다고 여기는 것이오? 내가 맞아들이겠다면 어찌할 것이오?"

"물론 그렇게 되지 않도록 최선을 다해 저지할 것이오. 나 혼자로는 그럴 힘이 없으니 친구들에게 도움을 청할 것이오."

모용복은 속으로 깜짝 놀랐다. 그는 소봉과 허죽 두 사람의 무공이 어느 정도인지 익히 알고 있었다. 심지어 단예 본인도 육맥신검을 펼쳐낼 때는 자신이 도저히 당해내지 못하지 않았던가? 다행히 그의 검법은 신통할 때도 있지만 그렇지 않을 때도 있어 마음먹는 대로 펼쳐낼 수 있는 것은 아니기에 빈틈이 있는 셈이었다. 그는 당장 고개를 쳐들고 큰 소리로 말했다.

"사촌 누이, 나와봐라. 할 말이 있다."

단예는 놀랍고도 기쁜 마음에 재빨리 고개를 돌려봤다. 그러나 맑은 달빛만 펼쳐져 있을 뿐 왕어언은 그림자도 보이지 않았다. 정신을 집중해 멀리 내다보자 맞은편 숲속에서 뭔가 움직이는 것처럼 느껴졌다. 순간 가슴이 조여오면서 다시 모용복에게 혈도를 잡혀 몸이 떠오르는 것이 아닌가? 그는 그제야 그에게 속아넘어갔다는 걸 알고 씁쓸하게 웃었다.

"또 날 함부로 대하고 거짓말로 속이기까지 하다니 실로 군자가 할 행동은 아닌 듯싶소."

모용복이 냉소를 머금었다.

"그대 같은 소인배를 상대하는 데 어찌 군자가 쓰는 수단을 사용하겠는가?"

그는 속으로 생각했다.

'네 두 의형제의 무공이 아무리 고강하다 해도 네놈이 죽어버리고 나면 서하 부마는 될 수 없을 것이다.'

모용복은 단예를 들고 한쪽으로 걸어갔다. 구덩이를 찾아 일장에 죽이고 묻어버릴 생각이었다. 수 장을 걸어가다 마른 우물이 하나 보이자 단예를 들어 그 안으로 휙 던져버렸다.

"으악!"

단예는 비명 소리와 함께 우물 바닥에 그대로 떨어져 버렸다.

모용복이 우물 입구를 막아 그 안에서 산 채로 굶어 죽게 만들 생각에 커다란 바위 몇 개를 찾는 순간 느닷없이 어디선가 한 여자 목소리가 들려왔다.

"사촌 오라버니, 절 보러 오셨어요? 무슨 하실 말씀 있으세요? 아니, 단 공자를 어찌하신 거예요?"

다름 아닌 왕어언이었다. 모용복은 어리둥절해하다 눈살을 찌푸렸다. 그가 단예의 등 뒤를 향해 소리 높여 외친 것은 단예가 고개를 돌리도록 만들어 그의 가슴에 있는 요혈을 짚으려 했던 것이었을 뿐 왕어언이 정말 근방에 있으리라고는 생각지도 못했다.

왕어언은 그날 밤 수심에 겨워 잠을 이루지 못하다 창문에 기대 달을 바라보고 있었다. 그때 모용복이 단예의 등짝을 움켜쥐고 어디론가 가는 광경을 목격하게 되었다. 그녀는 두 사람이 싸움을 벌이면 모용복이 단예의 육맥신검에 당할까 두려워 곧바로 그 뒤를 쫓아가 위기의 순간에 단예에게 호통을 쳐서 저지할 생각이었지만 두 사람이 언쟁을 벌이며 말하는 얘기들을 모조리 지켜보게 되었다. 단예가 모용복을 설득하며 하는 말은 진심으로 하는 말이었지만 모용복은 그에게 다른 의도가 있다고 여기는 것처럼 느껴졌다. 그 후, 모용복이 단예를 속이기 위해 내던진 말을 왕어언은 자신을 발견하고 한 말이라고 생각해 몸을 드러냈던 것이다.

왕어언이 우물 옆으로 달려가 몸을 굽혀 내려다보며 소리쳤다.

"단 공자, 단 공자! 다친 데 없어요?"

단예는 바닥에 떨어질 때 머리부터 떨어졌던 터라 진흙 바닥에 머리를 부딪혀 이미 혼절해 있었다. 왕어언은 몇 번 소리쳐 불러도 아무 대답이 없자 단예가 떨어져 죽었다 여기고 평소 자신에 대해 그토록 호의를 베풀다 지금 또다시 자신을 위해 목숨을 잃게 되었다는 생각이 들자 참다못해 눈물을 쏟아냈다.

"단 공자, 어… 어쩌다… 이렇게 죽어버린 건가요?"

모용복이 냉랭한 목소리로 말했다.

"역시 저 녀석에게 깊은 정이 있었군."

왕어언이 목메어 울며 말했다.

"단 공자는 좋은 말로 설득했으니 그 말대로 하건 안 하건 오라버니 마음인데 왜 굳이 죽여버린 거죠?"

"저 녀석은 내 가장 큰 적수다. 저 녀석이 최선을 다해 내 일을 저지하겠다고 한 말 못 들었느냐? 그날 소실산 위에서 내 체면을 구겨 강호에 발을 들여놓기 어렵게 만들었으니 내 입장에서는 용서할 수 없는 녀석이다."

"소실산에서는 그가 잘못한 게 맞아요. 그래서 제가 이미 질책을 가했고 본인도 잘못을 인정했어요."

모용복이 냉랭한 목소리로 말했다.

"흥, 잘못을 인정해? 그렇게 얼렁뚱땅 내뱉은 한마디로 은원 관계를 끝내버릴 생각이었단 말이냐? 나 모용복이 강호를 다니면 내 등 뒤에서 대리단씨의 육맥신검에 패했다고 손가락질을 할 텐데 생각해봐라. 앞으로 내가 어찌 사람 구실을 하며 살 수 있겠느냐?"

왕어언이 부드러운 목소리로 답했다.

"사촌 오라버니, 순간의 승부를 어찌 가슴에 담아두고 계십니까? 그날 소실산에서의 대결은 고모부님께서 이미 일깨워주셨잖아요? 과거지사를 다시 말해 무엇 하느냐고 말이에요."

그녀는 단예가 정말 죽었는지 확인할 길이 없어 우물 입구에 머리를 넣고 다시 소리쳤다.

"단 공자! 단 공자!"

그러나 여전히 아무 응답이 없었다.

모용복이 말했다.

"저 녀석에게 그토록 관심이 있다면 저 녀석한테 시집을 가면 될 것

376
천룡팔부

이지 어찌 날 따라다니는 척하는 것이냐?"

왕어언은 서글픈 마음이 들었다.

"사촌 오라버니, 오라버니에 대한 제 마음은 진심이에요. 설마… 설마 지금도 믿지를 못하시는 건가요?"

모용복이 냉소를 머금었다.

"나에 대한 마음이 진심이라고? 하하, 과거 태호 기슭의 물레방앗간 안에서 넌 나신을 드러낸 채 저 단가와 함께 건초 더미 안에 숨어 있었다. 거기서 뭘 했던 것이냐? 내가 직접 목격했건만 그래도 발뺌할 셈이냐? 그때 내가 저 단가 녀석을 단칼에 없애버리려 했지만 넌 저 녀석을 가르치며 끊임없이 날 힘들게 했다. 네 마음이 도대체 누굴 향하고 있는지 확실히 드러난 게 아니고 무엇이란 말이냐? 흐흐…."

왕어언은 놀라서 멍하니 있다 떨리는 목소리로 말했다.

"태호 기슭 물레방앗간의 그… 그 목석같은… 목석같은 표정의 서하 무사가…."

모용복이 말했다.

"그렇다. 그 서하 무사인 이연종으로 변장한 것이 바로 나야."

왕어언이 나지막이 말했다.

"어쩐지… 저도 줄곧 의심쩍었어요. 그날 이런 말씀을 하셨죠. '만일 내가 훗날 중원의 황제가 된다면….' 그게… 그게… 오라버니 말투였다는 걸 진작 알아챘어야 했는데."

모용복이 냉랭하게 웃었다.

"네가 진작 알았어야 했지만 지금이라도 알았으니 그리 늦진 않은 것이다."

왕어언이 다급하게 변명을 했다.

"사촌 오라버니, 그날 전 서하인들이 살포한 독기에 중독됐다가 단 공자의 도움을 받고 도망치던 길이었어요. 그런데 도중에 비가 내려 옷이 모두 젖어버리게 됐고 비를 피하기 위해 그 방앗간으로 들어갔 던 거예요. 괘… 괜한… 의심은 하지 마세요."

모용복이 말했다.

"방앗간에서 비를 피해? 허나 내가 당도한 이후에도 너희 두 사람은 여전히 괴이쩍은 행동을 했다. 저 단가 녀석이 손을 뻗어 네 뺨을 어 루만지는데도 넌 전혀 피하지 않았단 말이다. 그때 내가 무슨 말을 했 는지 기억하느냐? 아마 넌 단가 녀석한테 온정신이 팔려 있어 내 말은 귀에 들어오지도 않았을 것이다."

왕어언은 속으로 깜짝 놀라 그날 방앗간에서 있었던 일들을 회상했 다. 당시 복면을 쓰고 있던 서하 무사 이연종의 말이 머릿속에 똑똑히 떠올라 중얼거리며 말했다.

"그때… 오라버니가 지금처럼 차갑게 웃으며 그랬어요. 이… 이렇 게요. '가서 날 죽일 무공을 배워오라고 했지 둘이… 둘이….'"

왕어언은 그날 모용복이 했던 말을 똑똑히 기억하고 있었다.

'둘이 시시덕거리면서 집적거리라고는 안 했다.'

하지만 그 말은 도저히 입에 담을 수가 없었다. 문득 이런 생각이 들 었다.

'사촌 오라버니가 이것 때문에 화가 났다면 그건 질투야. 질투를 한 다는 건 마음속으로 날 어느 정도 사랑한다는 뜻이다.'

모용복이 말했다.

"그날 네가 이런 말도 했다. 만일 내가 단가 녀석을 죽인다면 네가 녀석을 위해 복수를 하겠다고 말이야. 왕 낭자, 난 낭자의 그 말을 듣고 그제야 녀석의 목숨을 살려둔 것이다. 허나 호랑이 새끼를 키워 소실산의 수많은 영웅호걸 앞에서 내 체면을 구기게 만들 줄은 몰랐어."

왕어언은 그가 대뜸 자신을 '사촌 누이'라는 표현 대신 '왕 낭자'라고 말하는 소리를 듣고 싸늘한 기분이 들어 떨리는 목소리로 말했다.

"사촌 오라버니, 그날 그 사람이 오라버니인 줄 알았다면 당연히 그런 말은 안 했을 거예요. 정말이에요. 사촌 오라버니란 걸 제… 제가 알았다면 절대 그런 말은 안 했을 거예요. 오라버니를 향한 제 마음은 언제나… 언제나… 진심이라는 건 오라버니도 아시잖아요?"

모용복이 말했다.

"내가 인피면구를 쓰고 있었으니 내 얼굴을 알아보지 못했을 테고 내가 일부러 쉰 목소리로 가장했으니 내 목소리를 알아보지 못했다 해도 내 무공은 알아볼 수 있지 않았느냐? 흐흐, 낭자는 무학의 도에 대해 박식하기 짝이 없어 누구든 일초 일식을 펼치면 그게 어느 문파의 수법인지 버젓이 알지 않더냐? 한데 난 저 녀석과 100여 초를 겨뤘건만 어찌 날 알아보지 못했단 말이야?"

왕어언이 나지막이 말했다.

"약간은 의심하긴 했어요. 하지만… 사촌 오라버니, 우리가 한동안 만난 적이 없어 오라버니 무공에 얼마나 진전이 있었는지 알 수가 없었어요…."

모용복은 속으로 더더욱 화가 솟구쳐올랐다. 왕어언의 말은 자신의 무공 진전이 너무 늦어 짐작하지 못했다는 말로 들린 것이다.

"그날 나한테 이런 말을 했지. '처음에는 당신의 복잡한 도법을 보고 탄복했어요. 그러나 50초를 본 이후에는 그저 그렇다고 느꼈어요. 얼마 안 되는 당신 재주를 모두 써버렸다고 말하면 너무 무정하다 할지 모르겠지만 어찌 됐건 당신이 아는 바는 나보다 적어요.' 왕 낭자, 내가 아는 바가 낭자보다 적다는 건 알겠다. 한데 왜 굳이 내 곁에 있으려 하는 것이냐? 속으로 날 무시하는 건 좋다. 하지만 나 모용복은 당당한 대장부야. 더구나 난 여자들한테 존중받고 싶은 마음이 없어."

왕어언이 몇 걸음 앞으로 걸어나가 부드러운 목소리로 말했다.

"사촌 오라버니, 그날은 제가 말실수를 했어요. 지금 이렇게 용서를 빌겠어요."

이 말을 하면서 옷섶을 여미고 무릎을 굽혀 예를 올렸다.

"정말 사촌 오라버니인 줄 몰랐어요…. 대인의 넓은 아량으로 부디 가슴에 담아두지 마세요. 전 어릴 때부터 오라버니를 존경해왔어요. 오라버니와 함께 놀면서 오라버니 말씀이라면 뭐든 따르기만 했지 거역한 적이라고는 없어요. 그날 제가 한 헛소리에 대해선 과거의 정분을 생각해 한 번만 용서해주세요."

그날 왕어언이 물레방앗간에서 했던 그 말을 자만심 가득한 모용복은 늘 가슴에 품고 불쾌해하고 있었다. 그 후로도 두 사람은 함께 있는 시간이 많았지만 가슴속에 맺힌 응어리 때문에 서로 마음이 같을 수 없었다. 그러나 이제 그녀가 부드러운 말로 용서를 구하고 있고 달빛 아래 이렇듯 세속을 초월한 수려한 낭자가 자신에게 이토록 끊임없이 정을 표하자 단예와의 사이에는 부적절한 관계가 없었다는 사실을 깊이 믿게 되었다. 그날 했던 비위에 거슬리는 말은 무심결에 한 것이 확실했기에 순간 죽마고우인 그녀와의 정이 떠올라 마음이 움직일 수밖에 없었다. 그는 손을 뻗어 그녀의 두 손을 잡고 소리쳤다.

"사촌 누이!"

왕어언은 무척이나 기뻤다. 그녀는 사촌 오라버니가 자신을 용서했음을 알자 그의 품 안으로 뛰어들어 그의 어깨에 고개를 가져다 대고 조용히 속삭였다.

"사촌 오라버니, 저한테 화가 나셨다면 얼마든지 때리고 욕하세요. 절대 가슴에 묻어두거나 담아두지 말고 말이에요."

모용복은 그녀의 부드러운 몸을 안은 채 나지막이 속삭이며 간청하는 그녀의 목소리를 듣자 자기도 모르게 심장이 요동쳤다. 그는 손을 뻗어 그녀의 머리카락을 가볍게 쓰다듬으며 부드럽게 말했다.

"내가 어찌 널 때리고 욕하겠느냐? 너 때문에 난 화는 이제 다 풀리고 없다."

왕어언이 부드러운 목소리로 물었다.

"사촌 오라버니, 서하 부마 모집에 안 가실 건가요?"

모용복은 돌연 전신을 떨며 생각했다.

'큰일이군, 큰일이야! 모용복, 네가 아녀자와의 정 때문에 영웅의 기개를 상실하다니 하마터면 대사를 그르칠 뻔했구나. 이런 하찮은 사사로운 정마저 떨쳐내지 못한다면 천하를 제패하는 대업을 어찌 도모한단 말이냐?'

그러고는 손을 뻗어 그녀를 밀어젖히고 마음을 굳게 먹은 듯 고개를 가로저었다.

"사촌 누이, 우리 연분은 이제 다한 것 같다. 누이도 알겠지만 난 한스러운 기억을 잘하는 편이라 네가 했던 말이나 했던 행동을 잊기 힘들 것 같구나."

왕어언이 처연한 표정으로 말했다.

"조금 전에는 화가 다 풀렸다고 했잖아요?"

모용복이 말했다.

"너한테 화를 내는 게 아니다. 허나… 허나 우리가 이번 생에서는 어쨌든 사촌 남매의 연분에 불과할 뿐이야."

왕어언이 말했다.

"도저히 용서하지 못한다는 건가요?"

모용복은 마음속으로 '사사로운 정'과 '대업'이라는 두 문제를 두고 고민하며 잠시 망설이다 끝내 고개를 가로저었다. 왕어언은 의기소침해하며 물었다.

"그 서하 공주를 꼭 맞아들이셔야만 해요? 이제 전 거들떠보지도 않겠다는 건가요?"

모용복은 서하 부마가 된 다음 나라 재건의 대업을 이루고 왕어언을 빈비로 삼을 생각이었지만 그런 생각을 절대 누설할 수는 없는 일이었다. 만일 서하인들이 그걸 안다면 부마에 간택되기 힘들 것이기에 마음을 모질게 먹고 고개를 끄덕였다.

왕어언은 앞서 사촌 오라버니가 서하 공주를 맞이하러 간다는 얘기를 공야건으로부터 전해들었다. 그때는 당장 죽고 싶은 마음이 들어 핑계를 대고 뒤로 처져 등백천 등 일행을 피해 낭떠러지 아래로 떨어져 자결을 하고자 했지만 뜻하지 않게 운중학의 도움을 받게 되었던 것이다. 이제 자신이 마음에 둔 사람이 대놓고 거절을 하자 미칠 듯이 상심해 피가 거꾸로 솟는 느낌이 들었다. 단예는 그녀에게 서하로 가서 부마가 되겠다고 응낙했지만 그는 이미 우물에 빠져 사촌 오라버니한테 죽임을 당했기에 기댈 구석이라고는 아무 데도 없었다. 그녀는 체념에 빠진 채 사촌 오라버니 앞에서 목숨을 끊어 모든 것을 끝내야겠다는 생각에 천천히 우물 옆으로 걸어가 고개를 돌리며 말했다.

"사촌 오라버니, 부디 소원대로 서하 공주를 맞이해 대연의 황제가 되길 빌겠습니다."

모용복은 그녀가 자결하려 한다는 것을 알고 재빨리 앞으로 걸어가 손을 뻗어 그녀의 팔을 잡아끌고 입으로 이렇게 소리칠 생각이었다.

'안 돼!'

그러나 이 말을 내뱉고 그녀를 잡아당기면 앞으로 사촌 누이의 부드러운 정에 얽혀 빠져나올 수 있을지 장담할 수가 없다는 사실을 알고 있었다. 사촌 누이의 온유하고도 아름다운 외모는 세상에 보기 드물 정도인데 그런 여인을 처로 맞아들인다면 더 바랄 게 뭐 있겠는가? 하물며 그녀는 어려서부터 자신에게 뿌리 깊은 정이 심어져 있으니 순간을 자제하지 못하고 악연을 맺게 된다면 연국 재건의 대계는 좌절되고 말 것이 분명했다. 생각이 여기까지 미치자 입을 벌리기는 했지만 소리가 나오지 않았고 손을 뻗어내려 했지만 실제 앞으로 나가지 않았다.

왕어언은 그의 표정을 보고 마음까지 짐작할 수 있었다. 설사 자신을 버린다 해도 두 사람은 사촌 남매간인 혈육이건만 눈앞에서 자신이 사지로 발을 딛으려 하는데 어찌 막을 생각조차 하지 않는 것인가? 그 악독하기 짝이 없는 운중학보다 못한 것 아니던가? 그녀는 죽음 외에는 달리 방법이 없다는 생각에 그대로 우물 안으로 몸을 날려 떨어졌다.

모용복은 비명 소리와 함께 한 걸음 내딛고 손을 뻗어 그녀의 발을 잡으려 했다. 그의 무공 실력이라면 왕어언을 붙잡는 것쯤은 누워서 떡 먹기였지만 끝내 결단을 내리지 못하고 그녀가 뛰어드는 대로 내버려두고 말았다. 그는 한숨을 내쉬며 고개를 가로저었다.

"사촌 누이, 네가 끝끝내 단 공자를 깊이 사랑했구나. 두 사람이 살아서 부부가 될 수는 없었지만 같은 장소에서 죽음을 맞이했으니 어쨌든 원을 이룬 셈이라 할 수 있다."

별안간 등 뒤에서 누군가 외쳤다.

"진실을 가장한 위선자!"

모용복은 깜짝 놀랐다.

'누군가 옆에 있었는데 내가 어찌 몰랐던 거지?'

그는 뒤쪽을 향해 일장을 후려친 다음 그제야 몸을 돌렸다. 달빛 아래 희미한 그림자가 그가 날린 일장을 슬쩍 피하는데 그 신법이 보기 드물 정도로 기민했다.

모용복은 몸을 날려 앞으로 나아가 그의 몸이 내려오기 전에 다시 한번 일장을 후려치며 말했다.

"누구냐? 누가 날 희롱하느냐?"

그자는 허공에서 일장을 후려쳐내리며 모용복의 장력에 맞서다 다시 바깥쪽으로 1장 가까이 몸을 날려 그제야 바닥으로 내려왔다. 그는 다름 아닌 토번국 국사 구마지였다.

그가 입을 열었다.

"분명히 왕 낭자가 우물에 투신해 자결하도록 압박해놓고 오히려 그녀의 원대로 됐다는 말을 내뱉다니! 모용 공자, 너무 악랄하고 음흉한 짓 아니오?"

모용복이 벌컥 화를 냈다.

"내 사사로운 일을 당신이 어찌 간섭하는 것이오?"

"귀하가 천리에 어긋난 짓을 하니 도저히 관여하지 않을 수 없소. 하물며 서하 부마가 될 생각에 한 짓이니 사사로운 일이라 할 수도 없지."

"설마 당신 같은 화상이 부마가 될 생각을 하는 건 아니겠지?"

구마지가 껄껄대고 너털웃음을 터뜨렸다.

"화상이 부마가 되다니 그럴 리가 있겠소?"

모용복이 냉소를 머금었다.

"토번국이 불손한 마음을 품고 있다는 건 진작 알고 있었소. 그럼 당신네 소왕자 때문에 나선 것이오?"

"불손한 마음이라니 뭘 말하는 것이오? 서하 공주를 맞아들이려 하는 것이 불손한 마음이라고 한다면 귀하가 품은 마음은 불손한 것이오? 불손하지 않은 것이오?"

"서하 공주를 맞아들이는 데 있어 난 내 능력만으로 부마가 되려는 것이오. 누구처럼 수하들을 교사해 홍주로 오는 길목을 차단하고 영웅호걸들의 눈살을 찌푸리게 만들어 비웃음을 자초하지는 않소."

구마지가 껄껄 웃었다.

"우린 분수도 모르는 그 수많은 놈을 쫓아내버리려는 거였소. 서하 도성이 기름기가 줄줄 흐르는 건달들로 꽉 차서 난장판으로 변하는 사태를 막기 위해 말이오. 귀하를 위해 길을 청소해준 것인데 뭐가 잘못됐다는 것이오?"

"그게 사실이라면 훌륭한 일이라 할 수 있소. 한데 토번국 소왕자는 자신의 무공에 의지해 남과 겨룰 생각이 있는 것이오?"

"그렇소!"

모용복은 뭔가 믿는 구석이 있는 듯 아무 두려움 없이 승리를 확신하는 모습에 의아함을 감추지 못하고 물었다.

"귀국의 소왕자가 고강한 무공 실력을 지니고 있어 대적할 자가 없다 믿고 승리를 자신하는 것이오?"

"소왕자 전하는 내 제자인지라 무공 실력이 쓸 만하다 할 수 있소. 대적할 자가 없다고 보긴 어렵지만 승리에 대한 확신은 있소."

"그거 이상하군. 귀국의 소왕자가 승리를 확신한다지만 나 역시 승리를 확신하는데 도대체 누가 진짜 승리할지 모르겠소."

구마지가 웃음 띤 얼굴로 말했다.

"우리 소왕자한테 무슨 필승의 계책이 있다는 건지 알고 싶다는 것이로군. 안 그렇소? 그럼 당신이 먼저 계책을 말해보도록 하시오. 그럼 우리 계책을 얘기해주겠소. 누구 계책이 더 고명한지 함께 연구해보도록 합시다."

모용복이 믿는 건 고강한 무공과 준수한 외모에 불과할 뿐 필승 계책이라 할 만한 것은 전혀 없었다.

"당신은 음흉하기 이를 데 없고 말에도 신임이 없는 사람 아니오? 내가 먼저 말한 뒤에 당신이 아무 말도 안 한다면 내가 속아넘어가는 셈이 되질 않겠소?"

구마지가 껄껄대고 웃으며 말했다.

"모용 공자, 난 영존과 수년 동안 교분을 맺어오며 서로 흠모해온 사이요. 내가 주제넘게 행동한다 해도 어쨌든 당신보다는 선배라 할 수 있소. 나한테 그리 말한다면 너무 지나친 처사요."

모용복이 허리를 굽혀 예를 올렸다.

"명왕의 질책이 옳소. 후배인 제 잘못이오. 부디 용서해주시오."

"후배임을 인정하다니 역시 공자는 매우 영리한 것 같소. 그대 아버지 얼굴을 봐서라도 나 편한 대로만 할 수는 없지. 토번국 소왕자의 필승 계책은 솔직히 말해 별거 없소. 누구든 부마가 되고자 우리 소왕자와 다툼을 벌이려 하는 사람이 있다면 우리가 일일이 처리해버리는 것이오. 다툴 사람이 오지 않는다면 우리 소왕자가 간택되지 않을 이유가 없지 않겠소? 하하."

모용복이 안색을 확 바꾸고 말했다.

"그 말은 그럼 나를⋯."

"알다시피 난 영존과 교분이 두터운 사람이오. 내 어찌 그대 목숨을 취할 수 있겠소? 내가 성의껏 충고드리건대 속히 서하를 떠나는 게 좋을 것이오."

"못 가겠다면?"

구마지가 미소를 지으며 말했다.

"그래도 목숨을 취하지는 않겠소. 다만 공자의 두 눈을 파내거나 수족을 잘라 폐인으로 만들어버릴 것이오. 서하 공주가 오관을 다 갖추지 못하고 수족이 완전치 않은 영웅호한에게 시집가진 않을 테니 말이오."

모용복은 화가 머리끝까지 났지만 그의 뛰어난 무공 실력이 두려워 감히 함부로 손을 쓸 수 없었다. 그는 고개를 숙이고 어찌 대처할지에 대해 곰곰이 생각해봤다.

달빛 아래 갑자기 발밑에서 뭔가 꿈틀거리며 움직여 정신을 집중해 살펴보니 다름 아닌 구마지의 오른손 그림자였다. 모용복은 깜짝 놀랐다. 그는 상대방이 공력을 응집시켜 기습을 가하려는 것으로 알고 암암리에 진기를 돋우어 대비했다. 그때 구마지의 목소리가 들렸다.

"공자, 공자가 사촌 누이를 자결하도록 압박한 것은 실로 악랄하기 짝이 없는 행동이오. 공자가 속히 서하를 떠난다면 공자가 왕 낭자를 압박해 죽인 일에 대해서는 더 이상 추궁하지 않을 것이오."

모용복이 콧방귀를 뀌었다.

"누이 스스로 순정을 바치기 위해 우물 안으로 뛰어든 것인데 나와 무슨 상관이 있다는 것이오?"

이 말을 하면서도 눈으로는 바닥에 비친 그림자를 응시했다. 구마지의 두 손이 비친 그림자가 끊임없이 떨고 있었다.

모용복은 속으로 의구심이 들었다.

'이자처럼 고강한 무공을 지닌 자가 출수를 하려 하면서 어찌 이토록 준비 작업이 길다는 말인가? 혹시 일부러 괜한 허세로 날 협박해 쫓아버리려 하는 것인가?'

다시 정신을 집중하는 사이 그의 바짓가랑이와 옷자락 끄트머리가 모두 미미하게 흔들리고 있었다. 자기도 모르게 전신을 떨고 있는 것으로 보였다. 불현듯 머리를 스치고 지나가는 생각이 있었다.

'그날 소림사 장경각 안에서 무명 노승이 그런 말을 했잖아? 구마지가 소림파 72절기를 억지로 연마했다고 말이야. 이런 말도 했지. '순서가 뒤바뀌는 바람에 조만간 큰 화를 입게 될 것'이라고 말이야. 소림의 모든 절기를 수련하면서 자비심을 품지 않는다면 포악한 기운이 침투해 예측할 수 없는 화가 미칠 것이라고 했다. 그 노승은 우리 아버지와 소원산의 질환을 언급할 때도 영험하기 이를 데 없었으니 구마지에 대해 말한 것도 절대 거짓은 아닐 것이다.'

그 부분을 생각하니 기쁨을 감출 수 없었다.

'흐흐, 저 화상은 자신한테 화가 닥칠 것 같으니 오히려 날 협박하려는 거로구나. 뭐 내 두 눈을 파내고 수족을 잘라 폐인으로 만들겠다고?'

그러나 이를 단정할 수는 없던 터라 시험을 해보기로 했다.

"아, 순서가 뒤바뀌는 바람에 큰 화가 닥쳤나 보군. 그렇게 상승무공을 연마하다 주화입마에 들게 되면 그보다 더 무서운 건 없지."

구마지가 돌연 몸을 훌쩍 날리며 부르짖었다. 늑대가 울부짖는 것 같기도 하고 소 울음소리 같기도 한 매우 무시무시한 소리와 함께 모용복을 움켜잡으려고 손을 뻗으며 호통쳤다.

"지금 뭐라고 했느냐? 누… 누구한테 한 얘기냐?"

모용복이 몸을 슬쩍 피했다. 구마지가 이어서 몸을 돌리자 달빛 아래 그의 얼굴이 비쳤다. 두 눈은 시뻘겋게 물들어 있고 두 눈썹이 치켜올라가 만면에 포악한 기색을 띠고 있었다. 흉맹한 표정을 짓고 있었지만 얼굴에 드러난 당황스럽고도 두려운 기색은 감출 수가 없었다. 모용복이 더욱 확신을 가지고 말했다.

"좋은 말로 권해드릴 말이 있소. 명왕께서는 즉각 서하를 떠나 토번으로 돌아가시오. 진기를 돋우는 것은 물론 화를 내거나 출수를 하지 말아야 고향으로 돌아갈 수 있을 것이오. 그렇지 않으면 그 소림 신승 말처럼 되고 말 것이오."

"으아~!"

돌연 구마지가 괴성을 질렀다. 평소 온화하고 태연자약하던 모습은 온데간데없이 사라지고 그저 큰 소리로 부르짖기만 하고 있었다.

"네가… 네가 뭘 안다고? 네가 뭘 알아?"

모용복은 그의 흉악한 표정을 보니 평소 부처와도 같은 장엄한 승려의 모습과는 전혀 달라 자기도 모르게 두려움이 느껴져 뒤로 한 걸음 물러섰다. 구마지가 호통을 쳤다.

"네가 아는 게 무엇이냐? 말해!"

모용복은 가까스로 진정을 하고 한숨을 푹 내쉬었다.

"명왕의 내식은 갈림길에 접어들어 위험하기 짝이 없소. 지금 당장 토번으로 돌아가지 않고 소림사로 가서 그 신승에게 치료를 청한다면 결코 희망이 없는 것은 아니오."

구마지가 섬뜩한 표정으로 웃었다.

"내 내식이 갈림길에 접어들었다는 것을 네가 어찌 아느냐? 허튼소리로다."

이 말을 하면서 왼손을 뻗어 모용복의 얼굴을 움켜쥐려 했다.

그의 다섯 손가락이 미미하게 떨렸지만 움켜잡는 방법은 매우 신중하고 노련해 내력이 부족한 현상은 절대 아닌 것으로 보였다. 모용복은 속으로 깜짝 놀랐다.

'그럼 내가 잘못 짐작했다는 건가?'

그는 곧 내력을 돋운 다음 정신을 집중해 상대 공격을 받아내고 오른손으로 상대의 일초를 막자마자 그의 팔을 잡아챘다. 구마지가 호통을 쳤다.

"네 부친 얼굴을 봐서라도 십초 안에는 살수를 쓰지 않을 것이다. 옛 벗과 향불 앞에서 맺은 정을 감안한 것이다."

그는 왼쪽 주먹을 획 하고 후려치며 모용복의 오른쪽 어깨를 가격했다.

모용복이 재빨리 몸을 피했지만 구마지의 제2초가 연이어 펼쳐나와 그사이에는 추호의 빈틈도 없었다. 모용복이 비록 두전성이란 차력타력 수법에 능하긴 했지만 상대의 초식이 워낙 정묘했고 매 일초 모두 반초만 펼치고 남은 반초는 별안간 변화시켰기 때문에 상대의 힘을 빌리려 해도 좀처럼 빌릴 수가 없어 그저 급소만 단단히 지키며 빈틈만 노릴 뿐이었다. 구마지의 초식은 기이하면서도 변화무쌍해서 일권이 반쯤 날아오다 손가락으로 변하고 손을 움켜잡듯 뻗어내면 몸 근처에 와서 장력으로 변화했다. 십초를 모두 끝내자 구마지가 호통을 쳤다.

"십초가 끝났으니 죽음을 각오해라!"

모용복은 눈앞이 침침해지면서 갑자기 사방팔방에서 모두 구마지의 인영이 보였다. 왼쪽에서 발길질을 해오고 오른쪽에서 일권이 날아오다 다시 정면에서 일장을 후려쳐오고 등 뒤에서 일지가 뻗쳐왔다. 그는 모든 초식이 동시에 밀려오자 이를 어찌 막아야 할지 몰랐다. 그저 쌍권을 마구 휘두르고 공력을 돋우어 공격 대신 수비에 급급하다 보니 자신이 자신의 권법을 공격하는 사태가 벌어졌다.

별안간 구마지가 숨을 끊임없이 헐떡대면서 헉헉 소리를 내기 시작

45. 마른 우물 아래 진흙탕 속에서

했다. 그 숨소리가 점점 더 빨라지자 모용복은 정신이 번쩍 들었다.

'이 화상은 내식이 흐트러져 있어 곧 있으면 숨이 막힐 것이다. 쓰러지지 않고 조금만 더 버틴다면 잠시 후 자기 혼자 바닥에 쓰러져 죽어버릴 거야.'

그러나 구마지가 가쁜 숨을 몰아쉬긴 했지만 초식은 여전히 계속 이어가고 있었다. 그러다 돌연 그가 큰 소리로 호통을 지르자 모용복은 허리의 척중혈脊中穴과 복부의 상곡혈商曲穴에 일제히 통증이 느껴졌다. 이미 두 혈도를 찍혀 수족이 마비되고 맥이 풀려 더 이상 꼼짝도 할 수 없었던 것이다.

구마지가 냉랭하게 몇 번 웃다가 끊임없이 숨을 헐떡이며 말했다.

"좋은 말로 꺼지라고 했건만… 헥… 기어코 버티다 이리됐으니… 헥… 날 원망하진 못할 것이다. 내… 내가… 널 어찌 처리해야 좋겠느냐?"

그는 입술을 모아 큰 소리로 휘파람을 불었다.

잠시 후 숲속에서 토번 무사 네 명이 나와 허리를 굽히며 말했다.

"명왕, 법지가 있으십니까?"

구마지가 말했다.

"이 녀석을 끌고 가서 목을 베어버려라!"

무사 네 명이 말했다.

"네!"

모용복은 꼼짝도 할 수 없었지만 귀는 똑똑히 들렸던 터라 속으로 괴로움을 호소할 뿐이었다.

'조금 전 내가 사촌 누이의 깊은 정을 감안해 서하 부마 모집에 가지 말라는 그녀 말에 응낙했더라면 지금의 이런 화는 당하지 않았을 것이 아닌가? 내가 죽고 나면 무슨 대연 재건의 희망이 있겠는가?'

그는 홍주를 떠나 더 이상 토번 왕자와 부마 자리를 놓고 다툼을 벌이지 않겠다고 소리치고 싶었지만 아무 소리도 낼 수 없었다. 더구나 구마지의 눈이 그를 향하고 있지도 않아 눈빛으로 용서를 비는 것조차 할 수 없었다.

모용복을 넘겨받은 토번 무사들 중 한 명이 곡도曲刀를 뽑아 들어 그의 목을 향해 베어갔다.

구마지가 갑자기 소리쳤다.

"잠깐! 저놈 부친과의 옛정을 생각해 시신만은 보전해줘야겠다. 녀석을 저 마른 우물 안에 던져버리고 커다란 바위 몇 개를 들고 와 입구를 막아라. 그럼 놈이 혈도를 풀어도 빠져나오지 못할 것이다!"

토번 무사들이 일제히 답했다.

"네!"

그들은 모용복을 우물 안으로 던져버리고 주변에 커다란 바위가 보이질 않자 서둘러 산 뒤쪽으로 달려가 큰 바위를 찾아나섰다.

구마지는 우물가에서 끊임없이 숨을 몰아쉬며 답답해하고 있었다.

얼마 전 그가 화염도로 단예에게 암수를 쓰던 날, 그는 고수들 여러 명에게 집중 공격을 당할까 두려워 곧장 산 아래로 도망쳤다. 소실산을 미처 다 내려오기도 전에 그는 단전에서 불이 나는 듯한 열기가 느껴져 걸음을 멈추고 운기조식을 했다. 그러나 내력 운행에 문제가 있음을 느끼자 순간 두려움이 몰려왔다.

'그 늙은 땡추중은 내가 소무상공 기반 위에 소림 72절기를 억지로 연마한 덕에 포악한 기운이 심어진 것이라고 했다. 본말이 전도되어 조만간 큰 화를 입게 될 것이라고 말이다. 설마… 설마 그 늙은 땡추 중이 한 헛소리가 사실이란 말인가?'

그는 당장 동굴을 찾아 정좌를 하며 휴식을 취했다. 내공을 운행하지 않자 체내의 열이 조금씩 진정되는 느낌이 들었다. 그러나 조금이라도 경력을 펼치면 단전 중의 열기가 마치 화염처럼 솟구쳐올랐다.

저녁 무렵이 되어 소림사에서 뒤쫓아오는 사람들 소리가 들리지 않자 그제야 천천히 남쪽으로 돌아갔다. 가는 도중 토번국 전령을 만나 토번 국왕이 소왕자를 홍주로 보내 부마 모집에 참가한다는 사실을 알게 되었다. 토번은 불교를 국교로 삼고 있으며 구마지는 토번의 국사 신분인지라 그와 같은 군정대계軍政大計를 듣자 비록 병든 몸이지만 구혼의 성패가 토번의 국운과 관련 있다는 생각에 당장 서하로 향하게 되었다. 전국全局을 주재하면서 고수인 무사들을 보내 부마가 되기 위해 각지에서 오는 적수들에 대처하려는 것이었다. 3월 초하루를 전후해 토번국 무사들은 이미 소문을 듣고 달려온 수백 명의 귀족 청년들과 강호의 호객들을 모조리 쫓아내버렸다. 온 사람들 숫자는 많았지만 다들 사심을 가지고 있어 적에 맞설 때 서로 도움을 주는 법이 없다 보니 수많은 토번국 무사의 포위 공격에는 상대가 되지 않았다.

구마지는 홍주에 당도해 요양할 곳부터 찾았다. 장작불이 타오르는 듯한 체내의 고통은 점차 평온해졌지만 그래도 불안한 마음을 감출 길 없었다. 사지 백해가 자기도 모르게 부들부들 떨려 멈추지를 않았던 것이다. 나중에는 마음을 진정시켜도 손가락과 입꼬리, 어깨 등이 끊임없이 저절로 움직이고 그칠 줄을 몰랐다. 그는 남들에게 추한 꼴을 보이고 싶지 않아 평소에는 무리를 벗어나 홀로 지내며 극소수 사람들만 만났다.

어느 날 수하 무사의 보고로 모용복이 흥주에 왔으며 그의 수하들이 수 명의 토번 무사를 살상했다는 소식을 전해들었다. 구마지는 모용복이 준수한 용모에 문무를 겸비하고 있어 당대 무학을 아는 젊은 이들 중 최고의 인재라는 생각을 하고 있었다. 그 때문에 그를 쫓아내지 않는다면 필시 소왕자가 그에게 밀릴 것이며 수하의 무사들 중 그 누구도 그를 대적할 사람이 없었기에 자신이 직접 나서지 않으면 안 되겠다고 생각했다. 또한 자신의 무공이 고강하다는 사실을 모용복도 이미 알고 있던 터라 굳이 손을 쓸 필요 없이 위협만 주고 쫓아낼 수 있으리라 생각해 빈관 안으로 찾아갔던 것이다.

빈관에 도착했을 때 모용복은 이미 단예를 사로잡아 떠난 상태였다. 빈관 주변에는 토번 무사들이 매복해 감시하고 있었기에 구마지는 그들의 행방을 물어 뒤쫓아갈 수 있었다. 그가 숲속에 이르렀을 때 모용복은 이미 단예를 우물 안에 집어던지고 왕어언과 대화 중이었다. 한바탕 싸움을 벌이다 모용복이 그에게 사로잡히긴 했지만 구마지는 내식이 마치 조수가 밀려들듯 곳곳의 경맥혈도 안에서 서로 충돌하며 맴돌아 마치 몸 밖으로 튀어나올 듯했다. 그러나 이를 발산할 수 있는 구멍이 없어 난감하기 그지없는 상태였다.

그는 손을 뻗어 가슴팍을 마구 쥐어뜯었다. 내식이 끊임없이 팽창하면서 머리와 가슴, 뱃가죽까지 모두 바깥쪽으로 부풀어올라 금방이라도 온몸이 터지며 박살날 것처럼 느껴졌다. 그는 고개를 숙여 가슴과 배를 살펴봤지만 평소와 전혀 다름이 없었고 전혀 부풀어올라 있지 않았다. 그러나 몸이 커다란 가죽 공처럼 부풀어오르고 내식은 안에서 끊임없이 용솟음쳐 올라오는 기분이 온몸으로 느껴졌다. 구마지는 너무 놀란 나머지 오른손으로 왼쪽 어깨와 왼쪽 다리, 오른쪽 다리 세 곳을 각각 일지로 찔러 세 개의 구멍을 뚫었다. 내식을 세 개의 구멍을 통해 밖으로 쏟아지게 만들려는 것이었다. 그러나 세 개의 구멍에서는 피만 하염없이 쏟아질 뿐 내식은 빠져나갈 기미를 보이지 않았다.

소림사 장경각의 그 노승 말이 끊임없이 귓전을 맴돌았다. 이제야 그 말이 거짓이 아니란 걸 알게 된 것이다. 자신의 지나친 탐욕 때문에 소무상공을 근간으로 소림파 72절기를 잘못 연마하는 바람에 불교와 도교 양 파의 무공이 충돌하게 된 것이다. 또한 그는 서책에 의거해 독학을 하느라 남의 가르침을 받은 적이 없었던 데다 심지어 본말이 전도된 탓에 이런 큰 화가 닥치게 된 것이었다. 그는 속으로 당황스럽고 두려웠다. 그러나 어쨌든 다년간 수련을 해왔고 불가의 선정에 심후한 조예가 있지 않은가? 그래도 정신만은 또렷해서 문득 뇌리를 스치고 지나가는 생각이 있었다.

'그… 그는 어찌 함께 연마하지 않은 거지? 어찌 몇 종만 연마를 하고 72절기의 비결을 모두 나한테 줘버린 것인가?'

그날 모용박과 비급을 서로 주고받을 때 구마지는 그가 호의를 품고 있지 않다고 의심을 하고 있었다. 그러나 비급을 탐독하다 보니 각각의 절기들이 모두 말할 수 없을 정도로 정묘했고 상세한 연구와 조사를 거쳐 진위를 판단한 뒤로는 모든 의심이 사라지게 되었다. 그때부터 각고의 수련을 거듭하며 각 항목을 연성할 때마다 모용박에 대한 감격스러운 마음도 커지게 된 것이다. 그러다 지금 이렇게 생사의 문턱에 이르게 되자 그제야 문득 생각이 났다.

'그날 그는 나와 처음 만난 날 그 절기의 비급들을 나에게 줬다. 첫째는 내가 그에게 화염도를 전수해준 은덕에 보답하는 뜻에서 내《육맥신검검보》와 교환을 하고 싶었기 때문이고, 둘째는 내가 소림사와 원한을 맺도록 만들어 토번국과 송나라의 싸움을 일으키려 한 것이다. 그럼 모용씨는 어부지리로 연국을 재건할 수 있으니 말이다.'

그는 조금 전 모용복을 사로잡은 뒤 그의 부친으로부터 소림 무학 비급을 증여받은 은덕을 고려하지 않을 수 없어 화근이 될 것을 뻔히 알면서도 당장 참수하지 않고 우물 안에 던져 시신을 남기고자 했다. 그러나 지금 모용박이 절기를 증여한 행동이 선의에 의한 것이 아니며 자신이 이런 고통을 겪고 있는 것은 모두 그자가 심은 악과惡果란 생각이 들었다. 그는 순간 미친 듯이 화가 치밀어올라 우물 입구에서 몸을 굽혀 우물 아래를 향해 연이어 삼장을 후려갈겼다.

삼장을 후려쳤지만 우물 안에서는 아무 소리도 들리지 않았다. 우물이 매우 깊어 장력이 끝까지 도달하지 않은 모양이었다. 구마지는 광분한 나머지 다시 매서운 기세로 일장을 후려쳤다. 그 일장을 후려칠 때는 내식이 더욱 거세게 요동치며 전신에 있는 수천수만 개의 모공을 통해 쏟아져 나올 것 같았지만 곳곳이 벽으로 막혀 있어 빠져나오지 못하는 것처럼 느껴졌다.

이에 깜짝 놀라면서도 화가 머리끝까지 나 있을 때 갑자기 가슴팍이 움찔하더니 옷섶 안에서 뭔가가 떨어져 우물 안으로 빠져버렸다.

구마지가 손을 뻗어 재빨리 낚아채려 했지만 이미 한발 늦었던 터라 다급하게 금룡수擒龍手를 펼쳐 허공에서 빨아들이려고 했다. 평소 같았으면 그 물건을 간단히 빨아들일 수 있었겠지만 지금은 내경이 마음대로 움직이지 않아 사방으로 흩어지기만 할 뿐 손바닥 안으로 이끌어낼 수 없었다. 그때 픽 하는 소리가 울려퍼지며 그 물건이 우물 바닥에 떨어지는 소리가 들렸다. 구마지가 속으로 부르짖었다.

'이런!'

그는 손을 뻗어 품속을 뒤적거려보다 우물 안에 떨어뜨린 것이 《소무상공》신#권이라는 사실을 알게 되었다.

그는 자신의 내식 운용이 잘못된 것은 모두 소무상공에 기인한 것임을 알고 있었다. 과거 만타산장에서 훔친 《소무상공》 중 경庚 자가 적힌 제7권이 빠져 있었지만 그 안의 요결을 잘못 연마한 것이라 여기고 제8권을 깊이 파고들어 오류를 수정하고자 했다. 이렇게 그의 생사와 관계된 중요한 물건을 어찌 잃어버릴 수 있겠는가? 그는 당장 생각도 하지 않고 몸을 날려 우물 밑으로 뛰어들었다.

그는 우물 바닥에 날카로운 바위와 딱딱한 나뭇가지 같은 것들이 발바닥을 찌르거나 모용복이 스스로 혈도를 풀어 매복해 있다 기습을 가할까 두려웠다. 그는 두 발이 바닥에 닿기도 전에 오른손을 들어 아래쪽으로 이장을 후려쳐 낙하하는 기세를 감소시키고 왼손으로는 회풍낙엽回風落葉 초식을 펼쳐 전신의 급소를 보호했다. 그러나 뜻밖에도 내식에 이미 중대한 변화가 발생했던 터라 초식은 정묘하긴 했지만 힘이 펼쳐나갈 때 비스듬히 흩어지면서 정확도라고는 없었다. 그가 펼친 양장은 낙하하는 힘을 감소시키기는커녕 오히려 그의 몸을 옆으로 밀어 쾅 소리와 함께 머리가 우물 안쪽 모서리 벽돌에 강하게 부딪히고 말았다. 그의 기존 공력으로 동근철골銅筋鐵骨의 몸을 연성했다 할 수는 없었지만 머리가 벽돌에 그 정도로 부딪혔다면 몸은 다치지 않고 벽돌만 산산조각 나야만 했다. 그러나 이때는 엎친 데 덮친 격으로 눈앞에 불똥이 튀고 천지가 빙글빙글 도는 느낌이 들면서 우물 바닥에 제대로 처박혀버리고 말았다.

그 우물은 방치된 지 이미 오래라 낙엽과 마른풀들이 쌓이고 썩어 진흙으로 변해버린 상태였다. 수십 년을 걸쳐오면서 우물 바닥에 부드러운 진흙이 쌓여 있었던 것이다. 구마지는 떨어지면서 입과 코가 흙속에 처박혀버리고 몸이 천천히 가라앉는 느낌이 들자 발버둥을 치며 몸을 일으키려 했지만 손발에 전혀 힘이 없었다.

놀라고 당황스러워하는 순간 갑자기 위쪽에서 누군가 부르짖었다.

"국사, 국사!"

바로 네 명의 토번 무사였다. 구마지가 소리쳤다.

"나 여기 있다!"

그가 입을 열자 진흙이 입안으로 쏟아져 들어오는데 소리가 날 리 있겠는가? 오히려 우물가에서 어렴풋이 그 토번 무사 네 명의 말소리가 들려왔다. 무사 하나가 말했다.

"국사는 여기 안 계시나 봐, 어디 가신 거지?"

또 다른 무사가 말했다.

"기다리다 지쳐 그냥 가셨을 거야. 우리한테 바위로 우물 입구를 막으라고 분부하셨으니까 그 명에 따라 처리하면 될 거야."

또 한 무사가 말했다.

45. 마른 우물 아래 진흙탕 속에서

"맞아!"

구마지가 부르짖었다.

"난 여기 있다. 어서 날 구해내라!"

당황스러워할수록 진흙이 입안으로 더 많이 들어갔다. 잠깐 방심한 틈에 연달아 두 모금이 목구멍으로 넘어가버렸다.

"쿵! 쾅! 그르릉!"

엄청난 소리와 함께 무사 네 명이 커다란 바위를 하나씩 들고 와 우물 입구를 막았다. 그들은 구마지를 천신처럼 받드는 자들이라 국사의 명을 국왕의 교지 못지않게 여겼다. 그 때문에 돌을 고를 때도 크기가 작지는 않을까 돌을 쌓을 때도 단단하게 고정되지 않을까 염려하기 바쁠 따름이었다. 순식간에 우물 입구에 100근이 넘는 커다란 바위 열두세 개를 쌓아 견고하게 틀어막아버렸다.

무사 네 명이 바위로 우물 입구를 잘 막은 다음 휘파람을 불며 돌아가는 소리가 들려왔다. 구마지는 속으로 1천여 근의 바위로 우물 입구를 막아놓았으니 무공이 상실된 지금은 물론 예전이었다 해도 바위를 뚫고 나가기는 쉽지 않겠다는 생각이 들었다. 꼼짝없이 이 마른 우물 안에서 죽음을 맞이하게 생긴 것이다. 무공과 불학, 재기와 지모로 서역을 제패하다시피 한 당대의 고관대작이라 할 수 있는 그였건만 어찌 이런 더러운 진흙 속에서 최후를 맞이할 수 있단 말인가? 죽지 않는 사람이 어디 있으랴? 그러나 이대로 죽는다면 불명예스러운 최후가 아니던가? 불가에서는 육신을 '취피낭'으로 치부해 '색은 무상한 것이며 무상한 것은 고통이라 내 몸은 내가 아니니 반드시 속세를 싫어하는 염리심厭離沈을 가져야 한다'라고 봤다. 이런 가장 기본적인 불학의 도리를 구마지는 단상에 올라 설법하면서 미묘한 지혜와 명확한 변별로 아주 자연스럽고 논리 정연하게 말해왔던 터라 기뻐하고 탄복하지 않는 이가 없었다. 그러나 지금처럼 거대한 바위에 입구가 막힌 마른 우물 안에 갇혀 더러운 진흙을 입에 물고 있는 그의 모습은 법단 위에서 단향을 피워놓고 유창하게 말을 이어가는 정경과는 크게 달랐다. 열반 이후의 상락아정常樂我淨[35]과 자재무애自在無碍[36] 같은 것들은 모두 다 수상행식 밖으로 던져버려야 하지만 오온을 모두 실제라 여기고 마음속에 근심이 있어 두려움을 갖는다면 이 진흙 우물 안의 고통을 건널 수 없을 것이었다.

이런 비통한 생각이 들자 눈에서 눈물이 흘러내렸다. 그는 온몸이 진흙투성이라 더럽기 짝이 없는 모습이었지만 습관이란 것이 어쩔 수 없는 것인지 그래도 눈물을 닦아내기 위해 왼손을 드는 순간 갑자기 진흙탕 속에서 뭔가 만져지는 물건이 있어 손이 가는 대로 잡았다. 그건 다름 아닌《소무상공》'신'권이었다. 순간 웃을 수도 없고 울 수도 없었다. 무공 비결을 다시 찾았지만 이제 와서 무슨 소용이 있겠는가?

난데없이 한 여자 목소리가 들려왔다.

"들어보세요. 토번 무사들이 바위로 우물 입구를 막았어요. 이제 우린 어찌 빠져나가죠?"

말하는 목소리를 들어보니 다름 아닌 왕어언이었다. 구마지는 사람 목소리를 듣고 정신이 번쩍 들어 생각했다.

'이제 보니 왕 낭자가 아직 안 죽었구나. 한데 누구랑 말을 하는 거지? 사람이 또 있다면 여러 사람이 합심해 바위를 열어젖히고 탈출할 수 있을지도 모른다.'

그때 한 남자 목소리가 들렸다.

"그대와 의지하며 지낼 수만 있다면 여기서 나가지 못한다 한들 어떻겠소? 그대가 내 옆에 있으니 더러운 이 진흙 우물도 중향국衆香國[37]과도 같소. 동방 유리세계瑠璃世界[38]와 서방극락 세계, 아니면 도솔천兜率天[39]이니 야마천夜摩天[40] 같은 극락의 낙원도 이곳보다 못할 것이오."

구마지가 깜짝 놀랐다.

'저 단가 녀석도 아직까지 안 죽었단 말인가? 저 녀석은 내 화염도에 부상을 당해 나한테 원한이 극심하지 않던가? 지금은 내가 내력을 펼칠 수 없는 상황인데 저 녀석이 그 틈에 복수를 하면 어찌해야 하지?'

그 말을 한 사람은 바로 단예였다. 그는 모용복에 의해 우물 밑으로 떨어질 때 이미 혼절해 있었기 때문에 수족을 움직일 수 없는 상태로 진흙 바닥에 빠지긴 했지만 구마지처럼 낭패를 보진 않았다. 우물 바닥이 좁다 보니 왕어언이 우물 안으로 뛰어들 때 공교롭게도 머리가 떨어진 곳은 마침 단예의 가슴팍에 있는 단중혈이었고 이곳에 부딪히면서 단예는 정신을 차릴 수 있었다. 왕어언 역시 그의 품에 떨어지는 바람에 전혀 다치지 않았을 뿐만 아니라 몸에 진흙도 거의 묻지 않았다.

단예는 별안간 품 안에 사람이 떨어져 기이하기 짝이 없다는 생각을 하는 순간 갑자기 모용복이 우물 입구에서 소리쳤다.

"사촌 누이, 네가 끝끝내 단 공자를 깊이 사랑했구나. 두 사람이 살아서 부부가 될 수는 없었지만 같은 장소에서 죽음을 맞이했으니 어쨌든 원을 이룬 셈이라 할 수 있다."

이 몇 마디 말이 우물 바닥까지 또렷또렷하게 전해지자 단예는 그 말을 듣고 자기도 모르게 정신이 나가 혼자 중얼거렸다.

"뭐? 아니, 아니야! 나… 나 단예한테 그런 복이 있을 리가 있나?"

느닷없이 그의 품 안에 있던 사람이 부드러운 목소리로 말했다.

"단 공자, 저한테 늘 그렇게 잘 대해주셨는데 전… 전 오히려…."

단예가 깜짝 놀라 멍하니 있다 물었다.

"왕 낭자시오?"

왕어언이 말했다.

"맞아요!"

단예는 평소 그녀를 매우 존중해왔기에 감히 그녀를 모멸하고 싶은 마음은 추호도 없었다. 그는 왕어언이라는 말을 듣자 놀랍고도 기쁜 나머지 황급히 몸을 일으켜 그녀를 내려놓으려 했다. 그러나 우물 바닥이 너무 좁고 또 진흙으로 가득해 단예가 몸을 일으켜 세우면 두 발이 진흙탕 안에 빠져 진흙이 아랫배까지 차오를 것 같았기에 왕어언을 진흙탕에 내려놓는 것이 적당치 않다는 생각이 들었다. 하는 수 없이 그녀의 몸을 횡으로 안고 연신 사과를 했다.

"송구하오, 송구하오! 왕 낭자, 진흙탕 안에 있어 이렇게 할 수밖에 없겠소."

왕어언은 별안간 단예가 죽지 않았다는 걸 알고 놀라움과 기쁨이 교차했다. 그녀는 삶과 죽음의 문턱을 두 번에 걸쳐 오가면서 모용복의 심경과 의도를 똑똑히 알게 되었다. 이제 욕망을 위해 자신을 기만하는 행동을 더는 할 수가 없었다. 자신에 대한 단예의 진심을 생각해보면 두 사람을 비교할 때 한 명은 정이 깊고 의리가 중하며 한 명은 이기적이고 무정한 모습이 더욱 명확하게 드러났다. 그녀가 우물 입구에서 우물 안으로 뛰어내린 건 찰나의 순간이었지만 속마음에는 커다란 변화가 일어나고 있었다. 그때는 여태껏 애정을 기울여왔던 사촌 오라버니에게 버림받고 죽을 결심을 한 것이었지만 뜻밖에도 단예와 자신 모두 목숨을 부지할 줄은 생각지도 못했다. 마치 망망대해에 빠진 사람이 물속에서 빠져나오지 못해 죽음을 앞두고 있을 때 갑자기 커다란 나무토막을 만나 그걸 단단히 붙잡고 손을 놓으려 하지 않는 모습과도 같았다.

어릴 때부터 그녀가 아는 젊은 남자라고는 사촌 오라버니인 모용복 한 사람뿐이었던 터라 소녀의 온 마음은 오직 사촌 오라버니에게 있었다. 그녀가 무학 경서들을 폭넓게 읽고 각 문파의 초식에 대해 정통한 것은 모두 사촌 오라버니를 위해서였다. 그녀는 이따금씩 사촌 오라버니를 다른 남자와 비교해봤지만 그 누구도 비교할 수 없을 정도로 사촌 오라버니가 우위에 있었다. 그녀는 단예를 만나고 나서 이 책벌레가 옆에서 치근덕거리며 비위를 맞추려 애쓰는 데다 자신에게 성의가 담긴 도움을 몇 번 주기는 했지만 약간 성가시게 느껴져 거리를 멀리 두면 둘수록 좋다고 생각하고 있었다.

얼마 전 단예의 갖가지 우월한 점을 분석하며 사촌 오라버니보다 낫다고 한 공야건의 말을 듣고 난 후에는 시야가 넓어져 그제야 이 세상에 시집갈 만한 사람이 사촌 오라버니 한 명뿐이 아니란 생각이 들었다. 그때는 단예가 서하 부마 자리를 빼앗아가 사촌 오라버니도 어쩔 수 없이 자신을 맞아들이기만 바랄 따름이었다. 그러나 당장 그녀가 우물에 뛰어들어 자결을 하려 하는데 사촌 오라버니는 옆에 있으면서도 자신을 말리기 위해 손가락 하나 뻗지 않았으니 이는 자신에 대한 진심이 추호도 없다는 뜻이 아닌가? 이는 기꺼이 칼산에 오르고 펄펄 끓는 기름 솥에 뛰어들거나 18층 지옥에라도 떨어지길 원하는 단예와는 비교조차 되지 않았다.

그녀가 갑자기 단예를 사랑하게 된 것은 아니었다. 막다른 길에 몰리다 보니 순간 삶의 희망이 보이고 오랜 꿈에서 깨어난 것이다. 그녀는 언제나 단정하고 자제력이 강했지만 이 순간만큼은 엄청난 변화에 지나치게 격동한 나머지 더 이상 참지 못하고 단예를 향해 속마음을 털어놓기에 이르렀다.

"단 공자, 전 단 공자가 사촌 오라버니한테 죽임을 당한 줄로만 알았어요. 공자가 전에 제 목숨을 구해주고 해독까지 시켜주며 저한테 갖가지 호의를 베풀어준 일들이 떠올라 가슴이 너무 아팠어요. 공자에게 무례하고 냉정하게 대한 지난날들이 후회스러워 이제 잘해줘야겠다고 생각했지만 때를 놓쳐버린 거예요."

여기까지 말하다 부끄러운 마음을 금할 수 없다는 듯 얼굴을 단예의 목덜미에 숨겼다.

단예는 기쁜 마음을 감출 수 없었다.

"하늘에 감사드릴 일이오. 나한테 잘해주고 싶다면 지금도 늦지 않았소. 나한테 어찌 잘해줄 것이오? 내가 서하로 달려가 부마가 되게 해줄 것이오?"

왕어언이 말했다.

"아니, 아니에요! 서하 공주를 맞아들이는 건 원치 않아요!"

단예가 기뻐하며 물었다.

"그건 어째서요?"

왕어언이 부드러운 목소리로 말했다.

"취소하면 좋겠어요. 그래도 약속을 어겼다고 생각하지 않을게요."

단예가 물었다.

"다… 당신 사촌 오라버니한테 시집가지 않을 작정이오?"

왕어언은 쓰라린 가슴을 안고 말했다.

"사촌 오라버니한테 시집가고 싶지 않아요. 그… 그건… 공자가 저한테 너무 잘해주셔서요."

단예는 순간 온몸이 두둥실 날아올라 구름을 타고 꿈나라를 헤매는 것 같은 기분이 들었다. 그동안 간절하게 바라왔던 소원이 별안간 현실이 되자 너무도 기쁜 나머지 다리에 맥이 풀려 제대로 서 있을 수가 없었다. 그는 우물 난간에 등을 기대고 두 손으로는 여전히 왕어언의 몸을 감싸안고 있었다. 그때 예기치 못하게 왕어언의 머리카락 몇 가닥이 그의 콧구멍 속으로 들어갔다.

"에취! 에취!…."

단예가 연이어 몇 번의 재채기를 하자 왕어언이 말했다.

"왜… 왜 그래요? 어디 불편하세요?"

단예가 말했다.

"아… 아니오… 에취! 에취! 불편한 데는 없소. 에취… 풍한에 든 게 아니라 기쁨에 겨워 그러는 것이오. 왕 낭자… 에취! 너무 좋아서 하마터면 기절할 뻔했소."

'사촌 오라버니한테 시집가고 싶지 않아요. 공자가 저한테 너무 잘해주셔서요'라고 한 그녀의 말이 단예 귀로 뚫고 들어가자 그 소리는 마치 신선들의 풍악 소리처럼 들렸다. 서방극락 세계 속의 가릉빈가_{迦陵頻伽}⁴¹들이 동시에 울어도 이토록 아름답게 들리지는 않을 것이다. 그녀의 말은 앞으로 그와 평생을 함께하자는 뜻으로 보였다. 단예는 갑자기 너무 좋은 말을 듣자 도저히 믿을 수가 없어 물었다.

"말해보시오. 앞으로 우리가 영원히 함께할 수 있는 것이오?"

왕어언은 팔을 뻗어 그의 목을 끌어안고 그의 귓전에 조용히 속삭였다.

"단랑, 그대가 절 싫어하지 않고 또 제가 과거에 그대를 냉정하고 무정하게 대한 점에 대해 화내지 않는다면 평생 그대만 따라다니고 다시는… 다시는 그대 곁을 떠나지 않겠어요."

단예는 심장이 튀어나올 듯 깜짝 놀라 물었다.

"사촌 오라버니는 어찌할 것이오? 그대는 늘… 늘 모용 공자만 좋아했는데."

왕어언이 말했다.

"사촌 오라버니는 절 마음에 둔 적이 없어요. 전 이제야 알았어요. 이 세상에서 누가 진정 절 사랑하고 아끼며 절 자신의 생명보다 더 중하게 여기는지 말이에요."

단예가 떨리는 목소리로 물었다.

"날 두고 하는 말이오?"

왕어언은 고개를 숙였다.

"맞아요! 우리 사촌 오라버니는 평생 대연의 황제가 되겠다는 꿈을 꾸고 있어요. 사실, 그걸 탓할 순 없어요. 모용 가문에서 대대로 꾸어왔던 꿈이니까요. 그분의 선조들이 수십 대에 걸쳐 꾸어온 꿈이 그분에게까지 전해졌는데 어찌 그분 대에서 깨길 원하겠어요? 우리 사촌 오라버니는 원래 무정한 사람이 아니에요. 대연 황제가 되겠다는 꿈을 위해 다른 일은 그 무엇이든 한쪽에 제쳐놓은 것뿐이죠."

단예는 그녀가 모용복을 위해 대변을 해주려는 것 같아 다시 초조해졌다.

"그대 사촌 오라버니가 회개해서 갑자기 그대한테 잘해준다면 그때는… 어… 어찌할 것이오?"

왕어언이 탄식하며 말했다.

"단랑, 오늘 우리 둘이 이렇게 삼생지약三生之約을 맺었는데 제가 또 다른 마음을 품는다면 저에 대한 그대의 깊은 정에 어찌 면목이 서겠어요? 그대가 갑자기… 절 싫다고 하시면 모르지만요."

단예는 기쁨에 넘쳐 그녀를 안고 펄쩍 뛰면서 야호 하며 소리를 지르다 철퍼덕 하는 소리와 함께 다시 진흙탕 속으로 빠져버렸다. 그는 입술을 쭉 내밀어 그녀의 앵두 같은 입술에 입을 맞추려 했다. 왕어언 역시 이에 은근하게 응해 네 입술이 포개지려는 순간 갑자기 머리 위쪽에서 휘익 하는 바람 소리가 들리며 뭔가가 바닥으로 쏜살같이 떨어져 내려왔다.

두 사람이 깜짝 놀라 재빨리 우물 난간 옆으로 바짝 기대서자 쿵 소리와 함께 누군가가 우물 안으로 떨어졌다.

단예가 물었다.

"누구요?"

그자는 비웃으며 말했다.

"나다!"

그건 다름 아닌 모용복이었다.

단예가 정신을 차리고 난 후 왕어언의 부드러운 목소리를 접하자 두 사람은 상대에게 온정신을 쏟고 있느라 옆에서 하늘이 무너지고 땅이 갈라져도 거들떠볼 일이 없었다. 그 때문에 구마지와 모용복이 위에서 호통을 치며 격투를 벌였지만 당연히 귀에 들어오지 않을 수밖에 없었다. 별안간 모용복이 우물 안으로 떨어지자 두 사람 모두 깜짝 놀라면서도 그가 우물 밑에 관심을 두고 있었다는 사실을 알게 되었다.

왕어언이 떨리는 목소리로 말했다.

"사촌 오라버니, 여… 여긴 또 어찌 온 거죠? 단 공자를 죽이려는 거라면 저도 함께 죽이세요."

단예는 너무나도 기뻤다. 그는 모용복이 자신을 해치건 말건 전혀 걱정하지 않았다. 왕어언이 사촌 오라버니를 보고 난 후 옛정이 불타올라 다시 사촌 오라버니 품으로 돌아갈까 그게 두려웠을 뿐이었다. 그녀가 그렇게 말하는 소리를 듣자 이내 안심할 수 있었다. 다시 왕어언이 손을 뻗어 자신의 두 손을 꼭 움켜잡는 느낌이 들자 더욱 자신감이 백배해 소리쳤다.

"모용 공자, 당신은 가서 서하 부마가 되시오. 난 더 이상 막지 않을 것이오. 당신 사촌 누이는 이제 내 것이오. 다시는 뺏기지 않겠소. 어언, 안 그렇소?"

왕어언이 말했다.

"맞아요, 단랑. 생사를 불문하고 전 단랑만 따를 거예요."

모용복은 구마지에게 혈도를 찍힌 후 당장 아혈을 풀긴 했지만 여전히 꼼짝도 할 수 없었다. 그는 두 사람의 말을 듣고 곰곰이 생각했다.

'두 사람은 내가 싸움에 지고 제압을 당했다는 사실을 모른다. 오히려 나를 여전히 꺼리며 출수를 해서 해칠까 두려워하는구나. 그렇다면 잘됐다. 완병지계緩兵之計[42]를 펼쳐야겠다.'

모용복이 말했다.

"사촌 누이, 네가 단 공자에게 시집을 가고 나면 우리는 친척 간이니 단 공자가 내 사촌 매제가 되는데 내가 어찌 해칠 수 있겠느냐? 단아우, 난 서하 부마가 되려 가고자 하니 더 이상 중간에서 방해하지 말게."

단예가 말했다.

"그야 당연하지요."

왕어언은 살며시 그의 몸에 기댔다. 그녀는 모용복이 말끝마다 서하 부마가 되겠다는 의지를 표명하자 낙담하지 않을 수 없었다.

모용복은 암암리에 진기를 돋우어 구마지가 찍은 혈도를 풀려 했지만 단번에 풀 수가 없었고 또 단예에게 도와달라고 할 수도 없자 속으로 화가 치밀어올랐다.

'여자의 마음은 갈대와도 같다더니 틀린 말이 아니로구나. 평소 같으면 사촌 누이가 내 곁으로 달려와 부축이라도 했을 텐데 이제는 아는 체도 안 하니 말이야.'

우물 바닥의 폭은 1장이 채 되지 않아 세 사람 거리는 무척 가까웠다. 왕어언은 모용복이 진흙탕 속에 누워 몸을 일으키지 않고 있다는 걸 알고 있었다. 자신이 한 발짝만 내딛는다면 모용복 옆으로 가서 부축할 수 있었지만 그녀는 단예가 민감하게 반응할까 두려워 한 발짝도 앞으로 나아가지 못했다.

모용복은 어렵사리 마음을 진정시키고 진기를 돋우어 혈도를 풀었다. 손으로 우물 난간을 딛고 서려 할 때 턱 소리와 함께 몸 옆으로 뭔가 떨어졌다. 그건 구마지가 지니고 있던 《소무상공》 신권이었다. 어둠 속이라 그게 뭔지 알 수 없었지만 모용복은 자연스럽게 한쪽으로 슬쩍 비켜섰다. 다행히 그가 슬쩍 비키자마자 구마지가 떨어지면서 그의 몸에 부딪히지 않을 수 있었다.

구마지가 무공 비급을 주우며 갑자기 껄껄대고 큰 소리로 웃었다. 그 우물 속은 무척이나 깊고 좁았다. 구마지의 웃음소리가 원통형의 구멍 안에서 메아리를 치며 휘돌자 단예 등 세 사람은 그 소리가 고막 안에서 웅웅대고 울려퍼져 견디기가 무척 힘들었다. 구마지의 웃음소리는 그칠 줄을 몰랐다. 그는 내식이 격동하고 정신이 혼란스러워지자 진흙탕 속에서 주먹질과 발길질로 우물 벽을 후려치기 시작했다.

왕어언은 너무나 무서워 단예 곁에 바짝 붙어 나지막이 속삭였다.

"미쳤나 봐요, 미쳤어요!"

단예가 말했다.

"정말 미쳤나 보군."

모용복은 벽호유장공壁虎遊牆功을 펼쳐 우물 벽에 붙어 우물 위로 기어올라갔다.

구마지는 큰 소리로 웃고 끊임없이 숨을 헐떡거리며 주먹질과 발길질 속도에 박차를 가할 따름이었다. 때로는 무궁무진한 힘으로 벽돌을 박살내는가 하면 때로는 기력이 전혀 없어 보였다.

왕어언이 용기를 내서 설득했다.

"대사, 앉아서 좀 쉬시면서 정신을 차리는 게 좋겠어요."

구마지가 웃으며 욕을 해댔다.

"내… 내가 정신… 정신을 차릴 수 있으면 좋지! 너부터 정신 차려!"

그는 손을 뻗어 왕어언을 움켜잡으려 했다. 우물 속에서 피할 여지가 어디 있겠는가? 그는 단번에 왕어언의 어깨를 움켜쥐었다. 왕어언이 비명을 내지르며 재빨리 피했다.

단예가 잽싸게 나서서 그녀의 몸을 막으며 소리쳤다.

"내 뒤에 숨으시오."

바로 그때 구마지의 두 손이 그의 목을 움켜쥐고 힘껏 조르기 시작했다. 단예는 순간 호흡이 가빠지면서 말을 할 수가 없었다. 왕어언이 깜짝 놀라 재빨리 손을 뻗어 그의 손목을 떼어내려 했다. 이때 구마지는 광기가 지나친 나머지 내식을 운용할 수 없었지만 기력은 오히려 평상시보다 더욱 커져 있었다. 왕어언이 손을 써서 떼어내려 했지만 이는 마치 '잠자리가 돌기둥을 흔드는 격'이었던 터라 구마지는 요동도 하지 않았다. 왕어언은 놀라면서도 당황하지 않을 수 없었다. 그녀는 구마지가 단예의 목을 졸라 죽일까 두려워 다급하게 외쳤다.

"사촌 오라버니, 사촌 오라버니! 어서 좀 도와주세요. 이 화상이… 단 공자를 목 졸라 죽이려고 해요!"

모용복은 생각했다.

'단예 저 녀석은 소실산에서 나와 싸우면서 다시는 강호에 내 이름을 내밀지 못할 정도로 체면을 구겨놓지 않았던가? 죽으면 죽는 거지 내가 도울 필요 뭐 있겠는가? 더구나 저 못된 화상은 극강의 무공을 지녀 내 적수가 되지 못한다. 차라리 둘이 싸워서 양패구상으로 둘 다 죽어버리는 게 최상이다. 내가 지금 끼어드는 건 현명하지 못한 행동

이야.'

그는 곧바로 손가락을 벽 사이에 끼어 우물 벽에 몸을 붙이고 아무 말도 하지 않았다.

왕어언은 재빨리 생각을 바꿨다.

'단 공자, 절대 죽으면 안 돼요!'

그녀는 주먹을 쥐고 구마지의 머리와 배를 사정없이 후려쳐 구마지가 손을 놓기를 기대했다. 구마지는 다시 숨을 헐떡거리고 크게 웃다가 단예의 목을 더욱 세게 졸랐다.

〈10권에서 계속〉

미주

▶ **모든 주석은 옮긴이 주이다.**

1 산을 때려 소를 잡는다는 권법의 일종.

2 무념무상의 경지에서 각종 무공 방법이나 손가락 반동을 통해 기혈운행의 강도를 조절하는 것.

3 중국 고대 신화에 등장하는 천지를 개벽한 인물.

4 도가의 시조이자 춘추시대 사상가인 노자를 신격화한 호칭.

5 민간에서 전해내려오는 저승을 관장하는 열 명의 관리자.

6 공자에 대한 존칭.

7 관계가 소원하면서 항렬이 지극히 낮은 후대를 부정적이고 혐오적인 의미로 가리키는 말.

8 한고조 7년인 기원전 200년, 한고조 유방이 전한과 흉노 간의 군사 충돌 시 백등산에서 고립되어 곤경에 빠졌던 사건.

9 후한의 개국 황제인 광무제 유수가 형인 유연과 함께 녹림군으로 곤양성을 지킬 당시 전한을 멸망시킨 신新나라 왕망의 40만 대군을 맞아 성을 탈출하고 모병을 한 구원병으로 왕망을 진압한 사건.

10 자기 자신만을 돌볼 줄 알고 대국을 생각하지 않는 사내.

11 춘추시대 말기 월越나라의 왕으로, 오吳나라 왕 부차夫差에게 패해 그의 시종이 되었다.

12 책이나 서화를 햇볕에 쪼여 습기를 제거하고 말리는 일.

13 언어로 분명하고 알기 쉽도록 설법한 가르침으로, 흔히 밀교 이외의 가르침을 뜻한다.

14 一枝紅艶露凝香 雲雨巫山枉斷腸. 당나라 시인 이백의 〈청평조사淸平調詞〉 이수二首 중 일부.

15 당나라 황궁인 장안성 내의 정자.

16 도교에서 말하는 인간의 영혼에 대한 이론으로, 이 이론에 따르면 사람이 죽으면 삼혼과 육백으로 흩어진다고 한다.

17 당대의 시인 두보의 시 〈음중 8선가〉에 나오는 8인의 주선酒仙으로, 하지장, 왕진, 이적지, 최종지, 소진, 이백, 장욱, 초수 여덟 명을 이른다.

18 수행하는 가운데 선행위에 의해 얻어지는 것.

19 수계를 받을 때 머리에 향불로 지진 흉터.

20 고락의 과보를 받을 원인인 선악의 행위.

21 마시면 모든 번뇌와 애증을 잊어버리게 만든다는 중국 민간 전설 속에 나오는 찻물.

22 입 밖에 내지는 않으나 마음속으로 비방하는 것.

23 전국시대의 모사로 강국 진秦나라에 대적하기 위해 나머지 6국인 한, 위, 조, 제, 초, 연이 연합을 하는 합종설을 주장했다.

24 전국시대 위나라의 장의가 내세운 외교 정책으로 진秦나라가 6국과 개별적으로 정치, 군사동맹을 맺는 외교 전략.

25 중국의 고대 전설에 나오는 염제炎帝 신농씨神農氏와 황제黃帝 헌원씨軒轅氏로 중화 민족의 선조로 섬겼다.

26 고대 중원 일대에 거주하던 한족들이 주변 소수민족 국가들을 일컫던 말.

27 중국 진나라의 시황제가 화씨지벽으로 만든 옥새로 황제를 상징하는 도장.

28 인장에 새겨진 글씨.

29 한자의 고대 서체 중 하나인 전서체로 된 문자.

30 5호 16국 시대 남연 군주인 모용초慕容超의 연호.

31 다방면의 도리와 이치를 체계적이고 철저하게 이해하는 것.

32 진음眞陰이 부족하여 생기는 화火.

33 암암리에 분출되어 나오는 경력.

34 황제의 사위.

35 열반에 갖추어져 있는 네 가지 성질. 영원히 변하지 않는 상常, 괴로움이 없고 평온한 낙樂, 대아大我·진아眞我의 경지로서 집착을 떠나 자유 자재하여 걸림이 없는 아我, 번뇌의 더러움이 없는 정淨.

36 집착이 없고 근심이 없는 상태.

37 불가에서 이르는 온갖 꽃과 나무로 둘러싸인 세계.

38 약사여래가 다스리는 동방의 정토.

39 미륵보살이 머물고 있는 천상의 정토.

40 욕계欲界에 있는 여섯 가지 하늘인 육욕천 중 제4천.

41 불경에 나타나는 상상의 새로, 빈가조頻伽鳥라고도 하며 사람의 머리에 새의 몸을 하고 있고 울음소리가 아름답기로 유명하다.

42 상대의 공격을 늦춰 한숨 돌리는 시간 지연책.

작가 주

42장(154쪽) 당시 승려들이 수계를 할 때 머리에 향불로 계점戒点을 지져 새기는 풍속이
유행을 하고 있었다. 중화 불교는 8종宗 11파派로 나뉘는데 다른 일부 종파
들은 각 종파마다 풍속이 달랐다. 적지 않은 종파에서 고행을 숭상해 제자
들이 머리에 향파를 새기거나 아니면 손가락을 지져 불문에 귀의하는 결
심을 나타내곤 했다. 소림사 승려들은 머리에 향파를 새기는 일이 없었지
만 향파를 새기는 것 자체를 금지하지는 않았다.

원서 편집자 주

▶   원서 편집자 주는 작가 주의 내용을 보충하는 설명이다.

42장(154쪽) 당불교의 계율은 대대로 변천을 지속해왔다. 부처가 현존해 있을 당시 인
도 승려들은 계율을 심히 고집해서 한 맹승盲僧이 길을 걷다 개미를 밟아
죽여 살생계를 범한 사실을 두고 승려 하나가 질책하자 부처는 이렇게 해
석했다.

"계율을 범했는지 여부는 본인 마음속의 동기를 봐야 하기에(석가모니
는 사람들에게 가르치면서 만사는 마음에 있다고 강조했다) 맹승이 아무 의도를 갖
지 않고 개미를 밟아 죽였다면 살생할 의도가 없었기 때문에 계율을 범
했다고 볼 수 없다(상세한 변론의 경과는 김용이 역주한 《법구경》 안에 기재되어 있으
나 그 책은 출판되지 않았다)." 고대 불교에서 서술한 각종 인연은 언제나 동
기(저의)를 출발점으로 한다. 부처가 열반에 든 이후 불교는 각 부파部
派로 나뉘었는데 '설일체유부 說一切有部(부파불교 시대의 종파 또는 부파들 중에
서 가장 유력한 부파 ─ 옮긴이)'가 그중 대파에 속하며 본 파의 계율을 가지
고 있지만 각 부파가 공동으로 수행을 인가하지 않았다. 각 부파는 수
차에 걸쳐 성대하게 집결해 경전과 계율을 통일하고자 했지만 성공
을 거두지는 못했다. 아마도 계율이 일상생활에 연관이 되면 언제나 지

리와 기후, 생활 습관이 달라지기 때문일 것이다. 중국에 전해진 인도의 고불교古佛教 계율은 주로 《사분율四分律》과 《십송율十誦律》에 있으며 주요 규정이 다 같지 않고 일천계一千戒, 삼천계三千戒, 이만일천계二万一千戒 및 팔만사천계八万四千戒로 나뉘어 내용이 매우 복잡한 관계로 승려들이 계율을 범하기가 매우 쉬웠다. 그 때문에 다시 '개開, 서遮, 지持, 범犯(행동해도 되는 것, 행동해서는 안 되는 것, 반드시 지켜야 하는 것, 침범해도 되는 것 ─ 옮긴이)' 등 네 가지 종류의 서로 다른 상황을 두고 어떤 계는 개방적이어서 결코 엄격하게 지켜야만 되는 것은 아니었고, 어떤 것은 반드시 지켜야 하며, 어떤 것은 계율을 범한 후에 동료들 앞에서 참회를 하면 범하지 않은 것으로 했다.

계戒는 범어로 'sila'라고 하며 불교도 개인의 생활 규범을 규정하는 것이고, 율律은 범어로 'vinara'라고 하는데 승단僧團과 사원의 단체 제도와 규율로 이 두 가지는 다르다. 기본적인 계는 '거사오계居士五戒'이며 출가인에게는 '사미십계沙彌十戒(불교에서 세속인이 지켜야 할 열 가지 계율 ─ 옮긴이)'가 있었는데 비교적 상세하고 빠짐이 없어 《사분율》에 따라 비구이백오십계比丘二百五十戒와 비구니삼백사십팔계比丘尼三百四十八戒들이 있었다. 대승불교가 흥성한 뒤로는 《범망경梵網經》과 《지지경地持經》에 근거한 보살계菩薩戒가 있었는데 이는 대승계大乘戒라고도 한다. 중국 당나라 초기의 고승인 지수智首가 저술한 《사분율소四分律疏》에서는 중국의 국정國情에 근거해 인도 불교의 계율을 해석했으며 그의 제자인 도선道宣이 남산종南山宗이라 불린 율종律宗을 창립해 계율을 전문적으로 강의했다. 근대에 저명한 불교 대사인 홍일법사弘一法師가 바로 이 남산율종에 속한다(율종만 놓고 말하자면 중국에는 남산南山과 동탑東塔, 상부相部라는 삼종 三宗이 있어 이들이 전파한 계율은 서로 다르다).

불교의 계율 내용이 무척이나 복잡해서 인도의 각 종파에서는 언제나 이

견이 많고 대대로 수많은 변천이 있어왔다. 가장 큰 이견 중 하나는 승려가 금전에 손댈 수 있느냐 없느냐에 관한 계율인 은전계銀錢戒였는데 이는 일상생활 속에서 준수하기가 쉽지 않은 것이다. 인도와 태국 등지의 승려들은 사람들의 보시에 의지해 끼니를 때우다 보니 육식을 금하지 않고 열대지방이라 음식이 부패하기 쉬워 과오부식계过午不食戒(십계의 하나로 정오가 지나면 먹지 말라는 계율. 불비시식계不非時食戒라고도 함 — 옮긴이)를 엄수한다. 현재 중국의 승려들 중 여전히 많은 사람이 이 계를 주장하는데 사실 극히 더운 지방이 아닌 중국의 북방에서는 필요가 없는 계율이다. 과거 한 불교 지도자가 내게 이런 말을 한 적이 있다. 언젠가 외국의 어느 호텔에서 열린 국제 불교 회의에 참가했을 당시 한 외국인 승려 대표가 잠시 퇴장을 한 적이 있다고 하는데 그 승려의 교파에 이런 계율이 있었기 때문이라고 한다. '부녀자와 같은 지붕 밑에서 함께 자는 공간에 있을 수 없다.' 이 계율은 고대 인도에서나 의미가 있을 뿐 오늘날 현대화된 호텔 안에는 여성 투숙객이 있기 마련이지만 그 승려는 계율을 준수하기 위해 회의실에서 퇴장할 수밖에 없었던 것이다.

서안의 명승지 중에는 대안탑大雁塔이란 것이 있다. 알려진 바로는 과거 현장玄奘법사와 그 제자들이 장안에서 수행을 하던 중 커다란 기러기 한 마리가 추락해 죽는 장면을 목격했다고 한다. 제자들이 이에 대해 논쟁을 펼치다 한 제자가 그 기러기는 스스로 죽었으니 먹어도 살생이 아닌 셈이라고 말하자 또 다른 제자는 육식을 절대 할 수 없다고 여겨 비록 죽은 기러기라해도 먹어서는 안 된다고 말했다. 후에 이곳에 탑을 세워 그 사건을 기록해놓았다고 한다.

길림성의 한 물리학 교수는 본 소설을 평론하면서 중국의 승려들이 머리에 향파를 새기는 계율이 원나라 조정에서 시작됐고 북송 시대에는 그런 풍속이 없었다고 여겨 섭이랑의 아들인 허죽의 등에 새겨진 향파는 역사적으로 맞지 않는다고 했다. 사실 중국의 선종 사상은 매우 개방적이다. '부처를 만나면 부처를 죽이고, 조사를 만나면 조사를 죽인다'라는 말이 있으나 결코 부처나 조사를 죽이라는 것이 아니라 마음속의 '부처나 조사는 신성하기에 침범할 수 없다'는 경직된 종교상의 신조를 타파하자는 것이며 이른바 '부처를 꾸짖고 조사를 욕하다'란 말은 선종 제자들의 전통이다. 선종에서 사람을 깨달음으로 인도할 때 머릿속 고유의 논리적 사고방식을 타파하고 이성의 막다른 골목으로 들어가는 것을 피하도록 만드는 데 역점을 두어야 사고에 생동감이 생겨 깨달음에 이를 수 있다고 여겼기 때문이다. 예를 들어 선종에 아주 유명한 말이 있다. '술은 장삼張三이 마시고 취하기는 이사李四가 취한다', '손바닥도 마주쳐야 소리가 난다' 또한 '빈 손안에 호미를 들고 걸어가면서 물소를 타는구나. 사람이 다리 위를 지나는데 다리는 흐르건만 물은 흐르지 않더라' 등등 분명히 불합리한 문제들을 교인들이 참선으로 진리를 연구해야만 깨달음에 이를 수 있는 것이다. 물리학으로 '육맥신검'을 연구하면 당연히 에너지는 도체導體가 아니며(공기는 도체가 될 수 없다) 물체에 이르고 힘을 작용할 수 없다는 것을 알아차릴 수 있다. 소림 승려들은 북송 시기에 향파를 새기지 않았지만 섭이랑은 말한다. "난 소림사 화상도 아니고 내가 낳은 아들 엉덩이에 향파를 새기고 싶다는데 남이 무슨 상관이죠?"

고행은 초기 불교의 전통이었다. 부처가 보리수 밑에서 처음 수행을 할 때 40일 동안 단식을 하다 하마터면 목숨을 잃을 뻔했다가 목녀牧女가 우유를 먹인 덕분에 살 수 있었다. 그 때문에 부처는 제자들에게 계율을 지키며 고

원서 편집자 주

행을 하지 말라고 가르쳤다. 부처의 대제자인 가섭존자迦葉尊者(중국 선종에서
는 천축의 초대 시조로 받들어짐 — 옮긴이)는 '고행제일苦行第一'로 불렸다. 중국 불교
도들 역시 자신의 장애를 부처님에 대한 진심으로 표현하는 사람들이 많
다. 예를 들어 피를 내서 경서를 쓴다거나 팔지八指두타(청나라 말기의 저명한 애
국 시승 경안敬安. 소신공양으로 손가락이 여덟 개뿐이라 팔지두타로 불림 — 옮긴이)처럼 손가
락을 태워 공양을 하거나 신도가 팔의 살을 잘라 석향로에 거는 등등이 그
것이며 머리에 향파를 새기는 것 역시 풍속이지만 고행 전통의 일종일 뿐
역사적인 계율 규정과는 무관하다. 소림사는 선종으로 선종은 깨달음을 구
하지 계율을 사수하고자 하지 않지만 그곳은 천년 유명 고찰이기 때문에
전통적인 청규가 있었던 것이다.

중국 선종의 생활 규율 중 가장 유명한 것이 백장百丈대사가 제정한 '백장
청규百丈淸規'라 불리는 것이다. 이 청규는 후세 중국 선종 승려들이 항상 준
수하는 것으로 그중에는 반드시 자급자족해야만 한다는 등의 규정들이 있
다(중국 불교도들은 과거에 농경이 흙속의 벌레들을 죽이기 때문에 살생계를 범하는 것이라 여
겨 농경을 금지했지만 그 후에는 이 규정이 삭제되었다). 선종인 소림사의 청규계율에는
주로 무인이 선량한 사람을 억압해선 안 된다는 등등의 내용이 있었다. 필
자는 일찍이 소림사에 서비書碑를 써준 적이 있었다. 그 비석의 개안식開眼式
행사를 할 때 나는 초청을 받아 참석하게 됐고 그곳에서 소림사 고승들을
대면할 수 있는 기회가 있었다. 당시 연왕延王법사로부터《역근경》과《세수
경》두 경서 내용에 대해 가르침을 받을 수 있었다(평소 무공 수련을 하지 않았고
천성이 게으른 터라 꾸준히 연마하지 못해 부끄러울 따름이다). 또한 방장인 영신永信대사
께 소림 계율에 대해 가르침을 청해 소림사 계율이 현재는 이미 시대 조류
에 부합되고 불도 및 현대 생활을 연수하기에 적합하며 또한 많은 승려가

머리에 향파를 새기지 않는다는 사실을 알게 되었다.

설사 과학자가 된다고 해도 사고가 개방적이고 자유로워야만 비로소 창조적인 발명으로 공헌할 수 있을 것이며 그렇지 않다면 지식을 전수하는 교사에 그칠 뿐이다. 과학 교사 역시 존경받아 마땅하지만 약간의 차등이 있다는 것이며 특별한 창조만이 대과학자라는 말은 아니다. 그 어떤 학문도 그와 같다.

원서 편집자 주

天龍八部